本专著系2019年度“科技创新服务能力建设－高精尖学科建设－电影学”项目最终成果之一

北京电影学院
BEIJING FILM ACADEMY

电影学：
历史·理论·国别

中外文学读本

梅　雯　编著

金城出版社
GOLD WALL PRESS
北京·2021

图书在版编目（CIP）数据

中外文学读本 / 梅雯编著 . — 北京：金城出版社有限公司，2021.1

（电影学：历史 · 理论 · 国别 / 贺红英主编）

ISBN 978-7-5155-2056-8

Ⅰ . ①中… Ⅱ . ①梅… Ⅲ . ①世界文学－文学研究 Ⅳ . ① I106

中国版本图书馆 CIP 数据核字（2020）第 177540 号

中外文学读本

作　　者　梅　雯
责任编辑　李　涛
责任校对　李凯丽
责任印制　李仕杰
开　　本　710 毫米 × 1000 毫米　1/16
印　　张　22.5
字　　数　360 千字
版　　次　2021 年 1 月第 1 版
印　　次　2021 年 1 月第 1 次印刷
印　　刷　天津旭丰源印刷有限公司
书　　号　ISBN 978-7-5155-2056-8
定　　价　68.00 元

出版发行　**金城出版社有限公司**　北京市朝阳区利泽东二路 3 号（100102）
发 行 部　（010）84254364
编 辑 部　（010）84250838
投稿邮箱　balimist0213@163.com
总 编 室　（010）64228516
网　　址　http://www.jccb.com.cn
电子邮箱　jinchengchuban@163.com
法律顾问　北京市安理律师事务所　18911105819

前言

在一个特定篇幅里编一个文学读本，挑选在通常意义上被视为经典的文学作品的片段，意义何在？这些作品都根植于自己所属的那一整套符号体系。作为社会和宗教符号，这些作品不仅是一个社会的历史记忆的明证和记录，而且更值得考察的是，这些作品在特定的历史情境中如何加入话语实践中，其话语的生成性和流动性、其话语背后的权力或知识模式，尤其是这些经典作品在后来的话语实践中怎么发挥其构建作用？按照福柯的理论，话语构建了知识客体、社会主体和自我"形式"，而一个社会的话语实践有相互依赖性，任何类型的话语实践都产生于与其他话语实践的结合，并受到与其他话语实践关系的限制。这些被视为各国文学经典的作品，在当下不仅影响着文学作品的再生产，更影响着电影文本的再生产。如果说文学的语言是一种寓言的语言，文学的存在是一个拟像（simulacre），在拟像的空间里文字语言用一种悬置的方式书写，那么电影的存在更是一种打破了真实和虚构、用模型构造真实的拟像。在拟像的空间里影像语言用另一种悬置的方式书写，两者在当下遵循着相似的结构价值规律，虽然电影是否属于知识，是处于话语之内，还是处于话语之外，仍是悬而未决的问题。因此，本书内含着这样一种潜在探索：如果说"文学"与"知识"结合并建构权力的方式是被熟知的，但"电影"和"知识"结合并建构权力的方式依然是不确定的，需要从文学那里得到借鉴。这也是本书被归入"电影学：历史·理论·国别"丛书的原因。

不过，福柯激烈批判西方观念史中的起源说、连续说、总体化，批判西方形而上学的历史，所以他激进地批评西方古典时代的文学不是真正的文学，认为西方古典时代的文学作品的语言都是为了某一沉默的原始语言的功能而存在的，是为了恢复上帝的言语、真理的言语、模型的言语。这种有绝对意义和普遍意义的语言是隐蔽的，西方古典时代的文学语言是用一整套隐喻、转喻、提喻等修辞体系去再现这种至尊的、沉默的语言。福柯认为，西方古典时代文学的语言不过是通向上帝的语言的中介语言；真正的文学是既回应这种上帝的语言，又用自身取而代之；文学语言是一种僭越的语言，一种致死的、重复的、重影化的语言，书本身的语言。也就是说，福柯所推崇的真正的文学和他认可的艺术一样都构成了自身的一个场所，让过去潜藏的、地下的东西得以侵入，占据过去的那个神圣之物的位置，都是反形而上学、反柏拉图主义的。而对于文学这种艺术，福柯大概出于对陈述和可见性这构成知识的两极的重视，强调了书这种介质对于文学的重要性，认为在古登堡印刷技术出现后四个世纪，书才成就了真正的文学。按照这种观点，一种建立在技术和物质发明基础上的媒介才决定了文学的本质，福柯似乎印证了麦克卢汉的“媒介即讯息”的著名论断。

那么，建立在胶片、活动电影机、摄影机以及当下的数码技术这些物质发明基础上，被称为电影的事物是否也可以书写一种回应并取代至尊的语言这种僭越的语言呢？能否因为电影可以记录具有分离性的、断裂性的、个体化的、边缘化的、不停变化和重组的事物和具有偶然性的多样化空间、褶曲空间这些功能，而使电影的语言接近福柯的真正的文学语言呢？福柯确实看到了电影具有强化民众记忆里某些被遗忘区域的功能，看到了电影具有捕捉分子历史和微事件的可能性。但他不认为电影可以书写历史，他认为书写历史是一种知识活动，而电影与知识尽管有很多相似之处，一些电影有着对知识的重新描述，而一些偏离电影本身的历史效果也可能应用于知识领域，但电影仍然不一定能被引向知识这个领域。福柯在谈论玛格丽特·杜拉斯的电影时，曾谈过文字与影像的混合，提出一个介于银幕和观众之间的“第三维度”的观点，这似乎是对电影和知识结合的一种浅尝辄止的探索。但是在有关电影可见性的秩序和建构权力方面还有很多冲突点，电影和知识的结合依然有待实现。

在中国，正统文学向来被理解为负有“文以载道”的使命，历史文献则曾有左史记言、右史记事的传统。对“道统”的强调使中国的部分正统文学也有模型化、具有某种标准和规范的特点。但影响了中国叙事文学的历史文献则从《左传》开始就有注重细节的特点，而对细节的侧重和刻画则更易使书写突破程式化，更易形成历史是由成千上万的小事件和偶然事件构成的观念。而对中国诗歌影响巨深的《诗经》，虽然初衷是让王者观风俗、知得失、自考正，但其众多诗篇以对现实世界的诗意化处理而使某些日常生活瞬间变成永恒，其修辞手法的运用并非为了恢复某一沉默的原始语言、至尊的语言，而更多是为了让文字背后涌现出潜藏在生活深处的分叉的时间流、聚合的空间、众多个体的意识和体验；《楚辞》则以个体充沛的情感、奇崛的想象、强烈的意志，驾驭着“绝天地通”后式微的但还保存于楚地一隅的巫术思维、神话思维，构建出一个多维的、镜像折叠的主观艺术世界。虽然《诗经》的风雅精神、《楚辞》的香草美人象征寓意经后世儒家的宣扬和阐释，也形成了某种中国式的“形而上学”，但它们或以高度审美化的方式去关注现实、政治、民生，或以高度个人化的方式去抒发对国家君王的忠信之情，这些方式本身是相当文学化的，这也使得除了有着百家争鸣背景的先秦文学之外，后来的唐诗、宋词、元曲等中国古典文学依然算得上真正的文学，而非通向“真理”的中介。中国的古典文学中被奉为经典的作品倒是天生具有德勒兹所谓的“差异与重复”的特性，天生具有德勒兹所推崇的不建立模式，而是去想象、创造，使尚未体验的感受多样化，使文学向意义、潜在、仿真和文化想象的政治问题敞开的“少数文学”的基因。

德勒兹曾在其哲学作品《差异与重复》中指出，艺术并非模仿，艺术是建立在差异基础上的拟像，将人从日常生活引向把差异最大化的深邃重复，引向生成的重复。德勒兹不执着于电影与知识、权力的结合的思考，而在其电影理论作品《运动—影像》和《时间—影像》中，通过电影影像思考运动、时间、生命，让电影理论变成了他的哲学概念的实践的一部分，使电影和文学一样从建立在同一性基础上的表象的世界逃离，揭示作为孤独的千高原的世界那埋藏地下的内在联系，在经验的起源处寻找经验。而在用差异和重复的游戏揭示出主体的同一性只是一种视觉的“效果”、一种伪造之物上，电影对柏拉图主义传统的毁灭和破坏的力量是更巨大的。

我不期然地本着福柯的知识或权力观念、德勒兹的“差异与重复”观念和“少数文学”观念，选择了大多数篇章，也期望在一个生成的、差异化的拟像的世界来重新看待文学和电影的关系。

本书初编于2008年，曾作为北京电影学院院内教材使用。此次经重新整理和校订，并付梓出版，要感谢本套丛书主编贺红英教授的支持。

梅　雯

2020年1月14日

目录

《诗经》（节选）

《诗经》，又称《诗》三百，简称《诗》，分风、雅、颂三部分，共收集了从西周初年至春秋中叶的诗歌三百零五篇，是中国最早的一部诗歌总集。它是周王朝经过诸侯各国的协助，进行采集，再由较高文化修养的乐师整理、编纂而成。《汉书·艺文志》认为，其用途是“王者所以观风俗，知得失，自考正也”。出于对这部诗集的社会作用、教育作用的认识和高度重视，孔子把它当成教授学生的教材，对它进行过整理编定。汉代以后，它成为儒家的经典，被称为《诗经》。

《诗经》是中国文学的起点，也是中国文艺的起点。从《诗经》的出现看，诗和音乐、舞蹈的关系非常密切，诗和乐是不分的，诗以乐的方式来流传散布。而《诗》三百中诗的流传、采选、编定的过程，又掺入了当时社会各阶层不同的政治诉求和情感诉求。这和重视制礼作乐、以礼乐来维护宗法制度的周朝文化特点直接相关。经过儒家的进一步宣扬，礼乐文明背景下出现的，用乐来调和社会秩序、用情感的审美表现形式来作用和反作用于社会政治的《诗经》成为中国文学的典范，也为中国以后的文艺形态规定了大的方向。

周南·汉广(1)

南有乔木(2)，不可休思(3)；汉有游女(4)，不可求思。
汉之广矣，不可泳(5)思；江之永矣，不可方(6)思。

翘翘错薪(7)，言刈其楚(8)；之子于归，言秣其马(9)。
汉之广矣，不可泳思；江之永矣，不可方思。

翘翘错薪，言刈其蒌(10)；之子于归，言秣其驹。

汉之广矣，不可泳思；江之永矣，不可方思。

〖注解〗

（1）这是一首流传于江汉之间的诗歌。汉为汉水，江为长江。江汉遥阻，一位樵夫追求爱慕意中人而不得。诗篇名“汉广”，意为汉水江面开阔。“汉广”既是地理上的距离，更是主观心理上的距离。

（2）乔木：高大耸立的树木。

（3）休思：休，休息。思，语末助词。

（4）汉：汉水。

（5）泳：亦作漾。

（6）方：古称竹筏、木筏为方。这里以名词用作动词，乘筏渡江的意思。

（7）翘翘：众多高出的意思。错薪：草木杂柴。

（8）刈（yì）：割。楚：又称为荆，一种丛生之木，叶子细嫩，是喂马的好料。

（9）于归：女子出嫁。言：语助词。秣（mò）：喂马。

（10）蒌，蒌蒿，可作喂马饲料。“刈楚”“刈蒌”“秣马”“秣驹”都是为婚礼之用。诗中的“刈楚”“秣马”“刈蒌”“秣驹”等举动都和意中人“汉之游女”的婚礼相关。有两种解释，一种认为是意中人出嫁他人，樵夫在为她的婚礼准备；另一种认为是樵夫幻想意中人和自己举行婚礼。

陈风·月出(1)

月出皎兮，佼(2)人僚(3)兮。舒窈纠(4)兮，劳心(5)悄(6)兮。
月出皓兮，佼人懰(7)兮。舒忧受(8)兮，劳心慅(9)兮。
月出照兮，佼人燎(10)兮。舒夭绍(11)兮，劳心惨(12)兮。

〖注解〗

（1）这是一首月下怀人的诗歌，月光如水，美人如幻，相思如愁，意境美好朦胧。

（2）佼（jiǎo）：义同姣，美好貌。

（3）僚：美丽。

（4）窈纠（yǎo jiǎo）：形容女子走路身形苗条，步态舒缓。

（5）劳心：忧心，形容思念之苦。

（6）悄：忧，深忧的样子。

（7）懰（liǔ）：妩媚娇美。

（8）忧受：形容女子走路从容婀娜。

（9）慅（cǎo）：忧愁，心神不安。

（10）燎：明也。一说姣美。

（11）夭绍：女子体态轻盈柔美，与上面的“窈纠”“忧受”意思相近，为联绵词。

（12）惨（cǎo）：忧愁貌。

小雅·采薇[(1)]

采薇采薇，薇亦作止[(2)]。曰归曰归，岁亦莫止[(3)]。
靡室靡家[(4)]，玁狁之故[(5)]。不遑启居[(6)]，玁狁之故。

采薇采薇，薇亦柔止。曰归曰归，心亦忧止。
忧心烈烈，载饥载渴[(7)]。我戍未定，靡使归聘[(8)]。

采薇采薇，薇亦刚[(9)]止。曰归曰归，岁亦阳止[(10)]。
王事靡盬，不遑启处[(11)]。忧心孔疚，我行不来[(12)]！

彼尔维何？维常之华[(13)]。彼路斯何？君子之车[(14)]。
戎车既驾，四牡业业[(15)]。岂敢定居？一月三捷！

驾彼四牡，四牡骙骙[(16)]。君子所依，小人所腓[(17)]。
四牡翼翼，象弭鱼服[(18)]。岂不日戒，玁狁孔棘[(19)]！

昔我往矣，杨柳依依[(20)]。今我来思，雨雪霏霏[(21)]。
行道迟迟，载渴载饥[(22)]。我心伤悲，莫知我哀！

〖注解〗

（1）这是一首描述兵士的长期戍边生活及服役归来感物伤时的诗歌。薇为野菜，春天长成，嫩苗可食。

（2）作：初生出。止：语末助词。

（3）莫：同暮。岁莫：一年将尽的时候。

（4）靡：没有。靡室靡家：兵士长期戍边从役，没有正常的家庭生活。

（5）玁狁（xiǎn yǔn）：中国古代西北方边区民族，春秋时称狄或戎，秦汉时称匈奴或胡。

（6）遑：闲暇，不遑，没有闲暇。启居：指坐下来休息。古人席地而坐，坐时双膝着地，臀部贴在小腿上叫“居”；上身伸直，臀部离开脚后跟的叫“启”，又写作“跽”。

（7）忧心烈烈：忧心如焚。载：又。

（8）使：使者。聘：探问。意为战争迁徙不定，兵士无法使人到家乡探问亲人。

（9）刚：坚硬。与前面的柔对应，薇叶由柔嫩而变老变硬，岁月在其中流逝。

（10）阳：十月为阳。今农历十月犹言小阳春。

（11）盬（gǔ）：止息。靡盬：没有止息。启处：与上文“启居”同义。

（12）孔：很。疚：病痛。我行不来：我从军远行之后一直回不来。来：归来。

（13）尔：花盛开的样子。维何：是什么。维：句中语气词。常：通“棠”，即棠梨树。

（14）路：通“辂”，古代一种大车。君子：这里指将帅。车：兵车，即下文的戎车。

（15）牡：雄马。业业：强壮而高大的样子。

（16）骙骙（kuí）：马强壮的样子。

（17）依：指乘。小人：指兵士。腓（féi）：掩护，隐蔽。古代打仗是车战，主将在兵车上指挥，步兵在兵车后面，靠车身掩护自己。

（18）翼翼：行列整齐的样子，指训练有素。弭（mǐ）：弓的一种，其两端饰以骨角。象弭，弓的两头缚弦处用象牙镶饰。鱼服：用鱼皮做的箭袋。

（19）戒：戒备，日戒，天天都戒备。孔棘：十分吃紧。棘：同“亟”，紧急。

（20）依依：树枝柔弱随风飘拂的样子。

（21）来思：指归来时。思：语末助词。雨雪：下雪。霏霏：雪下得很大的样子。

（22）迟迟：缓慢的样子。

《楚辞》（节选）

"楚辞"是战国时代以屈原为代表的楚国人创作的诗歌，西汉末刘向整理古籍，把屈原、宋玉等人的作品编辑成书，定名为《楚辞》，《楚辞》便成为继《诗经》之后又一部有深远影响的诗歌总集。《楚辞》因代表作《离骚》获得骚、骚体之称，和以"国风"作为代表的《诗经》并称风、骚，各成为中国现实主义文学和浪漫主义文学的鼻祖。

《楚辞》之所以能够和《诗经》相提并论，除了因为有屈原这样的天才创作者，另一个重要原因是其赖以产生的文化背景不同。《诗经》的背景为脱离了殷商巫风的中原理性文化，《楚辞》的背景则是相对中原保存完好的楚地巫文化。被认为"书楚语，作楚声，纪楚地，名楚物"的《楚辞》（宋代黄伯思《翼骚序》）和楚地巫祭等习俗关系密切。《九歌》原为祭祀时之巫歌，经屈原加工整理而保存留传，《离骚》等其他作品则是在此基础上发展而来的。当华服的楚国巫觋灵保在祭祀中按《九歌》以歌舞请神、象神、乐神时，已包含了后世戏剧的萌芽，《九歌》的一些诗篇对神的心理、动作、环境的刻画非常传神，有微型戏剧的意味。而《离骚》尽管因忠君爱国的主题而被纳入儒家意识形态的阐释框架中，但作品中流露的强烈个体意识、丰富的想象力、对现实的质疑等特点与作品弥漫的灵巫气氛相结合才能得到更好的理解，作品表现的一波多折的心理发展过程，有类于一个半神半人的主人公借助巫祭的形式进行富有内在冲突的长篇心理独白。

离骚[1]

帝高阳之苗裔兮[2]，朕皇考曰伯庸[3]。
摄提贞于孟陬兮[4]，惟庚寅吾以降。
皇览揆余初度兮[5]，肇锡余以嘉名[6]。
名余曰正则兮，字余曰灵均[7]。

纷吾既有此内美兮(8)，又重之以修能(9)。
扈江离与辟芷兮(10)，纫秋兰以为佩。
汩余若将不及兮(11)，恐年岁之不吾与(12)。
朝搴阰之木兰兮(13)，夕揽洲之宿莽(14)。
日月忽其不淹兮(15)，春与秋其代序。
惟草木之零落兮，恐美人之迟暮。
不抚壮而弃秽兮，何不改乎此度？
乘骐骥以驰骋兮，来吾道夫先路！

〖注解〗

（1）离：一说为离别，一说通罹，遭到的意思。骚：忧愁的意思。

（2）高阳：古代颛顼即位后用的称号。苗裔：后代子孙。

（3）朕：我。皇考：太祖。伯庸：屈氏始封君，西周末年楚君熊渠的长子，被封为句亶王，在甲水边上。屈氏即甲氏。

（4）摄提：摄提格的省称。木星（岁星）绕日一周约十二年，以十二地支来表示，寅年名摄提格。贞：正当。孟陬（zōu）：夏历正月。

（5）皇：皇考。览：观察。揆：揣测。

（6）肇（zhào）：借作“兆”，卦兆。锡：赐。

（7）屈原名平，字原。“正则”是阐明名平之义，言其公正而有法则，合乎天道；高平的地叫作原，“灵均”，是字原之义，言其灵善而均调。

（8）纷：盛多的状。

（9）重（chóng）：加。脩：同“修”，美好。

（10）扈：披。江离：江蓠，一种香草。辟：系结，为“絣”字之借。芷：白芷，一种香草。

（11）汩（yù）：水流急的样子，这里形容流逝的时光。

（12）与：等待。

（13）搴（qiān）：摘。阰（pí）：山坡。

（14）揽：采。宿莽：一种可以杀虫蠹的植物，叶含香气。楚人名草曰“莽”，此草终冬不死，故名。即今水莽草。

（15）淹：停留。

昔三后之纯粹兮[16]，固众芳之所在。
杂申椒与菌桂兮，岂维纫夫蕙茝？
彼尧舜之耿介兮，既遵道而得路。
何桀纣之昌披兮，夫唯捷径以窘步。
惟夫党人之偷乐兮，路幽昧以险隘。
岂余身之惮殃兮[17]，恐皇舆之败绩[18]！
忽奔走以先后兮，及前王之踵武。
荃不察余之中情兮[19]，反信谗而齌怒[20]。
余固知謇謇之为患兮[21]，忍而不能舍也。
指九天以为正兮，夫唯灵修之故也[22]。
曰黄昏以为期兮，羌中道而改路。
初既与余成言兮[23]，后悔遁而有他。
余既不难夫离别兮，伤灵修之数化[24]。

〖注解〗

（16）三后：楚三王。西周末年楚君熊渠封其三子为王：长子庸为句亶王，为屈氏之祖；仲子红为鄂王，为楚王族；少子执疵为越章王。当时楚国空前强大。

（17）惮（dàn）殃：害怕灾祸。

（18）皇舆：君王的舆辇，这里比喻国家。败绩：作战时战车倾覆，也指战争失败。

（19）荃（quán）：香草名，喻君。

（20）齌（jì）怒：暴怒。

（21）固：本来。謇（jiǎn）謇：忠直敢言的样子。

（22）灵修：楚人对君王的美称。

（23）成言：彼此约定。

（24）数（shuò）：屡次。

余既滋兰之九畹兮[25]，又树蕙之百亩。
畦留夷与揭车兮[26]，杂杜衡与芳芷[27]。
冀枝叶之峻茂兮[28]，原俟时乎吾将刈[29]。
虽萎绝其亦何伤兮，哀众芳之芜秽。
众皆竞进以贪婪兮，凭不猒乎求索[30]。

羌内恕己以量人兮[31]，各兴心而嫉妬。
忽驰骛以追逐兮，非余心之所急。
老冉冉其将至兮，恐修名之不立。
朝饮木兰之坠露兮，夕餐秋菊之落英。
苟余情其信姱以练要兮[32]，长顑颔亦何伤[33]。
掔木根以结茝兮[34]，贯薜荔之落蕊[35]。
矫菌桂以纫蕙兮[36]，索胡绳之纚纚[37]。
謇吾法夫前修兮[38]，非世俗之所服[39]。
虽不周于今之人兮[40]，原依彭咸之遗则[41]。

〖注解〗

（25）畹（wǎn）：楚人地亩单位。“九畹”表示种得很多。

（26）畦（qí）：田垄。留夷、揭车：皆香草名。

（27）杜蘅：香草名。

（28）冀：希望。

（29）俟（sì）：等待。刈（yì）：收割。

（30）凭：饱满。猒（yàn）：同“厌”，满足。

（31）羌：楚人发语词，表反问和转折语气。恕己以量人：宽恕自己而苛求他人。

（32）苟：假如。姱（kuā）：美。练要：精诚专一。

（33）顑颔（kǎn hàn）：食不饱而面黄肌瘦的样子。

（34）掔（lǎn）：同“揽”，采摘。

（35）贯：贯穿。薜荔：一种蔓生香草。之：此处同“其”。

（36）菌桂、蕙：皆香草。

（37）索：搓为绳。胡绳：结缕，一种香草，蔓状，如绳索，故名。纚（xǐ）纚：绳子又长又好的样子。

（38）謇：发语词。法：效法。前修：前代贤人。

（39）服：佩，用。

（40）周：合。

（41）彭咸：殷先贤，其人“处有为，出不苟”，不与世俗同流合污。

长太息以掩涕兮[42]，哀民生之多艰。

余虽好修姱以鞿羁兮(43)，謇朝谇而夕替(44)。
既替余以蕙纕兮(45)，又申之以揽茝(46)。
亦余心之所善兮，虽九死其犹未悔。
怨灵修之浩荡兮(47)，终不察夫民心。
众女嫉余之蛾眉兮(48)，谣诼谓余以善淫(49)。
固时俗之工巧兮(50)，偭规矩而改错(51)。
背绳墨以追曲兮(52)，竞周容以为度(53)。
忳郁邑余侘傺兮(54)，吾独穷困乎此时也。
宁溘死以流亡兮(55)，余不忍为此态也。
鸷鸟之不群兮(56)，自前世而固然。
何方圜之能周兮(57)，夫孰异道而相安？
屈心而抑志兮，忍尤而攘诟(58)。
伏清白以死直兮(59)，固前圣之所厚(60)。

〖注解〗

(42) 太息：叹息。掩：拭。涕：泪。

(43) 虽：借作“唯”。鞿羁：自我约束。

(44) 谇（suì）：责骂。替：废弃。

(45) 纕（xiāng）：佩带。

(46) 申：重，加上。

(47) 浩荡：志意放荡的样子。

(48) 蛾眉：细长的眉，谓如蚕蛾之眉（触角），此处喻美好的容貌。

(49) 谣诼（zhuó）：谗毁。

(50) 工：善于。

(51) 偭（miǎn）：违背。规：画圆的工具。矩：画方的工具。错：措施，设置。

(52) 绳墨：准绳与墨斗。

(53) 周容：苟合以取容。

(54) 忳（tún）：愤懑。郁邑：同“郁悒”，心情抑郁不伸的样子。侘傺（chà chì）：失神而立。

(55) 溘（kè）：忽然。

(56) 鸷鸟：凶猛的鸟，如鹰、雕等。

(57) 圜（yuán）：同“圆”。

（58）尤：过错。攘：取。诟（gòu）：辱。

（59）伏：同“服”，引申为保持。死直：为正直而死。

（60）厚：看重。

悔相道之不察兮[61]，延伫乎吾将反[62]。
回朕车以复路兮，及行迷之未远。
步余马于兰皋兮[63]，驰椒丘且焉止息[64]。
进不入以离尤兮[65]，退将复修吾初服。
制芰荷以为衣兮[66]，集芙蓉以为裳。
不吾知其亦已兮，苟余情其信芳[67]。
高余冠之岌岌兮[68]，长余佩之陆离[69]。
芳与泽其杂糅兮[70]，唯昭质其犹未亏。
忽反顾以游目兮，将往观乎四荒。
佩缤纷其繁饰兮，芳菲菲其弥章[71]。
民生各有所乐兮，余独好修以为常。
虽体解吾犹未变兮，岂余心之可惩[72]。

〖注解〗

（61）相：察看。察：仔细看。

（62）延伫：长时间站立，这里是迟疑不去的意思。

（63）皋：水边的高地。

（64）焉：于此，在这里。

（65）进：指进入朝廷。不入：未能进去。离：通“罹”，遭受。

（66）制：裁制衣服。

（67）苟：诚，果真。信：确实。

（68）岌（jí）岌：高耸的样子。

（69）陆离：长的样子。

（70）杂糅（róu）：交混。

（71）章：同“彰”，明显。

（72）惩：受戒而止。

女媭之婵媛兮[73]，申申其詈予[74]。
曰鲧婞直以亡身兮[75]，终然殀乎羽之野[76]。
汝何博謇而好修兮[77]，纷独有此姱节[78]？
薋菉葹以盈室兮[79]，判独离而不服[80]。
众不可户说兮，孰云察余之中情[81]。
世并举而好朋兮[82]，夫何茕独而不予听[83]。
依前圣以节中兮[84]，喟凭心而历兹[85]。
济沅湘以南征兮[86]，就重华而陈词[87]：
启《九辨》与《九歌》兮[88]，夏康娱以自纵[89]。
不顾难以图后兮，五子用失乎家巷[90]。
羿淫游以佚畋兮[91]，又好射夫封狐[92]。
固乱流其鲜终兮[93]，浞又贪夫厥家[94]。
浇身被服强圉兮[95]，纵欲而不忍。
日康娱而自忘兮，厥首用夫颠陨[96]。
夏桀之常违兮[97]，乃遂焉而逢殃。
后辛之菹醢兮[98]，殷宗用而不长[99]。
汤禹俨而祗敬兮[100]，周论道而莫差[101]。
举贤才而授能兮[102]，循绳墨而不颇[103]。
皇天无私阿兮[104]，览民德焉错辅[105]。
夫维圣哲以茂行兮[106]，苟得用此下土[107]。
瞻前而顾后兮，相观民之计极[108]。
夫孰非义而可用兮？孰非善而可服[109]？
阽余身而危死兮[110]，览余初其犹未悔。
不量凿而正枘兮[111]，固前修以菹醢。
曾歔欷余郁邑兮[112]，哀朕时之不当。
揽茹蕙以掩涕兮[113]，霑余襟之浪浪[114]。

〖注解〗

（73）女媭（xū）：传说为屈原的姊。婵媛：叹息，情绪激动。

（74）申申：反复地。詈（lì）：骂。

（75）鮌（gǔn）：同“鲧”，远古传说中人物，尧臣，禹父。婞（xìng）直：刚直。亡：一本作“忘”，亡身，即“忘身”，意指不顾个人的安危。

（76）殀（yāo）：早死。羽：羽山。

（77）博謇：在各种事上都说实话。

（78）纷：多。姱节：美好的节操。

（79）薋（cí）：聚积。菉葹（lù shī）：菉，生刍；葹，苍耳。皆普通的草。

（80）判：与众有别的样子。离：弃去。服：佩带。

（81）孰：谁。云：还。中情：内心。

（82）并举：相互抬举。朋：朋党。

（83）茕（qióng）：孤独。

（84）节中：不偏不倚，没有偏差。

（85）喟（kuì）：叹息。凭心：愤懑。历：逢。

（86）济：渡。沅湘：二水名，在今湖南省。征：行。

（87）重华：虞舜之名。

（88）启：禹之子，夏代君主。《九辩》《九歌》：传说中天帝的乐曲。

（89）夏：夏启。康娱：逸乐。

（90）五子：启的第五个儿子。据《竹书纪年》，启放其季子武观，后武观以西河叛，则第五子内讧起。此句“失”当作“夫”，其下“乎”字为衍文，盖为注“夫”字之义者，当删。巷：借为“讧”，家讧，内讧。

（91）羿：相传为有穷国君，夏太康时因夏乱而夺取夏政权。淫：过分。佚：放纵。畋（tián）：打猎。

（92）封狐：大狐。

（93）乱流：邪乱。鲜（xiǎn）：少。终：善终。

（94）浞（zhuó）：寒浞，本为羿相，怂恿羿放纵游乐畋猎，又拉拢羿周围的人，愚弄其民，杀了后羿。贪：强取。家：妻室。

（95）浇（ào）：寒浞之子，很有武力。强圉（yǔ）：强壮多力。

（96）厥：其。

（97）夏桀：夏朝的最后一王。

（98）后辛：殷纣王之名，商朝最后一王。菹醢（zū hǎi）：剁成肉酱。纣王曾对臣下用此酷刑。

（99）宗：宗祀。用：因。

（100）汤：商汤，商代开国之君。禹：夏启的父亲，为夏朝的建立奠定了基础。俨（yǎn）：严肃。祗（zhī）敬：恭敬谨慎。

（101）周：指周初的文王、武王等。

（102）举：选拔。授能：把职务交给有能力的人。

（103）绳墨：喻法度。颇：偏差。

（104）阿（ē）：偏袒。

（105）错：通“措”，设置，给予。

（106）维：通“唯”。哲：聪慧的人。

（107）苟：庶几，或许。用：享。下土：天下。

（108）相（xiàng）观：观察。计：谋虑。极：终极。计极指最终的、最根本的打算。

（109）服：同“用”的意思一样，享有，拥有。

（110）阽（diàn）：临近危险。危死：几乎死。

（111）量：度量。凿：器物上安插榫头的孔眼。正：修改。枘（ruì）：榫头。

（112）曾同“增”，愈加。歔欷（xū xī）：抽泣。

（113）揽：持着。茹：柔。

（114）霑：浸湿。浪浪：流下眼泪的样子。

跪敷衽以陈辞兮(115)，耿吾既得此中正(116)。
驷玉虬以椉鹥兮(117)，溘埃风余上征(118)。
朝发轫于苍梧兮(119)，夕余至乎县圃(120)。
欲少留此灵琐兮(121)，日忽忽其将暮。
吾令羲和弭节兮(122)，望崦嵫而勿迫(123)。
路曼曼其修远兮(124)，吾将上下而求索。
饮余马于咸池兮(125)，总余辔乎扶桑(126)。
折若木以拂日兮(127)，聊逍遥以相羊(128)。
前望舒使先驱兮(129)，后飞廉使奔属(130)。
鸾皇为余先戒兮，雷师告余以未具。
吾令凤鸟飞腾兮，继之以日夜。
飘风屯其相离兮(131)，帅云霓而来御(132)。
纷总总其离合兮(133)，斑陆离其上下(134)。
吾令帝阍开关兮(135)，倚阊阖而望予(136)。
时暧暧其将罢兮(137)，结幽兰而延伫。
世溷浊而不分兮(138)，好蔽美而嫉妒。

〖注解〗

（115）敷：铺。衽（rèn）：衣襟。

（116）耿：光明。

（117）驷：驾车的四匹马。这里用为动词。玉：白色。虬（qíu）：龙。椉（chéng）：同“乘”。鹥（yī）：一种群飞的鸟，身五彩。

（118）溘（kè）：突然。埃风：卷着尘埃的风。

（119）轫（rèn）：停车时抵住车轮的木头，发车时将它撤去叫发轫。苍梧：九嶷山，在今湖南宁远，舜葬此。

（120）县圃：相传在昆仑山。县：同“悬”。

（121）琐：门上雕刻的花纹，指门。因县圃是神仙所居，所以它的门称为“灵琐”。

（122）羲和：神话中给太阳驾车者。弭节：停车。节：度，指车行的速度。

（123）崦嵫（yān zī）：神话中山名，日入之处。迫：近。

（124）曼曼：通“漫漫”，路很长的样子。修：长。

（125）饮（yìn）：使喝水。咸池：神话中日浴之处。

（126）总：绾结在一起。辔（pèi）：缰绳。扶桑：神话中长在东方日出处的一种树。

（127）若木：神话中长在昆仑最西面日入处的一种树。拂：遮蔽。

（128）相羊：徜徉，随意徘徊。

（129）望舒：为月神驾车者。

（130）飞廉：风神。属（zhǔ）：跟随。

（131）屯：聚合。离（lì）：通“丽”，附丽，靠拢。

（132）御（yà）：通“迓”，迎接。

（133）纷总总：多而纷乱的样子。离合：忽聚忽散。

（134）斑：色彩驳杂的样子。陆离：参差。

（135）阍（hūn）：守门人。关：门闩。

（136）阊阖（chāng hé）：天门。

（137）暧暧：日光昏暗的样子。罢：完结。

（138）溷（hùn）浊：混乱污浊。

朝吾将济於白水兮，登阆风而緤马（139）。

忽反顾以流涕兮，哀高丘之无女（140）。

溘吾游此春宫兮，折琼枝以继佩。

及荣华之未落兮[141]，相下女之可诒[142]。
吾令丰隆乘云兮[143]，求宓妃之所在[144]。
解佩纕以结言兮，吾令蹇修以为理[145]。
纷总总其离合兮，忽纬繣其难迁[146]。
夕归次于穷石兮[147]，朝濯发乎洧盘[148]。
保厥美以骄傲兮，日康娱以淫游。
虽信美而无礼兮，来违弃而改求。
览相观于四极兮[149]，周流乎天余乃下[150]。
望瑶台之偃蹇兮[151]，见有娀之佚女[152]。
吾令鸩为媒兮[153]，鸩告余以不好。
雄鸠之鸣逝兮，余犹恶其佻巧。
心犹豫而狐疑兮，欲自适而不可。
凤皇既受诒兮[154]，恐高辛之先我[155]。
欲远集而无所止兮[156]，聊浮游以逍遥。
及少康之未家兮[157]，留有虞之二姚[158]。
理弱而媒拙兮，恐导言之不固。
世溷浊而嫉贤兮，好蔽美而称恶。
闺中既以邃远兮[159]，哲王又不寤。
怀朕情而不发兮，余焉能忍而与此终古[160]？

〖注解〗

（139）阆（làng）风：神话中地名，在昆仑山上。緤（xiè）：系住。

（140）女：神女，喻理想的人物，知音。

（141）荣华：花。

（142）下女：下界女子，相对于高丘而言。诒（yí）：同“贻”，赠送。

（143）丰隆：雷神。

（144）宓（fú）妃：神话中的人名，伏羲氏之女，洛水之神。

（145）蹇修：声乐，徒鼓钟谓之修，徒鼓磬谓之蹇。此用章炳麟之说，见《菿（dào）汉闲话》。理：媒。

（146）纬繣（huà）：本义为乖戾，此训执拗。难迁：难以说动。

（147）次：止宿。穷石：山名，在今甘肃张掖。

（148）洧（wěi）盘：神话中水名，出崦嵫山。

（149）四极：四方的尽头。

（150）周流：遍行。

（151）瑶台：玉台。偃蹇：夭矫上伸的样子。

（152）有娀（sōng）：传说中古部族名。佚：美。有娀氏美女简狄住在高台上，成帝喾（kù）之妃，生契，为商人之祖。

（153）鸩（zhèn）：鸟名，羽有毒。

（154）诒：此处指礼物、聘礼。

（155）高辛：高辛氏，指帝喾。

（156）集：栖止。

（157）少康：夏后相之子。相被过、浇杀死，相妻逃至有仍生少康。少康又逃到有虞，娶了国君的两个女儿，借助有虞的力量恢复了夏朝。

（158）二姚：有虞氏二女，有虞姚姓。

（159）闺：女子居处。指上述诸女而言。以：通“已”，甚。

（160）终古：永久。

索藑茅以筳篿兮（161），命灵氛为余占之（162）。
曰（163）两美其必合兮，孰信修而慕之（164）？
思九州之博大兮（165），岂惟是其有女（166）？
曰勉远逝而无狐疑兮（167），孰求美而释女（168）？
何所独无芳草兮，尔何怀乎故宇（169）？
世幽昧以昡曜（170）兮，孰云察余之善恶？
民好恶其不同兮，惟此党人其独异。
户服艾以盈要兮（171），谓幽兰其不可佩。
览察草木其犹未得兮，岂珵美之能当（172）？
苏粪壤以充帏兮（173），谓申椒其不芳。

〖注解〗

（161）索：讨取。藑（qióng）茅：一种可用来占卜的草。以：与。筳篿（tíng zhuān）：用来占卜的竹片。

（162）灵氛：古代神巫。

（163）此“曰”与下一“曰”之后皆卦辞。重加“曰”字表强调。

（164）慕：追求。

（165）九州：古代中国分为九州，后以“九州”指全中国。

（166）是：此，指楚国。

（167）勉：努力。

（168）释：放。

（169）故宇：旧居。

（170）眩曜：日光强烈，此处指眼光迷乱。

（171）服：佩。艾：艾草。要（yāo）：通“腰”。

（172）珵（chéng）：美玉。

（173）苏：取。帏（wéi）：佩带的香囊。

欲从灵氛之吉占兮，心犹豫而狐疑。
巫咸将夕降兮[174]，怀椒糈而要之[175]。
百神翳其备降兮[176]，九疑缤其并迎[177]。
皇剡剡其扬灵兮[178]，告余以吉故[179]。
曰勉升降以上下兮，求矩矱之所同[180]。
汤禹俨而求合兮[181]，挚咎繇而能调[182]。
苟中情其好修兮，又何必用夫行媒[183]？
说操筑于傅岩兮[184]，武丁用而不疑。
吕望之鼓刀兮[185]，遭周文而得举。
宁戚之讴歌兮[186]，齐桓闻以该辅[187]。
及年岁之未晏兮[188]，时亦犹其未央[189]。
恐鹈鴂之先鸣兮[190]，使夫百草为之不芳。
何琼佩之偃蹇兮[191]，众薆然而蔽之[192]。
惟此党人之不谅兮[193]，恐嫉妒而折之。
时缤纷其变易兮，又何可以淹留。
兰芷变而不芳兮，荃蕙化而为茅。
何昔日之芳草兮，今直为此萧艾也[194]？
岂其有他故兮，莫好修之害也！
余以兰为可恃兮，羌无实而容长[195]。
委厥美以从俗兮[196]，苟得列乎众芳[197]。

椒专佞以慢慆兮[198]，榝又欲充夫佩帏[199]。
既干进而务入兮[200]，又何芳之能祗[201]？
固时俗之流从兮[202]，又孰能无变化。
览椒兰其若兹兮，又况揭车与江离。
惟兹佩之可贵兮，委厥美而历兹[203]。
芳菲菲而难亏兮，芬至今犹未沬[204]。
和调度以自娱兮[205]，聊浮游而求女。
及余饰之方壮兮[206]，周流观乎上下。

〖注解〗

（174）巫咸：上古神巫。

（175）糈（xǔ）：精米。要（yāo）：拦截，这里是迎候之意。

（176）翳（yì）：遮蔽。备：都。

（177）九疑：指九疑山的神。

（178）皇剡（yǎn）剡：闪光的样子。

（179）吉故：吉利的故事。

（180）榘（jǔ）：同“矩”，画方的器具。矱（huò）：尺度。榘矱喻准则、法度。

（181）俨：严肃恭谨。

（182）挚：伊尹名，商汤的贤相。咎繇（jiù yáo）：皋陶，夏禹的贤臣。调：谐调。

（183）行媒：做媒的使者。

（184）说（yuè）：傅说，殷高宗时贤相。筑：打土墙用的捣土工具。

（185）吕望：姜太公，本姓吕，名尚，曾被称为太公望。鼓：鸣。

（186）宁戚：春秋时卫人，曾在齐东门外作小商，齐桓公夜出，值宁戚喂牛，扣角而歌其怀才不遇，桓公与之交谈后，任用为相。

（187）该：备，充当。该辅，备位于辅佐大臣之列。

（188）及：趁着。晏：晚。

（189）央：尽。

（190）鹈鴂（tí jué）：鸟名，即杜鹃，鸣于春末夏初，正是落花时节。

（191）琼佩：琼玉的佩饰。偃蹇：屈曲样子。

（192）薆（ài）：隐蔽的样子。

（193）谅：信实。

（194）萧：青蒿。

（195）羌：乃。容：外表。长：好。

（196）委：丢弃。

（197）苟：苟且。

（198）慢慆（tāo）：傲慢。

（199）榝（shā）：亚落叶乔木，果实为裂果，又名食茱萸。佩帏：香囊。

（200）干：求。务：致力。

（201）祇：敬，看重。

（202）流从：一作“从流”。

（203）兹：此，指以上所述忧患。

（204）沬（mèi）：通“昧”，暗淡。

（205）和：调节使和谐。调（diào）：佩玉发出的声响。度：有规律的步伐。这句的意思是，让我调整玉音和步伐的节奏以自欢娱。

（206）壮：盛。

灵氛既告余以吉占兮，历吉日乎吾将行（207）。
折琼枝以为羞兮（208），精琼爢以为粻（209）。
为余驾飞龙兮，杂瑶象以为车。
何离心之可同兮，吾将远逝以自疏。
邅吾道夫昆仑兮（210），路修远以周流。
扬云霓之晻蔼兮（211），鸣玉鸾之啾啾（212）。
朝发轫于天津兮，夕余至乎西极。
凤皇翼其承旂兮（213），高翱翔之翼翼（214）。
忽吾行此流沙兮（215），遵赤水而容与（216）。
麾蛟龙使梁津兮（217），诏西皇使涉予（218）。
路修远以多艰兮，腾众车使径待（219）。
路不周以左转兮（220），指西海以为期（221）。
屯余车其千乘兮（222），齐玉轪而并驰（223）。
驾八龙之婉婉兮（224），载云旗之委蛇（225）。
抑志而弭节兮，神高驰之邈邈（226）。
奏《九歌》而舞《韶》兮（227），聊假日以媮乐（228）。
陟升皇之赫戏兮（229），忽临睨夫旧乡（230）。

仆夫悲余马怀兮，蜷局顾而不行[231]。

〖注解〗

（207）历：选择。

（208）羞：肉干。

（209）精：舂，捣米粟。粻（zhāng）：粮。

（210）邅（zhān）：转。

（211）扬：举。云霓：云霓作的旗，即下文的“云旗”。晻蔼（yǎn ǎi）：因云霓之旗遮蔽而光线变暗的样子。

（212）鸾：通“銮”，安在车上的铃铛。

（213）翼：展翅。

（214）翼翼：整齐的样子。

（215）流沙：指西方沙漠之地，在昆仑以东，因沙漠随风而动，故称。

（216）赤水：神话中水名，源于昆仑山东南。容与：徘徊不进。

（217）麾（huī）：指挥。梁：桥，此处用为动词，架桥。津：渡口。

（218）诏：命令。西皇：主西方之神。涉：渡过，此处为使动用法。

（219）腾：传告。径：捷径，此处指抄小路。

（220）不周：神话中山名。

（221）西海：传说中西方之海。期：约定，此处指约定的地点。

（222）屯：聚集。

（223）轪（dài）：车毂端的帽盖。

（224）婉婉：同“蜿蜿”，龙马前后相连，蜿蜒而行的样子。

（225）委蛇（wēi yí）：卷曲飘动的样子。

（226）邈邈：高远的样子。

（227）韶：《九韶》，传说为虞舜时的乐舞。

（228）假：借。媮（yú）：同“愉”。

（229）陟（zhì）：升。皇：皇祖，先祖。赫戏：光耀。

（230）临：居高临下。睨（nì）：斜视。旧乡：指鄢郢。

（231）蜷局：屈曲。

乱曰：已矣哉！国无人莫我知兮，又何怀乎故都？

既莫足与为美政兮，吾将从彭咸之所居[232]。

〖注解〗

（232）故都：指郢都。

《论语》（节选）

《论语》是一部主要记载孔子及其弟子言行的语录体散文集，由孔子的弟子及其再传弟子编纂而成，展示了孔子及其重要门徒的政治主张、道德伦理观念、教育和学习理念等，是儒家经典著作。《汉书·艺文志》认为："《论语》者，孔子应答弟子、时人及弟子相与言，而接闻于夫子之语也。当时弟子各有所记，夫子既卒，门人相与辑而论纂，故谓之'论语'。"

《论语》语言简练隽永，有一种雍容和顺、迂徐含蓄的风格，在简单的对话和行动中真切地反映出作为思想家、教育家的孔子的音容笑貌。《论语》中有关人格培养、立身处世的部分涉及民族文化心理结构的塑造，对后世影响深广。

学而

子曰(1)："学(2)而时习(3)之，不亦说(4)乎？有朋(5)自远方来，不亦乐(6)乎？人不知(7)，而不愠(8)，不亦君子(9)乎？"

〖注解〗

（1）子：中国古代对于有地位、有学问的男子的尊称，有时也泛称男子。《论语》书中"子曰"的子，都是指孔子而言。

（2）学：孔子在这里所讲的"学"，主要是指学习西周的礼、乐、诗、书等传统文化典籍。

（3）时习：在周秦时代，"时"字用作副词，意为"在一定的时候"或者"在适当的时候"。但朱熹在《论语集注》一书中把"时"解释为"时常"。"习"，指演习礼、乐，复习诗、书，也含有温习、实习、练习的意思。

（4）说：同悦，愉快、高兴的意思。

（5）有朋：一本作"友朋"。旧注说，"同门曰朋"，即同在一位老师门下学习的叫朋，也就是志同道合的人。

（6）乐：与说有所区别。旧注说，悦在内心，乐则见于外。

（7）人不知：此句不完整，没有说出人不知道什么。缺少宾语。一般而言，知，是了解的意思。人不知，是说别人不了解自己。

（8）愠：恼怒，怨恨。

（9）君子：《论语》书中的君子，有时指有德者，有时指有位者，此处指孔子理想中有高尚人格的人。

有子[(1)]曰："其为人也孝弟[(2)]，而好犯上者[(3)]，鲜[(4)]矣；不好犯上，而好作乱者，未之有也[(5)]。君子务本[(6)]，本立而道生[(7)]。孝弟也者，其为人之本与[(8)]？"

〖注解〗

（1）有子：孔子的学生，姓有，名若，比孔子小 13 岁，一说小 33 岁。后一说较为可信。在《论语》书中，记载的孔子学生，一般都称字，只有曾参和有若称"子"。因此，许多人认为《论语》即由曾参和有若所著述。

（2）孝弟：孝，奴隶社会时期所认为的子女对待父母的正确态度；弟，读音和意义与"悌"（tì）相同，即弟弟对待兄长的正确态度。孝、弟是孔子和儒家特别提倡的两个基本道德规范。旧注说：善事父母曰孝，善事兄长曰弟。

（3）犯上：犯，冒犯、干犯。上，指在上位的人。

（4）鲜：少的意思。《论语》书中的"鲜"字，都是如此用法。

（5）未之有也：此为"未有之也"的倒装句型。古代汉语的句法有一条规律，否定句的宾语若为代词，一般置于动词之前。

（6）务本：务，专心、致力于。本，根本。

（7）道：在中国古代思想里，道有多种含义。此处的道，指孔子提倡的仁道，即以仁为核心的整个道德思想体系及其在实际生活的体现。简单讲，就是治国做人的基本原则。

（8）为仁之本：仁是孔子哲学思想的最高范畴，又是伦理道德准则。为仁之本，即以孝悌作为仁的根本。还有一种解释，认为古代的"仁"就是"人"字，为仁之本即做人的根本。

子曰："巧言令色[1]，鲜[2]仁矣。"

〖注解〗

（1）巧言令色：朱熹注曰："好其言，善其色，致饰于外，务以说人。"巧和令都是美好的意思，但此处应释为装出和颜悦色的样子。

（2）鲜：少的意思。

曾子[1]曰："吾日三省[2]吾身。为人谋而不忠[3]乎？与朋友交而不信[4]乎？传不习[5]乎？"

〖注解〗

（1）曾子：曾子姓曾名参，字子舆，生于公元前五〇五年，鲁国人，是被鲁国灭亡了的鄫国贵族的后代。曾参是孔子的得意门生，以孝子出名。据说《孝经》就是他撰写的。

（2）三省：省，检查、察看。三省有几种解释：一是三次检查，二是从三个方面检查，三是多次检查。其实，古代在有动作性的动词前加上数字，表示动作频率高，不必认定为三次。

（3）忠：旧注曰：尽己之谓忠。此处指对人应当尽心竭力。

（4）信：旧注曰：信者，诚也。以诚实之谓信。要求人们按照礼的规定相互守信，以调整人们之间的关系。

（5）传不习：传，旧注曰："受之于师谓之传。"老师传授给自己的。习，与"学而时习之"的"习"字一样，指温习、实习、演习等。

子曰："道[1]千乘之国[2]，敬事[3]而言，节用而爱人[4]，使民以时[5]。"

〖注解〗

（1）道：一本作"导"，作动词用。这里是治理的意思。

（2）千乘之国：乘，意为辆。这里指古代军队的基层单位。每乘拥有四匹马拉的兵车一辆，车上甲士三人，车下步卒七十二人，后勤人员二十五人，共计一百人。千乘之国，指拥有一千辆战车的国家，即诸侯国。春秋时代，战争频仍，所以国家的强弱都用车辆的数目来计算。在孔子时代，千乘之国已经不是大国。

（3）敬事：敬字一般用于表示个人的态度，尤其是对待所从事的事务要谨慎专一、兢兢业业。

（4）爱人：古代“人”的含义有广义与狭义的区别。广义的“人”，指一切人群；狭义的“人”，仅指士大夫以上各个阶层的人。此处的“人”与“民”相对而言，可见其用法为狭义。

（5）使民以时：时指农时。古代百姓以农业为主，这是说要役使百姓按照农时耕作与收获。

子曰：“弟子(1)入(2)则孝，出(3)则弟，谨(4)而信，汎(5)爱众，而亲仁(6)，行有余力(7)，则以学文(8)。”

〖注解〗

（1）弟子：一般有两种意义：一是年纪较小为人弟和为人子的人，二是指学生。这里是用一种意义上的“弟子”。

（2）入：古代时父子分别住在不同的居处，学习则在外舍。《礼记·内则》：“由命士以上，父子皆异宫。”入是入父宫，指进到父亲住处，或说在家。

（3）出：与“入”相对而言，指外出拜师学习。出则弟，是说要用弟道对待师长，也可泛指年长于自己的人。

（4）谨：寡言少语称之为谨。

（5）汎：同泛，广泛的意思。

（6）仁：仁即仁人，有仁德之人。

（7）行有余力：指有闲暇时间。

（8）文：古代文献。主要有诗、书、礼、乐等文化知识。

子夏(1)曰：“贤贤(2)易(3)色；事父母能竭其力；事君，能致其身(4)；与朋友交，言而有信。虽曰未学，吾必谓之学矣。”

〖注解〗

（1）子夏：姓卜，名商，字子夏，孔子的学生，比孔子小四十四岁，生于公元前五〇七年。孔子死后，他在魏国宣传孔子的思想主张。

（2）贤贤：第一个“贤”字作动词用，尊重的意思。贤贤即尊重贤者。

（3）易：有两种解释；一是改变的意思，此句即为尊重贤者而改变好色之心；二是轻视的意思，即看重贤德而轻视女色。

（4）致其身：致，意为“献纳”“尽力”。这是说把生命奉献给君主。

子曰：“君子[(1)]，不重[(2)]则不威；学则不固[(3)]。主忠信[(4)]。无[(5)]友不如己者[(6)]；过[(7)]则勿惮[(8)]改。”

〖注解〗

（1）君子：这个词一直贯穿于本段始终，因此这里应当有一个断句。

（2）重：庄重、自持。

（3）学则不固：有两种解释：一是作坚固解，与上句相连，不庄重就没有威严，所学也不坚固；二是作固陋解，喻人见闻少，学了就可以不固陋。

（4）主忠信：以忠信为主。

（5）无：通毋，“不要”的意思。

（6）不如己：一般解释为不如自己。另一种解释说，“不如己者，不类乎己，所谓‘道不同不相为谋’也。”把“如”解释为“类似”。后一种解释更为符合孔子的原意。

（7）过：过错、过失。

（8）惮：害怕、畏惧。

曾子曰：“慎终[(1)]追远[(2)]，民德归厚矣。”

〖注解〗

（1）慎终：人死为终。这里指父母的去世。旧注曰：慎终者丧尽其哀。

（2）追远：远指祖先。旧注曰：追远者祭尽其敬。

子禽[(1)]问于子贡[(2)]曰：“夫子[(3)]至于是邦[(4)]也，必闻其政，求之与，抑[(5)]与之与？”子贡曰：“夫子温、良、恭、俭、让[(6)]以得之。夫子之求之也，其诸[7]异乎人之求之与？”

〖注解〗

（1）子禽：姓陈名亢，字子禽。郑玄所注《论语》说他是孔子的学生，但《史记·仲尼弟子列传》未载此人，故一说子禽非孔子学生。

（2）子贡：姓端木名赐，字子贡，卫国人，比孔子小三十一岁，是孔子的学生，生于公元前五二〇年。子贡善辩，孔子认为他可以为大国之相。据《史记》记载，子贡在卫国做了商人，家有财产千金，成了有名的商业家。

（3）夫子：这是古代的一种敬称，凡是做过大夫的人都可以取得这一称谓。孔子曾担任过鲁国的司寇，所以他的学生们称他为“夫子”。后来，因此而沿袭以称呼老师。《论语》书中所说的“夫子”，都是孔子的学生对他的称呼。

（4）邦：指当时割据的诸侯国家。

（5）抑：表示选择的文言连词，有“还是”的意思。

（6）温、良、恭、俭、让：就字面理解即为：温顺、善良、恭敬、俭朴、谦让。这是孔子的弟子对他的赞誉。

（7）其诸：语气词，有“大概”“或者”的意思。

子曰：“父在，观其[1]志；父没，观其行[2]；三年[3]无改于父之道[4]，可谓孝矣。”

〖注解〗

（1）其：他的，指儿子，不是指父亲。

（2）行：指行为举止等。

（3）三年：对于古人所说的数字不必过于机械地理解，只是说要经过一个较长的时间而已，不一定仅指三年的时间。

（4）道：有时候是一般意义上的名词，无论好坏、善恶都可以叫作道。但更多时候是积极意义的名词，表示善的、好的东西。这里表示“合理内容”的意思。

有子曰：“礼[1]之用，和[2]为贵。先王之道[3]，斯[4]为美。小大由之，有所不行。知和而和，不以礼节之，亦不可行也。”

〖注解〗

（1）礼：在春秋时代，“礼”泛指奴隶社会的典章制度和道德规范。孔子的“礼”，既指“周礼”，礼节、仪式，也指人们的道德规范。

（2）和：调和、和谐、协调。

（3）先王之道：指尧、舜、禹、汤、文、武，周公等古代帝王的治世之道。

（4）斯：这、此等意。

有子曰：“信近[(1)]于义[(2)]，言可复[(3)]也；恭近于礼，远[(4)]耻辱也；因[(5)]不失其亲，亦可宗[(6)]也。”

〖注解〗

（1）近：接近、符合的意思。

（2）义：义是儒家的伦理范畴，是指思想和行为符合一定的标准。这个标准就是“礼”。

（3）复：实践的意思。朱熹《集注》云：“复，践言也。”

（4）远：动词，使动用法，使之远离的意思，此外亦可以译为避免。

（5）因：依靠、凭借。一说因应写作姻，但从上下文看似有不妥之处。

（6）宗：主、可靠，一般解释为“尊敬”似有不妥之处。

子曰：“君子食无求饱，居无求安，敏于事而慎于言，就[(1)]有道[(2)]而正[(3)]焉，可谓好学也已。”

〖注解〗

（1）就：靠近、看齐。

（2）有道：指有道德的人。

（3）正：匡正、端正。

子贡曰：“贫而无谄[(1)]，富而无骄，何如[(2)]？”子曰：“可也。未若贫而乐[(3)]，富而好礼者也。”子贡曰：“《诗》云，‘如切如磋！如琢如磨[4]’，其斯之谓与？”子曰：“赐[5]也！始可与言《诗》已矣，告诸往而知来者[6]。”

〖注解〗

（1）谄：意为巴结、奉承。

（2）何如：《论语》书中的“何如”，都可以译为“怎么样”。

（3）贫而乐：一本作“贫而乐道”。

（4）如切如磋，如琢如磨：此二句见《诗经·卫风·淇澳》。有两种解释：一说切磋琢磨分别指对骨、象牙、玉、石四种不同材料的加工，否则不能成器；一说加工象牙和骨，切了还要磋，加工玉石，琢了还要磨，有精益求精之意。

（5）赐：子贡名，孔子对学生都称其名。

（6）告诸往而知来者：诸，同之；往，过去的事情；来，未来的事情。

子曰：“不患[1]人[2]之不已知，患不知人也。”

〖注解〗

（1）患：忧虑、怕。

（2）人：指有教养、有知识的人，而非民。

《大学》（节选）

《大学》原为《礼记》中的一篇，“大学”是对“小学”而言，是说它不是讲“详训诂，明句读”的“小学”，而是大人之学，是讲治国安邦的“大学”，全面总结了先秦儒家关于道德修养、道德作用及其与治国平天下的关系。《大学》相传为曾子作，实则当为秦汉之际的儒家作品。南宋朱熹把它与《论语》《孟子》《中庸》合称为“四书”。

《大学》作为“初学入德之门也”所提出的“三纲八目”（明明德、亲民、止于至善等三条纲领和格物、致知、诚意、正心、修身、齐家、治国、平天下八个条目）为儒家内圣外王之道的实践纲领。

大学之道(1)，在明明德(2)，在亲民(3)，在止于至善。知止(4)而后有定，定而后能静，静而后能安，安而后能虑，虑而后能得(5)。物有本末，事有终始。知所先后，则近道矣。古之欲明明德于天下者，先治其国；欲治其国者，先齐其家(6)；欲齐其家者，先修其身(7)；欲修其身者，先正其心；欲正其心者，先诚其意；欲诚其意者，先致其知(8)；致知在格物(9)。物格而后知至，知至而后意诚，意诚而后心正，心正而后身修，身修而后家齐，家齐而后国治，国治而后天下平。自天子以至于庶人(10)，壹是皆以修身为本(11)。其本乱而末治者否矣(12)。其所厚者薄，而其所薄者厚(13)，未之有也(14)！

〖注解〗

（1）大学之道：大学的宗旨。“大学”一词在古代有两种含义：一是“博学”的意思，二是相对于小学而言的“大人之学”。古人八岁入小学，学习“洒扫应对进退、礼乐射御书数”等文化基础知识和礼节；十五岁入大学，学习伦理、政治、哲学等“穷理正心，修己治人”的学问。所以，后一种含义其实也和前一种含义有相通的地方，同样有“博学”的意思。“道”的本义是道路，引申为规律、原则等，在中国古代哲学、政治学里，也指宇宙万物的本原、个体，一定的政治观或思想体系等，在不同的上下文环境里有不同的意思。

（2）明明德：前一个“明”作动词，有使动的意味，即“使彰明”，也就是发扬、弘扬的意思。后一个“明”作形容词，明德也就是光明正大的品德。

（3）亲民：根据后面的“传”文，“亲”应为“新”，即革新、弃旧图新。亲民，也就是新民，使人弃旧图新、去恶从善。

（4）知止：知道目标所在。

（5）得：收获。

（6）齐其家：管理好自己的家庭或家族，使家庭或家族和和美美，蒸蒸日上，兴旺发达。

（7）修其身：修养自身的品性。

（8）致其知：使自己获得知识。

（9）格物：认识、研究万事万物。

（10）庶人：指平民百姓。

（11）壹是：都是。本：根本。

（12）末：相对于本而言，指枝末、枝节。

（13）厚者薄：该重视的不重视。薄者厚：不该重视的却加以重视。

（14）未之有也：未有之也。没有这样的道理（事情、做法等）。

《中庸》（节选）

《中庸》原为《礼记》中的一篇。相传为子思所作，当为秦汉时儒家的作品。《中庸》是中国古代讨论教育理论的重要论著，它所探讨的儒家的中庸之道的主旨主要和教育相关，包括修养人性的方式、过程、目标等，认为人通过自我教育、自我完善而达到理想人格后，能达至“致中和，天地位焉，万物育焉”这样天人合一的理想境界。

天命之谓性[(1)]，率性之谓道[(2)]，修道之谓教。道也者，不可须臾离也，可离非道也。是故君子戒慎乎其所不睹，恐惧乎其所不闻。莫见乎隐，莫显乎微[(3)]。故君子慎其独也。喜怒哀乐之未发，谓之中[(4)]；发而皆中节[(5)]，谓之和。中也者，天下之大本也；和也者，天下之达道也。致[(6)]中和，天地位焉，万物育焉。

〖注解〗

（1）天命：天赋。朱熹解释说：“天以阴阳五行化生万物，气以成形，而理亦赋焉，犹命令也。”（《中庸章句》）所以，这里的天命（天赋）实际上就是指人的自然禀赋，并无神秘色彩。

（2）率性：遵循本性，率，遵循，按照。

（3）莫：在这里是“没有什么更……”的意思。见：显现，明显。乎：于，在这里有比较的意味。

（4）中：符合。

（5）节：节度法度。

（6）致，达到。

仲尼曰[(1)]：“君于中庸[(2)]，小人反中庸。君子之中庸也，君子而时中。

小人之中庸也[3]，小人而无忌惮[4]也。”

〖注解〗

（1）仲尼：孔子，名丘，字仲尼。

（2）中庸：中和。庸，“常”的意思。

（3）小人之中庸也：应为“小人之反中庸也”。

（4）忌惮：顾忌和畏惧。

子日，“中庸其至矣乎！民鲜能久矣[1]！”

〖注解〗

（1）鲜：少，不多。

子曰：“道[1]之不行也，我知之矣，知者[2]过之，愚者不及也。道之不明也，我知之矣：贤者过之，不肖者[3]不及也。人莫不饮食也，鲜能知味也。”

〖注解〗

（1）道：中庸之道。

（2）知者：智者，与愚者相对，指智慧超群的人。知，同“智”。

（3）不肖者：与贤者相对，指不贤的人。

《孟子》（节选）

《孟子》是由孟子及其弟子共同编写而成的、记载孟子言行的语录体散文集，和《大学》《中庸》《论语》合为《四书》，为儒家经典著作。和同属于语录体散文集的《论语》相比，《孟子》散文的篇幅更长，气势充沛且长于论辩，很多段落都围绕着一定的中心，结构完整，条理清楚。孟子是继孔子之后的儒家代表人物，他继承并丰富了儒家学说，提出民本主义的仁政学说，丰富了儒家的内圣之学，奠立了儒家“道德形而上学”的基础。

尽心上（1）

〖注解〗

（1）在本篇中，孟子的论述偏重认识论与自身修养等问题。

第一章

孟子曰：“尽其心者，知其性也，知其性，则知天矣。存其心（1），养其性（2），所以事天也。殀寿不贰（3），修身以俟之，所以立命也。”

〖注解〗

（1）存其心：朱熹《集注》云：“存，谓操而不舍。”

（2）养其性：朱熹《集注》云：“养，谓顺而不害。”

（3）殀（yǎo）：同“夭”。不贰：赵注云：“虽见前人或殀或寿，终无二心改易其道。”

第四章

孟子曰："万物皆备于我矣[1]。反身而诚[2]，乐莫大焉。强恕而行[3]，求仁莫近焉。"

〖注解〗

（1）万物皆备于我：赵注云："谓人为成人以往，皆备知天下万物，常有所行矣。"朱熹《集注》云："此言理之本然也。大则君臣父子，小则事物细微，其当然之礼，无一不具于性分之内也。"

（2）反身而诚：赵注云："反自思其身所施行皆能实而无虚，则乐莫大焉。"朱熹《集注》云："言反诸身，而所备之理，皆如恶恶臭、好好色之实然，则其行之不待勉强而无不利矣，其为乐孰大于是。"

（3）强恕而行：朱熹《集注》云："强，勉强也。恕，推己以及人也。"

第五章

孟子曰："行之而不著焉[1]，习矣而不察焉[2]，终身由之而不知其道者，众也。"[3]

〖注解〗

（1）著：朱熹《集注》云："知之明。"

（2）察：朱熹《集注》云："识之精。"

（3）众也：赵注云："众庶之人也。"

第七章

孟子曰："耻之于人大矣。为机变之巧者，无所用耻焉[1]，不耻不若人，何若人有？[2]"

〖注解〗

（1）机变：朱嘉释为机械变诈，《淮南子·原道训》：“故机械之心藏于胸中。”高诱注；“机械，巧诈也。”

（2）何若人有：意为有什么地方及得上他人的呢？赵注释为“何有如贤人之名”。

第二十章

子曰：“君子有三乐，而王天下不与存焉。父母俱存，兄弟无故[1]，一乐也。仰不愧于天，俯不怍于人[2]，二乐也。得天下英才而教育之，三乐也。君子有三乐，而王天下不与存焉。”

〖注解〗

（1）故：言灾难病患。

（2）怍：惭愧。

第二十五章

孟子曰：“鸡鸣而起，孳孳为善者，舜之徒也[1]。鸡鸣而起，孳孳为利者，跖之徒也[2]。欲知舜与厢之分，无他，利与善之间也。”

〖注解〗

（1）孳孳：朱熹《集注》云：“勤勉之意。”

（2）跖：本书《滕文公下》篇中所提及的盗跖。

第二十六章

孟子曰：“杨子取为我[1]，拔一毛而利天下，不为也；墨子兼爱，摩顶放踵利天下，为之[2]。子莫执中[3]，执中为近之，执中无权[4]，犹执一也。所恶执一者，为其贼道也，举一而废百也。”

〖注解〗

（1）杨子：杨朱，见本书《滕文公下》篇。取：主张。

（2）摩顶放踵：顶指头颅，踵指脚眼，赵庄云："摩秃其顶，下至其踵。"

（3）子莫：赵注云："鲁之贤人也。"近人罗根泽认为此人即《说苑·修文》篇中的颁孙子莫，钱穆《先秦诸子系年考辨·子莫考》赞同罗说，并谓"核其年世，疑即子张之子申详其人也"。

（4）权：赵注释为权变，朱熹释为权衡，译文从赵说。

第二十七章

孟子曰："饥者甘食，渴者甘饮，是未得饮食之正也，饥渴害之也。岂惟口腹有饥渴之害？人心亦皆有害。人能无以饥渴之害为心害，则不及人不为忧矣。"

第三十八章

孟子曰："形色，天性也[(1)]；惟圣人，然后可以践形。"[(2)]

〖注解〗

（1）天性：犹言天生。又，朱熹《集注》云："人之有形有色，无不各有自然之理，所谓天性也。"

（2）践：与实践之践意同。

第四十章

孟子曰："君子之所以教育五：有如时雨化之者[(1)]，有成德者、有达财者[(2)]，有答问者，有私淑艾者[(3)]。此五者，君子之所以教也。"

〖注解〗

（1）如时雨化之：时雨即及时之雨，赵注云：“教之渐渍而沾洽也。”

（2）财：同“材”，朱熹《集注》云：“各因其所长而教之者也。”

（3）私淑艾：朱熹《集注》云：“人或不能及门受业，但闻君子之道于人，而窃以善治其身，是亦君子之教诲之所及。”

《老子》（节选）

《老子》，又称《道德经》《五千言》，据传为春秋时期周守藏室吏老子（老聃）所著，分上、下两篇，原文上篇《德经》、下篇《道经》，不分章，后改为《道经》在前，《德经》在后，并分为八十一章，是中国历史上首部完整的哲学著作，也是道家哲学思想的重要来源。《老子》由简短精赅且押韵的哲理格言组成，包含的道理玄奥深刻，揭示出事物向其反面转化、事物之间的关系不断转变的规则，对中国的政治、兵法、哲学、宗教乃至民族性格的形成都有深刻影响。

第一章

道可道也[(1)]，非常道。名可名[(2)]，非常名也。无，名万物之始也；有，名万物之母也[(3)]。故常无，欲以观其妙；常有，欲以观其所徼[(4)]。此两者，同出而异名，同谓之玄[(5)]。玄之又玄，众妙之门[(6)]。

〖注解〗

（1）第一个“道”是名词，指的是宇宙的本原和实质，引申为原理、原则、真理、规律等。第二个“道”是动词，解说、表述的意思。

（2）第一个“名”是名词，指“道”的形态。第二个“名”是动词，说明的意思。

（3）无：名万物之始也。有：名万物之母也。“无”：是天地的本始。“有”：是万物的根源。

（4）徼（jiào）：边际、边界。引申端倪的意思。

（5）玄：深黑色，玄妙深远的含义。

（6）门：一切奥妙变化的总门径，此用来比喻宇宙万物的唯一原“道”的门径。

第二章

天下皆知美之为美，斯恶已[1]；皆知善，斯不善矣[2]。故有无之相生[3]，难易之相成，长短之相刑[4]，高下相盈[5]，音声相和[6]，先后相随。是以圣人居无为之事[7]，行不言之教；万物作[8]而弗始也，为而弗志也，成功而弗居。夫唯弗居，是以弗去。

〖注解〗

（1）恶已：恶、丑。已，通“矣”。

（2）斯：这。

（3）相：互相。

（4）刑：通“形”，此指比较、对照中显现出来的意思。

（5）盈：充实、补充、依存。

（6）音声：汉代郑玄为《礼记·乐记》作注时说，合奏出的乐音叫作“音”，单一发出的音响叫作“声”。

（7）圣人居无为之事：圣人，古时人所推崇的最高层次的典范人物。居，担当、担任。无为，顺应自然，不加干涉、不必管束，任凭人们去干事。

（8）作：兴起、发生、创造。

第八章

上善若水[1]。水善利万物而不争，处众人之所恶[2]，故几于道[3]。居善地，心善渊[4]，与善仁[5]，言善信；政善治[6]，事善能，动善时[7]。夫唯不争，故无尤[8]。

〖注解〗

（1）上善若水：上，最的意思。上善即最善。这里老子以水的形象来说明“圣人”是道的体现者，因为圣人的言行有类于水，而水德是近于道的。

（2）处众人之所恶：居处于众人所不愿去的地方。

（3）几于道：几，接近。即接近于道。

（4）渊：沉静、深沉。

（5）与善仁：与，指与别人相交相接。善仁，指有修养之人。

（6）政善治：为政善于治理国家，从而取得治绩。

（7）动善时：行为动作善于把握有利的时机。

（8）尤：怨咎、过失、罪过。

第十二章

五色[(1)]令人目盲[(2)]；五音[(3)]令人耳聋[(4)]；五味[(5)]令人口爽[(6)]；驰骋[(7)]畋猎[(8)]，令人心发狂[(9)]；难得之货，令人行妨[(10)]；是以圣人为腹不为目[(11)]，故去彼取此[(12)]。

〖注解〗

（1）五色：指青、黄、赤、白、黑。此指色彩多样。

（2）目盲：比喻眼花缭乱。

（3）五音：指宫、商、角、徵、羽。这里指多种多样的音乐声。

（4）耳聋：比喻听觉不灵敏，分不清五音。

（5）五味：指酸、苦、甘、辛、咸，这里指多种多样的美味。

（6）口爽：意思是味觉失灵，生了口病。古代以“爽”为口病的专用名词。

（7）驰骋：纵横奔走，比喻纵情放荡。

（8）畋猎：打猎获取动物。畋（tián），打猎的意思。

（9）心发狂：心旌放荡而不可制止。

（10）行妨：伤害操行。妨，妨害、伤害。

（11）为腹不为目：只求温饱安宁，而不为纵情声色之娱。“腹”在这里代表一种简朴宁静的生活方式，“目”代表一种巧伪多欲的生活方式。

（12）去彼取此：摒弃物欲的诱惑，而保持安定知足的生活。“彼”指“为目”的生活，“此”指“为腹”的生活。

第十八章

大道废[(1)]，有仁义；智慧出[(2)]，有大伪；六亲不和[(3)]，有孝慈[(4)]；

国家昏乱，有忠臣。

〖注解〗

（1）大道：指社会政治制度和秩序。

（2）智慧：聪明、智巧。

（3）六亲：父子、兄弟、夫妇。

（4）孝慈：一本作孝子。

第十九章

绝圣弃智（1），民利百倍；绝仁弃义，民复孝慈；绝巧弃利，盗贼无有。此三者（2）以为文（3），不足，故令有所属（4）。见素抱朴（5），少私寡欲，绝学无忧。

〖注解〗

（1）绝圣弃智：抛弃聪明智巧。此处“圣”不作“圣人”，即最高的修养境界解，而是自作聪明之意。

（2）此三者：指圣智、仁义、巧利。

（3）文：条文、法则。

（4）属：归属、适从。

（5）见素抱朴：意思是保持原有的自然本色。“素”是没有染色的丝；“朴”是没有雕琢的木；素、朴是同义词。

第三十六章

将欲歙之（1），必固张之（2）；将欲弱之，必固强之；将欲废之，必固兴之；将欲取之（3），必固与之（4）。是谓微明（5）。柔弱胜刚强。鱼不可脱于渊，国之利器不可以示人。

〖注解〗

（1）歙：敛，合。

（2）固：暂且。

（3）取：一本作“夺”。

（4）与：给，同“予”字。

（5）微明：微妙的先兆。

第四十章

反者[（1）]道之动，弱者[（2）]道之用。天下万物生于有[（3）]，有生于无[（4）]。

〖注解〗

（1）反者：同时包含返和反的意思。返，循环往复的意思；反，相反，对立。

（2）弱者：柔弱。

（3）有：形上之道的实存性，与“有名万物之母的”的“有”相同。但不同于有无相生的“有”。有无相生的“有”指现象界的具体存在物。

（4）无：与“无名天地之始”的“无”相同。但不同于“有无相生”的“无”。

第四十五章

大成[（1）]若缺，其用不弊。大盈若冲[（2）]，其用不穷。大直若屈[（3）]，大巧若拙，大辩若讷[（4）]。躁胜寒，静胜热。清静为天下正[（5）]。

〖注解〗

（1）大成：最为完满的东西。

（2）冲：虚，空虚。

（3）屈：曲。

（4）讷：拙嘴笨舌。

（5）正：模范。

第四十八章

为学日益(1)，为道日损(2)，损之又损，以至于无为，无为而无不为。取(3)天下常以无事(4)，及其有事(5)，不足以取天下。

〖注解〗

（1）为学口益：为学，是反映探求外物的知识。此处的“学”当指政教礼乐。日益，指增加人的知见智巧。

（2）为道日损：此处的“道”，指自然之道，无为之道。

（3）取：治、摄化之意。

（4）无事：无扰攘之事。

（5）有事：繁苛政举。

第八十章

小国寡民，使(1)有什伯之器(2)而不用，使民重死(3)而不远徙(4)。虽有舟舆(5)，无所乘之；虽有甲兵(6)，无所陈之(7)。使人复结绳(8)而用之。至治之极。甘其食，美其服，安其居，乐其俗，邻国相望，鸡犬之声相闻，民至老死不相往来。

〖注解〗

（1）使：即使。

（2）什伯之器：各种各样的器具。什伯，意为极多，多种多样。

（3）重死：看重死亡，即不轻易冒着生命危险去做事。

（4）徙：迁移、远走。

（5）舆：车子。

（6）甲兵：武器装备。

（7）陈：陈列。此句引申为布阵打仗。

（8）结绳：文字产生以前，人们以绳记事。

《庄子》（节选）

《庄子》又称《南华经》，汉代著录为五十二篇，现存三十三篇。其中，《内篇》七篇，通常认为是庄子本人所著；《外篇》十五篇，《杂篇》十一篇，有庄周门人及后来道家的作品。庄子继承并发展了老子为代表的道家思想，在老子的无为思想基础上把一切人为的制度和文化措施都视为违逆天性之物，追求绝对精神自由，并从老子的事物相反相成的发展观形成了泯灭一切对立范畴、从而也否定了一切事物本质区别的相对主义。因此他的作品既富哲学意味，又富文学诗意，想象力丰富奇特，结构突兀恣肆。

齐物论

南郭子綦隐机而坐[(1)]，仰天而嘘[(2)]，荅焉似丧其耦[(3)]。颜成子游立侍乎前[(4)]，曰："何居乎[(5)]？形固可使如槁木[(6)]，而心固可使如死灰乎[(7)]？今之隐机者，非昔之隐机者也[(8)]。"子綦曰："偃[(9)]，不亦善乎，而问之也[(10)]！今者吾丧我，汝知之乎？汝闻人籁[(11)]而未闻地籁，汝闻地籁而未闻天籁夫！"子游曰："敢问其方[(12)]。"子綦曰："夫大块噫气[(13)]，其名为风，是唯无作[(14)]，作则万窍怒呺[(15)]。而独不闻之翏翏乎[(16)]？山林之畏佳[(17)]，大木百围之窍穴，似鼻，似口，似耳，似枅[(18)]，似圈，似臼，似洼者，似污者[(19)]。激者[(20)]，謞者[(21)]，叱者，吸者，叫者，譹者[(22)]，宎者[(23)]，咬者[(24)]，前者唱于而随者唱喁[(25)]。泠风则小和[(26)]，飘风则大和，厉风济则众窍为虚[(27)]。而独不见之调调之刁刁乎[(28)]？"子游曰："地籁则众窍是已[(29)]，人籁则比竹是已[(30)]，敢问天籁。"子綦曰："夫吹万不同[(31)]，而使其自己也[(32)]，咸其自取[(33)]，怒者其谁邪[(34)]？"

〖注解〗

（1）南郭子綦（qí）：楚人，居住南郭，故名南郭子綦。旧说为楚庄王庶出的弟弟，做过楚庄王的司马；疑为庄子中寓托的高士，而非历史人物。隐：凭倚。机：亦作几，案几。

（2）嘘：吐气。

（3）荅（dá）焉：亦作“嗒焉”，离形去智的样子。耦：匹对。庄子认为人是肉体和精神的对立统一体，“耦”在这里即指与精神相对立的躯体。丧其耦，表示精神超脱躯体达到忘我的境界。

（4）颜成子游：子綦的学生，姓颜名偃，子游为字，死后谥成，故名颜成子游。

（5）居（jī）：表疑问的语气词。

（6）固：诚然。槁：干枯。

（7）心：思想，精神。固：岂，难道。

（8）“今之隐机者”与“昔之隐机者”实指一人，即南郭子綦，意思是南郭子綦今日隐机入神出体与旧时大不一样。

（9）偃：见注（4）。

（10）而：你，人称代词。“不亦善乎，而问之也”乃是“尔问之不亦善乎”之倒置。

（11）籁：箫，古代的一种管状乐器，这里泛指从孔穴里发出的声响。“人籁”即出自人为的声响，与下两句的“地籁”“天籁”相对应。所谓“地籁”或“天籁”，即出自自然的声响。

（12）敢：表示谦敬的副词，含有“冒昧地”“斗胆地”的意思。方：道术，指所言“地籁”“天籁”的真实含意。

（13）大块：大地。噫（yì）气：吐气。

（14）是：此，这里指风。唯：句中语气词，含有仅此的意思。作：兴起。

（15）窍：孔穴。呺（háo）：亦作“号”，吼叫。

（16）翏翏（liáo）：亦作飂飂，大风呼呼的声响。

（17）林：通作“陵”，大山。畏佳（cuī）：亦作“嵔佳”，即嵬崔，山陵高峻的样子。

（18）枅（jī）：柱头横木。

（19）污：停滞不流的水塘。

（20）激：水流湍急的声音。

（21）謞（xiào）：这里用来形容箭头飞去的声响。

（22）譹（háo）：嚎哭声。

（23）宎（yǎo）：深而沉。

（24）咬（jiāo）：鸟鸣叫的声音。一说哀切声。

（25）于、喁（yú）：风吹树动前后相和的声音。

（26）泠（líng）风：小风，清风。

（27）厉风：迅猛的暴风。济：止。

（28）调调、刁刁：风吹草木晃动摇曳的样子。“刁刁”亦作“刀刀”。

（29）是：这样。已：矣。

（30）比：并合。竹：这里指并合在一起可以发出声响的、不同形状的竹管。

（31）这句及以下是表述“天籁”的，故有人疑“夫”字之后缺“天籁者”三字。

（32）使其自己：意思是使它们自身发出各种各样的声音。一说“己”当作“已”，是停止的意思，但联系上下文不宜从此解。

（33）咸：全。

（34）怒：这里是发动的意思。

大知闲闲[(1)]，小知閒閒[(2)]；大言炎炎[(3)]，小言詹詹[(4)]。其寐也魂交[(5)]，其觉也形开[(6)]。与接为搆[(7)]，日以心斗。缦者[(8)]，窖者[(9)]，密者[(10)]。小恐惴惴[(11)]，大恐缦缦[(12)]。其发若机栝[(13)]，其司是非之谓也[(14)]；其留如诅盟[(15)]，其守胜之谓也；其杀若秋冬[(16)]，以言其日消也；其溺之所为之[(17)]，不可使复之也；其厌也如缄[(18)]，以言其老洫也[(19)]；近死之心，莫使复阳也[(20)]。喜怒哀乐，虑叹变慹[(21)]，姚佚启态[(22)]。乐出虚[(23)]，蒸成菌[(24)]。日夜相代乎前[(25)]，而莫知其所萌[(26)]。已乎[(27)]，已乎！旦暮得此[(28)]，其所由以生乎[(29)]！

非彼无我[(30)]，非我无所取[(31)]。是亦近矣[(32)]，而不知其所为使[(33)]。若有真宰[(34)]，而特不得其眹[(35)]。可行已信，而不见其形，有情而无形[(36)]。百骸[(37)]、九窍[(38)]、六藏[(39)]，赅而存焉[(40)]，吾谁与为亲[(41)]？汝皆说之乎[(42)]？其有私焉[(43)]？如是皆有为臣妾乎？其臣妾不足以相治乎？其递相为君臣乎？其有真君存焉[(44)]？如求得其情与不得[(45)]，无益损乎其真。一受其成形[(46)]，不亡以待尽[(47)]。与物相刃相靡[(48)]，其行尽如驰[(49)]，而莫之能止，不亦悲乎！终身役役而不见其成功[(50)]，苶然疲役而不知其所归[(51)]，可不哀邪！人谓之不死，奚益！其形化，其心与之然，可不谓大哀乎？人之生也，固若是芒乎[(52)]？其我独芒，而人亦有不芒者乎？

夫随其成心而师之[53]，谁独且无师乎？奚必知代而心自取者有之[54]？愚者与有焉。未成乎心而有是非，是今日适越而昔至也[55]。是以无有为有。无有为有，虽有神禹且不能知[56]，吾独且奈何哉！

〖注解〗

（1）闲闲：广博豁达的样子。

（2）閒閒（jiàn）："閒"，今简作"间"，"閒閒"即间间，明察细别的样子。

（3）炎炎：猛烈；这里借猛火炎燎之势，比喻说话时气焰盛人。

（4）詹詹：言语琐细，说个没完。

（5）寐：睡眠。魂交：心灵驰躁，神魂交接。

（6）觉：睡醒。形开：身形开朗，目开意悟。一说形体不宁。

（7）接：接触，这里指与外界环境接触。搆："构（搆）"字的异体，交合的意思。

（8）缦（màn）：通作"慢"，疏怠迟缓的意思。

（9）窖：深沉，用心不可捉摸。

（10）密：隐秘、谨严。

（11）惴惴（zhuì）：恐惧不安的样子。

（12）缦缦（màn）：神情沮丧的样子。

（13）机：弩机，弩上的发射部位。栝（guā）：箭杆末端扣弦部位。

（14）司：主。"司是非"犹言主宰是非，意思是"是"与"非"都由此产生。一说"司"通"伺"，窥伺人之是非的意思。

（15）留：守住，指留存内心，与上句的"发"相对应。诅盟：誓约；结盟时的誓言，坚守不渝。

（16）杀：肃杀，衰败。

（17）溺：沉湎。"之"疑讲作"于"。

（18）厌（yā）：通作"压"，闭塞的意思。缄：绳索，这里是用绳索加以束缚的意思。

（19）洫（xù）：败坏。

（20）复阳：复生，恢复生机。

（21）虑：忧虑。叹：感叹。变：反复。慹（zhé）：通作"慑"，恐惧的意思。

（22）姚：轻浮躁动。佚（yì）：奢华放纵。启：这里指放纵情欲而不知收敛。态：这里是故作姿态的意思。

（23）乐：乐声。虚：中空的情态，用管状乐器中空的特点代指乐器本身。

（24）蒸成菌：在暑热潮湿的条件下蒸腾而生各种菌类。

（25）相代：相互对应地更换与替代。

（26）萌：萌发、产生。

（27）已：止，算了。

（28）旦暮：昼夜，这里表示时间很短。此：指上述对立、对应的各种情态形成发生的道理，犹如乐出于虚，菌出于气，一切都形成于“虚”“无”。

（29）由：从，自。所由：产生的缘由。

（30）“彼”就字面上讲指“我”的对立面，也可以理解为非我的大自然，甚至包括上述各种情态。

（31）取：资证，呈现。

（32）近：彼此接近；引申一步，像前两句话（“非彼无我，非我无所取”）那样的认识和处理，就接近于事物的本质，接近于认识事物的真理。

（33）所为使：为……所驱使。

（34）宰：主宰。“真宰”，犹如今日言“造世主”，但也可理解为真我，即我身的主宰。

（35）特：但，只。眹（zhèn）：端倪、征兆。

（36）情：真，指事实上的存在。

（37）百：概数，言其多，非确指。骸：骨节。

（38）九窍：人体上九个可以向外张开的孔穴，指双眼、双耳、双鼻孔、口、生殖器、肛门。

（39）藏：内脏；这个意义后代写作“臟”，简化成“脏”。心、肺、肝、脾、肾俗称五脏，但也有把左右两肾分别称谓的，这就成了“六脏”。

（40）赅：齐备。

（41）谁与：与谁。

（42）说：喜悦，这个意义后代写作“悦”。

（43）私：偏私，偏爱。

（44）真君：对待“我”来说，“真君”即“真我”“真心”，对待社会的各种情态说，“真君”就是“真宰”。

（45）情：究竟，真实情况。

（46）一：一旦。

（47）亡：亦作“忘”，忘记。一说“亡”为“代”字之讹，变化的意思。尽：耗竭、消亡。

（48）刃：刀口，这里喻指针锋相对的对立面。靡：倒下，这里是顺应的意思。

（49）驰：迅疾奔跑。

（50）役役：相当于“役于役”。意思是为役使之物所役使。一说劳苦不休的样子。

（51）苶（nié）然：疲倦困顿的样子。疲役：犹言疲于役，为役使所疲顿。

（52）芒：通作“茫”，迷昧无知。

（53）成心：业已形成的偏执之见。

（54）代：更改，变化。“知代”是指懂得变化更替的道理。取：资证、取信。

（55）这句是比喻，说明没有成见就已经出现是非观念。

（56）神禹：神明的夏禹。

夫言非吹也[1]，言者有言，其所言者特未定也[2]。果有言邪？其未尝有言邪？其以为异于鷇音[3]，亦有辩乎[4]？其无辩乎？

道恶乎隐而有真伪？言恶乎隐而有是非[5]？道恶乎往而不存？言恶乎存而不可？道隐于小成[6]，言隐于荣华[7]。故有儒墨之是非[8]，以是其所非而非其所是。欲是其所非而非其所是，则莫若以明[9]。

物无非彼，物无非是。自彼则不见，自知则知之[10]。故曰：彼出于是，是亦因彼。彼是方生之说也[11]。虽然，方生方死，方死方生；方可方不可，方不可方可[12]；因是因非，因非因是[13]。是以圣人不由而照之于天[14]，亦因是[15]也。是亦彼也，彼亦是也。彼亦一是非，此亦一是非[16]。果且有彼是乎哉？果且无彼是乎哉[17]？彼是莫得其偶[18]，谓之道枢[19]。枢始得其环中[20]，以应无穷[21]。是亦一无穷，非亦一无穷也。故曰莫若以明。

以指喻指之非指，不若以非指喻指之非指也[22]；以马喻马之非马[23]，不若以非马喻马之非马也。天地一指也，万物一马也。

可乎可，不可乎不可。道行之而成，物谓之而然[24]。恶乎然？然于然。恶乎不然？不然于不然[25]。恶乎可？可于可。恶乎不可？不可于不可[26]。物固有所然，物固有所可；无物不然，无物不可。故为是举莛与楹[27]、厉与西施[28]、恢恑憰怪[29]，道通为一[30]。其分也[31]，成也[32]；其成也，毁也[33]。凡物无成与毁，复通为一。唯达者知通为一[34]，为是不用而寓诸庸[35]。庸也者，用也[36]；用也者，通也；通也者，得也[37]；适得而几矣[38]。因是已[39]，已而不知其然[40]，谓之道。劳神明为一而不知其同也[41]，谓之朝三[42]。何谓朝三？狙公赋芧曰[43]：“朝三而暮四。”

众狙皆怒。曰："然则朝四而暮三。"众狙皆悦。名实未亏而喜怒为用(44)，亦因是也。是以圣人和之以是非而休乎天钧(45)，是之谓两行(46)。

古之人，其知有所至矣。恶乎至(47)？有以为未始有物者，至矣，尽矣，不可以加矣。其次以为有物矣，而未始有封也(48)。其次以为有封焉，而未始有是非也。是非之彰也，道之所以亏也。道之所以亏，爱之所以成(49)。果且有成与亏乎哉？果且无成与亏乎哉？有成与亏，故昭氏之鼓琴也(50)。无成与亏，故昭氏之不鼓琴也。昭文之鼓琴也，师旷之枝策也(51)，惠子之据梧也(52)，三子之知，几乎(53)皆其盛者也，故载之末年(54)。唯其好之也(55)，以异于彼；其好之也，欲以明之(56)。彼非所明而明之，故以坚白之昧终(57)。而其子又以文之纶终(58)，终身无成。若是而可谓成乎？虽我亦成也(59)。若是而不可谓成乎？物与我无成也。是故滑疑之耀(60)，圣人之所图也(61)。为是不用而寓诸庸，此之谓以明。

〖注解〗

(1) 吹：风吹。根据本段大意看，"言"似有所指，不宜看作一般所谓的说话、言谈，而指"辩论"；下句的"言者"则当指善辩的人。辩言之是非出于己见，而风吹出于自然，所以说"言非吹"。

(2) 特：但，只。

(3) 彀（gòu）音：刚刚破卵而出的鸟的叫声。

(4) 辩：通作"辨"，分辨、区别。

(5) 恶（wū）：何，怎么。隐：隐秘，藏匿。

(6) 成：成就。"小成"这里指一时的、局部的成功。

(7) 荣华：木草之花，这里喻指华丽的辞藻。

(8) 儒墨：儒家和墨家，战国时期两个政治和哲学流派。

(9) 莫若以明：传统的解释为"莫如即以本然之明照之"，意思是"不如用其自然加以观察"。姑存此说。

(10) "自知"疑为"自是"之误，与上句之"自彼"互文；若按"自知"讲，语义亦不通达。

(11) 方生：并存。一说"方"通作"旁"，依的意思。

(12) 方：始，随即。

(13) 因：遵循，依托。

(14) 由：自，经过。一说用，"不由"就是不用。照：观察。天：这里指事物的自然，即本然。

（15）因：顺着。

（16）一：同一，同样。

（17）果：果真。

（18）偶：对，对立面。

（19）枢：枢要。道枢：大道的关键之处。庄子认为，彼和此是事物对立的两个方面，如果彼和此都失去了相对立的一面，那么这就是道的枢要，即齐物以至齐论的关键。一切都出自虚无、一切都归于虚无，还有不“齐物”和“齐论”的吗？

（20）环中：环的中心。“得其环中”喻指抓住要害。

（21）应：适应，顺应。穷：尽。

（22）指：不宜讲作手指之指，战国名家学派公孙龙子著《指物论》，这里应是针对该篇内容而言，所谓“指”，即组成事物的要素。联系下一句，事物的要素并非事物本身，而事物的要素只有在事物内才有它的存在，故有“指之非指”的说法。喻：说明。

（23）马：跟上句的“指”一样，同是当时论辩的主要论题。名家公孙龙子就曾作《白马篇》，阐述了“白马非马”的观点。

（24）谓：称谓、称呼。然：这样。

（25）然：对的、正确的。

（26）以上十二句历来认为有错简或脱落现象，句子序列暂取较通行的校勘意见。

（27）莛（tíng）：草茎。楹（yíng）：厅堂前的木柱。“莛”“楹”对文，代指物之细小者和巨大者。

（28）厉：通作“疠”，指皮肤溃烂，这里用表丑陋的人。西施：吴王的美姬，古代著名的美人。

（29）恢：宽大。恑（guǐ）：奇变。憰（jué）：诡诈。怪：怪异。恢恑憰怪四字连在一起，概指千奇百怪的各种事态。

（30）一：浑一，一体。联系上文，庄子认为世上一切小与大、丑与美、千差万别的各种情态或各种事物，都是相通而又处在对立统一体内，从这一观点出发，世上一切事物就不会不“齐”，不会不具有某种共同性。

（31）分：分开、分解。

（32）成：生成、形成。“成”和“分”也是相对立的，一个事物被分解了，这就意味生成一新的事物。

（33）毁：毁灭，指失去了原有的状态。“毁”与“成”也是相对立的，一个新事物通过分解而生成了，这就意味原事物的本有状态必定走向毁灭。

（34）达：通达，“达者”这里指通晓事理的人。

（35）为是不用：为了这个缘故不用固执己见；“不用”之后有所省略，即一定把物“分”而“成”的观点，也就是不“齐”的观点。寓：寄托。诸：讲作“之于”。庸：指平常之理。一说讲作“用”，含有功用的意思。

（36）以下四句至“适得而几矣”，有人认为是衍文，是前人作注的语言，并非庄子的原文。

（37）得：中，合乎常理的意思。一说自得。

（38）适：恰。几：接近。

（39）因：顺应。是：此，这里指上述“为一”的观点，即物之本然而不要去加以分别的观点。

（40）已：这里是一种特殊的省略，实指前面整个一句话，“已”当讲作“因是已”。

（41）劳：操劳、耗费。神明：心思，指精神和才智。为一：了解、认识事物浑然一体、不可分割的道理。言外之意，事物本来就是浑然一体，并不需要去辨求。同：具有同一的性状和特点。

（42）朝三：“朝三”“暮四”的故事《列子·黄帝篇》亦有记载。朝是早晨，暮是夜晚，三和四表示数量，即三升、四升。“朝三”“暮四”或者“朝四”“暮三”，其总和皆为“七”，这里借此譬喻名虽不一，实却无损，总都归结为“一”。

（43）狙（jū）：猴子。狙公：养猴子的人。赋：给予。芧（xù）：橡子。

（44）亏：亏损。为用：为之所用，意思是喜怒因此而有所变化。

（45）和：调和、混用。“和之以是非”即“以是非和之”，把是和非混同起来。休：本指休息，这里含有优游自得地生活的意思。钧：通作“均”，“天钧”即自然而又均衡。

（46）两行：物与我，即自然界与自我的精神世界都能各得其所，自行发展。

（47）至：造极，最高的境界。

（48）封：疆界、界线。

（49）以：原本作“之”据文义改。

（50）昭氏：昭文，以善于弹琴著称。庄子认为，音本是一个整体，没有高低长短之分就无法演奏，任何高明的琴师都不可能同时并奏各种各样的声音。正因为分出音的高低长短才能在琴弦上演奏出来。

（51）师旷：晋平公时的著名乐师。枝策：用如动词，用枝或策叩击拍节，犹如今天的打拍子。一说举杖击节。

（52）惠子：惠施，古代名家学派的著名人物。据：依。梧：树名。惠施善辩，“据梧”意思就是靠着桐树高谈阔论。一说“梧”当讲作桐木几案，“据梧”则是靠着几案。

（53）几：尽，意思是达到了顶点。

（54）载：记载；一说载誉。末年，晚年。

（55）好：喜好；“好之”意思是各自喜好自己的专长和学识。

（56）明：明白、表露。

（57）坚白：指石的颜色白而质地坚，但“白”和“坚”都独立于“石”之外。公孙龙子曾有“坚白论”之说，庄子是极不赞成的。昧：迷昧。

（58）其子：指昭文之子。一说指惠施之子。纶：绪，这里指继承昭文的事业。

（59）这句语意有所隐含，意思是“虽我无成亦成也”，即如果上述情况都叫有所成就的话，即使是我没有什么成就也可说有了成就了。

（60）滑（gǔ）疑：纷乱的样子，这里指各种迷乱人心的辩说。

（61）图：亦写作“啚”，疑为“鄙”字之误，瞧不起，摒弃的意思。

今且有言于此，不知其与是类乎？其与是不类乎？类与不类，相与为类[(1)]，则与彼无以异矣。虽然，请尝言之[(2)]。有始也者，有未始有始也者，有未始有夫未始有始也者。有有也者，有无也者，有未始有无也者，有未始有夫未始有无也者。俄而有无矣[(3)]，而未知有无之果孰有孰无也。今我则已有谓矣[(4)]，而未知吾所谓之其果有谓乎，其果无谓乎？天下莫大于秋豪之末[(5)]，而大山为小[(6)]；莫寿于殇子[(7)]，而彭祖为夭[(8)]。天地与我并生，而万物与我为一。既已为一矣，且得有言乎？既已谓之一矣，且得无言乎？一与言为二，二与一为三。自此以往，巧历不能得[(9)]，而况其凡乎[(10)]！故自无适有以至于三[(11)]，而况自有适有乎！无适焉，因是已[(12)]。

夫道未始有封[(13)]，言未始有常[(14)]，为是而有畛也[(15)]。请言其畛：有左有右，有伦有义[(16)]，有分有辩，有竞有争，此之谓八德[(17)]，六合之外[(18)]，圣人存而不论；六合之内，圣人论而不议[(19)]。春秋经世先王之志[(20)]，圣人议而不辩。故分也者，有不分也；辩也者，有不辩也。曰：何也？圣人怀之[(21)]，众人辩之以相示也[(22)]。故曰辩也者有不见也。

夫大道不称[(23)]，大辩不言，大仁不仁，大廉不嗛[(24)]，大勇不忮[(25)]。道昭而不道[(26)]，言辩而不及[(27)]，仁常而不成，廉清而不信，勇忮而不成。五者圆而几向方矣[(28)]。故知止其所不知，至矣。孰知不言之辩、不道之道？若有能知，此之谓天府[(29)]。注焉而不满[(30)]，酌焉而不竭[(31)]，而不知其所由来，此之谓葆光(32)。

〖注解〗

（1）类：同类、相同。

（2）尝：试。

（3）俄而：突然。

（4）谓：评说、议论。以下几句同此解。

（5）于：比。豪：通作“毫”，细毛。末：末梢。秋毫之末比喻事物的细小。

（6）大山：一说读如泰山。

（7）殇子：未成年而死的人。

（8）夭：夭折，短命。

（9）历：历数，计算。

（10）凡：平凡，这里指普通的人。

（11）适：往，到。

（12）因：顺应。已：矣。

（13）封：界线，分别。

（14）常：定见，定论。

（15）是：对的，正确的；“为是”，意思是各自认为自己是正确的。畛（zhěn）：田地里的界路，这里泛指事物、事理间的界线和区分。

（16）伦：次序。义：仪，等别。一说本句当作“有论有议”。

（17）八德：八类、八种。

（18）六合：天、地和东、西、南、北四方。

（19）论：研究。议：评说。

（20）春秋：这里泛指古代历史，并非指战国以前的那一段历史年代。经世：经纶世事，这是用调理织物来喻指治理社会。志：记载；这个意义后代写作“誌”。

（21）怀：囊括于胸，指不去分辨物我和是非，把物与我、是与非都容藏于身。

（22）示：显示，这里含有夸耀于外的意思。

（23）称：举称。一说通作“偁”，宣扬的意思。

（24）嗛（qiān）：通“谦”，谦逊。

（25）忮（zhì）：伤害。

（26）昭：明，这里指明白无误地完全表露出来。

（27）不及：达不到，这里指言论表达不到的地方。

（28）圆：这里作求圆解。几：近，近似。“圆而几向方”，意思是求圆却近似于方，比喻事与愿违。

（29）府：储存财物的地方。天府，指自然生成的府库，也就是整个宇宙。

（30）注：注入。焉：讲作“于之”。

（31）酌：舀取。竭：尽。

（32）葆（bǎo）：藏，隐蔽。“葆光”即潜隐光亮而不露。

故昔者尧问于舜曰：“我欲伐宗、脍、胥敖[(1)]，南面而不释然[(2)]，其故何也？”舜曰：“夫三子者[(3)]，犹存乎蓬艾之间[(4)]。若不释然[(5)]，何哉？昔者十日并出[(6)]，万物皆照，而况德之进乎日者乎[(7)]！”

齧缺问乎王倪曰[(8)]：“子知物之所同是乎[(9)]？”曰：“吾恶乎知之！”“子知子之所不知邪？”曰：“吾恶乎知之！”“然则物无知邪？”曰：“吾恶乎知之！虽然，尝试言之。庸讵知吾所谓知之非不知邪？庸讵知吾所谓不知之非知邪[(10)]？且吾尝试问乎女[(11)]：民湿寝则腰疾偏死[(12)]，鳝然乎哉[(13)]？木处则惴慄恂惧[(14)]，猨猴然乎哉[(15)]？三者孰知正处？民食刍豢[(16)]，麋鹿食荐[(17)]，蝍蛆甘带[(18)]，鸱鸦耆鼠[(19)]，四者孰知正味？猨猵狙以为雌[(20)]，麋与鹿交，鳝与鱼游[(21)]。毛嫱丽姬[(22)]，人之所美也，鱼见之深入，鸟见之高飞，麋鹿见之决骤[(23)]。四者孰知天下之正色哉？自我观之，仁义之端[(24)]，是非之途[(25)]，樊然殽乱[(26)]，吾恶能知其辩[(27)]！”

齧缺曰：“子不知利害，则至人固不知利害乎[(28)]？”王倪曰：“至人神矣[(29)]！大泽焚而不能热[(30)]，河汉沍而不能寒[(31)]，疾雷破山飘风振海而不能惊[(32)]。若然者，乘云气，骑日月，而游乎四海之外。死生无变于己[(33)]，而况利害之端乎！”

〖注解〗

（1）宗、脍、胥敖：三个小国国名。

（2）南面：君王临朝。古代帝王上朝理事总坐北朝南。释然：不耿介于怀的样子。一说“释”通作“怿”，喜悦的意思。

（3）三子者：指上述三国的国君。

（4）蓬艾：两种草名。“存乎蓬艾之间”比喻国微君卑，不足与之计较。

（5）若：你。

（6）十日并出：指古代寓言中十个太阳一并出来的故事，庄子借此比喻阳光普照到每一个地方。

（7）进：进了一步，具有超过、胜过的意思。

（8）齧（niè）缺、王倪：传说中的古代贤人，实为庄子寓言故事中虚拟的人物。

（9）所同是：意思是相互间共同的地方。

（10）庸讵：怎么、哪里。

（11）女：汝，你。

（12）湿寝：在潮湿的地方寝卧。偏死：偏瘫，即半身不遂。

（13）鰌（qiū）：“鳅”字的异体，即泥鳅。

（14）木处：在高高的树木上居住。惴、慄、恂、惧：四字都是恐惧、惧怕的意思。

（15）猨：“猿”字的异体，“猨猴”即“猿猴”。

（16）刍（chú）：草。豢（huàn）：养。“刍豢”，用草喂养，这里代指家畜、牲口。

（17）麋（mí）：一种食草的珍贵兽类，与鹿同科。荐（jiàn）：美草。

（18）蝍（jí）蛆（qū）：蜈蚣。甘：甜美，嗜好；这里作动词。带：小蛇。“甘带”意思是以小蛇为美食。

（19）鸱（chī）：猫头鹰。耆：亦写作“嗜”，嗜好。

（20）猵（biān）狙（jū）：一种类似猿猴的动物。“猨猵狙以为雌”，即“猿以狙猵为雌”。旧注猵狙喜与雌猿交配，“以猿为雌”，但与句法不合。

（21）游：戏游，即交尾。

（22）毛嫱、丽姬：古代著名的美人。

（23）决（xuè）：迅疾的样子。骤：快速奔跑。

（24）端：端绪。

（25）涂：通作“途”，道路，途径。

（26）樊然：杂乱的样子。殽（yáo）：这里讲作“淆”，混杂的意思。

（27）辩：通作辨，分别、区分的意思。

（28）至人：这里指能够达到忘我境界的、道德修养极高的人。

（29）神：神妙不测。

（30）泽：聚水的洼地。泽地水源充足，林木灌丛生长茂密。

（31）沍（hù）：河水冻结。

（32）根据前两句的句式结构分析，这一句似应分别成两个七字句，故有人认为此处有脱落，疑为“疾雷破山不能伤，飘风振海不能惊”。

（33）无变于己：意思是对于他自己全无变化。

瞿鹊子问乎长梧子曰[1]："吾闻诸夫子[2]，圣人不从事于务[3]，不就利[4]，不违害[5]，不喜求，不缘道[6]；无谓有谓[7]，有谓无谓，而游乎尘垢之外。夫子以为孟浪之言[8]，而我以为妙道之行也。吾子以为奚若[9]？"

长梧子曰："是黄帝之所听荧也[10]，而丘也何足以知之！且女亦大早计[11]，见卵而求时夜[12]，见弹而求鸮炙[13]。予尝为女妄言之，女以妄听之奚[14]？旁日月，挟宇宙？为其脗合[15]，置其滑涽[16]，以隶相尊[17]。众人役役[18]，圣人愚芚[19]，参万岁而一成纯[20]。万物尽然[21]，而以是相蕴[22]。

"予恶乎知说生之非惑邪[23]！予恶乎知恶死之非弱丧而不知归者邪[24]！丽之姬[25]，艾封人之子也[26]。晋国之始得之也，涕泣沾襟，及其至于王所[27]，与王同筐床[28]，食刍豢，而后悔其泣也。予恶乎知夫死者不悔其始之蕲生乎[29]！梦饮酒者，旦而哭泣；梦哭泣者，旦而田猎[30]。方其梦也[31]，不知其梦也。梦之中又占其梦焉，觉而后知其梦也。且有大觉而后知此其大梦也，而愚者自以为觉，窃窃然知之[32]。君乎、牧乎，固哉[33]！丘也与女，皆梦也；予谓女梦，亦梦也。是其言也，其名为吊诡[34]。万世之后而一遇大圣，知其解者，是旦暮遇之也[35]！

"既使我与若辩矣[36]，若胜我，我不若胜[37]，若果是也，我果非也邪？我胜若，若不吾胜，我果是也，而果非也邪[38]？其或是也，其或非也邪？其俱是也，其俱非也邪？我与若不能相知也，则人固受其黮闇[39]，吾谁使正之[40]？使同乎若者正之？既与若同矣，恶能正之！使同乎我者正之？既同乎我矣，恶能正之！使异乎我与若者正之？既异乎我与若矣，恶能正之！使同乎我与若者正之？既同乎我与若矣，恶能正之！然则我与若与人，俱不能相知也，而待彼也邪[41]？化声之相待[42]，若其不相待，和之以天倪[43]，因之以曼衍[44]，所以穷年也。

"何谓和之以天倪？曰：是不是，然不然。是若果是也，则是之异乎不是也亦无辩；然若果然也，则然之异乎不然也亦无辩。忘年忘义[45]，振于无竟[46]，故寓诸无竟[47]。"

〖注解〗

（1）瞿鹊子、长梧子：杜撰的人名。

（2）夫子：孔子，名丘，字仲尼，儒家创始人。

（3）务：事，含有琐细事务的意思。

（4）就：趋赴，追求。

（5）违：避开。

（6）缘：因循。“不缘道”即不拘于道。

（7）谓：说，言谈。

（8）孟浪：言语轻率不当。

（9）奚若：何如，怎么样。

（10）听荧（yíng）：疑惑不明。

（11）大早：过早。计：考虑。

（12）时夜：司夜，即报晓的鸡。

（13）鸮（xiāo）：一种肉质鲜美的鸟，俗名斑鸠。炙：烤肉。

（14）奚：这里用同“盍”，意思是“怎么不”。旁（bàng）：依傍。

（15）脗：“吻”字的异体。

（16）滑（gǔ）：通作“汩”，淆乱的意思。涽（hūn）：乱。一说讲作暗。

（17）隶：奴仆，这里指地位卑贱，与“尊”相对。

（18）役役：驰骛于是非之境，意思是一心忙于分辨所谓是与非。

（19）芚（chūn）：浑然无所觉察和识别的样子。

（20）参：糁糅。万岁：年代久远。“参万岁”意思是糅合历史的长久变异与沉浮。纯：精粹不杂，指不为纷乱和差异所乱。

（21）尽：皆、全。

（22）以是：因此，因为这个缘故。蕴：积。

（23）说：通“悦”，喜悦。

（24）恶死：讨厌死亡。弱：年少。丧：丧失，这里指流离失所。

（25）丽：丽戎，春秋时的小国。姬：美女。“丽之姬”即丽姬，宠于晋献公，素以美貌称于世。

（26）艾：地名。封人，封疆守土的人。子：女儿。

（27）及：等到。

（28）筐床：亦写作“匡床”，方正而又安适的床。

（29）蕲（qí）：祈，求的意思。

（30）田：打猎。这个意义后代写作“畋”。“田猎”即畋猎。

（31）方：正当。

（32）窃窃然：明察的样子。

（33）牧：牧夫，用指所谓卑贱的人，与高贵的“君”相对。固：鄙陋。

（34）吊诡：奇特、怪异。

（35）旦暮：很短的时间，含有偶然的意思。

（36）若：你，即说话人的对方瞿鹊子；“我”则为说话人长梧子。

（37）不若胜：不胜你。

（38）而：你。

（39）黮（dàn）闇：昏暗不明的样子。“闇”是“暗”字的异体。

（40）谁使：使谁。

（41）彼：这里讲作另外的什么人。

（42）化声：变化的声音，这里指是非不同的言论。这一句及至“所以穷年也”，计五句二十五字，旧本原在下段中部“然若果然也”之前，今据上下文意和多本校勘意见前移于此。

（43）倪：分，“天倪”即天然的分际。

（44）因：顺应。曼衍：变化发展。

（45）年：概指生死。义：概指是非。

（46）振：畅。竟：通“境”；境界、境地。

（47）寓：寄托。

罔两问景曰[(1)]：“曩子行[(2)]，今子止；曩子坐，今子起。何其无特操与[(3)]？”

景曰：“吾有待而然者邪[(4)]？吾所待又有待而然者邪？吾待蛇蚹蜩翼邪[(5)]？恶识所以然？恶识所以不然？”

昔者庄周梦为胡蝶[(6)]，栩栩然胡蝶也[(7)]，自喻适志与[(8)]！不知周也。俄然觉[(9)]，则蘧蘧然周也。不知周之梦为胡蝶与，胡蝶之梦为周与？周与胡蝶，则必有分矣。此之谓物化[(10)]。

〖注解〗

（1）罔两：影子之外的微阴。景：影子；这个意义后代写作“影”。

（2）曩（nǎng）：以往，从前。

（3）特：独。操：操守。

（4）待：依靠，凭借。

（5）蚹（fù）：蛇肚腹下的横鳞，蛇赖此行走。蜩：蝉。

（6）胡蝶：亦作蝴蝶。

（7）栩（xǔ）栩然：欣然自得的样子。

（8）喻：通作“愉”，愉快。适志：合乎心意，心情愉快。

（9）俄然：突然。

（10）物化：事物自身的变化。根据本段文意，所谓变化即外物与自我的交合，推进一步，一切事物也都将浑而为一。

《左传》（节选）

《左传》又称《春秋左氏传》或《左氏春秋》，是记载春秋时期各诸侯国的政治、经济、军事、外交、文化等方面情况的一部编年体史书。它作为配合《春秋》的编年史，与《春秋公羊传》《春秋穀梁传》合称“春秋三传”，相传是春秋末年左丘明为解释孔子的《春秋》而作，今人认为是战国初年或稍后之人所作。《左传》以《春秋》为本，通过记述春秋时期的具体史实来说明《春秋》的纲目。相比《春秋》的简括、粗略、只记历史大事的历史记事，《左传》的记事详尽本末，广泛涉及社会各领域的佚闻琐事，历史编纂方法也更为系统、组织，使得春秋时期重要的社会矛盾和社会各阶层尤其是诸侯各国的卿大夫阶层和新兴士阶层的精神面貌跃然纸上，是研究春秋历史的重要文献。《左传》的叙事艺术突出，善于描写战争及复杂事件，善于通过辞令和行动表现人物的性格特点，善于以富有戏剧性的情节和生动的细节来表现事件、刻画人物，是一部叙事能力高度发展的作品，对中国后来的史学著作和叙事艺术都影响深远。

郑伯克段于鄢(1)

初，郑武公娶于申(2)，曰武姜(3)。生庄公及共叔段(4)。庄公寤生，惊姜氏(5)，故名曰寤生，遂恶之(6)。爱共叔段，欲立之，亟请于武公(7)，公弗许(8)。及庄公即位，为之请制(9)。公曰：“制，岩邑也(10)，虢叔死焉(11)，佗邑唯命(12)。”请京(13)，使居之，谓之“京城大叔”(14)。

祭仲曰(15)：“都城过百雉，国之害也(16)。先王之制，大都不过参国之一(17)；中，五之一；小，九之一。今京不度(18)，非制也，君将不堪。”公曰：“姜氏欲之，焉辟害？(19)”对曰：“姜氏何厌之有(20)？不如早为之所(21)，无使滋蔓(22)。蔓，难图也；蔓草犹不可除，况君之宠弟乎？”公曰：“多行不义，必自毙(23)，子姑待之(24)。”

既而大叔命西鄙北鄙贰于己[(25)]。公子吕[(26)]曰：“国不堪贰[(27)]，君将若之何？欲与大叔，臣请事之；若弗与，则请除之，无生民心。”公曰：“无庸[(28)]，将自及[(29)]。”

大叔又收贰以为己邑，至于廪延[(30)]。子封曰：“可矣，厚将得众[(31)]。”公曰：“不义不暱[(32)]，厚将崩[(33)]。”

大叔完聚[(34)]，缮甲兵，具卒乘[(35)]，将袭郑。夫人将启之[(36)]。公闻其期[(37)]，曰：“可矣。”命子封帅车二百乘以伐京[(38)]。京叛大叔段，段入于鄢，公伐诸鄢[(39)]。五月辛丑[(40)]，大叔出奔共。

书曰[(41)]：“郑伯克段于鄢。”段不弟，故不言弟[(42)]。如二君，故曰克[(43)]。称郑伯，讥失教也[(44)]；谓之郑志[(45)]。不言出奔，难之也[(46)]。

遂寘姜氏于城颍[(47)]，而誓之[(48)]曰：“不及黄泉[(49)]，无相见也！”既而悔之。颍考叔为颍谷封人[(50)]，闻之，有献于公[(51)]。公赐之食。食舍肉[(52)]。公问之，对曰：“小人有母，皆尝小人之食矣，未尝君之羹，请以遗之[(53)]。”公曰：“尔有母遗，繄我独无[(54)]！”颍考叔曰：“敢问[(55)]何谓也？”公语之故，且告之悔。对曰：“君何患[(56)]焉！若阙地及泉[(57)]，隧而相见[(58)]，其谁曰不然？”公从之。公入而赋[(59)]：“大隧之中，其乐也融融！[(60)]”姜出而赋：“大隧之外，其乐也洩洩[(61)]！”遂为母子如初。

君子曰[(62)]：“颍考叔，纯孝也，爱其母，施及庄公[(63)]。诗曰：‘孝子不匮，永锡尔类[(64)]。’其是之谓乎？”

〖注解〗

（1）本文选自《左传·隐公元年》。郑伯，郑庄公，郑国，当时是伯爵之国，所以称它的国君为郑伯。段，即其弟共叔段。鄢（yān），郑邑名，在今河南鄢陵。“郑伯克段于鄢”本来是《春秋》里的一句话，意思是郑庄公在鄢这个地方打败了共叔段。此事发生在鲁隐公元年（前 722）。

（2）初：当初。郑武公：庄公之父，姓姬，名掘突，“武”是死后的谥号。公元前 770 年至前 744 年在位。申，国名，姜姓，在今河南省南阳市。

（3）武姜，郑武公从申国娶的妻子姜氏。姜是其母亲之姓，武为其夫号。

（4）共叔段，本名段。古人按伯、仲、叔、季排行，段在兄弟中依次称叔段。他失败后出奔共国（在现在河南省辉县），故称共叔段。

（5）寤（wù）生：寤通牾，逆，倒着。寤生：出生时脚先出。惊：使……惊，使动用法。

（6）恶（wù）：厌恶。

（7）亟（qì）：屡次，多次。

（8）弗：不。许：答应。

（9）制：地名，即虎牢，在今河南荥阳市汜水镇西。

（10）岩邑：险要的城镇。

（11）虢（guó）叔：东虢国的国君。他曾仗恃据有险要的地势，不修德政，后为郑武公所灭，死在制这个地方，制就成为郑地。

（12）佗：同他。唯命：就是唯命是听。

（13）京：地名，郑邑，在今河南荥阳市东南。

（14）大：同“太”。

（15）祭（zhài）仲：郑国大夫。

（16）都：城邑。过：超过。雉（zhì）：计算城墙面积的单位，即长三丈，高一丈为一雉。

（17）参：同三，参国之一，指国都的三分之一。全句意谓：按照先王的制度，当时侯伯一级的国都只能方五里，径三百雉。它下面所属的城市，最大不能超过国都的三分之一，即一百雉。中，五之一，即中等城市，不超过国都的五分之一。小，九之一，即小城市，不超过国都的九分之一。

（18）不度：不合制度。

（19）焉：怎么。辟：同“避”。

（20）厌：同餍，满足。何厌之有：是“有何厌”的倒装。

（21）为：作动词用，安排。之：代词，指共叔段。

（22）滋蔓：滋生、蔓延。

（23）毙：跌倒。引申为灭亡。

（24）子：先生，古时对男子的尊称。姑：暂且。

（25）鄙：边界的地方。贰：两属。指西鄙和北鄙原本属于郑国国君的地方兼属于自己管辖。

（26）公子吕：郑国大夫，字子封。

（27）国不堪贰：一个国家不可能由两个君主来统治。不堪：受不了。

（28）庸：同用。

（29）将自及：将自及于祸。

（30）至：达到，这里是扩展的意思。廪延：地名，在今河南延津县北。

（31）厚：指占的土地多。众：百姓，这里指民心。

（32）暱（nì）：同昵，亲近。不义不暱：指对国君不义，对兄长不亲。

（33）厚将崩：占的地越多，越是垮台得快。

（34）完：修葺，指修治城郭。聚：指聚集百姓，储积粮食。

（35）缮（shàn）修理。具：准备。卒：步兵。乘（shèng）：四匹马拉的战车。

（36）夫人：指武姜。启：开启城门，这里指做内应。

（37）期：指约定的时间。

（38）二百乘：二百辆战车。古代每辆战车配备七十二名步卒，三名甲士。

（39）诸：之乎的合音同，之于。之：指段。鄢：地名，今河南省鄢陵县。

（40）辛丑：鲁隐元年五月二十三日。

（41）书：指《春秋》。

（42）“段不弟”二句：段不守弟道而作乱。

（43）“如二君”二句：两兄弟相争，已经像两国相争一样，所以称庄公之胜为“克”。

（44）“称郑伯”二句：共叔段走到这一步，也是庄公未尽为兄之责、未尽教诲的缘故，所以不称“兄”，而称他的爵位，以表讥讽。

（45）谓之郑志：认为赶走共叔段其实是庄公有意为之，即故意养成其罪。郑志：郑庄公的意志。

（46）“不言”二句：按照《春秋》惯例，若言共叔“出奔”，就是表示罪共叔，即主要认为罪在共叔，但此事庄公也有责任，所以不便单提共叔“出奔”。难：或解作“为难”，对于书写共叔“出奔”感到为难；或解作“责难”，不书写共叔“出奔”，有责难庄公的意思在里面。

（47）寘：同置，安置。城颍：地名，今河南省临颍县西北。

（48）誓之：对着她（即姜氏）发誓。

（49）黄泉：地下深处的泉水，这里指墓穴。

（50）颍考叔：郑国大夫。颍谷：邑名，在今河南省登封市西南。封人：为管理疆界的官。

（51）有献：有所贡献，即贡献意见。

（52）舍：同捨。舍肉：指把肉放在一旁。

（53）羹：有汁的肉。遗（wèi）：赠与，送给。

（54）緊（yī）：助词，用在句首。

（55）敢：表谦敬的副词，有“冒昧”的意思。

（56）何患：患何，忧愁什么。

（57）阙：同“掘”，挖掘。

（58）隧：名词用作状语，在隧道里。

（59）赋：赋诗。

（60）融融：和乐的样子。

（61）洩洩（yìyì）：舒畅的样子。

（62）君子曰：作者假托君子对事件进行议论的方式。

（63）施（yì）：扩延，这里是启迪、影响的意思。

（64）“诗曰”两句：孝子的孝道是没有穷尽的，永远赐给他同类的人。诗：《诗经》，这里指《诗经·大雅·既醉篇》中的诗句。匮（kuì）：穷尽。锡：同赐。尔类：与你同类的人。

季札观乐（襄公二十九年）

吴公子札来聘[(1)]。……请观于周乐[(2)]。使工为之歌《周南》《召南》[(3)]，曰：“美哉！始基之矣[(4)]，犹未也，然则勤而不怨矣[(5)]。”为之歌《邶》《鄘》《卫》[(6)]，曰：“美哉，渊乎！忧而不困者也。吾闻卫康叔、武公之德如是[(7)]，是其《卫风》乎？”为之歌《王》[(8)]曰：“美哉！思而不惧，其周之东乎！”为之歌《郑》[(9)]，曰：“美哉！其细已甚[(10)]，民弗堪也。是其先亡乎？”为之歌《齐》，曰：“美哉，泱泱乎[(11)]！大风也哉！表东海者，其大公乎[(12)]？国未可量也。”为之歌《豳》[(13)]，曰：“美哉，荡乎[(14)]！乐而不淫，其周公之东乎[(15)]？”为之歌《秦》，曰：“此之谓夏声[(16)]。夫能夏则大，大之至也，其周之旧乎！”为之歌《魏》[(17)]，曰：“美哉，沨沨[(18)]乎！大而婉，险而易行[(19)]；以德辅此，则明主也！”为之歌《唐》[(20)]，曰：“思深哉！其有陶唐氏之遗民乎[(21)]？不然，何忧之远也？非令德之后[(22)]，谁能若是？”为之歌《陈》[(23)]，曰：“国无主，其能久乎！”自《郐》[(24)]以下，无讥焉[(25)]！

为之歌《小雅》[(26)]，曰。“美哉！思而不贰，怨而不言，其周德之衰乎？犹有先王之遗民焉[(27)]！”为之歌《大雅》[(28)]，曰：“广哉！熙熙乎[(29)]！曲而有直体，其文王之德乎？”为之歌《颂》[(30)]，曰：“至矣哉！直而不倨，曲而不屈；迩而不偪[(31)]，远而不携[(32)]；迁而不淫，复而不厌；哀而不愁，乐而不荒[(33)]；用而不匮，广而不宣；施而不费，取而不贪；处而不底[(34)]，行而不流，五声和[35]，八风平[36]；节有度[37]，守有序[38]。盛德之所同也！”

见舞《象箾》《南籥》者[39]，曰：“美哉，犹有憾！”见舞《大武》者[40]，曰：“美哉，周之盛也，其若此乎？”见舞《韶濩》者[41]，曰：“圣人之弘也，而犹有惭德[42]，圣人之难也！”见舞《大夏》者[43]，曰：“美哉！勤而不德[44]。非禹，其谁能修之[45]！”见舞《韶箾》[46]者，曰：“德至矣哉！大矣，如天之无不帱也[47]，如地之无不载也！虽甚盛德，其蔑[48]以加于此矣。观止矣！若有他乐，吾不敢请已！”

〖注解〗

（1）吴公子札：季札，吴王寿梦的小儿子。聘：国与国之间遣使访问。此一句指吴公子季札聘问鲁国。

（2）周乐：周王室的音乐舞蹈。

（3）工：乐工。《周南》《召南》：《诗经》十五国风开头的两种。以下提到的都是国风中各国的诗歌。

（4）始基之：开始奠定了基础。

（5）勤：劳，勤劳。怨：怨恨。

（6）邶：周代诸侯国，在今河南汤阴南。鄘：周代诸侯国，在今河南新乡市南。卫：周代诸侯国，在今河南淇县。

（7）康叔：周公的弟弟，卫国开国君主。武公：康叔的九世孙。

（8）《王》：《王风》，周平王东迁洛邑后的乐歌。

（9）郑：周代诸侯国，在今河南新郑一带。

（10）细：琐碎。这里用音乐象征政令。

（11）泱泱：宏大的样子。

（12）表东海：为东海诸侯国做表率。大公：太公，指齐国开国国君吕尚，即姜太公。

（13）豳（bīn）：西周公刘时的旧都，在今陕西彬县东北。

（14）荡：博大的样子。

（15）周公之东：指周公东征。

（16）夏：西周王畿一带。秦：在今陕西、甘肃一带。夏声：正声，雅声。

（17）魏：诸侯国名，在今山西芮城县北。

（18）沨沨（fēng）：轻飘浮动的样子。

（19）险：不平，这里指乐曲的变化。

（20）唐：在今山西太原。晋国开国国君叔虞初封于唐。

（21）陶唐氏：指帝尧。晋国是陶唐氏旧地。

（22）令德之后：美德者的后代，指陶唐氏的后代。

（23）陈：国都宛丘，在今河南淮阳。

（24）郐（kuài）：在今河南郑州南，被郑国消灭。

（25）讥：批评。

（26）《小雅》：指《诗·小雅》中的诗歌。

（27）先王：指周代文、武、成、康等王。

（28）《大雅》：指《诗·大雅》中的诗歌。

（29）熙熙：和美融洽的样子。

（30）《颂》：指《诗经》中的《周颂》《鲁颂》《商颂》。

（31）倨：傲慢。偪：同“逼”，侵逼。

（32）携：游离。

（33）荒：过度。

（34）底：停顿，停滞。

（35）五声：指宫、商、角、微、羽。和：和谐。

（36）八风：指金、石、丝、竹、翰、土、革、本做成的八类乐器。

（37）节：节拍。度：尺度。

（38）守有序：乐器演奏有一定次序。

（39）《象箾（xiāo）》：舞名，武舞。《南籥（yuè）》：舞名，文舞。

（40）《大武》：周武王的乐舞。

（41）《韶濩》：商汤的乐舞。

（42）惭德：遗憾，缺憾。

（43）《大夏》：夏禹的乐舞。

（44）不德：不自夸有功。

（45）修：作。

（46）《韶箾》：虞舜的乐舞。

（47）帱：覆盖。

（48）蔑：无，没有。

《战国策》（节选）

《战国策》是第一部国别体史书，全书按国编写，共三十三卷，由西汉刘向编校整理成书，记载了战国时期谋臣策士纵横捭阖的斗争及相关的策谋和言论，反映出战国时代的社会风貌和当时士人的精神风采，是研究战国历史的重要典籍。《战国策》长于说事，纵横家们善于铺排渲染、善于运用譬喻寓言以陈述自己的观点，说理通透，气势酣畅，影响了后来的政论文、议论文、策论等。《战国策》长于刻画人物，所记述的纵横家、义士、勇士等人物形象复杂生动，《左传》描写人物还往往是简笔勾勒，《战国策》则加强了把历史故事化、戏剧化的倾向，对《史记》的纪传体的形成有较大影响。

冯谖客孟尝君

齐人有冯谖者，贫乏不能自存，使人属[(1)]孟尝君，愿寄食门下。孟尝君曰：“客何好？”曰：“客无好也。”曰：“客何能？”曰：“客无能也。”孟尝君笑而受之曰：“诺。”左右以君贱之也，食以草具[(2)]。

居有顷，倚柱弹其剑，歌曰：“长铗归来乎！食无鱼。”左右以告。孟尝君曰：“食之，比门下之客。”居有顷，复弹其铗，歌曰：“长铗归来乎！出无车。”左右皆笑之，以告。孟尝君曰：“为之驾，比门下之车客。”于是乘其车，揭[(3)]其剑，过[(4)]其友曰：“孟尝君客我[(5)]。”后有顷，复弹其剑铗，歌曰：“长铗归来乎！无以为家。”左右皆恶之，以为贪而不知足。孟尝君问：“冯公有亲乎？”对曰：“有老母。”孟尝君使人给[(6)]其食用，无使乏。于是冯谖不复歌。

后孟尝君出记[(7)]，问门下诸客：“谁习计会，能为文收责[(8)]于薛者乎？”冯谖署[(9)]曰：“能。”孟尝君怪之，曰：“此谁也？”左右曰：“乃歌夫‘长铗归来’者也。”孟尝笑曰：“客果有能也，吾负之，未尝见也。”

请而见之，谢曰：“文倦于事，愦于忧，而性懧愚，沉于国家之事，开罪于先生。先生不羞，乃有意欲为收责于薛乎？”冯谖曰：“愿之。”于是约车治装，载券契而行，辞曰：“责毕收，以何市而反？”孟尝君曰：“视吾家所寡有者。”

驱而之薛，使吏召诸民当偿者，悉来合券。券遍合，起矫命以责赐诸民，因烧其券，民称万岁。

长驱到齐，晨而求见。孟尝君怪其疾也，衣冠而见之，曰：“责毕收乎？来何疾也！”曰：“收毕矣。”“以何市而反？”冯谖曰：“君云‘视吾家所寡有者’。臣窃计君宫中积珍宝，狗马实外厩，美人充下陈，君家所寡有者以义耳！窃以为君市义。”孟尝君曰：“市义奈何？”曰：“今君有区区之薛，不拊爱子其民，因而贾利之(10)。臣窃矫君命，以责赐诸民，因烧其券，民称万岁。乃臣所以为君市义也。”孟尝君不说，曰：“诺，先生休矣！”

后期年，齐王(11)谓孟尝君曰：“寡人不敢以先王之臣为臣。”孟尝君就国于薛，未至百里(12)，民扶老携幼，迎君道中。孟尝君顾谓冯谖：“先生所为文市义者，乃今日见之。”冯谖曰：“狡兔有三窟，仅得免其死耳。今君有一窟，未得高枕而卧也。请为君复凿二窟。”孟尝君予车五十乘，金五百斤，西游于梁，谓惠王曰：“齐放其大臣孟尝君于诸侯，诸侯先迎之者，富而兵强。”于是梁王虚上位，以故相为上将军，遣使者黄金千斤，车百乘，往聘孟尝君。冯谖先驱诫孟尝君曰：“千金，重币也；百乘，显使也。齐其闻之矣。”梁使三反，孟尝君固辞不往也。

齐王闻之，君臣恐惧，遣太傅赍黄金千斤，文车二驷，服剑一，封书谢孟尝君曰：“寡人不祥，被(13)于宗庙之祟，沉于谄谀之臣，开罪于君，寡人不足为也。愿君顾(14)先王之宗庙，姑反国统万人乎？”冯谖诫孟尝君曰：“愿请先王之祭器，立宗庙于薛。”庙成，还报孟尝君曰：“三窟已就，君始高枕为乐矣。”

孟尝君为相数十年，无纤介之祸者，冯谖之计也。

〖注解〗

(1) 属：同“嘱”，请托。

(2) 食：给……吃。草具：粗食。

(3) 揭：举。

（4）过：访问。

（5）客我：以我为客。

（6）给：供给。

（7）记：账簿。

（8）责：同“债”。

（9）署：签名。

（10）因而贾利之：指凭借薛为自己的封邑而向居民收取利益。

（11）齐王：齐闵王。

（12）未至百里：差百里到薛。

（13）被：遭受。

（14）顾：顾念。

《史记》（节选）

《史记》是西汉时期司马迁所著的中国历史上第一部纪传体通史。全书共一百三十篇，共五十二万六千五百字，分为本纪、书、表、世家、列传五大部分，记载了自黄帝至汉武帝的中国古代三千多年的历史。《史记》是中国史学史上的丰碑，司马迁坚持“实录”精神，反复核对史实，以“究天人之际，通古今之变，成一家之言”的编写宗旨编纂出第一部贯穿古今和社会生活各个方面的通史，开创了纪传体史学著作的先河，对后世正史的书写影响巨深。《史记》作为中国第一部以描写人物为中心的大规模作品，还为中国后来的文学的发展提供了一个重要基础和多种可能性，对于古代的小说、戏曲等通俗文艺和作为正统文艺的散文等都有很大影响。因为《史记》在史学上和文学上的双重成就，它被鲁迅誉为“史家之绝唱，无韵之《离骚》”（《汉文学史纲》）。

卷九十二　淮阴侯列传　第三十二（节选）

淮阴侯韩信者，淮阴人也[(1)]。始为布衣时，贫无行，不得推择为吏[(2)]，又不能治生商贾，常从人寄食饮，人多厌之者，常数从其下乡[(3)]南昌亭长[(4)]寄食，数月，亭长妻患之，乃晨炊蓐食[(5)]。食时信往，不为具食。信亦知其意，怒，竟绝去。

〖注解〗

（1）［正义］楚州淮阴县也。

（2）［集解］李奇曰：“无善行可推举选择。”

（3）［集解］张晏曰：“下乡，县，属淮阴也。”［索隐］案：下乡，乡名，属淮阴郡。

（4）［索隐］案：楚汉春秋作“新昌亭长”。

（5）［集解］张晏曰："未起而床蓐中食。"

信钓于城下[(1)]，诸母漂[(2)]，有一母见信饥，饭信，竟漂数十日。信喜，谓漂母曰："吾必有以重报母。"母怒曰："大丈夫不能自食[(3)]，吾哀王孙而进食[(4)]，岂望报乎！"

〖注解〗

（1）［正义］淮阴城北临淮水，昔信去下乡而钓于此。

（2）［集解］韦昭曰："以水击絮为漂，故曰漂母。"

（3）［正义］音寺。

（4）［集解］苏林曰："如言公子也。"［索隐］刘德曰："秦末多失国，言王孙、公子，尊之也。"苏林亦同。张晏云"字王孙"，非也。

淮阴屠中少年有侮信者，曰："若虽长大，好带刀剑，中情怯耳。"众辱之曰："信能死，刺我；不能死，出我袴下[(1)]。"於是信孰视之，俛出袴下，蒲伏。一市人皆笑信，以为怯。

〖注解〗

（1）［集解］徐广曰："袴，一作'胯'。胯，股也，音同。"

及项梁渡淮，信杖剑从之，居戏下[(1)]，无所知名。项梁败，又属项羽，羽以为郎中。

数以策干项羽，羽不用。汉王之入蜀，信亡楚归汉，未得知名，为连敖[(2)]。坐法当斩，其辈十三人皆已斩，次至信，信乃仰视，适见滕公，曰："上不欲就天下乎？何为斩壮士！"滕公奇其言，壮其貌，释而不斩。与语，大说之。言于上，上拜以为治粟都尉，上未之奇也。

〖注解〗

（1）［集解］徐广曰："戏，一作'麾'。"

(2)［集解］徐广曰："典客也。"索隐李奇云："楚官名。"张晏云："司马也。"

信数与萧何语，何奇之。至南郑，诸将行道亡者数十人，信度何等已数言上，上不我用，即亡。何闻信亡，不及以闻，自追之。人有言上曰："丞相何亡。"

上大怒，如失左右手。居一二日，何来谒上，上且怒且喜，骂何曰："若亡，何也？"

何曰："臣不敢亡也，臣追亡者。"上曰："若所追者谁何？"曰："韩信也。"上复骂曰："诸将亡者以十数，公无所追；追信，诈也。"何曰："诸将易得耳。至如信者，国士无双。王必欲长王汉中，无所事信；必欲争天下，非信无所与计事者。顾王策安所决耳。"王曰："吾亦欲东耳，安能郁郁久居此乎？"何曰："王计必欲东，能用信，信即留；不能用，信终亡耳。"王曰："吾为公以为将。"何曰："虽为将，信必不留。"

王曰："以为大将。"何曰："幸甚。"于是王欲召信拜之。何曰："王素慢无礼，今拜大将如呼小儿耳，此乃信所以去也。王必欲拜之，择良日，斋戒，设坛场，具礼，乃可耳。"王许之。

诸将皆喜，人人各自以为得大将。至拜大将，乃韩信也，一军皆惊。

信拜礼毕，上坐。王曰："丞相数言将军，将军何以教寡人计策？"信谢，因问王曰："今东乡争权天下，岂非项王邪？"汉王曰："然。"曰："大王自料勇悍仁强孰与项王？"汉王默然良久，曰："不如也。"信再拜贺曰："惟信亦为大王不如也。然臣尝事之，请言项王之为人也。项王喑噁(1)叱筂(2)，千人皆废(3)，然不能任属贤将，此特匹夫之勇耳。项王见人恭敬慈爱，言语呕呕(4)，人有疾病，涕泣分食饮，至使人有功当封爵者，印刓敝，忍不能予(5)，此所谓妇人之仁也。

项王虽霸天下而臣诸侯，不居关中而都彭城。有背义帝之约，而以亲爱王，诸侯不平。诸侯之见项王迁逐义帝置江南，亦皆归逐其主而自王善地。项王所过无不残灭者，天下多怨，百姓不亲附，特劫于威强耳。名虽为霸，实失天下心。

故曰其强易弱。今大王诚能反其道：任天下武勇，何所不诛！以天下城邑封功臣，何所不服！以义兵从思东归之士，何所不散(6)！且三秦王为秦将，将秦子弟数岁矣，所杀亡不可胜计，又欺其众降诸侯，至新安，项王诈坑秦降卒二十余万，唯独邯、欣、翳得脱，秦父兄怨此三人，痛入骨髓。今楚强以威王此三人，秦民莫爱也。大王之入武关，秋毫无所害，除秦苛法，与秦民约，法三章耳，秦民无不欲得大王王秦者。于诸侯之约，大王当王关中，关中民咸知之。大王失职入汉中，秦民无不恨者。今大王举而东，三秦可传檄而定也。”于是汉王大喜，自以为得信晚。遂听信计，部署诸将所击。

〖注解〗

（1）喑噁：满怀怒气。

（2）“篼”字或作“咤”。叱篼：叱咤，呼喊，咆哮。

（3）废：伏，偃伏，不敢动。

（4）呕呕：犹区区也。

（5）刓敝：在手里把玩，磨损。此句说项王把印在手里把玩旧了，也不忍授予有功当封爵的人。

（6）何不散：敌人何不散去之意。

《世说新语》（节选）

《世说新语》是一部记述东汉末年至东晋时门阀世族阶层名士言谈轶事的笔记小说集，是中国“志人小说”的代表作，由刘宋宗室临川王刘义庆（403—444）编撰，依内容分为“德行”“言语”“政事”“文学”等三十六类，记载了一千多则体现了魏晋风流的小故事，反映了这一时期士族的思想、生活及其清谈放诞的习气。《世说新语》善于通过一言一行刻画人物肖像、精神面貌，鲁迅认为它“记言则玄远冷峻，记行则高简瑰奇”（《中国小说史略》），读者由此可看到魏晋士人在黑暗时世中灵魂的挣扎、痛苦和主体意识的高涨，包括他们对个体生命的敏锐感受和关怀、对外在世界的超拔洒脱、对人生存意义的自觉探索等，体会到“政治上最混乱、社会上最痛苦的时代，然而却是精神史上极自由、极解放，最富于智慧、最浓于热情的一个时代”（宗白华语）和魏晋风度之由来。

德行第一

阮光禄在剡，曾有好车，借者无不皆给。有人葬母，意欲借而不敢言。阮后闻之，叹曰：“吾有车，而使人不敢借，何以车为？”遂焚之。

言语第二

孔融被收，中外惶怖。时融儿大者九岁，小者八岁，二儿故琢钉戏，了无遽容。融谓使者曰：“冀罪止于身，二儿可得全不？”儿徐进曰：“大人岂见覆巢之下，复有完卵乎？”寻亦收至。

锺毓、锺会少有令誉，年十三，魏文帝闻之，语其父锺繇曰：“可令二子来。”于是敕见。毓面有汗，帝曰：“卿面何以汗？”毓对曰：“战战惶惶，汗出如浆。”复问会：“卿何以不汗？”对曰：“战战栗栗，汗不敢出。”

卫洗马初欲渡江，形神惨悴，语左右云：“见此芒芒，不觉百端交集。苟未免有情，亦复谁能遣此！”

桓公北征，经金城，见前为琅邪时种柳，皆已十围，慨然曰：“木犹如此，人何以堪！”攀枝执条，泫然流泪。

王子敬云：“从山阴道上行，山川自相映发，使人应接不暇。若秋冬之际，尤难为怀。”

雅量第六

嵇中散临刑东市，神气不变。索琴弹之，奏广陵散。曲终，曰：“袁孝尼尝请学此散，吾靳固不与，广陵散于今绝矣！”太学生三千人上书，请以为师，不许。文王亦寻悔焉。

王戎七岁，尝与诸小儿游。看道边李树多子折枝，诸儿竞走取之，唯戎不动。人问之，答曰：“树在道边而多子，此必苦李。”取之，信然。

郗太傅在京口，遣门生与王丞相书，求女婿。丞相语郗信：“君往东厢，任意选之。”门生归，白郗曰：“王家诸郎亦皆可嘉，闻来觅婿，咸自矜持，唯有一郎在东床上坦腹卧，如不闻。”郗公云：“正此好！”访之，乃是逸少，因嫁女与焉。

容止第十四

魏武将见匈奴使，自以形陋，不足雄远国，使崔季珪代，帝自捉刀立床头。既毕，令间谍问曰：“魏王何如？”匈奴使答曰：“魏王雅望非常；然床头捉刀人，此乃英雄也。”魏武闻之，追杀此使。

嵇康身长七尺八寸，风姿特秀。见者叹曰：“萧萧肃肃，爽朗清举。”或云：“肃肃如松下风，高而徐引。”山公曰：“嵇叔夜之为人也，岩岩若孤松之独立；其醉也，傀俄若玉山之将崩。”

潘岳妙有姿容，好神情。少时挟弹出洛阳道，妇人遇者，莫不连手共萦之。左太冲绝丑，亦复效岳游遨，于是群妪齐共乱唾之，委顿而返。

任诞第二十三

刘伶恒纵酒放达，或脱衣裸形在屋中。人见讥之，伶曰：“我以天地为栋宇，屋室为裈衣，诸君何为入我裈中！”

阮公临家妇，有美色，当垆酤酒。阮与王安丰常从妇饮酒。阮醉，便眠其妇侧。夫始殊疑之，伺察，终无他意。

阮籍当葬母，蒸一肥豚，饮酒二斗，然后临诀，直言：“穷矣！”都得一号，因吐血，废顿良久。

桓子野每闻清歌，辄唤：“奈何！”谢公闻之，曰：“子野可谓一往有深情。”

王子猷尝暂寄人空宅住，便令种竹。或问：“暂住何烦尔？”王啸咏良久，直指竹曰：“何可一日无此君？”

王子猷居山阴，夜大雪，眠觉，开室命酌酒，四望皎然。因起彷徨，咏左思招隐诗。忽忆戴安道。时戴在剡，即便夜乘小舟就之。经宿方至，造门不前而返。人问其故，王曰：“吾本乘兴而行，兴尽而返，何必见戴？”

简傲第二十四

锺士季精有才理，先不识嵇康，锺要于时贤俊者之士，俱往寻康。康方大树下锻，向子期为佐鼓排。康扬槌不辍，傍若无人，移时不交以言。锺起去，康曰："何所闻而来？何所见而去？"锺曰："闻所闻而来，见所见而去。"

陶渊明诗文二则

陶渊明（365—427），东晋末浔阳柴桑人，字元亮，名潜，世称靖节先生，自称五柳先生，魏晋南北朝期间最杰出的诗人，开创了田园文学。陶渊明因对现实不满而退隐田园，寄情山水，诗歌多描绘田园风光、农家日常生活和自己的心境，可分为饮酒诗、咏怀诗和田园诗等三大类，感情真挚朴素，是纷乱黑暗的时局下“人的觉醒”后的心声。陶渊明的诗歌重视自然，自然既是对所处田园环境的描绘，也是精神的归宿，象征着灵魂的自由和舒展，是人的内心生活的外化，因此具有一种平淡而又超然悠远的意境。陶渊明的辞赋散文亦有真实自然的特点。陶渊明的艺术创作和人生态度对后世文人都有重要影响，被认为是隐逸诗人之宗。

归园田居（一）

少无适俗韵，性本爱丘山。
误落尘网中，一去三十年。
羁鸟恋旧林，池鱼思故渊。
开荒南野际，抱拙归园田。
方宅十余亩，草屋八九间。
榆柳荫后檐，桃李罗堂前。
暧暧远人村，依依墟里烟。
狗吠深巷中，鸡鸣桑树颠。
户庭无尘杂，虚室有余闲。
久在樊笼里，复得返自然。

五柳先生传

先生不知何许人也，亦不详其姓字，宅边有五柳树，因以为号焉。闲静少言，不慕荣利。好读书，不求甚解。每有会意，便欣然忘食。性嗜酒，家贫不能常得。亲旧知其如此，或置酒而招之。造饮辄尽，期在必醉。既醉而退，曾不吝情去留。环堵萧然，不蔽风日。短褐穿结，箪瓢屡空，晏如也。常著文章自娱，颇示己志。忘怀得失，以此自终。

赞曰：黔娄之妻有言："不戚戚于贫贱，不汲汲于富贵。"其言兹若人之俦乎？酣觞赋诗，以乐其志。无怀氏之民欤？葛天氏之民欤？

李白诗二则

李白（701—762），字太白，号青莲居士，祖籍陇西成纪（今甘肃天水附近），中国盛唐诗坛的代表作家，继屈原之后最杰出的浪漫主义诗人，有“诗仙”之称，与杜甫合称“李杜”。李白的诗想象力丰富，意境开阔，风格豪迈飘逸，表现了唐代社会发展到鼎盛时期并转向衰落时代的特点，是盛唐气象的杰出代表，最集中地体现了那个时代的精神风貌。

庐山谣寄卢侍御虚舟[1]

我本楚狂人[2]，凤歌笑孔丘。手持绿玉杖[3]，朝别黄鹤楼。五岳寻仙不辞远，一生好入名山游。庐山秀出南斗[4]傍，屏风九叠[5]云锦张，影落明湖青黛[6]光。金阙前开二峰[7]长，银河倒挂三石梁。香炉瀑布遥相望，回崖沓嶂凌苍苍。翠影红霞映朝日，鸟飞不到吴天长。登高壮观天地间，大江茫茫去不还。黄云万里动风色，白波九道[8]流雪山。好为庐山谣，兴因庐山发。闲窥石镜清我心，谢公[9]行处苍苔没。早服还丹无世情，琴心三叠[10]道初成。遥见仙人彩云里，手把芙蓉朝玉京[11]。先期汗漫九垓上，愿接卢敖游太清。

〖注解〗

（1）卢虚舟：范阳人，唐肃宗时曾任殿中侍御史。

（2）楚狂人：指陆接舆，系楚国狂人，曾狂歌而过孔丘，劝他不要做官。

（3）绿玉杖：神仙所用之杖。

（4）南斗：斗宿星。

（5）屏风九叠：形容山峰重叠，状如屏风。

（6）青黛：青黑色。

（7）二峰：指庐山香炉峰和双剑峰。

（8）九道：古代地志说，长江流到浔阳境内，分为九派。

（9）谢公：指刘宋谢灵运。

（10）琴心三叠：道家修炼的术语，意思是使心神宁静。

（11）玉京：道家说元始天尊在天中心之上，名玉京山。

宣州谢朓楼饯别校书叔云

弃我去者，昨日之日不可留。
乱我心者，今日之日多烦忧。
长风万里送秋雁，对此可以酣高楼[(1)]。
蓬莱[(2)]文章建安骨，中间小谢又清发[(3)]。
俱怀逸兴[(4)]壮思飞，欲上青天揽明月。
抽刀断水水更流，举杯消愁愁更愁。
人生在世不称意，明朝散发[(5)]弄扁舟[(6)]。

〖注解〗

（1）高楼：即题“谢朓楼”，南齐诗人谢朓官宣城（即宣州，今属安徽）太守时所建。

（2）蓬莱：指秘书省。李白族叔李云官秘书校书郎。

（3）清发：清新秀丽。

（4）逸兴：超逸的意兴。

（5）散发：不戴冠簪子。指散漫无拘束。

（6）扁舟：小船。弄扁舟，指归隐江湖。

杜甫诗二则

杜甫（712—770），字子美，祖籍襄阳，生于河南巩县，世称杜工部、杜拾遗，自号少陵野老，杜陵野老、杜陵布衣，是生活在唐朝由盛到衰的转折时期的杰出现实主义诗人，被尊为“诗圣”。杜甫的诗歌继承了《诗经》以来的现实主义传统，把唐代安史之乱前后二十多年的社会现实与诗人的个人生活相联系，在兵戈满地、流离转徙的动乱岁月中感时伤物、心系君国，诗歌风格沉郁顿挫，显示了唐代由开元天宝盛世转向分裂衰微的历史过程，被称为“诗史”。

登高（1）

风急天高猿啸哀，渚清沙白鸟飞回。
无边落木萧萧下，不尽长江滚滚来。
万里悲秋常作客，百年多病独登台。
艰难苦恨繁霜鬓，潦倒新停浊酒杯。

〖注解〗

（1）该诗写于唐代宗大历二年（767）秋，当时年老的诗人正寄居夔州。此时安史之乱已结束四年，但国事依然混乱。古九月九有登高习俗，此诗即杜甫登高有感而作，把时代的沧桑、景致的萧杀和个体的漂泊哀愁融为一体。

旅夜书怀（1）

细草微风岸，危樯（2）独夜舟。
星垂平野阔，月涌大江流。

名岂文章著，官因老病休。
飘飘何所似，天地一沙鸥。

〖注解〗

（1）该诗作于代宗永泰元年（765），当时诗人正解职离开成都，乘舟东下。该诗大概是他舟经渝州、忠州一带时写的，全诗流露了诗人奔波不遇之情。

（2）危樯：高耸的桅杆。

白居易诗一则

白居易（772—846），字乐天，自号香山居士，河南新郑人，是杜甫之后唐朝又一杰出的现实主义诗人。白居易在文学上积极倡导新乐府运动，主张“文章合为时而著，诗歌合为事而作”，认为诗歌创作的目的是“上以补察时政，下以泄导人情”。白居易写下了不少感叹时世、反映民生疾苦、以浅白之句寄托讽喻之意的讽喻诗，体现了他的兼济之志。白居易的诗歌创作中最能体现他在艺术上最高成就的是他的两篇长篇歌行《长恨歌》《琵琶行》，这两首长诗把叙事和抒情融为一体，有巨大的艺术感染力。在歌咏唐玄宗和杨贵妃的爱情故事的《长恨歌》中，诗人以情驾驭诗歌中复杂的主旨和重大的历史题材，用磅礴且幽艳细腻、层积了多重审美情感的大手笔阐释了时代的悲剧，展现出独特的大唐气象。

长恨歌

汉皇重色思倾国，御宇多年求不得。
杨家有女初长成，养在深闺人未识。
天生丽质难自弃，一朝选在君王侧。
回眸一笑百媚生，六宫粉黛无颜色。
春寒赐浴华清池，温泉水滑洗凝脂。
侍儿扶起娇无力，始是新承恩泽时。
云鬓花颜金步摇，芙蓉帐暖度春宵。
春宵苦短日高起，从此君王不早朝。
承欢侍宴无闲暇，春从春游夜专夜。
后宫佳丽三千人，三千宠爱在一身。
金屋妆成娇侍夜，玉楼宴罢醉和春。
姊妹弟兄皆列土，可怜光彩生门户。

遂令天下父母心，不重生男重生女。
骊宫高处入青云，仙乐风飘处处闻。
缓歌慢舞凝丝竹，尽日君王看不足。
渔阳鼙鼓动地来，惊破霓裳羽衣曲。
九重城阙烟尘生，千乘万骑西南行。
翠华摇摇行复止，西出都门百余里。
六军不发无奈何，宛转蛾眉马前死。
花钿委地无人收，翠翘金雀玉搔头。
君王掩面救不得，回看血泪相和流。
黄埃散漫风萧索，云栈萦纡登剑阁。
峨嵋山下少人行，旌旗无光日色薄。
蜀江水碧蜀山青，圣主朝朝暮暮情。
行宫见月伤心色，夜雨闻铃肠断声。
天旋日转回龙驭，到此踌躇不能去。
马嵬坡下泥土中，不见玉颜空死处。
君臣相顾尽沾衣，东望都门信马归。
归来池苑皆依旧，太液芙蓉未央柳。
芙蓉如面柳如眉，对此如何不泪垂。
春风桃李花开夜，秋雨梧桐叶落时。
西宫南内多秋草，落叶满阶红不扫。
梨园弟子白发新，椒房阿监青娥老。
夕殿萤飞思悄然，孤灯挑尽未成眠。
迟迟钟鼓初长夜，耿耿星河欲曙天。
鸳鸯瓦冷霜华重，翡翠衾寒谁与共。
悠悠生死别经年，魂魄不曾来入梦。
临邛道士鸿都客，能以精诚致魂魄。
为感君王展转思，遂教方士殷勤觅。
排空驭气奔如电，升天入地求之遍。
上穷碧落下黄泉，两处茫茫皆不见。
忽闻海上有仙山，山在虚无缥渺间。
楼阁玲珑五云起，其中绰约多仙子。
中有一人字太真，雪肤花貌参差是。

金阙西厢叩玉扃，转教小玉报双成。
闻到汉家天子使，九华帐里梦魂惊。
揽衣推枕起徘回，珠箔银屏逦迤开。
云鬓半偏新睡觉，花冠不整下堂来。
风吹仙袂飘摇举，犹似霓裳羽衣舞。
玉容寂寞泪阑干，梨花一枝春带雨。
含情凝睇谢君王，一别音容两渺茫。
昭阳殿里恩爱绝，蓬莱宫中日月长。
回头下望人寰处，不见长安见尘雾。
唯将旧物表深情，钿合金钗寄将去。
钗留一股合一扇，钗擘黄金合分钿。
但教心似金钿坚，天上人间会相见。
临别殷勤重寄词，词中有誓两心知。
七月七日长生殿，夜半无人私语时。
在天愿作比翼鸟，在地愿为连理枝。
天长地久有时尽，此恨绵绵无绝期。

李煜词二则

李煜（937—978），原名从嘉，字重光，号钟山隐士，钟峰隐者，莲峰居士，史称南唐后主。后主以词著称，被称为“词中之帝”，前期词多写南唐宫廷生活和男女恋情，风格绮丽柔靡，后期词反映亡国之痛，风格沉郁，意境深远。后主之词任纵率真，语言清新，常用直陈其事、直书其意的白描手法，但艺术描绘力、概括力卓绝，尤其亡国后的优秀作品能把个体的悲欢感受升华为某些带有共性的人生体验和感情境界，极富感染力。后主之词上承五代花间词和南朝宫体词，下启北宋婉约派，为北宋豪放派也打下伏笔。

乌夜啼[(1)]

林花谢了春红[(2)]，太匆匆，无奈朝来寒雨晚来风。
胭脂泪[(3)]，相留醉，几时重[(4)]，自是人生长恨水长东。

〖注解〗

（1）此调原为唐教坊曲，又名《相见欢》《秋夜月》《上西楼》。三十六字，上片平韵，下片两仄韵两平韵。

（2）谢：凋谢。

（3）胭脂泪：指女子的眼泪。女子脸上搽有胭脂泪水流经脸颊时沾上胭脂的红色。

（4）几时重：何时再度相会。

浪淘沙[(1)]

帘外雨潺潺[(2)]，春意阑珊[(3)]。罗衾不耐五更寒[(4)]。梦里不知身是客[(5)]，一晌贪欢[6]。

独自莫凭栏，无限江山，别时容易见时难。流水落花春去也，天上人间。

〖注解〗

（1）此词原为唐教坊曲，又名《浪淘沙令》《卖花声》等。唐人多用七言绝句入曲，南唐李煜始演为长短句。双调，五十四字（宋人有稍做增减者），平韵，此调又由柳永、周邦彦演为长调《浪淘沙漫》，是别格。

（2）潺潺：形容雨声。

（3）阑珊：衰残。一作“将阑”。

（4）罗衾（qīn）：绸被子。不耐：受不了。一作“不暖”。

（5）身是客：指被拘汴京，形同囚徒。

（6）一晌（shǎng）：一会儿，片刻。贪欢：指贪恋梦境中的欢乐。

苏轼词三则

苏轼（1037—1101），字子瞻，号东坡居士，眉州眉山人，北宋文豪，在诗、文、词、书画等方面均有突出成就。其文汪洋恣肆，与父洵弟辙同列为“唐宋八大家”；其诗清新豪健，多反映仕途坎坷、民生疾苦和自然风光，表现出宋诗好议论重理趣的特点；其词不再固守诗庄词媚的界限，突破传统婉约词风，在词的题材、格调、艺术形式等方面均出现诗化的特点，使记游、怀古、赠答、送别、说理等无不入词，对严格的音律束缚也有所突破，开拓了词境，也开创了北宋豪放词派。

水调歌头（1）

丙辰中秋欢饮达旦，大醉作此篇，兼怀子由（2）。

明月几时有？把酒问青天。不知天上宫阙，今夕是何年。我欲乘风归去，又恐琼楼玉宇，高处不胜寒，起舞弄清影，何似在人间。

转朱阁，抵绮户，照无眠。不应有恨，何事偏向别时圆。人有悲欢离合，月有阴晴圆缺，此事古难全。但愿人长久，千里共婵娟（3）。

〖注解〗

（1）大曲《水调歌》的首段，故曰“歌头”。

（2）丙辰，熙宁九年（1076）。苏辙字子由。

（3）婵娟：明月。

卜算子·黄州定慧院寓居作（1）

缺月挂疏桐，漏断人出静。谁见幽人独往来，缥缈孤鸿影。

惊起却回头，有恨无人省。拣尽寒枝不肯栖，寂寞沙洲冷。

〖注解〗

（1）这则词写于宋元丰五年（1082）。时苏轼被贬为黄州团练副使，暂居定慧院。

江城子[(1)]

乙卯正月二十夜记梦

十年生死两茫茫，不思量，自难忘。千里孤坟，无处话凄凉。纵使相逢应不识，尘满面，鬓如霜。

夜来幽梦忽还乡。小轩窗，正梳妆。相顾无言，惟有泪千行。料得年年肠断处，明月夜，短松冈。

〖注解〗

（1）这首词是宋熙宁八年（1075）所作，苏东坡做了一个遇见去世十年的亡妻王弗的梦，醒来感慨系之，写了这首悼亡词。

李清照词二则

李清照（1084—约 1151），号易安居士，齐州章丘（今属山东）人，被推为婉约之宗。她早年生活优裕，词作多表现闺阁生活和伤春怨别之情。中原沦陷后，南渡的女词人生活困苦，在词作中多感慨身世飘零。李清照论词强调协律，提出词“别是一家”之说，反对以作诗文之法作词，其词语言清丽，崇尚典雅、情致，人称“易安体”。

醉花阴[(1)]

薄雾浓云愁永昼，瑞脑[(2)]消金兽[(3)]。佳节又重阳，玉枕纱厨[(4)]，半夜凉初透。

东篱把酒黄昏后，有暗香盈袖。莫道不消魂，帘卷西风，人比黄花瘦。

〖注解〗

（1）这首词是作者早期和丈夫赵明诚分别之后所写。

（2）瑞脑：龙脑香。

（3）金兽：兽形铜香炉。

（4）纱厨：有纱帐的小床。

声声慢[(1)]

寻寻觅觅，冷冷清清，凄凄惨惨戚戚。乍暖还寒时候，最难将息[(2)]。三杯两盏淡酒，怎敌他、晚来风急？雁过也，正伤心，却是旧时相识。

满地黄花堆积。憔悴损，如今有谁堪摘？守著窗儿，独自怎生得黑？梧桐更兼细雨，到黄昏、点点滴滴。者次第[(3)]，怎一个、愁字了得！

〖注解〗

（1）这是李清照南渡后的作品，女词人当时经历了国破家亡、夫丧、收集的金石丢失等一连串打击。

（2）将息：休养。

（3）者次第：这许多情况。

辛弃疾词二则

辛弃疾（1140—1207），字幼安，号稼轩，山东历城人，终生矢志抗金报国，希望通过金戈铁马的征战以收复失地，恢复中原。留存的词作数量多，题材广泛，以纵横慷慨的爱国词最为有名，浓丽绵密的闲适诗也有不少，以沉郁豪壮的主体风格被归入豪放词派，世与苏轼并称，谓之苏辛。

水龙吟·登建康赏心亭[(1)]

楚天千里清秋，水随天去秋无际。遥岑远目[(2)]，献愁供恨，玉簪螺髻。落日楼头，断鸿声里[(3)]，江南游子。把吴钩看了[(4)]，栏杆拍遍，无人会，登临意。休说鲈鱼堪脍[(5)]，尽西风，季鹰归未？求田问舍，怕应羞见，刘郎才气[(6)]。可惜流年，忧愁风雨，树犹如此[(7)]！倩何人，唤取红巾翠袖，揾英雄泪[(8)]？

〖注解〗

（1）这首词作于乾道四至六年（1168—1170）间建康通判任上。建康赏心亭为秦淮河边一名胜。

（2）“遥岑”三句：远望遥山，像美人头上的碧玉簪、青螺发髻一样，似都在发愁，像有无限怨恨。

（3）断鸿：失群孤雁。

（4）吴钩：吴地特产的弯形宝刀，此指剑。

（5）“休说”句：表示自己不愿放弃大业，只图个人安逸。“鲈鱼”“季鹰”：事见《晋书·张翰传》，晋人张翰，字季鹰，在洛阳做官，见秋风起，想到家乡苏州味美的鲈鱼，便弃官回乡。

（6）“求田”句：表示自己羞于置田买屋安居乐业。刘郎，指三国时刘备，事见《三国志·陈登传》，三国时许汜去看望陈登，陈登对他很冷淡，独自睡在大床上，叫他睡下床。许汜去询问刘备，刘备说：天下大乱，你忘怀国事，求田问舍，陈登当然瞧不起你。如果是我，我将睡在百尺高楼，叫你睡在地下，岂止相差上下床呢？

（7）“可惜流年”三句：自惜年华在无所作为中逝去，为国运感到忧愁，人比树老得还快。“树犹如此”，事见《世说新语·言语》，桓温北征，经过金城，见自己过去种的柳树已长到几围粗，便感叹：“木犹如此，人何以堪？

（8）揾（wèn）：擦试。

菩萨蛮·书江西造口壁[(1)]

郁孤台[(2)]下清江[(3)]水，中间多少行人泪。西北望长安，可怜无数山。青山遮不住，毕竟东流去。江晚正愁余[(4)]，山深闻鹧鸪[(5)]。

〖注解〗

（1）这首词作于宋孝宗淳熙三年（1176），当时作者在赣州任江西提点刑狱，路过皂口，见景生情，想起沦陷的中原。造口，即皂口，镇名，在今江西省万安县西南六十里处。

（2）郁孤台：在今赣州西北田螺岭上。

（3）清江：赣江与袁江合流处旧称清江。

（4）愁余：使我发愁。

（5）鹧鸪：鸟名，啼声凄苦。

《救风尘》（节选）

《救风尘》全名《赵盼儿风月救风尘》，为元杂剧大家关汉卿的代表作之一，写涉世不深的风尘女子宋引章不听结义姐妹赵盼儿的劝阻，嫁给纨绔子弟周舍，遭到虐待毒打。赵盼儿收到宋引章的求救信后，利用周舍好色的弱点，拿出风月手段，以嫁给对方为饵赚得周舍写了休书，将宋引章救出。这里节选的是《救风尘》的第三折，赵盼儿精心设计，一步步打消周舍的戒心，周舍正要上钩。

元杂剧又称北杂剧。宋室南渡后，留在北方的宋杂剧发展成金院本和诸宫调，元杂剧就是在金院本和诸宫调基础上发展起来的成熟戏剧形式，一般结构为四折一楔子，分为旦本和末本——由正旦或正末独唱到底，其他角色只有说白。

元代时，很多有才华的文人迫于生活成为“书会才人”，加入杂剧剧本创作。像关汉卿这样的“当行”戏剧家还“躬践排场，面敷粉墨”，直接参加演出。对现实生活的深入体验、观察和批判，在“瓦舍”“勾栏”和歌妓们的朝夕相处，使关汉卿塑造出众多血肉丰满、富于生活气息和抗争精神的女性主人公形象。《救风尘》中的赵盼儿就是个典型，她聪明泼辣，对世情人心有清醒的认识和预见，与对手斗争能本着“即以其人之道，还治其人之身”的原则有策略地周旋，体现出底层女性的生活智慧和侠义精神。

第三折

（周舍同店小二[(1)]上，诗云）万事分已定，浮生空自忙。无非花共酒，恼乱我心肠。店小二，我着你开着这个客店，我那里稀罕你那房钱养家？不问官妓私科子[(2)]，只等有好的来你客店里，你便来叫我。（小二云）我知道。只是你脚头乱，一时间那里寻你去？（周舍云）你来粉房[(3)]里寻我。

（小二云）粉房里没有呵？（周舍云）赌房里来寻。（小二云）赌房里没有呵？（周舍云）牢房里来寻。（下）（丑扮小闲，挑笼上，诗云）钉靴雨伞为活计，偷寒送暖作营生。不是闲人闲不得，及至得了闲时又闲不成。自家张小闲的便是。平生做不的买卖，止是与歌者姐姐每叫些人，两头往来，传消寄信都是我。这里有个大姐赵盼儿，着我收拾两箱子衣服行李，往郑州去。都收拾停当了。请姐姐上马。（正旦上，云）小闲，我这等打扮，可冲动得那厮么？（小闲做倒科）（正旦云）你做甚么哩？（小闲云）休道冲动那厮，这一会儿，连小闲也酥倒了。（正旦唱）

【正宫】【端正好】则为他满怀愁，心间闷，做的个进退无门。那婆娘家一涌性[(4)]，无思忖，我可也强打入迷魂阵。

【滚绣球】我这里微微的把气喷，输个姓因[(5)]，怎不教那厮背槽抛粪[(6)]！更做道普天下无他这等郎君。想着容易情，忒献勤，几番家待要不问；第一来我则是可怜见无主娘亲[(7)]，第二来是我"惯曾为旅偏怜客"，"第三来也是我自己贪杯惜醉人"。[(8)]到那里呵，也索费些精神。

（云）说话之间，早来到郑州地方了。小闲，接了马者，且在柳阴下歇一歇咱。（小闲云）我知道。（正旦云）小闲，咱闲口论闲话：这好人家好举止，恶人家恶家法。（小闲云）姐姐，你说我听。（正旦唱）

【倘秀才】县君[(9)]的则是县君，妓人的则是妓人。怕不扭捏着身子蓦入他门；怎禁他使数的到支分[(10)]，背地里暗忍。

【滚绣球】那好人家将粉扑儿浅淡匀，那里像咱干茨腊[(11)]手抢着粉；好人家将那篦梳儿慢慢地铺鬌[(12)]，那里像咱解了那襻胸带[(13)]，下颏上勒一道深痕。好人家知个远近，觑个向顺，衜一味良人家风韵；那里像咱们，恰便似空房中锁定个猢孙。有那千般不实乔躯老[(14)]，有万种虚嚣歹议论，断不了风尘。

（小闲云）这里一个客店，姐姐好住下罢。（正旦云）叫店家来。（店小二见科）（正旦云）小二哥，你打扫一间干净房儿，放下行李。你与我请将周舍来，说我在这里久等多时也。（小二云）我知道。（做行叫科，云）小哥在那里？（周舍上，云）店小二，有甚么事？（小二云）店里有个好女子请你哩。（周舍云）咱和你就去来。（做见科，云）是好一个科子也。（正旦云）周舍，做来了也。（唱）

【幺篇】俺那妹子儿有见闻，可有福分，抬举的个丈夫俊上添俊，年纪儿恰正青春。（周舍云）我那里曾见你来？我在客火[(15)]里，你弹着一架筝，我不与了你个褐色绸缎儿？（正旦云）小的，你可见来？（小闲云）不曾见他有甚么褐色紬缎[16]儿。（周舍云）哦，早起杭州客火[17]散了，赶到陕西客火里吃酒，我不与了大姐一分饭来？（正旦云）小的每，你可见来？（小闲云）我不曾见。（正旦唱）你则是忒现新，忒忘昏[18]，更做道你眼钝。那唱词话[19]的有两句留文：咱也曾“武陵溪畔曾相识，今日佯推不认人”。[20]我为你断梦劳魂。（周舍云）我想起来了，你敢是赵盼儿么？（正旦云）然也。（周舍云）你是赵盼儿，好，好！当初破亲也是你来！小二，关了店门，则打这小闲。（小闲云）你休要打我。俺姐姐将着锦绣衣服，一房一卧[21]来嫁你，你倒打我？（正旦云）周舍，你坐下，你听我说。你在南京[22]时，人说你周舍名字，说的我耳满鼻满的，则是不曾见你。后得见你呵，害的我不茶不饭，只是思想着你。听的你娶了宋引章，教我如何不恼？周舍，我待嫁你，你却着我保亲！（唱）

【倘秀才】我当初倚大呵妆儇[23]主婚？怎知我嫉妒呵特故里破亲？你这厮外相儿通疏就里村[24]！你今日结婚姻，咱就肯罢论。

（云）我好意将着车辆、鞍马、奁房来寻你，你划地将我打骂。小闲，拦回车儿，咱家去来！（周舍云）早知姐姐来嫁我，我怎肯打舅舅？（正旦云）你真个不知道？你既不知，你休出店门，只守着我坐下。（周舍云）休说一两日，就是一两年，您儿也坐的将去。（外旦上，云）周舍两三日不家去，我寻到这店门首。我试看咱，原来是赵盼儿和周舍坐哩！兀那老弟子不识羞，直赶到这里来！周舍，你再不要来家，等你来时，我拿一把刀子，你拿一把刀子，和你一递一刀子戳哩。（下）（周舍取棍科，云）我和你抢生吃[25]哩！不是奶奶在这里，我打杀你！（正旦唱）

【脱布衫】我更是的不待饶人，我为甚不敢明闻；肋底下插柴自忍[26]，怎见你便打他一顿？

【小梁州】可不道一夜夫妻百夜恩！你可便息怒停嗔。你村时节背地里使些村，对着我合思忖：那一个双同叔打杀俏红裙？

【幺篇】则见他恶哏哏[27]，摸按着无情棍，便有火性的不似你个郎君。（云）你拿着偌粗的棍棒，倘或打杀他呵，可怎了？（周舍云）丈夫打杀老婆，不该偿命。（正旦云）这等说，谁敢嫁你？（背唱）我假意儿瞒，虚科儿[28]喷，着这厮有家难奔。妹子也。你试看咱风月救风尘。

（云）周舍，你好道儿[29]！你这里坐着，点的你媳妇来骂我这一场。小闲，拦回车儿，咱回去来！（周舍云）好奶奶，请坐！我不知道他来；

我若知道他来，我就该死。（正旦云）你真个不曾使他来？这妮子不贤惠，打一棒快毬子[30]。你舍的宋引章，我一发嫁你。（周舍云）我到家里就休了他。（背云）且慢着，那个妇人是我平日间打怕的，若与了一纸休书，那妇人就一道烟去了。这婆娘他若是不嫁我呵，可不弄的尖担两头脱？休的造次，把这婆娘摇撼的实着。（向旦云）奶奶，您孩儿肚肠是驴马的见识，我今家去把媳妇休了呵，奶奶，你把肉吊窗儿放下来[31]，可不嫁我，做的个尖担两头脱。奶奶，你说下个誓着。（正旦云）周舍，你真个要我赌咒？你若休了媳妇，我不嫁你呵，我着塘子里马踏杀，灯草打折臁儿[32]骨。你逼的我赌这般重咒哩！（周舍云）小二，将酒来。（正旦云）休买酒，我车儿上有十瓶酒哩。（周舍云）还要买羊。（正旦云）休买羊，我车上有个熟羊哩。（周舍云）好、好、好，待我买红去。（正旦云）休买红，我箱子里有一对大红罗。周舍，你争甚么那！你的便是我的，我的就是你的。（唱）

【二煞】则这紧的到头终是紧，亲的原来只是亲。凭着我花朵儿身躯、笋条儿年纪，为这锦片儿前程，倒赔了几锭儿花银。拚着个十米九糠，问甚么两妇三妻，受了些万苦千辛。我着人头上气忍，不枉了一世做郎君。

【黄钟尾】你穷杀呵，甘心守分捱贫困；你富呵，休笑我饱暖生淫惹议论。您心中觑个意顺。但休了你这门内人，不要你钱财使半文。早是我走将来自上门。家业家私待你六亲，肥马轻裘待你一身，倒贴了奁房和你为眷姻。（云）我若还嫁了你，我不比那宋引章，针指油面，刺绣铺房，大裁小剪，都不晓得一些儿的。（唱）我将你写了的休书正了本[33]。（同下）

〖注解〗

（1）店小二：客店中的伙计。下面四句上场诗，疑头两句是店小二说，三四句是周舍说。

（2）私科子：私窝子，私娼。

（3）粉房：妓院。

（4）婆娘家一涌性：婆娘家指宋引章。一涌性，一时冲动。

（5）输个姓因：疑为“输个婚姻”之讹。

（6）背槽抛粪：牛马背向食槽下粪。喻周舍忘恩负义。

（7）无主娘亲：没了主意的娘亲。指宋引章的娘亲。

（8）“为旅偏怜客”“贪杯惜醉人”：都比喻同病相怜。

（9）县君：唐宋以来妇女的封号，一般指官太太。

（10）蓦：同迈。使数的：奴仆。支使：指供使唤的人。

（11）乾茨腊：也作干支剌，很干的意思。支剌，加强语气词。

（12）髩：同鬓。

（13）襻胸带：古时妇女梳头时包裹头发用的带子。

（14）乔躯老：坏样子。乔，即娇，本是假装，引申为坏的样子。躯老，当时勾栏里称身体为躯老。

（15）客火：客伙，客店。

（16）紬缎：绸缎。

（17）杭州客火：客火二字原脱，据上下文补。

（18）忒现新，忒忘昏：形容喜新厌旧。

（19）唱词话：当时一种既说又唱的曲艺。

（20）“武陵溪畔曾相识，今日佯推不认人”：当时词话唱刘晨、阮肇入山采药、遇仙女于武陵溪的故事。这两句是当时词话的遗文。

（21）一房一卧：一房嫁妆，一床铺盖。

（22）南京：指汴梁，即今开封。

（23）妆儇：装乖，弄巧。

（24）村：愚蠢。

（25）我和你抢生吃：难道我和你抢生的东西吃。这是承接前文的。

（26）肋底下插柴自忍：肋骨下插木柴虽然痛苦，但只能自忍。

（27）恶哏哏：恶狠狠。

（28）虚科儿：虚假的手段。

（29）道儿：诡计。

（30）打一棒快毬子：当时打球的行话。这里形容宋引章嘴快。

（31）肉吊窗儿放下来：闭着眼睛不理睬的意思。

（32）臁（lián）：小腿及其两侧的部分。

（33）正了本：够本。

《西厢记》（节选）

《西厢记》是我国较早的一部以多本杂剧连演一个故事的剧本，共五本二十一折，由元代杂剧作家王实甫在宋金时期董解元《西厢记诸宫调》等唱本、剧本基础上撰著，有“新杂剧，旧传奇，西厢记天下夺魁”的美誉。《西厢记》的故事原型为唐代元稹的传奇小说《莺莺传》，但从董解元的《西厢记诸宫调》开始便已改变了原作始乱终终弃的主题，提出“从古至今，自是佳人，合配才子”的要求，王实甫的《西厢记》更明确提出了“愿普天下有情的都成了眷属”，使对崔莺莺和张生的爱情的描述有了对外部因素的侧重，多了作为爱情阻碍力的老夫人和作为爱情推动力的红娘构成戏剧冲突。这样的改编虽然少了原作中对男女之情的本来面目的表现，但更能体现观众的愿望和思想感情，王实甫的《西厢记》也因此成为青年男女冲破礼教束缚、追求恋爱和婚姻自由的爱情经典。这里节选的是《西厢记》第四本第三折《长亭送别》，以曲词优美著称，最能体现《西厢记》作为融合了诗词意境美、语言美的“诗式戏曲”的特点。《西厢记》第四本为由莺莺所唱的旦本。

第四折　第三本　长亭送别

（夫人长老上云）今日送张生赴京，十里长亭，安排下筵席。我和长老先行，不见张生小姐来到。（旦、末、红同上）（旦云）今日送张生上朝取应，早是离人伤感，况值那暮秋天气，好烦恼人也呵！悲欢聚散一杯酒，南北东西万里程。

【正宫】【端正好】碧云天，黄花地，西风紧。北雁南飞。晓来谁染霜林醉？总是离人泪。

【滚绣球】恨相见得迟，怨归去得疾。柳丝长玉骢难系，恨不倩疏林挂住斜晖。马儿迍迍的行，车儿快快随，却告了相思回避，破题儿又早别离。

听得道一声去也，松了金钏；遥望见十里长亭，减了玉肌：此恨谁知！

（红云）姐姐今日怎么不打扮？（旦云）你那知我的心里呵？（旦唱）

【叨叨令】见安排着车儿、马儿，不由人熬熬煎煎的气；有甚么心情花儿、靥儿，打扮得娇娇滴滴的媚；准备着被儿、枕儿，则索昏昏沉沉的睡；从今后衫儿、袖儿，都揾帮重重叠叠的泪。兀的不闷杀人也么哥！兀的不闷杀人也么哥！久已后书儿、信儿，索与我恓恓惶惶的寄。

（做到了科，见夫人了）（夫人云）张生和长老坐，小姐这壁坐，红娘将酒来。张生，你向前来，是自家亲眷，不要回避。俺今日将莺莺与你，到京师休辱没了俺孩儿，挣揣一个状元回来者。（末云）小生托夫人余荫，凭着胸中之才，视官如拾芥耳。（洁云）夫人主见不差，张生不是落后的人。（把酒了，坐）（旦长吁科）（唱）

【脱布衫】下西风黄叶纷飞，染寒烟衰草萋迷。酒席上斜签着坐的，蹙愁眉死临侵地。

【小梁州】我见他阁泪汪汪不敢垂，恐怕人知。猛然见了把头低，长吁气，推整素罗衣。

【幺】虽然久后成佳配，奈时间怎不悲啼。意似痴，心如醉，昨宵今日，清减了小腰围。

（夫人云）小姐把盏者！（红递酒，旦把盏长吁科云）请吃酒！

【上小楼】合欢未已，离愁相继。想着俺前暮私情，昨夜成亲，今日别离。我谂知这几日相思滋味，却原来此别离情更增十倍。

【幺】年少呵轻远别，情薄呵易弃掷。全不想腿儿相挨，脸儿相偎，手儿相携。你与俺崔相国做女婿，妻荣夫贵，但得一个并头莲，煞强如状元及第。

（夫人云）红娘把盏者！（红把酒科）（旦唱）

【满庭芳】供食太急，须臾对面，顷刻别离。若不是酒席间子母每当回避，有心待与他举案齐眉。虽然是厮守得一时半刻，也合着俺夫妻每共桌而食。眼底空留意，寻思起就里，险化做望夫石。

（红云）姐姐不曾吃早饭，饮一口儿汤水。（旦云）红娘，甚么汤水咽得下！

【快活三】将来的酒共食，尝著似土和泥；假若便是土和泥，也有些土气息，泥滋味。

【朝天子】煖溶溶玉醅，白泠泠似水，多半是相思泪。眼面前茶饭怕不待要吃，恨塞满愁肠胃。“蜗角虚名，蝇头微利”，拆鸳鸯在两下里。一个这壁，一个那壁，一递一声长吁气。

（夫人云）辆起车儿，俺先回去，小姐随后和红娘来。（下）（末辞洁科）（洁云）此一行别无话儿，贫僧准备买登科录看，做亲的茶饭少不得贫僧的。先生在意，鞍马上保重者！从今经忏无心礼，专听春雷第一声。（下）（旦唱）

【四边静】霎时间杯盘狼藉，车儿投东，马儿向西，两意徘徊，落日山横翠。知他今宵宿在那里？在梦也难寻觅。

（旦云）张生，此一行得官不得官，疾便回来。（末云）小生这一去白夺一个状元，正是“青霄有路终须到，金榜无名誓不归”。（旦云）君行别无所谓，口占一绝，为君送行：“弃掷今何在，当时且自亲。还将旧来意，怜取眼前人。”（末云）小姐之意差矣，张珙更敢怜谁？谨赓一绝，以剖寸心：“人生长远别，孰与最关亲？不遇知音者，谁怜长叹人？”（旦唱）

【耍孩儿】淋漓襟袖啼红泪，比司马青衫更湿。伯劳东去燕西飞，未登程先问归期。虽然眼底人千里，且尽生前酒一杯。未饮心先醉，眼中流血，心内成灰。

【五煞】到京师服水土，趁程途节饮食，顺时自保揣身体。荒村雨露宜眠早，野店风霜要起迟！鞍马秋风里，最难调护，最要扶持。

【四煞】这忧愁诉与谁？相思只自知，老天不管人憔悴。泪添九曲黄河溢，恨压三峰华岳低。到晚来闷把西楼倚，见了些夕阳古道，衰柳长堤。

【三煞】笑吟吟一处来，哭啼啼独自归。归家若到罗帏里，昨宵个绣衾香暖留春住，今夜个翠被生寒有梦知。留恋你别无意，见据鞍上马，阁不住泪眼愁眉。

（末云）有甚言语嘱咐小生咱？（旦唱）

【二煞】你休忧“文齐福不齐”，我则怕你“停妻再娶妻”。休要“一春鱼雁无消息”！我这里“青鸾有信频须寄”，你却休“金榜无名誓不归”。此一节君须记，若见了那异乡花草，再休似此处栖迟。

（末云）再谁似小姐？小生又生此念？（旦唱）

【一煞】青山隔送行，疏林不做美，淡烟暮霭相遮蔽。夕阳古道无人语，禾黍秋风听马嘶。我为甚么懒上车儿内，来时甚急，去后何迟？

（红云）夫人去好一会，姐姐，咱家去！（旦唱）

【收尾】四围山色中，一鞭残照里。遍人间烦恼填胸臆，量这些大小车儿如何载得起?

（旦、红下）（末云）仆童赶早行一程儿，早寻个宿处。泪随流水急，愁逐野云飞。（下）

《琵琶记》（节选）

《琵琶记》由元代文人高明（字则诚）根据长期在浙东一带民间流传的南戏《赵贞女》改编。南戏本源于民间的社会问题，民间对“富易交，贵易妻”的社会现象和婚姻悲剧的关注促进了南戏的发展。《赵贞女》就是这样的代表作，讲书生蔡伯喈科考高中后“弃亲背妇”、还马踏守节行孝的发妻赵五娘，最后“为暴雷震死”，被认为是“戏文之首”。高明对《赵贞女》的故事进行了改编，把男主人公从被谴责的对象变成一个在“孝”和“忠”的两难抉择中痛苦挣扎的正面人物。他辞考不从、辞婚不从、辞官不从，最后酿成家中父母因饥荒死去的悲剧。《琵琶记》是一出在传统伦理社会中由伦理纲纪本身的矛盾而引发的家庭伦理悲剧，尽管高明想尽力塑造“有贞有烈赵贞女，全忠全孝蔡伯喈”，但男主人公的孝子形象漏洞很大。尤其《琵琶记》还采取了双线交织发展的结构、平行对比的叙述方式，让赵五娘和公婆在家遭遇饥荒、赵五娘吃糠奉养公婆的场景和蔡伯喈入赘牛相国家、与牛小姐新婚燕尔的场景交替出现，强烈的反差对观众形成相当的冲击力，使《琵琶记》在明清的舞台上经演不息，被称为“南曲之祖”，对后来的家庭伦理悲剧也有较大影响。这里节选的《琵琶记》第二十一出《糟糠自餍》就是剧中最有感染力的部分。

南戏是南曲戏文的简称，在宋代的“宣和之后，南渡之际”（祝允明《猥谈》）出现，最初流行于浙东沿海一带，又称温州杂剧或永嘉杂剧。这种戏曲样式在宋人词牌和民间唱曲的基础上兴起（“宋人词而益以里巷歌谣”），是我国最早成熟的戏剧形式。随宋室南渡带来的高度发展的杂剧曾刺激了南戏的盛行，但它在演出体制、音乐体制等方面都和杂剧不同，南戏一个剧目往往由几十出构成，剧中人物不止主角唱，配角也可唱，唱腔曲牌由南曲和北曲合套，所以适宜表演比较长而复杂的故事场景。明清时候的舞台上，上演的多为在南戏基础上进一步规范化和成熟化的传奇。

第二十一出 《糟糠自餍》

【山坡羊】（旦上）乱荒荒不丰稔的年岁，远迢迢不回来的夫婿。急煎煎不耐烦的二亲，软怯怯不济事的孤身体。苦，衣尽典，寸丝不挂体。几番拼死了奴身己，争奈没主公婆教谁看取？（合）思之，虚飘飘命怎期？难挨，实丕丕灾共危。

【前腔】滴溜溜难穷尽的珠泪，乱纷纷难宽解的愁绪。骨崖崖难扶持的病身，战兢兢难捱过的时和岁。这糠，我待不吃你呵，教奴怎忍饥？我待吃你呵，教奴怎生吃？思量起来，不如奴先死，图得不知他亲死时。（合前）（白）奴家早上安排些饭与公婆吃，岂不欲买些鲜菜，争奈无钱可买。不想婆婆抵死埋怨，只道奴家背地自吃了什么东西。不知奴家吃的是米膜糠秕，又不敢教他知道。便做他埋怨杀我，我也不分说。苦！这糠秕怎的吃得下。（吃吐介）

【孝顺歌】呕得我肝肠痛，珠泪垂，喉咙尚兀自牢嗄住。糠，遭砻被舂杵，筛你簸扬你，吃尽控持。好似奴家身狼狈，千辛万苦皆经历。苦人吃着苦味，两苦相逢，可知道欲吞不去。（外净潜上探觑介）

【前腔】（旦）糠和米，本是相依倚，被簸扬作两处飞？一贱与一贵，好似奴家与夫婿，终无见期。丈夫，你便是米呵，米在他方没寻处。奴家恰便似糠呵，怎的把糠来救得人饥馁？好似儿夫出去，怎的教奴，供给得公婆甘旨？（外、净潜下介）

【前腔】思量我生无益，死又值甚的！不如忍饥死了为怨鬼。只一件，公婆老年纪，靠奴家相依倚，只得苟活片时。片时苟活虽容易，到底日久也难相聚。谩把糠来相比，这糠呵，尚兀自有人吃，奴家的骨头，知他埋在何处？（外、净上。净）媳妇，你在这里吃什么？（旦）奴家不曾吃什么。（净搜拿介。旦）婆婆你吃不得。（外）咳，这是什么东西？

【前腔】（旦）这是谷中膜，米上皮，（外）呀，这便是糠，要他何用。（旦）将来逼逻堪疗饥。（净）咦，这糠只好将去喂猪狗，如何把来自吃？（旦）尝闻古贤书，狗彘食人食，也强如草根树皮。（外净）恁的苦涩东西，怕不噎坏了你。（旦）啮雪吞毡，苏卿犹健，餐松食柏，到做得神仙侣。这糠呵，纵然吃些何虑？（净）阿公，你休听他说谎，糠秕如何吃得？（旦）爹妈休疑，奴须是你孩儿的糟糠妻室。（外、净看哭介）媳妇，我原来错埋冤了你，兀的不痛杀我也。（闷倒，旦叫哭介）

【雁过沙】（旦）苦，沉沉向冥途，空教我耳边呼。公公，婆婆，我不能够尽心相奉事，反教你为我归黄土。教人道你死缘何故？公公，婆婆，怎生割舍得抛弃了奴？（外醒介。旦）谢天谢地，公公醒了。公公你闓閪。

【前腔】（外）媳妇，你担饥事姑舅。媳妇，你担饥怎生度？（旦）公公且自宽心，不要烦恼。（外）媳妇，我错埋冤了你。你也不推辞，到如今始信有糟糠妇。媳妇，料应我不久归阴府。也省得为我死的，累你生的受苦。（旦扶外起介）公公且在床上安息，待我看婆婆如何？（叫不醒介）呀，婆婆不济事了。如何是好？

【前腔】婆婆气全无，教奴怎支吾？咳，丈夫呵，我千辛万苦，为你相看顾，如今到此难回护。我只愁母死难留父，况衣衫尽解，囊箧又无。（外）媳妇，婆婆还好么？（旦）婆婆不好了。

【前腔】（外）天那，我当初不寻思，教孩儿往帝都。把媳妇闪得苦又孤，婆婆送入黄泉路，算来是我相耽误。不如我死，免把你再辜负。（旦）公公休说这话，且自将息。（外）媳妇，婆婆死了，衣衾棺椁，是件皆无。如何是好？（旦）公公宽心，待奴家区处。（末上）福无双降犹难信，祸不单行却是真。老夫为何道此两句？为邻家蔡伯喈妻房赵氏五娘，他嫁得伯喈，方才两月，伯喈便出去赴选。自去之后，连遭饥荒，公婆年纪皆在八十之上，家里更没个相扶持的。甘旨之奉，亏杀这五娘子，把些衣服首饰之类，尽皆典卖，办些粮米，供给公婆，却背地里把糠秕逼逻充饥。这般荒年饥岁，少什么有三五个孩儿的人家，供膳不得爹娘。这个小娘子，真个今人中少有，古人中难得。那婆婆不知道，颠倒把他埋冤；适来听得他公婆知道，却又痛心都害了病。如今不免到他家里探望则个。呀，五娘子，你为甚的慌慌张张？（旦）公公，天有不测风云，人有旦夕祸福。奴家婆婆死了。（末）咳，你婆婆既死了，你公公如今在那里？（旦）在床上睡着。（末）待我看一看。（外）太公休怪，我起来不得了。（末）老员外快不要劳动。（旦）太公，我婆婆衣衾棺椁，是件皆无，如何是好？（末）五娘子，你不要愁烦，我自有区处。

【玉胞肚】（旦）千般生受，教奴家如何措手？终不然把他骸骨，没棺材送在荒丘？（合）相看到此，不由人不泪珠流，不是冤家不聚头。

【前腔】（末）五娘子，不必多忧，资送婆婆，在我身上有。你但小心承直公公，莫教他又成不救。（合前）

【前腔】（外）张公护救，我媳妇实难启口。孩儿去后，又遇饥荒，把衣衫典卖无留。（合前。末）老员外，你请进里面去歇息。待我一霎时叫家僮讨棺木来，把老安人殡敛了。选个吉日，送在南山安葬去。（外）如此，多谢太公周济。

只为无钱送老娘，须知此事有商量。
归家不敢高声哭，惟恐猿闻也断肠。

《牡丹亭》（节选）

《牡丹亭》全名《牡丹亭还魂记》，简称《还魂记》，共五十五出，为明代戏剧家汤显祖最负盛名的传奇剧作。故事取材明代话本小说《杜丽娘慕色还魂记》，写为礼教束缚、长期深居幽闺的少女杜丽娘春日游园，梦遇意中人柳梦梅，情不能已，不久感梦而亡，后又在情之所牵下，还魂与柳梦梅结为夫妇。与当时的理学压抑性主流思想相对，作者汤显祖以“主情”为标榜，在剧中着力塑造了一个为情而死又为情而生的女主人公杜丽娘。她因大自然的感召而被唤醒青春、唤醒沉睡的爱欲，先“梦而死”，又“死而生”，超越生死时空、执着追寻自己的爱恋，诚如作者在该剧《题词》中所言：“如杜丽娘者，乃可谓之有情人耳。情不知所起，一往而深。生者可以死，死可以生。生而不可与死，死而不可复生者，皆非情之至也。”《牡丹亭》曲词华美，梦想、魂游等情节浪漫离奇，因对“情”“理”冲突下的人性的深层挖掘、对生命欲求的诗意纯美表现而打动了很多观众，有“《牡丹亭》一出，家传户诵，几令《西厢》减价”之说。

明代杂剧创作萧索，传奇创作繁荣。传奇是宋元南戏规范化和成熟化的结果，多用昆曲演唱。

第十出 《惊梦》（节选）

【绕池游】（旦上）梦回莺啭，乱煞年光遍[(1)]。人立小庭深院。（贴）炷尽沉烟[(2)]，抛残绣线，恁今春关情似去年？【乌夜啼】“（旦）晓来望断梅关[(3)]，宿妆残[(4)]。（贴）你侧著宜春髻子恰凭兰[(5)]。（旦）剪不断，理还乱[(6)]，闷无端。（贴）已分付催花莺燕借春看。”（旦）春香，可曾叫人扫除花径？（贴）分付了。（旦）取镜台衣服来。（贴取镜台衣服上）“云髻罗梳还对镜，罗衣欲换更添香。”[(7)]镜台衣服在此。

【步步娇】（旦）袅晴丝吹来闲庭院[(8)]，摇漾春如线。停半晌、整花钿。

没揣菱花[9]，偷人半面，迤逗的彩云偏[10]。（行介）步香闺女怎便把全向现！

（贴）今日穿插的好。

【醉扶归】（旦）你道翠生生出落的裙衫儿茜[11]，亮晶晶花簪八宝填[12]，可知我常一生儿爱好是天然[13]。恰三春好处无人见[14]。不提防沉鱼落雁鸟惊喧[15]，则怕的羞花闭月花愁颤。（贴）早茶时了，请行。（行介）你看："画廊金粉半零星，池馆苍苔一片青。踏草怕泥新绣襪[16]，异花疼煞小金铃[17]。"（旦）不到园林，怎知春色如许！

【皂罗袍】原来姹紫嫣红开遍[18]，似这般都付断井颓垣。良辰美景奈何天，赏心乐事谁家院[19]！恁般景致，我老爷和奶奶再不提起。（合）朝飞暮卷[20]，云霞翠轩；雨丝风片，烟波画船，锦屏人忒看的这韶光贱[21]！（贴）是花都放了[22]，那牡丹还早。

【好姐姐】（旦）遍青山啼红了杜鹃[23]，荼蘼外烟丝醉软[24]。春香呵，牡丹虽好，他春归怎占的先[25]！（贴）成对儿莺燕呵。（合）闲凝眄，生生燕语明如翦，呖呖莺歌溜的圆。（旦）去罢。（贴）这园子委是观之不足也[26]。

（旦）提他怎的！（行介）

【隔尾】观之不由他缱[27]，便赏遍了十二亭台是枉然。到不如兴尽回家闲过遣。（作到介）（贴）"开我西阁门，展我东阁床[28]。瓶插映山紫[29]，炉添沉水香。"小姐，你歇息片时，俺瞧老夫人去也。（下）（旦欢介）"默地游春转，小试宜春面[30]。"春呵，得和你两留连，春去如何遣？咳，恁般天气，好困人也。春香那里？（作左右瞧介）（又低道沉吟介）天呵，春色恼人，信有之乎！常观诗词乐府，古之女子，因春感情，遇秋成恨，诚不谬误矣。吾今年已二八，未逢折桂之夫；忽慕春情，怎得蟾宫之客？昔韩夫人得遇于郎[31]，张生偶逢崔氏[32]，曾有《题红记》《崔徽传》二书。此佳人才子，前以密约偷期[33]，后皆得成秦晋[34]。（长叹介）吾生于宦族，长在名门。年已及笄[35]，不得早成佳配，诚为虚度青春，光阴如过隙耳。（泪介）可惜妾身颜色如花，岂料命如一叶乎[36]！

【山坡羊】没乱里春情难遣[37]，蓦地里怀人幽怨。则为俺生小婵娟，拣名门一例、一例里神仙眷。甚良缘，把青春抛的远！俺的睡情谁见？则索因循腼腆[38]。想幽梦谁边，和春光暗流转？迁延，这衷怀那处言！淹煎，泼残生[39]，除天！身子困乏了，且自隐几而眠[40]。（睡介）（梦生介）（生持柳枝上）"莺逢日暖歌声滑，人遇风情笑口开。一径落花随水入，今朝阮肇一天台[41]。”小生顺路儿跟着杜小姐回来，怎生不见？（回看介）呀，小姐，小姐（旦作惊起介）（相见介）（生）小生那一处不寻访小姐来，却在这里！（旦作斜视不语介）（生）恰好花园内，折取垂柳半枝。姐姐，你既淹通书史，可作诗以赏此柳枝乎？（旦惊喜，欲言又止介）（背想）这生素昧平生，何因到此？（生笑介）小姐，咱爱杀你哩！

【山桃红】则为你如花美眷，似水流年，是答儿闲寻遍[42]。在幽闺女自怜。

小姐，和你那答儿讲话去。（旦作含不行）（生作牵衣介）（旦低问）那边去？（生）转过这芍药栏前，紧靠著湖山石边。（旦低问）秀才，去怎的？（生低答）和你把领扣松，衣带宽，袖梢儿摸著牙儿苫也，则待你忍耐温存一晌[43]眠。（旦作羞）（生前抱）（旦推介）（合）是那处曾相见，相看俨然，早难道这好处相逢无一言[44]？（生强抱旦下）

（末扮花神束发冠，红衣插花上）“催花御史异花天[45]，检点春工又一年。蘸客伤心红雨下[46]，勾人悬梦彩云边。”吾乃掌管南安府后花园花神是也。因杜知府小姐丽娘，与柳梦梅秀才，后日有姻缘之分。杜小姐游春感伤，致使柳秀才入梦。咱花神专掌异玉怜香，竟来保护他，要他云雨十分欢幸也。

〖注解〗

（1）乱煞年光遍：缭乱的春光到处都是。

（2）沉烟：沉水香，薰用的香料。

（3）梅关：大庾岭，宋代在这里高胡侮关。在本剧故事发生地点江西省南安府（大庾）的南面。

（4）宿妆：隔夜的残妆。

（5）宜春髻子：相传立春那天，妇女剪采作燕子状，戴在髻上，上贴“宜春”二字。见《荆楚几时记》。

（6）剪不断，理还乱：南唐后主李煜诩《相见欢》中的两句。

（7）罗衣欲换更添香两句：薛逢诗《宫词》中的两句，见《全唐诗》卷。

（8）晴丝：游丝、飞丝，也即后文所说的烟丝，虫类所吐的丝缕，常在空中飘游。在春天晴朗的日子最易看见。

（9）没揣：不意，蓦然。菱花：镜子。古时用铜镜，背面所铸花纹一般为菱花，因此称菱花镜，或用菱花作镜子的代称。

（10）迤逗的彩云偏：迤逗号，引惹，挑逗；彩云，美丽的发卷的代称。全句，想不到镜子（拟人化）偷偷地照见了她。害得（迤逗的）她羞答答地把发卷也弄歪了。迤逗，元曲中或作拖逗。

（11）翠生生出落的裙衫儿茜：翠生生，极言彩色鲜艳。苏轼诗：“一朵妖红翠欲流。”用法正同。见《苏诗编注集成》卷十一《和述古冬日牡丹》四首。《老学庵笔记》卷八：“鲜翠，犹言鲜明也。”出落的，显出，衬托出。茜，茜红色。

（12）亮晶晶花簪八宝填：镶嵌着多种宝石的簪子。

（13）天然：天性使然。上文爱好，犹言爱美。《紫箫记》十一出《懒画眉》：“道你绿鬓乌纱映画罗。”系丫环赞李十郎词，下接十郎云：“小生从来带一种爱好的性子。”用法正同。

（14）三春好处：比喻自己的青春美貌。

（15）沉鱼落雁：用来形容女人的美貌。

（16）泥：这里作动词用。

（17）异花疼煞小金铃：《开元天宝遗事》：“天宝初，宁王……于后园中纫红丝为绳，密缀金铃，掣于花梢之上。每有鸟鹊翔集，则令园吏置令索以掣之。盖异花之故也。”疼，为异花常常掣铃，连小金铃都被拉得疼煞了。这是夸大的描写。

（18）姹紫嫣红：花色鲜艳的样子。

（19）谁家：哪一家。一说作“甚么”解，见张相《诗词曲语辞汇释·谁家条》。全句本谢灵运《拟魏太子邺中集诗序》：“天下良辰美景赏心乐事，四者难并。”

（20）朝飞暮倦：唐王勃《滕王阁诗》：“画栋朝飞南浦云，朱帘暮卷西山雨。”

（21）锦屏人：深闺中人，包括自己在游园前。

（22）是：凡是、所有的。

（23）啼红了杜鹃：开遍了红色的杜鹃花。从杜鹃（鸟）泣血联想起来的。

（24）荼蘼：花名，晚春时开放。

（25）牡丹虽好，他春归怎占的先：《诚齐乐府·牡丹品》三折《喜莺》：“花索让牡丹先。”

（26）观之不足：看不厌。

（27）缱：留恋、牵绾。

（28）开我西阁门，展我东阁床：出自《木兰诗》里“开我东阁门，坐我西阁床”。

（29）映山紫：映山红（杜鹃红）的一种。

（30）宜春面：指新妆。参看注（5）。

（31）韩夫人得遇于郎：唐人传奇故事。唐僖宗时，宫女韩氏以红叶题诗，从御沟中流出，被于佑拾到。于佑也以红叶题诗，投入上流，寄给韩氏。后来两人结为夫妇。见《青琐高议》前集卷五《流红记》。汤显祖的同时代人王骥德曾以这个故事写成戏曲《题红记》，见王骥德《曲律·杂论》第三十九下。

（32）张生偶逢崔氏：即张生和崔莺莺的爱情故事，见唐元稹《会真记》。后来《西厢记》演的就是这个故事。下文说的《崔徽传》是另外一个故事，见《丽情集》：女崔徽和裴敬中相爱，分别之后不再相见。崔徽请画工画了一幅像，托人带给敬中说："崔徽一旦不及卷中人，徽且为郎死矣！"这里《崔徽传》疑是《莺莺传达室》或《西厢记》的笔误。

（33）偷期：幽会。

（34）得成秦晋：得成夫妇。春秋时代，秦、晋两国世代联姻，后世称联姻为秦晋。

（35）及笄：古代女子十五岁开始以笄（簪）束发，叫及笄。见《礼记·内训》。及笄，意指女子已成年，到了婚配的年龄。

（36）岂料命如一叶句：元好问《鹧鸪天·薄命妾》词："颜色如花画不成，命如叶薄可怜生。"

（37）没乱里：形容心绪很乱。

（38）腼腆：害羞。上文只索，只得。索，要，须。

（39）淹煎，泼残生：淹煎，受熬煎，遭磨折；泼残生，苦命儿。泼，表示厌恶，原来是骂人的话。

（40）隐几：靠着几案。

（41）阮肇到天台：见到爱人。用的是刘晨和阮肇在天台山桃源洞遇到仙女的故事。

（42）是答儿：到处。是，凡。下文，那答儿，那边。

（43）一晌：一会儿。

（44）早难道：这里就是难道，但证据较强。

（45）催花御史：《说郛》卷二十七《云仙散录》引《玉尘集》：唐"穆宗，每宫中花开，则以重顶帐蒙蔽栏槛，置惜花御史掌之"。

（46）蘸：指红雨（落花）泪在人的身上。

《莺莺传》

《莺莺传》为唐代文人元稹所作，原题《传奇》，宋代《太平广记》收录时改为《莺莺传》，沿用至今，又因其中有赋《会真诗》，亦称《会真记》（真与仙同义，会真即遇仙、游仙之意）。《莺莺传》写张生与崔莺莺相恋、又对她始乱终弃的故事。后人认为，《莺莺传》是作者元稹对年轻时一段情感的自叙和艺术化再现。《莺莺传》所创造的“才子佳人”的恋爱模式，深受人喜爱，影响极广，戏剧《西厢记》等的故事原型正由此而来，但《莺莺传》中的始乱终弃的情感悲剧却被《西厢记》等以更符合多数人愿望的方式修正了。《莺莺传》有主题上的矛盾、道德观上的悖论，对两性微妙心理的描述非常真实，使男女情爱世界以混杂着钟情、掩饰、欺骗、背叛、怅恨和难以释怀等复杂情感的原生态面目呈现，给人以很大的想象空间，具有一种残酷的美感，反映出唐代士子的某种婚恋心态。

《莺莺传》原名《传奇》，后来“传奇”成为唐人文言小说的专称。唐传奇脱胎于六朝志怪小说，但“至唐人乃作意好奇，假小说以寄笔端”（明代胡应麟《少室山房笔丛》）。唐代的一些文人利用写作传奇来显示自身在“史才、诗笔、议论”等多方面的才能，常把史传叙事手法用于传奇的创作。《莺莺传》是第一篇不涉及神怪、专写人世男女之情的小说，对人物性格、心理、举止的刻画有史传叙事精微、含蓄、传神的特点，是唐传奇小说的重要代表作。

贞元中，有张生者，性温茂，美风容，内秉坚孤，非礼不可入。或朋从游宴，扰杂其间，他人皆汹汹拳拳，若将不及，张生容顺而已，终不能乱。以是年二十三，未尝近女色。知者诘之，谢而言曰：“登徒子非好色者，是有凶行；余真好色者，而适不我值。何以言之？大凡物之尤者，未尝不留连于心，是知其非忘情者也。”诘者识之。

无几何，张生游于蒲。蒲之东十余里，有僧舍曰普救寺，张生寓焉。

适有崔氏孀妇，将归长安，路出于蒲，亦止兹寺。崔氏妇，郑女也。张出于郑，绪其亲，乃异派之从母。是岁，浑瑊薨于蒲。有中人丁文雅，不善于军，军人因丧而扰，大掠蒲人。崔氏之家，财产甚厚，多奴仆。旅寓惶骇，不知所托。

先是，张与蒲将之党有善，请吏护之，遂不及于难。十余日，廉使杜确将天子命以总戎节，令于军，军由是戢。

郑厚张之德甚，因饰馔以命张，中堂宴之。复谓张曰：“姨之孤嫠未亡，提携幼稚，不幸属师徒大溃，实不保其身。弱子幼女，犹君之生，岂可比常恩哉！今俾以仁兄礼奉见，冀所以报恩也。”命其子，曰欢郎，可十余岁，容甚温美。次命女：“出拜尔兄，尔兄活尔。”久之，辞疾。郑怒曰：“张兄保尔之命，不然，尔且掳矣。能复远嫌乎？”久之，乃至。常服睟容，不加新饰，垂鬟接黛，双脸销红而已。颜色艳异，光辉动人。张惊，为之礼。因坐郑旁。以郑之抑而见也，凝睇怨绝，若不胜其体者。问其年纪。郑曰：“今天子甲子岁之七月，终于贞元庚辰，生年十七矣。”张生稍以词导之，不对。终席而罢。张自是惑之，愿致其情，无由得也。

崔之婢曰红娘。生私为之礼者数四，乘间遂道其衷。婢果惊沮，腆然而奔。张生悔之。翼日，婢复至。张生乃羞而谢之，不复云所求矣。婢因谓张曰：“郎之言，所不敢言，亦不敢泄。然而崔之族姻，君所详也，何不因其德而求娶焉？”张曰：“余始自孩提，性不苟合。或时纨绮闲居，曾莫流盼。不为当年，终有所蔽。昨日一席间，几不自持。数日来，行忘止，食忘饱，恐不能逾旦暮。若因媒氏而娶，纳采问名，则三数月间，索我于枯鱼之肆矣。尔其谓我何？”婢曰：“崔之贞慎自保，虽所尊不可以非语犯之，下人之谋，固难入矣。然而喜属文，往往沉吟章句，怨慕者久之。君试为喻情诗以乱之，不然，则无由也。”张大喜，立缀《春词》二首以投之。是夕，红娘复至，持彩笺以授张，曰：“崔所命也。”题其篇曰《明月三五夜》。其词曰：

待月西厢下，迎风户半开。
拂墙花影动，疑是玉人来。

张亦微喻其旨。是夕，岁二月旬有四日矣。崔之东有杏花一树，攀援可踰。既望之夕，张因梯其树而逾焉。达于西厢，则户半开矣。红娘寝于床上，因惊之。红娘骇曰："郎何以至？"张因绐之曰："崔氏之笺召我矣。尔为我告之。"无几，红娘复来，连曰："至矣，至矣！"张生且喜且骇，必谓获济。及崔至，则端服严容，大数张曰："兄之恩，活我之家，厚矣。是以慈母以弱子幼女见托。奈何因不令之婢，致淫逸之词。始以护人之乱为义，而终掠乱以求之，是以乱易乱，其去几何？诚欲寝其词，则保人之奸，不义；明之于母，则背人之惠，不祥；将寄于婢仆，又惧不得发其真诚：是用托短章，愿自陈启。犹惧兄之见难，是用鄙靡之词，以求其必至。非礼之动，能不愧心！特愿以礼自持，毋及于乱。"言毕，翻然而逝。张自失者久之，复逾而出，于是绝望。

数夕，张君临轩独寝，忽有人觉之。惊骇而起，则红娘敛衾携枕而至，抚张曰："至矣，至矣！睡何为哉！"并枕重衾而去。张生拭目危坐久之，犹疑梦寐；然而修谨以俟。俄而红娘捧崔氏而至。至，则娇羞融冶，力不能运支体，曩时端庄，不复同矣。是夕，旬有八日也。斜月晶莹，幽辉半床。张生飘飘然，且疑神仙之徒，不谓从人间至矣。有顷，寺钟鸣，天将晓。红娘促去。崔氏娇啼宛转，红娘又捧之而去，终夕无一言。张生辨色而兴，自疑曰："岂其梦邪？"及明，睹妆在臂，香在衣，泪光荧荧然，犹莹于茵席而已。

是后十余日，杳不复知。张生赋《会真》诗三十韵，未毕，而红娘适至，因授之，以贻崔氏。自是复容之。朝隐而出，暮隐而入，同安于曩所谓西厢者，几一月矣。张生常诘郑氏之情。则曰："我不可奈何矣。"因欲就成之。无何，张生将之长安，先以情谕之。崔氏宛无难词，然而愁怨之容动人矣。将行之再夕，不复可见。而张生遂西下。不数月，复游于蒲，会于崔氏者又累月。崔氏甚工刀札，善属文。求索再三，终不可见。往往张生自以文挑，亦不甚睹览。大略崔之出人者，艺必穷极，而貌若不知；言则敏辩，而寡于酬对。待张之意甚厚，然未尝以词继之。时愁艳幽邃，恒若不识，喜愠之容，亦罕形见。异时独夜操琴，愁弄凄恻。张窃听之。求之，则终不复鼓矣。以是愈惑之。张生俄以文调及期，又当西去。当去之夕，不复自言其情，愁叹于崔氏之侧。崔已阴知将诀矣，恭貌怡声，徐谓张曰："始乱之，终弃之，固其宜矣，愚不敢恨。必也君乱之，君终之，君之惠也。则没身之誓，其有终矣，又何必深感于此行？然而君既不怿，无以奉宁。君常谓我善鼓琴，向时羞颜，所不能及。今且往矣，既君此诚。"因命拂琴，鼓《霓裳羽衣·序》，不数声，哀音怨乱，不复知其是曲也。左右皆嘘唏。

崔亦遽止之，投琴，泣下流连，趋归郑所，遂不复至。明旦而张行。

明年，文战不胜，张遂止于京。因赠书于崔，以广其意。崔氏缄报之词，粗载于此，曰："捧览来问，抚爱过深。儿女之情，悲喜交集。兼惠花胜一合、口脂五寸，致耀首膏唇之饰。虽荷殊恩，谁复为容。睹物增怀，但积悲叹耳。伏承使示于京中就业，进修之道，固在便安。但恨僻陋之人，永以遐弃。命也如此，知复何言！自去秋已来，常忽忽如有所失。于喧哗之下，或勉为语笑，闲宵自处，无不泪零。乃至梦寐之间，亦多感咽。离忧之思，绸缪缱绻，暂若寻常，幽会未终，惊魂已断。虽半衾如暖，而思之甚遥。一昨拜辞，倏逾旧岁。长安行乐之地，触绪牵情，何幸不忘幽微，眷念无斁。鄙薄之志，元以奉酬。至于终始之盟，则固不忒。鄙昔中表相因，或同宴处。婢仆见诱，遂致私诚。儿女之心，不能自固。君子有援琴之挑，鄙人无投梭之拒。及荐寝席，义盛意深。愚陋之情，永谓终托。岂期既见君子，而不能定情，致有自献之羞。不复明侍巾帻，没身永恨，含叹何言！倘仁人用心，俯遂幽劣，虽死之日，犹生之年。如或达士略情，舍小从大，以先配为丑行，以要盟为可欺，则当骨化形销，丹诚不泯，因风委露，犹托清尘。存没之诚，言尽于此。临纸鸣咽，情不能申。千万珍重，珍重千万！玉环一枚，是儿婴年所弄，寄充君子下体所佩。玉取其坚润不渝，环取其终始不绝。兼乱丝一絇，文竹茶碾子一枚。此数物不足见珍，意者欲君子如玉之真，弊志如环不解。泪痕在竹，愁绪萦丝。因物达情，永以为好耳。心迩身遐，拜会无期。幽愤所钟，千里神合。千万珍重！春风多厉，强饭为佳。慎言自保，无以鄙为深念。"

张生发其书于所知，由是时人多闻之。所善杨巨源好属词，因为赋《崔娘》诗一绝云：

清润潘郎玉不如，中庭蕙草雪销初。
风流才子多春思，肠断萧娘一纸书。

河南元稹亦续生《会真》诗三十韵，诗曰：

微月透帘栊，萤光度碧空。遥天初缥缈，低树渐葱茏。
龙吹过庭竹，鸾歌拂井桐。罗绡垂薄露，环佩响轻风。
绛节随金母，云心捧玉童。更深人悄悄，晨会雨蒙蒙。

珠莹光文履，花明隐绣笼。瑶钗行彩凤，罗帔掩丹虹。
言自瑶华浦，将朝碧玉宫。因游洛城北，偶向宋家东。
戏调初微拒，柔情已暗通。低环蝉影动，回步玉尘蒙。
转面流花雪，登床抱绮丛。鸳鸯交颈舞，翡翠合欢笼。
眉黛羞偏聚，唇朱暖更融。气清兰蕊馥，肤润玉肌丰。
无力慵移腕，多娇爱敛躬。汗流珠点点，发乱绿葱葱。
方喜千年会，俄闻五夜穷。留连时有恨，缱绻意难终。
慢脸含愁态，芳词誓素衷。赠环明运合，留结表心同。
啼粉流晓镜，残灯远暗虫。华光犹苒苒，旭日渐曈曈。
乘鹜还归洛，吹萧亦上嵩。衣香犹染麝，枕腻尚残红。
幂幂临塘草，飘飘思渚蓬。素琴鸣怨鹤，清汉望归鸿。
海阔诚难度，天高不易冲。行云无处所，萧史在楼中。

张之友闻之者，莫不耸异之，然而张亦志绝矣。稹特与张厚，因征其词。张曰："大凡天之所命尤物也，不妖其身，必妖于人。使崔氏子遇合富贵，乘宠娇，不为云，为雨，则为蛟，为螭，吾不知其所变化矣。昔殷之辛，周之幽，据百万之国，其势甚厚。然而一女子败之，溃其众，屠其身，至今为天下僇笑。余之德不足以胜妖孽，是用忍情。"于时坐者皆为深叹。

后岁余，崔已委身于人，张亦有所娶。适经所居，乃因其夫言于崔，求以外兄见。夫语之，而崔终不为出。张怨念之诚，动于颜色。崔知之，潜赋一章，词曰：

自从消瘦减容光，万转千回懒下床。不为旁人羞不起，为郎憔悴却羞郎。竟不之见。后数日，张生将行，又赋一章以谢绝之：

弃置今何道，当时且自亲。
还将旧时意，怜取眼前人。

自是，绝不复知矣。时人多许张为善补过者。

予尝于朋会之中，往往及此意者，使夫知者不为，为之者不惑。贞元岁九月，执事李公垂宿于予靖安里第，语及于是。公垂卓然称异，遂为《莺莺歌》以传之。崔氏小名莺莺，公垂以命篇。

《红楼梦》（节选）

《红楼梦》，又名《石头记》，是中国古代小说的巅峰之作，现存一百二十回，前八十回为清曹雪芹所作，后四十回为清高鄂所续。小说假托一块无材补天的女娲遗石幻形入世，投身于诗礼簪缨之族、温柔富贵之乡后“历尽离合悲欢炎凉世态的一段故事”。小说以贵族青年贾宝玉和林黛玉的爱情悲剧为主线，以“贾、史、王、薛”四大家族的荣衰为背景，展示了广阔的社会生活视野，被称为是封建末世的百科全书。以下节选的《红楼梦》第二十三回发生在皇妃元春省亲之后，为省亲而建、人间太虚幻境般的大观园成了诸多青春少女和唯一男性主人公贾宝玉的诗意家园。他们将在这理想化的、与污浊的男子世界隔绝的园子里展现自己的个性和才华，上演“千红一窟（哭）”“万艳同杯（悲）”的悲剧。在这一回里，富有诗人敏感心性的林黛玉的葬花、读西厢、听牡丹亭等举动来自对青春、对生命的自省，更以浪漫、凄美的气氛为大观园的悲剧定下了基调，同时她和贾宝玉也通过对葬花、读西厢等秘密的分享有了更深的情感共鸣，小说的爱情主线得到了富有诗意的铺展。

第二十三回　西厢记妙词通戏语 牡丹亭艳曲警芳心

话说贾元春自那日幸大观园回宫去后，便命将那日所有的题咏，命探春依次抄录妥协，自己编次，叙其优劣，又命在大观园勒石，为千古风流雅事。因此，贾政命人各处选拔精工名匠，在大观园磨石镌字，贾珍率领蓉，萍等监工。因贾蔷又管理着文官等十二个女戏并行头等事，不大得便，因此贾珍又将贾菖，贾菱唤来监工。一日，汤蜡钉朱，动起手来。这也不在话下。

且说那个玉皇庙并达摩庵两处，一班的十二个小沙弥并十二个小道士，如今挪出大观园来，贾政正想发到各庙去分住。不想后街上住的贾芹之母周氏，正盘算着也要到贾政这边谋一个大小事务与儿子管管，也好弄些银钱使用，可巧听见这件事出来，便坐轿子来求凤姐。凤姐因见他素日不大拿班作势的，便依允了，想了几句话便回王夫人说：“这些小和尚道士万不可打发到别处去，一时娘娘出来就要承应。倘或散了，若再用时，可是又费事。依我的主意，不如将他们竟送到咱们家庙里铁槛寺去，月间不过派一个人拿几两银子去买柴米就完了。说声用，走去叫来，一点儿不费事呢。”王夫人听了，便商之于贾政。贾政听了笑道：“倒是提醒了我，就是这样。”即时唤贾琏来。

当下贾琏正同凤姐吃饭，一闻呼唤，不知何事，放下饭便走。凤姐一把拉住，笑道：“你且站住，听我说话。若是别的事我不管，若是为小和尚们的事，好歹依我这么着。”如此这般教了一套话。贾琏笑道：“我不知道，你有本事你说去。”凤姐听了，把头一梗，把筷子一放，腮上似笑不笑的瞅着贾琏道：“你当真的，还是玩话？”贾琏笑道：“西廊下五嫂子的儿子芸儿来求了我两三遭，要个事情管管。我依了，叫他等着。好容易出来这件事，你又夺了去。”凤姐儿笑道：“你放心。园子东北角子上，娘娘说了，还叫多多的种松柏树，楼底下还叫种些花草。等这件事出来，我管保叫芸儿管这件工程。”贾琏道：“果这样也罢了。只是昨儿晚上，我不过是要改个样儿，你就扭手扭脚的。”凤姐儿听了，嗤的一声笑了，向贾琏啐了一口，低下头便吃饭。

贾琏已经笑着去了，到了前面见了贾政，果然是小和尚一事。贾琏便依了凤姐主意，说道：“如今看来，芹儿倒大大的出息了，这件事竟交予他去管办。横竖照在里头的规例，每月叫芹儿支领就是了。”贾政原不大理论这些事，听贾琏如此说，便如此依了。贾琏回到房中告诉凤姐儿，凤姐即命人去告诉了周氏。贾芹便来见贾琏夫妻两个，感谢不尽。凤姐又作情央贾琏先支三个月的，叫他写了领字，贾琏批票画了押，登时发了对牌出去。银库上按数发出三个月的供给来，白花花二三百两。贾芹随手拈一块，撂与掌平的人，叫他们吃茶罢。于是命小厮拿回家，与母亲商议。登时雇了大叫驴，自己骑上；又雇了几辆车，至荣国府角门，唤出二十四个人来，坐上车，一径往城外铁槛寺去了。当下无话。

如今且说贾元春，因在宫中自编大观园题咏之后，忽想起那大观园中景致，自己幸过之后，贾政必定敬谨封锁，不敢使人进去骚扰，岂不寥落。况家中现有几个能诗会赋的姊妹，何不命他们进去居住，也不使佳人落魄，花柳无颜。却又想到宝玉自幼在姊妹丛中长大，不比别的兄弟，若不命他进去，只怕他冷清了，一时不大畅快，未免贾母王夫人愁虑，须得也命他进园居住方妙。想毕，遂命太监夏守忠到荣国府来下一道谕，命宝钗等只管在园中居住，不可禁约封锢，命宝玉仍随进去读书。

贾政，王夫人接了这谕，待夏守忠去后，便来回明贾母，遣人进去各处收拾打扫，安设帘幔床帐。别人听了还自犹可，惟宝玉听了这谕，喜的无可不可。正和贾母盘算，要这个，弄那个，忽见丫鬟来说："老爷叫宝玉。"宝玉听了，好似打了个焦雷，登时扫去兴头，脸上转了颜色，便拉着贾母扭的好似扭股儿糖，杀死不敢去。贾母只得安慰他道："好宝贝，你只管去，有我呢，他不敢委屈了你。况且你又作了那篇好文章。想是娘娘叫你进去住，他吩咐你几句，不过不教你在里头淘气。他说什么，你只好生答应着就是了。"一面安慰，一面唤了两个老嬷嬷来，吩咐"好生带了宝玉去，别叫他老子唬着他"。老嬷嬷答应了。

宝玉只得前去，一步挪不了三寸，蹭到这边来。可巧贾政在王夫人房中商议事情，金钏儿，彩云，彩霞，绣鸾，绣凤等众丫鬟都在廊檐底下站着呢，一见宝玉来，都抿着嘴笑。金钏一把拉住宝玉，悄悄的笑道："我这嘴上是才擦的香浸胭脂，你这会子可吃不吃了？"彩云一把推开金钏，笑道："人家正心里不自在，你还奚落他。趁这会子喜欢，快进去罢。"宝玉只得挨进门去。原来贾政和王夫人都在里间呢。赵姨娘打起帘子，宝玉躬身进去。只见贾政和王夫人对面坐在炕上说话，地下一溜椅子，迎春，探春，惜春，贾环四个人都坐在那里。一见他进来，惟有探春和惜春、贾环站了起来。

贾政一举目，见宝玉站在跟前，神彩飘逸，秀色夺人；看看贾环，人物委琐，举止荒疏，忽又想起贾珠来，再看看王夫人只有这一个亲生的儿子，素爱如珍，自己的胡须将已苍白：因这几件上，把素日嫌恶处分宝玉之心不觉减了八九。半晌说道："娘娘吩咐说，你日日外头嬉游，渐次疏懒，如今叫禁管，同你姊妹在园里读书写字。你可好生用心习学，再如不守分安常，你可仔细！"宝玉连连的答应了几个"是"。王夫人便拉他在身旁坐下。他姊弟三人依旧坐下。

王夫人摸挲着宝玉的脖项说道："前儿的丸药都吃完了？"宝玉答道："还有一丸。"王夫人道："明儿再取十丸来，天天临睡的时候，叫袭人伏侍你吃了再睡。"宝玉道："只从太太吩咐了，袭人天天晚上想着，打发我吃。"贾政问道："袭人是何人？"王夫人道："是个丫头。"贾政道：

“丫头不管叫个什么罢了，是谁这样刁钻，起这样的名字？”王夫人见贾政不自在了，便替宝玉掩饰道：“是老太太起的。”贾政道：“老太太如何知道这话，一定是宝玉。”宝玉见瞒不过，只得起身回道：“因素日读诗，曾记古人有一句诗云：‘花气袭人知昼暖’。因这个丫头姓花，便随口起了这个名字。”王夫人忙又道：“宝玉，你回去改了罢。老爷也不用为这小事动气。”贾政道：“究竟也无碍，又何用改。只是可见宝玉不务正，专在这些浓词艳赋上作工夫。”说毕，断喝一声：“作业的畜生，还不出去！”王夫人也忙道：“去罢，只怕老太太等你吃饭呢。”宝玉答应了，慢慢的退出去，向金钏儿笑着伸伸舌头，带着两个嬷嬷一溜烟去了。

刚至穿堂门前，只见袭人倚门立在那里，一见宝玉平安回来，堆下笑来问道：“叫你作什么？”宝玉告诉他：“没有什么，不过怕我进园去淘气，吩咐吩咐。”一面说，一面回至贾母跟前，回明原委。只见林黛玉正在那里，宝玉便问他：“你住那一处好？”林黛玉正心里盘算这事，忽见宝玉问他，便笑道：“我心里想着潇湘馆好，爱那几竿竹子隐着一道曲栏，比别处更觉幽静。”宝玉听了拍手笑道：“正和我的主意一样，我也要叫你住这里呢。我就住怡红院，咱们两个又近，又都清幽。”

两人正计较，就有贾政遣人来回贾母说：“二月二十二日子好，哥儿姐儿们好搬进去的。这几日内遣人进去分派收拾。”薛宝钗住了蘅芜苑，林黛玉住了潇湘馆，贾迎春住了缀锦楼，探春住了秋爽斋，惜春住了蓼风轩，李氏住了稻香村，宝玉住了怡红院。每一处添两个老嬷嬷，四个丫头，除各人奶娘亲随丫鬟不算外，另有专管收拾打扫的。至二十二日，一齐进去，登时园内花招绣带，柳拂香风，不似前番那等寂寞了。

闲言少叙。且说宝玉自进花园以来，心满意足，再无别项可生贪求之心。每日只和姊妹丫头们一处，或读书，或写字，或弹琴下棋，作画吟诗，以至描鸾刺凤，斗草簪花，低吟悄唱，拆字猜枚，无所不至，倒也十分快乐。他曾有几首即事诗，虽不算好，却倒是真情真景，略记几首云：

春夜即事

霞绡云幄任铺陈，隔巷蟆更听未真。
枕上轻寒窗外雨，眼前春色梦中人。
盈盈烛泪因谁泣，点点花愁为我嗔。

自是小鬟娇懒惯，拥衾不耐笑言频。

夏夜即事

倦绣佳人幽梦长，金笼鹦鹉唤茶汤。
窗明麝月开宫镜，室霭檀云品御香。
琥珀杯倾荷露滑，玻璃槛纳柳风凉。
水亭处处齐纨动，帘卷朱楼罢晚妆。

秋夜即事

绛芸轩里绝喧哗，桂魄流光浸茜纱。
苔锁石纹容睡鹤，井飘桐露湿栖鸦。
抱衾婢至舒金凤，倚槛人归落翠花。
静夜不眠因酒渴，沉烟重拨索烹茶。

冬夜即事

梅魂竹梦已三更，锦罽鹴衾睡未成。
松影一庭惟见鹤，梨花满地不闻莺。
女儿翠袖诗怀冷，公子金貂酒力轻。
却喜侍儿知试茗，扫将新雪及时烹。

因这几首诗，当时有一等势利人，见是荣国府十二三岁的公子作的，抄录出来各处称颂；再有一等轻浮子弟，爱上那风骚妖艳之句，也写在扇头壁上，不时吟哦赏赞。因此竟有人来寻诗觅字，倩画求题的。宝玉亦发得了意，镇日家作这些外务。

谁想静中生烦恼，忽一日不自在起来，这也不好，那也不好，出来进去只是闷闷的。园中那些人多半是女孩儿，正在混沌世界，天真烂漫之时，坐卧不避，嘻笑无心，那里知宝玉此时的心事。那宝玉心内不自在，便懒在园内，只在外头鬼混，却又痴痴的。茗烟见他这样，因想与他开心，左思右想，皆是宝玉顽烦了的，不能开心，惟有这件，宝玉不曾看见过。想毕，便走去到书坊内，把那古今小说并那飞燕、合德、武则天、杨贵妃的外传与那传奇角本买了许多来，引宝玉看。宝玉何曾见过这些书，一看见了便如得了珍宝。茗烟又嘱咐他不可拿进园去，“若叫人知道了，我就吃不了兜着走呢”。宝玉那里舍的不拿进园去，踟蹰再三，单把那文理细密的拣了几套进去，放在床顶上，无人时自己密看。那粗俗过露的，都藏在外面书房里。

那一日正当三月中浣，早饭后，宝玉携了一套《会真记》，走到沁芳闸桥边桃花底下一块石上坐着，展开《会真记》，从头细玩。正看到“落红成阵”，只见一阵风过，把树头上桃花吹下一大半来，落的满身满书满地皆是。宝玉要抖将下来，恐怕脚步践踏了，只得兜了那花瓣，来至池边，抖在池内。那花瓣浮在水面，飘飘荡荡，竟流出沁芳闸去了。回来只见地下还有许多。

宝玉正踟蹰间，只听背后有人说道：“你在这里作什么？”宝玉一回头，却是林黛玉来了，肩上担着花锄，锄上挂着花囊，手内拿着花帚。宝玉笑道：“好，好，来把这个花扫起来，撂在那水里。我才撂了好些在那里呢。”林黛玉道：“撂在水里不好。你看这里的水干净，只一流出去，有人家的地方脏的臭的混倒，仍旧把花遭塌了。那畸角上我有一个花冢，如今把他扫了，装在这绢袋里，拿土埋上，日久不过随土化了，岂不干净。”

宝玉听了喜不自禁，笑道：“待我放下书，帮你来收拾。”黛玉道：“什么书？”宝玉见问，慌的藏之不迭，便说道：“不过是《中庸》《大学》。”黛玉笑道：“你又在我跟前弄鬼。趁早儿给我瞧，好多着呢。”宝玉道：“好妹妹，若论你，我是不怕的。你看了，好歹别告诉别人去。真真这是好书！你要看了，连饭也不想吃呢。”一面说，一面递了过去。林黛玉把花具且都放下，接书来瞧，从头看去，越看越爱看，不到一顿饭工夫，将十六出俱已看完，自觉词藻警人，馀香满口。虽看完了书，却只管出神，心内还默默记诵。

宝玉笑道：“妹妹，你说好不好？”林黛玉笑道：“果然有趣。”宝玉笑道：“我就是个‘多愁多病身’，你就是那‘倾国倾城貌’。”林黛玉听了，不觉带腮连耳通红，登时直竖起两道似蹙非蹙的眉，瞪了两只似睁非睁的眼，微腮带怒，薄面含嗔，指宝玉道：“你这该死的胡说！好好的把这淫词艳曲弄了来，还学了这些混话来欺负我。我告诉舅舅舅母去。”说到“欺负”两个字上，早又把眼睛圈儿红了，转身就走。宝玉着了急，向前拦住说道："好妹妹，千万饶我这一遭，原是我说错了。若有心欺负你，明儿我掉在池子里，教个癞头鼋吞了去，变个大忘八，等你明儿做了'一品夫人'病老归西的时候，我往你坟上替你驮一辈子的碑去。"说的林黛玉嗤的一声笑了，揉着眼睛，一面笑道："一般也唬的这个调儿，还只管胡说。'呸，原来是苗而不秀，是个银样镴枪头。'"宝玉听了，笑道："你这个呢？我也告诉去。"林黛玉笑道："你说你会过目成诵，难道我就不能一目十行么？"

宝玉一面收书，一面笑道："正经快把花埋了罢，别提那个了。"二人便收拾落花，正才掩埋妥协，只见袭人走来，说道："那里没找到，摸在这里来。那边大老爷身上不好，姑娘们都过去请安，老太太叫打发你去呢。快回去换衣裳去罢。"宝玉听了，忙拿了书，别了黛玉，同袭人回房换衣不提。

这里林黛玉见宝玉去了，又听见众姊妹也不在房，自己闷闷的。正欲回房，刚走到梨香院墙角上，只听墙内笛韵悠扬，歌声婉转。林黛玉便知是那十二个女孩子演习戏文呢。只是林黛玉素习不大喜看戏文，便不留心，只管往前走。偶然两句吹到耳内，明明白白，一字不落，唱道是："原来姹紫嫣红开遍，似这般都付与断井颓垣。"林黛玉听了，倒也十分感慨缠绵，便止住步侧耳细听，又听唱道是："良辰美景奈何天，赏心乐事谁家院。"听了这两句，不觉点头自叹，心下自思道："原来戏上也有好文章。可惜世人只知看戏，未必能领略这其中的趣味。"想毕，又后悔不该胡想，耽误了听曲子。又侧耳时，只听唱道："则为你如花美眷，似水流年……"林黛玉听了这两句，不觉心动神摇。又听道："你在幽闺自怜"等句，亦发如醉如痴，站立不住，便一蹲身坐在一块山子石上，细嚼"如花美眷，似水流年"八个字的滋味。忽又想起前日见古人诗中有"水流花谢两无情"之句，再又有词中有"流水落花春去也，天上人间"之句，又兼方才所见《西厢记》中"花落水流红，闲愁万种"之句，都一时想起来，凑聚在一处。仔细忖度，不觉心痛神痴，眼中落泪。正没个开交，忽觉背上击了一下，及回头看时，原来是……且听下回分解。正是：

妆晨绣夜心无矣，对月临风恨有之。

鲁迅《野草·死火》

《野草》是一部鲁迅用“独语”式的哲理性美文来表达自己独特生命哲学的散文集，收入了一组鲁迅运用象征手法剖析自我、拷问灵魂、传达难以言传之生命体验的现代散文诗，意境相当深邃。

《死火》是《野草》散文集中有代表性的一篇，它所营造的独特的梦幻氛围和“死火”的意象富有多重象征隐喻意味：从在冰山间奔驰到坠入冰谷，这是一个至寒至孤至绝望的处境，隐隐可以窥到一个孤独的反抗者对周遭环境的反应和心境；有“炎炎的形”却被冻结、有“红影无数”的“死火”可以被看成是一种亘古以来一直被压制的、具有集体象征意义的反抗热情。从“我”的反应来看，“死火”不仅可能带来对现有处境的改变，而且它的本质是人从孩提时代就向往的、无限又无形的自由，这种自由和毁灭相随；在“冻灭”与“烧完”之间，“死火”最终做出“烧完”的选择，而“我”也随之跃出冰谷，虽被石车碾死却也看到石车坠入冰谷，这两种逻辑相似的选择具有存在主义式的绝境选择的意味，“死火”和“我”的选择可以被视为是大的时代选择的象征——作为“历史中间物”的那一代愿意以死亡和毁灭做代价来获得反抗绝望的自由。

死火

我梦见自己在冰山间奔驰。

这是高大的冰山，上接冰天，天上冻云弥漫，片片如鱼鳞模样。山麓有冰树林，枝叶都如松杉。一切冰冷，一切青白。

但我忽然坠在冰谷中。

上下四旁无不冰冷，青白。而一切青白冰上，却有红影无数，纠结如珊瑚网。我俯看脚下，有火焰在。

这是死火。有炎炎的形，但毫不摇动，全体冰结，像珊瑚枝；尖端还有凝固的黑烟，疑这才从火宅中出，所以枯焦。这样，映在冰的四壁，而且互相反映，化成无量数影，使这冰谷，成红珊瑚色。

哈哈！

当我幼小的时候，本就爱看快舰激起的浪花，洪炉喷出的烈焰。不但爱看，还想看清。可惜他们都息息变幻，永无定形。虽然凝视又凝视，总不留下怎样一定的迹象。

死的火焰，现在先得到了你了！

我拾起死火，正要细看，那冷气已使我的指头焦灼；但是，我还熬着，将他塞入衣袋中间。冰谷四面，登时完全青白。我一面思索着走出冰谷的法子。

我的身上喷出一缕黑烟，上升如铁线蛇。冰谷四面，又登时满有红焰流动，如大火聚，将我包围。我低头一看，死火已经燃烧，烧穿了我的衣裳，流在冰地上了。

"唉，朋友！你用了你的温热，将我惊醒了。"他说。

我连忙和他招呼，问他名姓。

"我原先被人遗弃在冰谷中，"他答非所问地说，"遗弃我的早已灭亡，消尽了。我也被冰冻冻得要死。倘使你不给我温热，使我重行烧起，我不久就须灭亡。"

"你的醒来，使我欢喜。我正在想着走出冰谷的方法；我愿意携带你去，使你永不冰结，永得燃烧。"

"唉唉！那么，我将烧完！"

"你的烧完，使我惋惜。我便将你留下，仍在这里罢。"

"唉唉！那么，我将冻灭了！"

"那么，怎么办呢？"

"但你自己，又怎么办呢？"他反而问。

"我说过了：我要出这冰谷……"

"那我就不如烧完！"

他忽而跃起，如红慧星，并我都出冰谷口外。有大石车突然驰来，我终于碾死在车轮底下，但我还来得及看见那车坠入冰谷中。

"哈哈！你们是再也遇不着死火了！"我得意地笑着说，仿佛就愿意这样似的。

周作人《喝茶》

周作人（1885—1967），自号启孟、启明、知堂等，曾与兄长鲁迅一起留学日本，学养深厚，五四时期曾以《人的文学》《平民文学》等重要理论文章引领了文学革命和新文学的发展方向，是新文化运动的领袖人物之一，其理论主张、创作实践和大量的翻译介绍工作对新文学的建设贡献重大，但抗战时期因滞留沦陷的北平而失节成为文化汉奸。

周作人为现代文学史上有影响的散文大家，他最早从西方引入了“美文”的概念，提倡一种“集合叙事说理抒情的分子，都浸在自己的性情里，用了适宜的手法调理起来”（周作人《近代散文抄·序》《苦雨斋跋文》）的“言志”的小品文。周作人的散文，以“冲淡平和”风格的最为有名，《喝茶》便是其中的代表作。

前回徐志摩先生在平民中学讲“吃茶”——并不是胡适之先生所说的“吃讲茶”——我没有工夫去听，又可惜没有见到他精心结构的讲稿，但我推想他是在讲日本的“茶道”（英文译作 Teaism），而且一定说得很好。茶道的意思，用平凡的话来说，可以称作“忙里偷闲，苦中作乐”，在不完全的现世享乐一点美与和谐，在刹那间体会永久，是日本之“象征的文化”里的一种代表艺术。关于这一件事，徐先生一定已有透彻巧妙的解说，不必再来多嘴，我现在所想说的，只是我个人的很平常的喝茶罢了。

喝茶以绿茶为正宗。红茶已经没有什么意味，何况又加糖与牛奶？葛辛（George Gissing）的《草堂随笔》（*Private Paper of Henry Ryecroft*）确是很有趣味的书，但冬之卷里说及饮茶，以为英国家庭里下午的红茶与黄油面包是一日中最大的乐事，支那饮茶已历千百年，未必能领略此种乐趣与实益的万分之一，则我殊不以为然。红茶带“土斯”未始不可吃，但这只是当饭，在肚饥时食之而已；我的所谓喝茶，却是在喝清茶，在赏鉴其色与香与味，意未必在止渴，自然更不在果腹了。中国古昔曾吃过煎茶及抹茶，现在所用的都是泡茶，冈仓觉三在《茶之书》（*Book of Tea*）（1919）里很巧妙地称之曰“自然主义的茶”，所以我们所重的即在这自然之妙味。中国人上茶馆去，左一碗右一碗地喝了半天，好像是刚从沙漠里回来的样子，颇合于我的喝茶的意思（听说闽粤有所谓吃功夫茶者自然也有道理），只可惜近来太是洋场化，失了本意，其结果成为饭馆子之流，只在乡村间还保存一点古风，唯是屋宇器具简陋万分，或者但可称为颇有喝茶之意，而未可许为已得喝茶之道也。

喝茶当于瓦屋纸窗之下，清泉绿茶，用素雅的陶瓷茶具，同二三人共饮，得半日之闲，可抵十年的尘梦。喝茶之后，再去继续修各人的胜业，无论为名为利，都无不可，但偶然的片刻优游乃至亦断不可少，中国喝茶时多吃瓜子，我觉得不很适宜，喝茶时可吃的东西应当是轻淡的“茶食”。中国的茶食却变了“满汉馍馍”，其性质与“阿阿兜”相差无几，不是喝茶时所吃的东西了。日本的点心虽是豆米的成品，但那优雅的形色，朴素的味道，很合于茶食的资格，如各色的“羊羹”（据上田恭辅氏考据，说是出于中国唐时的羊肝饼），尤有特殊的风味。江南茶馆中有一种“干丝”，用豆腐干切成细丝，加姜丝酱油，重汤炖热，上浇麻油，出以供客，其利益为“堂倌”所独有。豆腐干中本有一种“茶干”，今变而为丝，亦颇与茶相宜。在南京时常食此品，据云有某寺方丈所制为最，虽也曾尝试，却已忘记，所记得者乃只是下关的江天阁而已。学生们的习惯，平常“干丝”既出，大抵不即食，等到麻油再加，开水重换之后，始行举箸，最为合适，因为一到即罄，次碗继至，不遑应酬，否则麻油三浇，旋即撤去，怒形于色，未免使客不欢而散，茶意都消了。

吾乡昌安门外有一处地方名三脚桥（实在并无三脚，乃是三出，因以一桥而跨三汊的河上也），其地有豆腐店曰周德和者，制茶干最有名。寻常的豆腐干方约寸半，厚三分，值钱二文，周德和的价值相同，小而且薄，几及一半，黝黑坚实，如紫檀片。我家距三脚桥有步行两小时的路程，故殊不易得，但能吃到油炸者而已。每天有人挑担设炉镬，沿街叫卖，其词曰：

辣酱辣，麻油炸，红酱搽，辣酱拓，周德和格五香油炸豆腐干。

其制法如所述，以竹丝插其末端，每枚值三文。豆腐干大小如周德和，而甚柔软，大约系常品。唯经过这样烹调，虽然不是茶食之一，却也不失为一种好豆食——豆腐的确也是极好的佳妙的食品，可以有种种的变化，唯在西洋不会被瓴解，正如茶一般。

日本用茶淘饭，名曰“茶渍”，以腌菜及“泽鹿”（即福建的黄土萝卜，日本泽庵法师始传此法，盖从中国传去）等为佐，很有清淡而甘香的风味。中国人未尝不这样吃，唯其原因，非由穷困即为节省，殆少有故意往清茶淡饭中寻共固有之味者，此所以为可惜也。

十三年十二月

郁达夫《钓台的春昼》

郁达夫（1896—1945），名文，字达夫，浙江富阳人，青年时代曾留学日本，是五四以后浪漫派新文学团体创造社的发起人和主要成员。一九二一年，郁达夫出版白话小说集《沉沦》，以惊人的大胆、赤诚的真率而震惊文坛，创造了一种感伤颓废唯美、具有“零余者”畸人视角的“自叙传”抒情小说。郁达夫的小说不重视情节，重视自我的抒写、自然的描绘以及对时事的抨击，以诗化抒情带来的情绪感染力见长，在结构上有散文化倾向，一九二三年出版的《茑萝集》中小说和散文的分界不很明显。二十世纪三十年代，因对时局失望，郁达夫身上的旧式名士趣味和隐逸思想抬头，写了不少精美的游记散文，有《屐痕处处》《达夫游记》散文集出版。此一时期，他的文章虽仍以自我、自然以及抨击时事为中心，仍以情、以自我心境的抒写为主导，但不再像早期的小说和散文那样以激越的笔触直抒胸臆，而出现把自我融入和隐藏在对自然的描写中的倾向，从早年恣肆的以情带景过渡到了此时相对克制的以景带情，情调上和传统士大夫庙堂失意后寄情山水的文言美文相承，格局上则进一步扩大，被激进者视为艺术上臻于圆熟而思想上趋于颓唐之作。

《钓台的春昼》为郁达夫游记散文中的代表作，对景致的描写有他一贯的细、真、清的特点以及和作者灰颓的心境相近的灰颓的基调。那首“曾因酒醉鞭名马，生怕情多累美人”的旧体诗颇有气势。仔细品味，作者的佯狂假醉、寄情醇酒美人山水的背后对时事的激愤一如既往。在大的时代压力下，作者还能以审美的心态对待世事，还能借传统士大夫的外壳以保持对现实的批判和对自我、对个性的坚持，其实正是以另一种形式来维护和坚持五四精神。

因为近在咫尺，以为什么时候要去就可以去，我们对于本乡本土的名区胜景，反而往往没有机会去玩，或不容易下一个决心去玩的。正惟其是如此，我对于富春江上的严陵，二十年来，心里虽每在记着，但脚却从没有向这一方面走过。一九三一，岁在辛未，暮春三月，春服未成，而中央党帝，似乎又想玩一个秦始皇所玩过的把戏了，我接到了警告，就仓皇离去了寓居。先在江浙附近的穷乡里，游息了几天，偶而看见了一家扫墓的行舟，乡愁一动，就定下了归计。绕了一个大弯，赶到故乡，却正好还在清明寒食的节前。和家人等去上了几处坟，与许久不曾见过面的亲戚朋友，来往热闹了几天，一种乡居的倦怠，忽而袭上心来了，于是乎我就决心上钓台去访一访严子陵的幽居。

钓台去桐庐县城二十余里，桐庐去富阳县治九十里不足，自富阳溯江而上，坐小火轮三小时可达桐庐，再上则须坐帆船了。

我去的那一天，记得是阴晴欲雨的养花天，并且系坐晚班轮去的，船到桐庐，已经是灯火微明的黄昏时候了，不得已就只得在码头近边的一家旅馆的高楼上借了一宵宿。

桐庐县城，大约有三里路长，三千多烟灶，一二万居民，地在富春江西北岸，从前是皖浙交通的要道，现在杭江铁路一开，似乎没有一二十年前的繁华热闹了。尤其要使旅客感到萧条的，却是桐君山脚下的那一队花船的失去了踪影。说起桐君山，却是桐庐县的一个接近城市的灵山胜地；山虽不高，但因有仙，自然是灵了。以形势来论，这桐君山，也的确是可以产生出许多口音生硬，别具风韵的桐严嫂来的生龙活脉。地处在桐溪东岸，正当桐溪和富春江合流之所，依依一水，西岸便瞰视着桐庐县市的人家烟树。南面对江，便是十里长洲；唐诗人方干的故居，就在这十里桐洲九里花的花田深处。向西越过桐庐县城，更遥遥对着一排高低不定的青峦，这就是富春山的山子山孙了。东北面山下，是一片桑麻沃地，有一条长蛇似的官道，隐而复现，出没盘曲在桃花杨柳洋槐榆树的中间，绕过一支小岭，便是富阳县的境界，大约去程明道（程颢）的墓地程坟，总也不过一二十里地的间隔。我的去拜谒桐君，瞻仰道观，就在那一天到桐庐的晚上，是淡云微月，正在作雨的时候。

鱼梁渡头，因为夜渡无人，渡船停在东岸的桐君山下。我从旅馆踱了出来，先在离轮埠不远的渡口停立了几分钟，后来向一位来渡口洗夜饭米的年轻少妇，弓身请问了一回，才得到了渡江的秘诀。她说：“你只须高喊两三声，船自会来的。”先谢了她教我的好意，然后以两手围成了播音的喇叭，“喂，喂，渡船请摇过来！”地纵声一喊，果然在半江的黑影当中，船身摇动了。渐摇渐近，五分钟后，我在渡口，却终于听出了咿呀柔橹的声音。时间似乎已经人了酉时的下刻，小市里的群动，这时候都已经静息，自从渡口的那位少妇，在微茫的夜色里，藏去了她那张白团团的面影之后，我独立在江边，不知不觉心里头却兀自感到了一种他乡日暮的悲哀。渡船到岸，船头上起了几声微微的水浪清音，又铜东的一响，我早已跳上了船，渡船也已经掉过头来了。坐在黑影沉沉的舱里，我起先只在静听着柔橹划水的声音，然后却在黑影里看出了一星船家在吸着的长烟管头上的烟火，最后因为被沉默压迫不过，我只好开口说话了：“船家！你这样的渡我过去，该给你几个船钱？”我问。“随你先生把几个就是。”船家说话冗慢幽长，似乎已经带着些睡意了，我就向袋里摸出了两角钱来。“这两角钱，就算是我的渡船钱，请你候我一会，上去烧一次夜香，我是依旧要渡过江来的。”船家的回答。只是恩恩乌乌，幽幽同牛叫似的一种鼻音，然而从继这鼻音而起的两三声轻快的咳声听来，他却已经在感到满足了，因为我也知道，乡间的义渡，船钱最多也不过是两三枚铜子而已。

到了桐君山下，在山影和树影交掩着的崎岖道上，我上岸走不上几步，就被一块乱石绊倒，滑跌了一次。船家似乎也动了恻隐之心了，一句话也不发，跑将上来，他却突然交给了我一盒火柴。我于感谢了一番他的盛意之后，重整步武，再摸上山去，先是必须点一枝火柴走三五步路的，但到得半山，路既就了规律，而微云堆里的半规月色，也朦胧地现出一痕银线来了，所以手里还存着的半盒火柴，就被我藏入了袋里。路是从山的西北，盘曲而上，渐走渐高，半山一到，天也开朗了一点，桐庐县市上的灯光，也星星可数了。更纵目向江心望去，富春江两岸的船上和桐溪合流口停泊着的船尾船头，也看得出一点一点的火来。走过半山，桐君观里的晚祷钟鼓似乎还没有息尽，耳朵里仿佛听见了几丝木鱼钲钹的残声。走上山顶，先在半途遇着了一道道观外围的女墙，这女墙的栅门，却已经掩上了。在栅门外徘徊了一刻，觉得已经到了此门而不进去，终于是不能满足我这一次暗夜冒险的好奇怪癖的。所以细想了几次，还是决心进去，非进去不可，轻轻用手往里面一推，栅门却呀的一声，早已退向了后方开开了，这门原来是虚掩在那里的。进了栅门，踏着为淡月所映照的石砌平路，向东向南的前走了五六十步，居然走到了道观的大门之外，这两扇朱红漆的大门，不消说是紧闭在那里的。到了此地，我却不想再破门进去了，因为这大门是朝南向着大江开的，门外头是一条一丈来宽的石砌步道，步道的一旁是道观的墙，一旁便是山坡，靠山坡的一面，并且还有一道二尺来高的石墙筑在那里，大约是代替栏杆，防人倾跌下山去的用意，石墙之上，铺的是二三尺宽的青石，在这似石栏又似石凳的墙上，尽可以坐卧游息，饱看桐江和对岸的风景，就是在这里坐它一晚，也很可以，我又何必去打开门来，惊起那些老道的恶梦呢？

空旷的天空里，流涨着的只是些灰白的云，云层缺处，原也看得出半角的天，和一点两点的星，但看起来最饶风趣的，却仍是欲藏还露，将见仍无的那半规月影。这时候江面上似乎起了风，云脚的迁移，更来得迅速了，而低头向江头一看，几多散乱着的船里的灯光，也忽明忽灭地变换了一变换位置。

这道观大门外的景色，真神奇极了。我当十几年前，在放浪的游程里，曾向瓜州京口一带，消磨过不少的时日，那时觉得果然名不虚传的，确是甘露寺外的江山，而现在到了桐庐，昏夜上这桐君山来一看，又觉得这江山的秀而且静，风景的整而不散，却非那天下第一江山的北固山所可与比拟的了。真也难怪得严子陵，难怪得戴徵士，倘使我若能在这样的地方结屋读书，颐养天年，那还要什么的高官厚禄，还要什么的浮名虚誉哩？一个人在这桐君观前的石凳上，看看山，看看水，看看城中的灯火和天上的星云，更做做浩无边际的无聊的幻梦，我竟忘记了时刻，忘记了自身，直等到隔江的击柝声传来，向西一看，忽而觉得城中的灯影微茫地减了，才跑也似的走下了山来，渡江奔回了宿舍。

第二日清晨，觉得昨天在桐君观前做过的残梦正还没有续完的时候，窗外面忽而传来了一阵吹角的声音。好梦虽被打破，但因这同吹觱篥似的商音哀咽，却很含着些荒凉的古意，并且晓风残月，杨柳岸边，也正好候船待发，上严陵去；所以心里虽怀着了些儿怨恨，但脸上却只现出了一痕微笑，起来梳洗更衣，叫茶房去雇船去。雇好了一只双桨的渔舟，买就了些酒菜鱼米，就在旅馆前面的码头上上了船。轻轻向江心摇出去的时候，东方的云幕中间，已现出了几丝红晕，有八点多钟了，舟师急得厉害，只在埋怨旅馆的茶房，为什么昨晚不预先告诉，好早一点出发。因为此去就是七里滩头，无风七里，有风七十里，上钓台去玩一趟回来，路程虽则有限，但这几日风雨无常，说不定要走夜路，才回来得了的。

过了桐庐，江心狭窄，浅滩果然多起来了。路上遇着的来往的行舟，数目也是很少，因为早晨吹的角，就是往建德去的快班船的信号，快班船一开，来往于两埠之间的船就不十分多了。两岸全是青青的山，中间是一条清浅的水，有时候过一个沙洲，洲上的桃花菜花，还有许多不晓得名字的白色的花，正在喧闹着春暮，吸引着蜂蝶。我在船头上一口一口的喝着严东关的药酒，指东话西地问着船家，这是什么山？那是什么港？惊叹了半天，称颂了半天，人也觉得倦了，不晓得什么时候，身子却走上了一家水边的酒楼，在和数年不见的几位已经做了党官的朋友高谈阔论。谈论之余，还背诵了一首两三年前曾在同一的情形之下做成的歪诗[(1)]：

不是尊前爱惜身，佯狂难免假成真，
曾因酒醉鞭名马，生怕情多累美人。
劫数东南天作孽，鸡鸣风雨海扬尘，
悲歌痛哭终何补，义士纷纷说帝秦。

直到盛筵将散，我酒也不想再喝了，和几位朋友闹得心里各自难堪，连对旁边坐着的两位陪酒的名花都不愿意开口。正在这上下不得的苦闷关头，船家却大声的叫了起来说：

“先生，罗芷过了，钓台就在前面，你醒醒罢，好上山去烧饭吃去。”

擦擦眼睛，整了一整衣服，抬起头来一看，四面的水光山色又忽而变了样子了。清清的一条浅水，比前又窄了几分，四围的山包得格外的紧了，仿佛是前无去路的样子。并且山容峻削，看去觉得格外的瘦格外的高。向天上地下四围看去，只寂寂的看不见一个人类。双桨的摇响，到此似乎也不敢放肆了，钩的一声过后，要好半天才来一个幽幽的回响，静，静，静，身边水上，山下岩头，只沉没着太古的静，死灭的静，山峡里连飞鸟的影子也看不见半只。前面的所谓钓台山（即富春山）上，只看得见两个大石垒，一间歪斜的亭子，许多纵横芜杂的草木。山腰里的那座祠堂，也只露着些废垣残瓦，屋上面连炊烟都没有一丝半缕，像是好久好久没有人住了的样子。并且天气又来得阴森，早晨曾经露一露脸过的太阳，这时候早已深藏在云堆里了，余下来的只是时有时无从侧面吹来的阴飕飕的半箭儿山风。船靠了山脚，跟着前面背着酒菜鱼米的船夫走上严先生祠堂去的时候，我心里真有点害怕，怕在这荒山里要遇见一个干枯苍老得同丝瓜筋似的严先生的鬼魂。

在祠堂西院的客厅里坐定，和严先生的不知第几代的裔孙谈了几句关于年岁水旱的话后，我的心跳也渐渐儿的镇静下去了，嘱托了他以煮饭烧菜的杂务，我和船家就从断碑乱石中间爬上了钓台。

东西两石垒，高各有二三百尺，离江面约两里来远，东西台相去，只有一二百步，但其间却夹着一条深谷。立在东台，可以看得出罗芷的人家，回头展望来路，风景似乎散漫一点，而一上谢氏的西台，向西望去，则幽谷里的清景，却绝对的不像是在人间了。我虽则没有到过瑞士，但到了西台，朝西一看，立时就想起了曾在照片上看见过的威廉退儿的祠堂。这四山的幽静，这江水的青蓝，简直同在画片上的珂罗版色彩，一色也没有两样，所不同的，就是在这儿的变化更多一点，周围的环境更芜杂不整齐一点而已，但这却是好处，这正是足以代表东方民族性的颓废荒凉的美。

从钓台下来，回到严先生的祠堂——记得这是洪杨以后严州知府戴盘重建的祠堂——西院里饱啖了一顿酒肉，我觉得有点酩酊微醉了。手拿着以火柴柄制成的牙签，走到东面供着严先生神像的龛前，向四面的破壁上一看，翠墨淋漓，题在那里的，竟多是些俗而不雅的过路高官的手笔。最后到了南面的一块白墙头上，在离屋檐不远的一角高处，却看到了我们的一位新近去世的同乡夏灵峰先生的四句似邵尧夫而又略带感慨的诗句。夏灵峰先生虽则只知崇古，不善处今，但是五十年来，像他那样的顽固自尊的亡清遗老，也的确是没有第二个人。比较起现在的那些官迷财迷的南满尚书和东洋宦婢来，他的经术言行，姑且不必去论它，就是以骨头来称称，我想也要比什么罗三郎郑太郎辈，重到好几百倍。慕贤的心一动，醺人的臭技自然是难熬了，堆起了几张桌椅，借得了一支破笔，我也在高墙上在夏灵峰先生的脚后放上了一个陈屁，就是在船舱的梦里，也曾微吟过的那一首歪诗。

从墙头上跳将下来，又向龛前天井去走了一圈，觉得酒后的喉咙，有点渴痒了，所以就又走回到了西院，静坐着喝了两碗清茶。在这四大无声，只听见我自己的啾啾喝水的舌音冲击到那座破院的败壁上去的寂静中间，同惊雷似的一响，院后的竹园里却忽而飞出了一声闲长而又有节奏似的鸡啼的声来。

同时在门外面歇着的船家，也走进了院门，高声的对我说：

“先生，我们回去罢，已经是吃点心的时候了，你不听见那只公鸡在后山啼么？我们回去罢！”

一九三二年八月在上海写

〖注解〗

（1）此诗作于一九三一年一月二十三日，原题为：“旧友二三、相逢海上，席间偶谈此事，嗒然若失，为之衔杯不饮者久之。或问昔年走马章台、痛饮狂歌意气今安在耶，因而有作。”一九三一年三月中旬，作者被迫离沪，回到富阳家中。一九三二年春，作者游桐庐严子陵钓台，题此诗于壁上以泄愤，因而又名之为《钓台题壁》。

茅盾《子夜》（节选）

茅盾（1896—1981），原名沈德鸿，字雁冰，浙江桐乡乌镇人，现代文学团体文学研究会的重要成员。茅盾的小说创作和理论研究受马克思主义的社会分析理论的影响，追求“巨大的思想深度”与“广阔的历史内容”，善于创作具有时代典型意义、反映社会各阶层的社会剖析小说，在创作上有用理性分析来开创形象思维的深广度、采用全景式客观式叙述以刻画典型环境中的典型人物等特点，其创作手法对左翼的革命现实主义和后来的社会主义现实主义的文学主流有深远影响。写成于一九三一年至一九三二年的都市长篇小说《子夜》是茅盾的重要代表作，在当时引起了强烈反响，被瞿秋白认为“这是中国第一部写实主义的成功的长篇小说”。《子夜》采用了一种史诗般的叙事方式，以二十世纪三十年代初半殖民地半封建社会的上海为背景，描写了民族资本家吴荪甫同买办金融资本家赵伯韬相抗衡以及吴荪甫的最终失败，展示了当时中国社会的各种矛盾斗争和广阔的社会生活画面。其中主人公吴荪甫作为民族资产阶级的典型形象，有现代化的企业管理能力和发展独立的民族工业的魄力、雄心，被作者称为“二十世纪机械工业时代的英雄、骑士和王子”，他最终的失败预示着在半殖民地半封建的中国民族资本主义道路的不通。这里节选的《子夜》开端，描写了吴荪甫的父亲、旧式地主吴老太爷为避战乱来到上海，但光怪陆离的现代都市景象作为一种异体文化使他深受刺激、引发脑溢血猝死，象征着扩张性的现代工业文明对封闭性的封建古老文化的撞击摧毁。

太阳刚刚下了地平线。软风一阵一阵地吹上人面，怪痒痒的。苏州河的浊水幻成了金绿色，轻轻地，悄悄地，向西流去。黄浦的夕潮不知怎的已经涨上了，现在沿这苏州河两岸的各色船只都浮得高高地，舱面比码头还高了约莫半尺。风吹来外滩公园里的音乐，却只有那炒豆似的铜鼓声最分明，也最叫人兴奋。暮霭挟着薄雾笼罩了外白渡桥的高耸的钢架，电车驶过时，这钢架下横空架挂的电车线时时爆发出几朵碧绿的火花。从桥上向东望，可以看见浦东的洋栈像巨大的怪兽，蹲在暝色中，闪着千百只小眼睛似的灯火。向西望，叫人猛一惊的，是高高地装在一所洋房顶上而且异常庞大的霓虹电管广告，射出火一样的赤光和青燐似的绿焰：Light，Heat， Power！

这时候——这天堂般五月的傍晚，有三辆一九三〇年式的雪铁笼汽车像闪电一般驶过了外白渡桥，向西转弯，一直沿北苏州路去了。

过了北河南路口的上海总商会以西的一段，俗名唤作“铁马路”，是行驶内河的小火轮的汇集处。那三辆汽车到这里就减低了速率。第一辆车的汽车夫轻声地对坐在他旁边的穿一身黑拷绸衣裤的彪形大汉说：

“老关！是戴生昌罢？”

“可不是！怎么你倒忘了？您准是给那只烂污货迷昏了啦！”

老关也是轻声说，露出一口好像连铁梗都咬得断似的大牙齿。他是保镖的。此时汽车戛然而止，老关忙即跳下车去，摸摸腰间的勃郎宁，又向四下里瞥了一眼，就过去开了车门，威风凛凛地站在旁边。车厢里先探出一个头来，紫酱色的一张方脸，浓眉毛，圆眼睛，脸上有许多小疱。看见迎面那所小洋房的大门上正有“戴生昌轮船局”六个大字，这人也就跳下车来，一直走进去。老关紧跟在后面。

“云飞轮船快到了么？”

紫酱脸的人傲然问，声音宏亮而清晰。他大概有四十岁了，身材魁梧，举止威严，一望而知是颐指气使惯了的“大亨”。他的话还没完，坐在那里的轮船局办事员霍地一齐站了起来，内中有一个瘦长子堆起满脸的笑容抢上一步，恭恭敬敬回答：

“快了，快了！三老爷，请坐一会儿罢。——倒茶来。”

瘦长子一面说，一面就拉过一把椅子来放在三老爷的背后。三老爷脸上的肌肉一动，似乎是微笑，对那个瘦长子瞥了一眼，就望着门外。这时三老爷的车子已经开过去了，第二辆汽车补了缺，从车厢里下来一男一女，也进来了。男的是五短身材，微胖，满面和气的一张白脸。女的却高得多，也是方脸，和三老爷有几分相像，但颇白嫩光泽。两个都是四十开外的年纪了，但女的因为装饰入时，看来至多不过三十左右。男的先开口：

“荪甫，就在这里等候么？”

紫酱色脸的荪甫还没回答，轮船局的那个瘦长子早又陪笑说：

“不错，不错，姑老爷。已经听得拉过回声。我派了人在那里看着，专等船靠了码头，就进来报告。顶多再等五分钟，五分钟！”

“呀，福生，你还在这里么？好！做生意要有长性。老太爷向来就说你肯学好。你有几年不见老太爷罢？”

“上月回乡去，还到老太爷那里请安。——姑太太请坐罢。”

叫做福生的那个瘦长男子听得姑太太称赞他，快活得什么似的，一面急口回答，一面转身又拖了两把椅子来放在姑老爷和姑太太的背后，又是献茶，又是敬烟。他是荪甫三老爷家里一个老仆的儿子，从小就伶俐，所以荪甫的父亲——吴老太爷特嘱荪甫安插他到这戴生昌轮船局。但是荪甫他们三位且不先坐下，眼睛都看着门外。门口马路上也有一个彪形大汉站着，背向着门，不住地左顾右盼；这是姑老爷杜竹斋随身带的保镖。

杜姑太太轻声松一口气，先坐了，拿一块印花小丝巾，在嘴唇上抹了几下，回头对荪甫说：

“三弟，去年我和竹斋回乡去扫墓，也坐这云飞船。是一条快船。单趟直放，不过半天多，就到了；就是颠得厉害。骨头痛。这次爸爸一定很辛苦的。他那半肢疯，半个身子简直不能动。竹斋，去年我们看见爸爸坐久了就说头晕——”

姑太太说到这里一顿，轻轻吁了一口气，眼圈儿也像有点红了。她正想接下去说，猛的一声汽笛从外面飞来。接着一个人跑进来喊道：

“云飞靠了码头了！”

姑太太也立刻站了起来，手扶着杜竹斋的肩膀。那时福生已经飞步抢出去，一面走，一面扭转脖子，朝后面说：

“三老爷，姑老爷，姑太太；不忙，等我先去招呼好了，再出来！”

轮船局里其他的办事人也开始忙乱；一片声唤脚夫。就有一架预先准备好的大藤椅由两个精壮的脚夫抬了出去。荪甫眼睛望着外边，嘴里说：

“二姊，回头你和老太爷同坐一八八九号，让四妹和我同车，竹斋带阿萱。”

姑太太点头，眼睛也望着外边，嘴唇翕翕地动：在那里念佛！竹斋含着雪茄，微微地笑着，看了荪甫一眼，似乎说“我们走罢”。恰好福生也进来了，十分为难似的皱着眉头：

“真不巧。有一只苏州班的拖船停在里挡——”

“不要紧。我们到码头上去看罢！”

苏甫截断了福生的话，就走出去了。保镖的老关赶快也跟上去。后面是杜竹斋和他的夫人，还有福生。本来站在门口的杜竹斋的保镖就作了最后的“殿军”。

云飞轮船果然泊在一条大拖船——所谓“公司船”的外边。那只大藤椅已经放在云飞船头，两个精壮的脚夫站在旁边。码头上冷静静地，没有什么闲杂人：轮船局里的两三个职员正在那里高声吆喝，轰走那些围近来的黄包车夫和小贩。荪甫他们三位走上了那“公司船”的甲板时，吴老太爷已经由云飞的茶房扶出来坐上藤椅子了。福生赶快跳过去，做手势，命令那两个脚夫抬起吴老太爷，慢慢地走到“公司船”上。于是儿子，女儿，女婿，都上前相见。虽然路上辛苦，老太爷的脸色并不难看，两圈红晕停在他的额角。可是他不作声，看看儿子，女儿，女婿，只点了一下头，便把眼睛闭上了。

这时候，和老太爷同来的四小姐蕙芳和七少爷阿萱也挤上那“公司船”。

“爸爸在路上好么？”

杜姑太太——吴二小姐，拉住了四小姐，轻声问。

“没有什么。只是老说头眩。”

“赶快上汽车罢！福生，你去招呼一八八九号的新车子先开来。”

荪甫不耐烦似的说。让两位小姐围在老太爷旁边，荪甫和竹斋，阿萱就先走到码头上。一八八九号的车子开到了，藤椅子也上了岸，吴老太爷也被扶进汽车里坐定了，二小姐——杜姑太太跟着便坐在老太爷旁边。本来还是闭着眼睛的吴老太爷被二小姐身上的香气一刺激，便睁开眼来看一下，颤着声音慢慢地说：

“芙芳，是你么？要蕙芳来！蕙芳！还有阿萱！”

荪甫在后面的车子里听得了，略皱一下眉头，但也不说什么。老太爷的脾气古怪而且执拗，荪甫和竹斋都知道。于是四小姐蕙芳和七少爷阿萱都进了老太爷的车子。二小姐芙芳舍不得离开父亲，便也挤在那里。两位小姐把老太爷夹在中间。马达声音响了，一八八九号汽车开路，已经动了，忽然吴老太爷又锐声叫了起来：

“《太上感应篇》！”

这是裂帛似的一声怪叫。在这一声叫喊中，吴老太爷的残余生命力似乎又复旺炽了；他的老眼闪闪地放光，额角上的淡红色转为深朱，虽然他的嘴唇簌簌地抖着。

一八八九号的汽车夫立刻把车煞住，惊惶地回过脸来。荪甫和竹斋的车子也跟着停止。大家都怔住了。四小姐却明白老太爷要的是什么。她看见福生站在近旁，就唤他道："福生，赶快到云飞的大餐间里拿那部《太上感应篇》来！

是黄绫子的书套！"

吴老太爷自从骑马跌伤了腿，终至成为半肢疯以来，就虔奉《太上感应篇》，二十余年如一日；除了每年印赠而外，又曾恭楷手抄一部，是他坐卧不离的。

一会儿，福生捧着黄绫子书套的《感应篇》来了。吴老太爷接过来恭恭敬敬摆在膝头，就闭了眼睛，干瘪的嘴唇上浮出一丝放心了的微笑。

"开车！"

二小姐轻声喝，松了一口气，一仰脸把后颈靠在弹簧背垫上，也忍不住微笑。这时候，汽车愈走愈快，沿着北苏州路向东走，到了外白渡桥转弯朝南，那三辆车便像一阵狂风，每分钟半英里，一九三〇年式的新纪录。

坐在这样近代交通的利器上，驱驰于三百万人口的东方大都市上海的大街，而却捧了《太上感应篇》，心里专念着文昌帝君的"万恶淫为首，百善孝为先"的诰诫，这矛盾是很显然的了。而尤其使这矛盾尖锐化的，是吴老太爷的真正虔奉《太上感应篇》，完全不同于上海的借善骗钱的"善棍"。可是三十年前，吴老太爷却还是顶括括的"维新党"。祖若父两代侍郎，皇家的恩泽不可谓不厚，然而吴老太爷那时却是满腔子的"革命"思想。普遍于那时候的父与子的冲突，少年的吴老太爷也是一个主角。如果不是二十五年前习武骑马跌伤了腿，又不幸而渐渐成为半身不遂的毛病，更不幸而接着又赋悼亡，那么现在吴老太爷也许不至于整天捧着《太上感应篇》罢？然而自从伤腿以后，吴老太爷的英年浩气就好像是整个儿跌丢了；二十五年来，他就不曾跨出他的书斋半步！二十五年来，除了《太上感应篇》，他就不曾看过任何书报！二十五年来，他不曾经验过书斋以外的人生！第二代的"父与子的冲突"又在他自己和荪甫中间不可挽救地发生。而且如果说上一代的侍郎可算得又怪僻，又执拗，那么，吴老太爷正亦不弱于乃翁；书斋便是他的堡寨，《太上感应篇》便是他的护身法宝，他坚决的拒绝了和儿子妥协，亦既有十年之久了！

虽然此时他已经坐在一九三〇年式的汽车里，然而并不是他对儿子妥协。他早就说过，与其目击儿子那样的"离经叛道"的生活，倒不如死了好！他绝对不愿意到上海。荪甫向来也不坚持要老太爷来，此番因为土匪实在太嚣张，而且邻省的共产党红军也有燎原之势，让老太爷高卧家园，委实是不妥当。这也是儿子的孝心。吴老太爷根本就不相信什么土匪，什么红军，能够伤害他这虔奉文昌帝君的积善老子！但是坐卧都要人扶持，半步也不能动的他，有什么办法？他只好让他们从他的“堡寨”里抬出来，上了云飞轮船，终于又上了这“子不语”的怪物——汽车。正像二十五年前是这该诅咒的半身不遂使他不能到底做成“维新党”，使他不得不对老侍郎的“父”屈服，现在仍是这该诅咒的半身不遂使他又不能“积善”到底，使他不得不对新式企业家的“子”妥协了！他就是那么样始终演着悲剧！

但毕竟尚有《太上感应篇》这护身法宝在他手上，而况四小姐蕙芳，七少爷阿萱一对金童玉女，也在他身旁，似乎虽入“魔窟”，亦未必竟堕“德行”，所以吴老太爷闭目养了一会神以后，渐渐泰然怡然睁开眼睛来了。

汽车发疯似的向前飞跑。吴老太爷向前看。天哪！几百个亮着灯光的窗洞像几百只怪眼睛，高耸碧霄的摩天建筑，排山倒海般地扑到吴老太爷眼前，忽地又没有了；光秃秃的平地拔立的路灯杆，无穷无尽地，一杆接一杆地，向吴老太爷脸前打来，忽地又没有了；长蛇阵似的一串黑怪物，头上都有一对大眼睛放射出叫人目眩的强光，啵——啵——地吼着，闪电似的冲将过来，准对着吴老太爷坐的小箱子冲将过来！近了！近了！吴老太爷闭了眼睛，全身都抖了。他觉得他的头颅仿佛是在颈脖子上旋转；他眼前是红的，黄的，绿的，黑的，发光的，立方体的，圆锥形的，——混杂的一团，在那里跳，在那里转；他耳朵里灌满了轰，轰，轰！轧，轧，轧！

啵，啵，啵！猛烈嘈杂的声浪会叫人心跳出腔子似的。

不知经过了多少时候，吴老太爷悠然转过一口气来，有说话的声音在他耳边动荡：

“四妹，上海也不太平呀！上月是公共汽车罢工，这月是电车了！上月底共产党在北京路闹事，捉了几百，当场打死了一个。共产党有枪呢！听三弟说，各工厂的工人也都不稳。随时可以闹事。时时想暴动。三弟的厂里，三弟公馆的围墙上，都写满了共产党的标语……”

“难道巡捕不捉么？”

“怎么不捉！可是捉不完。啊哟！真不知道哪里来的这许多不要性命的人！——可是，四妹，你这一身衣服实在看了叫人笑。这还是十年前的装束！明天赶快换一身罢！”

是二小姐芙芳和四小姐蕙芳的对话。吴老太爷猛睁开了眼睛，只见左右前后都是像他自己所坐的那种小箱子——汽车。都是静静地一动也不动。横在前面不远，却像开了一道河似的，从南到北，又从北到南，匆忙地杂乱地交流着各色各样的车子；而夹在车子中间，又有各色各样的男人女人，都像有鬼赶在屁股后似的跌跌撞撞地快跑。不知从什么高处射来的一道红光，又正落在吴老太爷身上。

这里正是南京路同河南路的交叉点，所谓“抛球场”。东西行的车辆此时正在那里静候指挥交通的红绿灯的命令。

“二姊，我还没见过三嫂子呢。我这一身乡气，会惹她笑痛了肚子罢。”

蕙芳轻声说，偷眼看一下父亲，又看看左右前后安坐在汽车里的时髦女人。芙芳笑了一声，拿出手帕来抹一下嘴唇。

一股浓香直扑进吴老太爷的鼻子，痒痒地似乎怪难受。

“真怪呢！四妹。我去年到乡下去过，也没看见像你这一身老式的衣裙。”

“可不是。乡下女人的装束也是时髦得很呢，但是父亲不许我——”

像一枝尖针刺入吴老太爷迷惘的神经，他心跳了。他的眼光本能地瞥到二小姐芙芳的身上。他第一次意识地看清楚了二小姐的装束；虽则尚在五月，却因今天骤然闷热，二小姐已经完全是夏装；淡蓝色的薄纱紧裹着她的壮健的身体，一对丰满的乳房很显明地突出来，袖口缩在臂弯以上，露出雪白的半只臂膊。一种说不出的厌恶，突然塞满了吴老太爷的心胸，他赶快转过脸去，不提防扑进他视野的，又是一位半裸体似的只穿着亮纱坎肩，连肌肤都看得分明的时装少妇，高坐在一辆黄包车上，翘起了赤裸裸的一只白腿，简直好像没有穿裤子。“万恶淫为首！”这句话像鼓槌一般打得吴老太爷全身发抖。然而还不止此。吴老太爷眼珠一转，又瞥见了他的宝贝阿萱却正张大了嘴巴，出神地贪看那位半裸体的妖艳少妇呢！老太爷的心卜地一下狂跳，就像爆裂了似的再也不动，喉间是火辣辣地，好像塞进了一大把的辣椒。

此时指挥交通的灯光换了绿色，吴老太爷的车子便又向前进。冲开了各色各样车辆的海，冲开了红红绿绿的耀着肉光的男人女人的海，向前进！机械的骚音，汽车的臭屁，和女人身上的香气，霓虹电管的赤光——一切梦魇似的都市的精怪，毫无怜悯地压到吴老太爷朽弱的心灵上，直到他只有目眩，只有耳鸣，只有头晕！直到他的刺激过度的神经像要爆裂似的发痛，直到他的狂跳不歇的心脏不能再跳动！

呼卢呼卢的声音从吴老太爷的喉间发出来，但是都市的骚音太大了，二小姐，四小姐和阿萱都没有听到。老太爷的脸色也变了，但是在不断的红绿灯光的映射中，谁也不能辨别谁的脸色有什么异样。

汽车是旋风般向前进。已经穿过了西藏路，在平坦的静安寺路上开足了速率。路旁隐在绿荫中射出一点灯光的小洋房连排似的扑过来，一眨眼就过去了。五月夜的凉风吹在车窗上，猎猎地响。四小姐蕙芳像是摆脱了什么重压似的松一口气，对阿萱说：

“七弟，这可长住在上海了。究竟上海有什么好玩，我只觉得乱烘烘地叫人头痛。”

“住惯了就好了。近来是乡下土匪太多，大家都搬到上海来。四妹，你看这一路的新房子，都是这两年内新盖起来的。

随你盖多少新房子，总有那么多的人来住。”

二小姐接着说，打开她的红色皮包，取出一个粉扑，对着皮包上装就的小镜子便开始化起妆来。

“其实乡下也还太平。谣言还没有上海那么多。七弟，是么？”

“太平？不见得罢！两星期前开来了一连兵，刚到关帝庙里驻扎好了，就向商会里要五十个年青的女人——补洗衣服；商会说没有，那些八太爷就自己出来动手拉。我们隔壁开水果店的陈家嫂不是被他们拉了去么？我们家的陆妈也是好几天不敢出大门……”

“真作孽！我们在上海一点不知道。我们只听说共产党要掳女人去共。”

“我在镇上就不曾见过半个共军。就是那一连兵，叫人头痛！”

“吓，七弟，你真糊涂！等到你也看见，那还了得！竹斋说，现在的共产党真厉害，九流三教里，到处全有。防不胜防。直到像雷一样打到你眼前，你才觉到。”

这么说着，二小姐就轻轻吁一声。四小姐也觉毛骨悚然。只有不很懂事的阿萱依然张大了嘴胡胡地笑。他听得二小姐把共产党说成了神出鬼没似的，便觉得非常有趣；“会像雷一样的打到你眼前来么？莫不是有了妖术罢！”他在肚子里自问自答。这位七少爷今年虽已十九岁，虽然长的极漂亮，却因为一向就做吴老太爷的“金童”，很有几分傻。

此时车上的喇叭突然呜呜地叫了两声，车子向左转，驶入一条静荡荡的浓荫夹道的横马路，灯光从树叶的密层中洒下来，斑斑驳驳地落在二小姐她们身上。车子也走得慢了。二小姐赶快把化妆皮包收拾好，转脸看着老太爷轻声说：

“爸爸，快到了。”

“爸爸睡着了！”

“七弟，你喊得那么响！二姊，爸爸闭了眼睛养神的时候，谁也不敢惊动他！”

但是汽车上的喇叭又是呜呜地连叫三声，最后一声拖了个长尾巴。这是暗号。前面一所大洋房的两扇乌油大铁门霍地荡开，汽车就轻轻地驶进门去。阿萱猛的从坐位上站起来，看见荪甫和竹斋的汽车也衔接着进来，又看见铁门两旁站着四五个当差，其中有武装的巡捕。接着，砰——的一声，铁门就关上了。此时汽车在花园里的柏油路上走，发出细微的丝丝的声音。黑森森的树木夹在柏油路两旁，三三两两的电灯在树荫间闪烁。蓦地车又转弯，眼前一片雪亮，耀的人眼花，五开间三层楼的一座大洋房在前面了，从屋子里散射出来的无线电音乐在空中回翔，咕——的一声，汽车停下。

有一个清脆的声音在汽车旁边叫：

“太太！老太爷和老爷他们都来了！”

从晕眩的突击中方始清醒过来的吴老太爷吃惊似的睁开了眼睛。但是紧抓住了这位老太爷的觉醒意识的第一刹那却不是别的，而是刚才停车在“抛球场”时七少爷阿萱贪婪地看着那位半裸体似的妖艳少妇的那种邪魔的眼光，以及四小姐蕙芳说的那一句“乡下女人装束也时髦得很呢，但是父亲不许我——”的声浪。

刚一到上海这“魔窟”，吴老太爷的“金童玉女”就变了！

无线电音乐停止了，一阵女人的笑声从那五开间洋房里送出来，接着是高跟皮鞋错落地阁阁地响，两三个人形跳着过来，内中有一位粉红色衣服，长身玉立的少妇，袅着细腰抢到吴老太爷的汽车边，一手拉开了车门，娇声笑着说：

“爸爸，辛苦了！二姊，这是四妹和七弟么？”

同时就有一股异常浓郁使人窒息的甜香，扑头压住了吴老太爷。而在这香雾中，吴老太爷看见一团蓬蓬松松的头发乱纷纷地披在白中带青的圆脸上，一对发光的滴溜溜转动的黑眼睛，下面是红得可怕的两片嘻开的嘴唇。蓦地这披发头扭了一扭，又响出银铃似的声音：

“荪甫！你们先进去。我和二姊扶老太爷！四妹，你先下来！”

吴老太爷集中全身最后的生命力摇一下头。可是谁也没有理他。四小姐擦着那披发头下去了，二小姐挽住老太爷的左臂，阿萱也从旁帮一手，老太爷身不由主的便到了披发头的旁边了，就有一条滑腻的臂膊箍住了老太爷的腰部，又是一串艳笑，又是兜头扑面的香气。吴老太爷的心只是发抖，《太上感应篇》紧紧地抱在怀里。有这样的意思在他的快要炸裂的脑神经里通过：“这简直是夜叉，是鬼！”

超乎一切以上的憎恨和忿怒忽然给与吴老太爷以长久未有的力气。仗着二小姐和吴少奶奶的半扶半抱，他很轻松的上了五级的石阶，走进那间灯火辉煌的大客厅了。满客厅的人！迎面上前的是荪甫和竹斋。忽然又飞跑来两个青年女郎，都是披着满头长发，围住了吴老太爷叫唤问好。她们嘈杂地说着笑着，簇拥着老太爷到一张高背沙发椅里坐下。

吴老太爷只是瞪出了眼睛看。憎恨，忿怒，以及过度刺激，烧得他的脸色变为青中带紫。他看见满客厅是五颜六色的电灯在那里旋转，旋转，而且愈转愈快。近他身旁有一个怪东西，是浑圆的一片金光，荷荷地响着，徐徐向左右移动，吹出了叫人气噎的猛风，像是什么金脸的妖怪在那里摇头作法。而这金光也愈摇愈大，塞满了全客厅，弥漫了全空间了！一切红的绿的电灯，一切长方形，椭圆形，多角形的家具，一切男的女的人们，都在这金光中跳着转着。粉红色的吴少奶奶，苹果绿色的一位女郎，淡黄色的又一女郎，都在那里疯狂地跳，跳！她们身上的轻绡掩不住全身肌肉的轮廓，高耸的乳峰，嫩红的乳头，腋下的细毛！无数的高耸的乳峰，颤动着，颤动着的乳峰，在满屋子里飞舞了！而夹在这乳峰的舞阵中间的，是荪甫的多疱的方脸，以及满是邪魔的阿萱的眼光。突然吴老太爷又看见这一切颤动着飞舞着的乳房像乱箭一般射到他胸前，堆积起来，堆积起来，重压着，重压着，压在他胸脯上，压在那部摆在他膝头的《太上感应篇》上，于是他又听得狂荡的艳笑，房屋摇摇欲倒。

“邪魔呀！”吴老太爷似乎这么喊，眼里迸出金花。他觉得有千万斤压在他胸口，觉得脑袋里有什么东西爆裂了，碎断了；猛的拔地长出两个人来，粉红色的吴少奶奶和苹果绿色的女郎，都嘻开了血色的嘴唇像要来咬。吴老太爷脑壳里梆的一响，两眼一翻，就什么都不知道了。

“表叔！认得我么？素素，我是张素素呀！”

站在吴老太爷面前的穿苹果绿色Grafton轻绡的女郎兀自笑嘻嘻地说，可是在她旁边捧着一杯茶的吴少奶奶蓦地惊叫了一声，茶杯掉在地下。满客厅的人都一跳！死样沉寂的一刹那！接着是暴雷般的脚步声，都拥到吴老太爷的身边来了。十几张嘴同时在问在叫。吴老太爷脸色像纸一般白，嘴唇上满布着白沫，头颅歪垂着。黄绫套子的《太上感应篇》拍的一声落在地下。

巴金《家》（节选）

巴金（1904—2005），原名李尧棠，字芾甘，出生于四川成都一个封建官僚家庭。写成于一九三一年的《家》是巴金的重要代表作，与他后来顺着《家》的情节发展线索写成的《春》《秋》合称《激流三部曲》。《家》描写了五四之后一个封建大家庭的崩溃和青年一代意识的觉醒。巴金作为“五四之子”，用真诚的态度和青春型的创作方式对他熟悉的旧家庭生活的专制和不合理提出抗议和控诉，对作为中国传统文化象征、有着“家国同构”特点的家族文化提出尖锐的批判，使《家》成为紧契新文化潮流的反封建主题的时代读本，在青年读者中引起广泛共鸣。以下节选的是《家》的开端，沉浸于新文化热烈讨论氛围中的年轻的高觉慧、觉民兄弟和有着黑漆公馆大门的封建大家庭形成了有意味的参照和潜在的冲突张力。

风刮得很紧，雪片像扯破了的棉絮一样在空中飞舞，没有目的地四处飘落。左右两边墙脚各有一条白色的路，好像给中间满是水泥的石板路镶了两道宽边。

街上有行人和两人抬的轿子。他们斗不过风雪，显出了畏缩的样子。雪片愈落愈多，白茫茫地布满在天空中，向四处落下，落在伞上，落在轿顶上，落在轿夫的笠上，落在行人的脸上。

风玩弄着伞，把它吹得向四面偏倒，有一两次甚至吹得它离开了行人的手。风在空中怒吼，声音凄厉，跟雪地上的脚步声混合在一起，成了一种古怪的音乐，这音乐刺痛行人的耳朵，好像在警告他们：风雪会长久地管治着世界，明媚的春天不会回来了。

已经到了傍晚，路旁的灯火还没有燃起来。街上的一切逐渐消失在灰暗的暮色里。路上尽是水和泥。空气寒冷。一个希望鼓舞着在僻静的街上走得很吃力的行人——那就是温暖、明亮的家。

“三弟，走快点，”说话的是一个十八岁的青年，一手拿伞，一手提着棉袍的下幅，还掉过头看后面，圆圆的脸冻得通红，鼻子上架着一副金丝眼镜。

在后面走的弟弟是一个有同样身材、穿同样服装的青年。他的年纪稍微轻一点，脸也瘦些，但是一双眼睛非常明亮。“不要紧，就快到了。……二哥，今天练习的成绩算你最好，英文说得自然，流利。你扮李医生，很不错，”他用热烈的语调说，马上加快了脚步，水泥又溅到他的裤脚上面。“这没有什么，不过我的胆子大一点，”哥哥高觉民带笑地说，便停了脚步，让弟弟高觉慧走到他旁边。“你的胆子太小了，你扮‘黑狗’简直不像。你昨天不是把那几句话背得很熟吗？怎么上台去就背不出来了。要不是朱先生提醒你，恐怕你还背不完嘞！”哥哥温和地说着，没有一点责备的口气。觉慧脸红了。他着急地说：“不晓得什么缘故，我一上讲台心就慌了。好像有好多人的眼光在看我，我恨不得把所有的话一字不遗漏地说出来……”一阵风把他手里的伞吹得旋转起来，他连忙闭上嘴，用力捏紧伞柄。这一阵风马上就过去了。路中间已经堆积了落下来未融化的雪，望过去，白皑皑的，上面留着重重叠叠的新旧脚迹，常常是一步踏在一步上面，新的掩盖了旧的。

“我恨不得把全篇的话一字不遗漏地背了出来，”觉慧用刚才中断了的话接着说下去；“可是一开口，什么话都忘掉了，连平日记得最熟的几句，这时候也记不起来。一定要等朱先生提一两个字，我才可以说下去。不晓得将来正式上演的时候是不是还是这样。要是那时候也是跟现在一样地说不出，那才丢脸嘞！”孩子似的天真的脸上现出了严肃的表情。脚步踏在雪地上，软软的，发出轻松的叫声。

“三弟，你不要怕，”觉民安慰道，“再练习两三次，你就会记得很熟的。你只管放胆地去做。……老实说，朱先生把《宝岛》改编成剧本，就编得不好，演出来恐怕不会有什么好成绩。”

觉慧不作声了。他感激哥哥的友爱。他在想要怎样才能够把那一幕戏演得好，博得来宾和同学们的称赞，讨得哥哥的欢喜。他这样想着，过了好些时候，他觉得自己渐渐地进入了一个奇异的境界。忽然他眼前的一切全改变了。在前面就是那个称为“彭保大将”的旅馆，他的老朋友毕尔就住在那里。他，有着江湖气质的“黑狗”，在失去了两根手指、经历了许多变故以后，终于找到了毕尔的踪迹，他心里交织着复仇的欢喜和莫名的恐怖。他盘算着，怎样去见毕尔，对他说些什么话，又如何责备他弃信背盟隐匿宝藏，失了江湖上的信义。这样想着，平时记熟了的剧本中的英语便自然地涌到脑子里来了。他醒悟似的欢叫起来：“二哥，我懂得了！”觉民惊讶地看他一眼，问道：“什么事情？你这样高兴！”

“二哥，我现在才晓得演戏的奥妙了，”觉慧带着幼稚的得意的笑容说。“我想着，仿佛我自己就是‘黑狗’一样，于是话自然地流露了出来，并不要我费力思索。”

“对的，演戏正是要这样，”觉民微笑地说。“你既然明白了这一层，你一定会成功的。……现在雪很小了，把伞收起来罢。刮着这样的风，打伞很吃力。”他便抖落了伞上的雪，收了伞。觉慧也把伞收起了。两个人并排走着，伞架在肩上，身子靠得很近。

雪已经住了，风也渐渐地减轻了它的威势。墙头和屋顶上都积了很厚的雪，在灰暗的暮色里闪闪地发亮。几家灯烛辉煌的店铺夹杂在黑漆大门的公馆中间，点缀了这条寂寞的街道，在这寒冷的冬日的傍晚，多少散布了一点温暖与光明。

“三弟，你觉得冷吗？”觉民忽然关心地问。

“不，我很暖和，在路上谈着话，一点也不觉得冷。”

“那么，你为什么发抖？”

“因为我很激动。我激动的时候都是这样，我总是发抖，我的心跳得厉害。我想到演戏的事情，我就紧张。老实说，我很希望成功。二哥，你不笑我幼稚吗？”觉慧说着，掉过头去望了觉民一眼。

“三弟，”觉民同情地对觉慧说。“不，一点也不。我也是这样。我也很希望成功。我们都是一样。所以在课堂上先生的称赞，即使是一句简单的话，不论哪一个听到也会高兴。”

“对，你说得不错，”弟弟的身子更挨近了哥哥的，两个人一块儿向前走着，忘却了寒冷，忘却了风雪，忘却了夜。

“二哥，你真好，”觉慧望着觉民的脸，露出天真的微笑。觉民也掉过头看觉慧的发光的眼睛，微笑一下，然后慢慢地说：“你也好。”过后，他又向四周一望，知道就要到家了，便说：“三弟，快走，转弯就到家了。”

觉慧点了点头，于是两个人加速了脚步，一转眼就走入了一条更清静的街道。

街灯已经燃起来了，方形的玻璃罩子里，清油灯的光在寒风中显得更孤寂，灯柱的影子淡淡地躺在雪地上。街中寥寥的几个行人匆忙地走着：

留了一些脚印在雪上，就默默地消失了。深深的脚迹疲倦地睡在那里，也不想动一动，直到新的脚来压在它们的身上，它们才发出一阵低微的叹声，被压碎成了奇怪的形状，于是在这一白无际的长街上，不再有清清楚楚的脚印了，在那里只有大的和小的黑洞。

有着黑漆大门的公馆静寂地并排立在寒风里。两个永远沉默的石狮子蹲在门口。门开着，好像一只怪兽的大口。里面是一个黑洞，这里面有什么东西，谁也望不见。每个公馆都经过了相当长的年代，或是更换了几个姓。每一个公馆都有它自己的秘密。大门上的黑漆脱落了，又涂上新的，虽然经过了这些改变，可是它们的秘密依旧不让外面的人知道。走到了这条街的中段，在一所更大的公馆的门前，弟兄两个站住了。他们把皮鞋在石阶上擦了几下，抖了抖身上的雪水，便提着伞大步走了进去。他们的脚步声很快地消失在黑洞里面。门前又恢复了先前的静寂。这所公馆和别的公馆一样，门口也有一对石狮子，屋檐下也挂着一对大的红纸灯笼，只是门前台阶下多一对长方形大石缸，门墙上挂着一副木对联，红漆底子上现出八个隶书黑字：“国恩家庆，人寿年丰。”两扇大门开在里面，门上各站了一位手执大刀的顶天立地的彩色门神。

老舍《断魂枪》

老舍（1899—1966），原名舒庆春，字舍予，北京人，满族正红旗人，京味小说的创始人和大家，代表作有长篇小说《骆驼祥子》《四世同堂》及话剧《龙须沟》《茶馆》等。《断魂枪》是老舍发表于一九三五年的短篇武侠小说，由一部未写成的长篇武侠小说《二拳师》中一个最精彩的段落改写而成，是老舍最优秀的短篇小说之一。《断魂枪》在短小的篇幅里借拳师沙子龙的故事和他对自己的绝世不传武艺“五虎断魂枪”的复杂态度，传递出作者对时代变迁、历史变局大背景下文化失传、历史断层的复调思考，沙子龙“不传”的“断魂枪”成为传统武术和传统武术所依托的中国传统文化的象征。

沙子龙的镖局已改成客栈。

东方的大梦没法子不醒了。炮声压下去马来与印度野林中的虎啸。半醒的人们，揉着眼，祷告着祖先与神灵；不大会儿，失去了国土、自由与主权。门外立着不同面色的人，枪口还热着。他们的长矛毒弩，花蛇斑彩的厚盾，都有什么用呢；连祖先与祖先所信的神明全不灵了啊！龙旗的中国也不再神秘，有了火车呀，穿坟过墓破坏着风水。枣红色多穗的镖旗，绿鲨皮鞘的钢刀，响着串铃的口马，江湖上的智慧与黑话，义气与声名，连沙子龙，他的武艺、事业，都梦似的变成昨夜的。今天是火车、快枪，通商与恐怖。听说，有人还要杀下皇帝的头呢！

这是走镖已没有饭吃，而国术还没被革命党与教育家提倡起来的时候。

谁不晓得沙子龙是利落，短瘦，硬棒，两眼明得象霜夜的大星？可是，现在他身上放了肉。镖局改了客栈，他自己在后小院占着三间北房，大枪立在墙角，院子里有几只楼鸽。只是在夜间，他把小院的门关好，熟习熟习他的“五虎断魂枪”。这条枪与这套枪，二十年的工夫，在西北一带，给他创出来：“神枪沙子龙”五个字，没遇见过敌手。现在，这条枪与这套枪不会再替他增光显胜了；只是摸摸这凉、滑、硬而发颤的杆子，使他心中少难过一些而已。只有在夜间独自拿起枪来，才能相信自己还是“神枪沙”。在白天，他不大谈武艺与往事；他的世界已被狂风吹了走。

在他手下创练起来的少年们还时常来找他。他们大多数是没落子的，都有点武艺，可是没地方去用。有的在庙会上去卖艺：踢两趟腿，练套家伙，翻几个跟头，附带着卖点大力丸，混个三吊两吊的。有的实在闲不起了，去弄筐果子，或挑些毛豆角，赶早儿在街上论斤吆喝出去。那时候米贱肉贱，肯卖膀子力气本来可以混个肚儿圆；他们可是不成：肚量既大，而且得吃口管事儿的；干饽饽、辣饼子咽不下去。况且他们还时常去走会：五虎棍，开路，太狮少狮……虽然算不了什么——比起走镳来——可是到底有个机会活动活动，露露脸。是的，走会捧场是买脸的事，他们打扮的得像个样儿，至少得有条青洋绉裤子，新漂白细市布的小褂，和一双鱼鳞洒鞋——顶好是青缎子抓地虎靴子。他们是神枪沙子龙的徒弟——虽然沙子龙并不承认——得到处露脸，走会得赔上俩钱，说不定还得打场架。没钱，上沙老师那里去求。沙老师不含糊，多少不拘，不让他们空着手儿走。可是，为打架或献技去讨教一个招数，或是请给说个对子——什么空手夺刀，或虎头钩进枪——沙老师有时说句笑话，马虎过去：“教什么？拿开水浇吧！”有时直接把他们逐出去。他们不大明白沙老师是怎么了，心中也有点不乐意。

可是，他们到处为沙老师吹腾，一来是愿意使人知道他们的武艺有真传授，受过高人的指教；二来是为激动沙老师：万一有人不服气而找上老师来，老师难道还不露一两手真的么？所以：沙老师一拳就砸倒了个牛！沙老师一脚把人踢到房上去，并没使多大的劲！他们谁也没见过这种事，但是说着说着，他们相信这是真的了，有年月，有地方，千真万确，敢起誓！

王三胜——沙子龙的大伙计——在土地庙拉开了场子，摆好了家伙。抹了一鼻子茶叶末色的鼻烟，他抡了几下竹节钢鞭，把场子打大一些。放下鞭，没向四围作揖，叉着腰念了两句：“脚踢天下好汉，拳打五路英雄！”向四围扫了一眼：“乡亲们，王三胜不是卖艺的；玩艺儿会几套，西北路上走过镳，会过绿林中的朋友。现在闲着没事，拉个场子陪诸位玩玩。有爱练的尽管下来，王三胜以武会友，有赏脸的，我陪着。神枪沙子龙是我的师傅；玩艺地道！诸位，有愿下来的没有？”他看着，准知道没人敢下来，他的话题，可是那条钢鞭更硬，十八斤重。

王三胜，大个子，一脸横肉，努着对大黑眼珠，看着四围。大家不出声。他脱了小褂，紧了紧深月白色的腰里硬，把肚子杀进去。给手心一口吐沫，抄起大刀来：

"诸位，王三胜先练趟瞧瞧。不白练，练完了，带着的扔几个；没钱，给喊个好，助助威。这儿没生意口。好，上眼！"

大刀靠了身，眼珠努出多高，脸上绷紧，胸脯子鼓出，像两块老桦木根子。一跺脚，刀横起，大红缨子在肩前摆动。削砍劈拨，蹲越闪转，手起风生，忽忽直响。忽然刀在右手心上旋转，身弯下去，四围鸦雀无声，只有缨铃轻叫。刀顺过来，猛的一个跺泥，身子直挺，比众人高着一头，黑塔似的。收了势："诸位！"一手持刀，一手叉腰，看着四围。稀稀的扔了几个铜钱，他点点头。"诸位！"他等着，等着，地上依旧是那几个亮而削薄的铜钱，外层的人偷偷散去。他咽了口气："没人懂！"他低声的说，可是大家全听见了。

"有功夫！"西北角上一个黄胡子老头儿答了话。

"啊？"王三胜好似没听明白。

"我说：你——有——功——夫！"老头子的语气很不得人心。

放下大刀，王三胜随着大家的头往西北看。谁也没看起这个老人：小干巴个儿，披着件粗蓝布大衫，脸上窝窝瘪瘪，眼陷进去很深，嘴上几根细黄胡，肩上扛着条小黄草辫子，有筷子那么细，而绝对不像筷子那么直顺。王三胜可是看出这老家伙有功夫，脑门亮，眼睛亮——眼眶虽深，眼珠可黑得像两口小井，深深的闪着黑光。王三胜不怕：他看得出别人有功夫没有，可更相信自己的本事，他是沙子龙手下的大将。

"下来玩玩，大叔！"王三胜说得很得体。

点点头，老头儿往里走。这一走，四外全笑了。他的胳臂不大动；左脚往前迈，右脚随着拉上来，一步步的向前拉扯，身子整着，像是患过瘫痪病。蹭到场中，把大衫扔在地上，一点没理会四围怎样笑他。

"神枪沙子龙的徒弟，你说？好，让你使枪吧；我呢？"老头子非常的干脆，很像久想动手。

人们全回来了，邻场耍狗熊的无论怎么敲锣也不中用了。

"三截棍进枪吧？"王三胜要看老头子一手，三截棍不是随便就拿得起来的家伙。

老头子又点点头，拾起家伙来。

王三胜努着眼，抖着枪，脸上十分难看。

老头子的黑眼珠更深更小了，像两个香火头，随着面前的枪尖儿转，王三胜忽然觉得不舒服，那俩黑眼珠似乎要把枪尖吸进去！四外已围得风雨不透，大家都觉出老头子确是有威。为躲那对眼睛，王三胜耍了个枪花。老头子的黄胡子一动："请！"王三胜一扣枪，向前躬步，枪尖奔了老头子的喉头去，枪缨打了一个红旋。老人的身子忽然活展了，将身微偏，让过枪尖，前把一挂，后把撩王三胜的手。拍，拍，两响，王三胜的枪撒了手。场外叫了好。王三胜连脸带胸口全紫了，抄起枪来；一个花子，连枪带人滚了过来，枪尖奔了老人的中部。老头子的眼亮得发着黑光；腿轻轻一屈，下把掩裆，上把打着刚要抽回的枪杆；拍，枪又落在地上。

场外又是一片彩声。王三胜流了汗，不再去拾枪，努着眼，木在那里。老头子扔下家伙，拾起大衫，还是拉拉着腿，可是走得很快了。大衫搭在臂上，他过来拍了王三胜一下："还得练哪，伙计！"

"别走！"王三胜擦着汗："你不离，姓王的服了！可有一样，你敢会会沙老师？"

"就是为会他才来的！"老头子的干巴脸上皱起点来，似乎是笑呢。"走；收了吧；晚饭我请！"

王三胜把兵器拢在一处，寄放在变戏法二麻子那里，陪着老头子往庙外走。后面跟着不少人，他把他们骂散。

"你老贵姓？"他问。

"姓孙哪，"老头子的话与人一样，都那么干巴。"爱练；久想会会沙子龙。"

沙子龙不把你打扁了！王三胜心里说。他脚底下加了劲，可是没把孙老头落下。他看出来，老头子的腿是老走着查拳门中的连跳步；交起手来，必定很快。但是，无论他怎么快，沙子龙是没对手的。准知道孙老头要吃亏，他心中痛快了些，放慢了些脚步。

"孙大叔贵处？"

"河间的，小地方。"孙老者也和气了些："月棍年刀一辈子枪，不容易见功夫！说真的，你那两手就不坏！"

王三胜头上的汗又回来了，没言语。

到了客栈，他心中直跳，唯恐沙老师不在家，他急于报仇。他知道老师不爱管这种事，师弟们已碰过不少回钉子，可是他相信这回必定行，他是大伙计，不比那些毛孩子；再说，人家在庙会上点名叫阵，沙老师还能丢这个脸么？

“三胜，”沙子龙正在床上看着本《封神榜》，“有事吗？”

三胜的脸又紫了，嘴唇动着，说不出话来。

沙子龙坐起来，“怎么了，三胜？”

“栽了跟头！”

只打了个不甚长的哈欠，沙老师没别的表示。

王三胜心中不平，但是不敢发作；他得激动老师：“姓孙的一个老头儿，门外等着老师呢；把我的枪，枪，打掉了两次！”他知道“枪”字在老师心中有多大分量。没等吩咐，他慌忙跑出去。

客人进来，沙子龙在外间屋等着呢。彼此拱手坐下，他叫三胜去泡茶。三胜希望两个老人立刻交了手，可是不能不沏茶去。孙老者没话讲，用深藏着的眼睛打量沙子龙。沙很客气：

“要是三胜得罪了你，不用理他，年纪还轻。”

孙老者有些失望，可是看出沙子龙的精明。他不知怎样好了，不能拿一个人的精明断定他的武艺。“我来领教领教枪法！”他不由的说出来。

沙子龙没接碴儿。王三胜提着茶壶走进来——急于看二人动手，他没管水开了没有，就沏在壶中。

“三胜，”沙子龙拿起个茶碗来，“去找小顺们去，天汇见，陪孙老者吃饭。”

“什么？”王三胜的眼珠几乎掉出来。看了看沙老师的脸，他敢怒而不敢言的说了声“是啦！”走出去，撅着大嘴。

“教徒弟不易！”孙老者说。

“我没收过徒弟。走吧，这个水不开！茶馆去喝，喝饿了就吃。”沙子龙从桌子上拿起缎子褡裢，一头装着鼻烟壶，一头装着点钱，挂在腰带上。

“不，我还不饿！”孙老者很坚决，两个“不”字把小辫从肩上抡到后边去。

“说会子话儿。”

“我来为领教领教枪法。”

“功夫早搁下了，”沙子龙指着身上，“已经放了肉！”

“这么办也行，”孙老者深深的看了沙老师一眼：“不比武，教给我那趟五虎断魂枪。”

“五虎断魂枪？”沙子龙笑了：“早忘净了！早忘净了！告诉你，在我这儿住几天，咱们逛逛各处，临走，多少送点盘缠。”

“我不逛，也用不着钱，我来学艺！”孙老者立起来，“我练趟给你看看，看够得上学艺不够！”一屈腰已到了院中，把楼鸽都吓飞起去。拉开架子，他打了趟查拳：腿快，手飘洒，一个飞脚起去，小辫儿飘在空中，像从天上落下来一个风筝；快之中，每个架子都摆得稳、准，利落；来回六趟，把院子满都打到，走得圆，接得紧，身子在一处，而精神贯串到四面八方。抱拳收势，身儿缩紧，好似满院乱飞的燕子忽然归了巢。

“好！好！”沙子龙在台阶上点着头喊。

“教给我那趟枪！”孙老者抱了抱拳。

沙子龙下了台阶，也抱着拳：“孙老者，说真的吧；那条枪和那套枪都跟我入棺材，一齐入棺材！”

“不传？”

“不传！”

孙老者的胡子嘴动了半天，没说出什么来。到屋里抄起蓝布大衫，拉拉着腿：“打搅了，再会！”

“吃过饭走！”沙子龙说。

孙老者没言语。

沙子龙把客人送到小门，然后回到屋中，对着墙角立着的大枪点了点头。

他独自上了天汇，怕是王三胜们在那里等着。他们都没有去。

王三胜和小顺们都不敢再到土地庙去卖艺，大家谁也不再为沙子龙吹腾；反之，他们说沙子龙栽了跟头，不敢和个老头儿动手；那个老头子一脚能踢死个牛。不要说王三胜输给他，沙子龙也不是“个儿”。不过呢，王三胜到底和老头子见了个高低，而沙子龙连句硬话也没敢说。“神枪沙子龙”慢慢似乎被人们忘了。

夜静人稀，沙子龙关好了小门，一气把六十四枪刺下来；而后，拄着枪，望着天上的群星，想起当年在野店荒林的威风。叹一口气，用手指慢慢摸着凉滑的枪身，又微微一笑：“不传！不传！”

曹禺《日出》（节选）

曹禺（1910—1996），原名万家宝，出生于天津一个封建官僚家庭，现代戏剧大家，其代表作《雷雨》《日出》《原野》《北京人》等经典剧作是中国现代话剧走向成熟的标志。《日出》发表于一九三六年，是一部以二十世纪三十年代初期半殖民地半封建社会中国大都市生活为背景的四幕话剧。《日出》采取横断面的描写，以纪实化的手法揭露和批判那“损不足以奉有余”（《日出》题记）的黑暗社会。女主人公“交际花”陈白露是一个挣扎在光明和黑暗的交界、理想和物欲的矛盾中的人物。这里节选的《日出》第四幕结尾部分表现了陈白露向往日出却在日出之前选择消逝于黑暗、以自杀完成对灵魂的救赎的场景，其中太阳升起、工人合唱等意象富有诗化象征意味，隐含着对社会变革的要求。

[晨光渐渐由窗户透进来，日影先只射在屋檐上。白露把门关好，走到中间的桌旁坐下，愣一下，她立起走了两步，怜惜地望望层内的陈设。她又走到沙发的小几旁，拿起酒瓶，倒酒。尽量地喝了几口。她立在沙发前发愣。

[中门呀地开了，福升进。

陈白露：（低哑的声音）你来干什么，

王福升：天亮了，太阳都出来了，您还不睡觉？

陈白露：是，我知道。

王福升：您不要打点豆浆喝了再睡么？

陈白露：不，我不要，你去吧。

王福升：（由身上取出一卷账条）小姐！这……这是今天要还的那些账条，我……我搁在这里，您先合计合计。（把账条放在中间的桌子上）

陈白露：好！你搁在那儿吧。

王福升：您不要什么东西啦？

陈白露：（摇摇头）

［福升背着白露很疲倦地打了一个呵欠由中门走出。

［白露把酒喝尽，放下酒杯。走到中桌前慢慢翻着账条，看完了一张就扔在地下，桌前满铺着是乱账条。

陈白露：（嘘出一口气）嗯。

［她由桌上拿起安眠药瓶，走到窗前的沙发，拔开塞，一片两片地倒出来。她不自主地停住了，她颓然跌在沙发上，愣愣地坐着。她抬头。在沙发左边一个立柜的穿衣镜里发现了自己，立起来，走到镜子前。

陈白露：（左右前后看了看里面一个美丽的妇人，又慢慢正对着镜子，摇摇头，叹气，凄然地）生得不算太难看吧。（停一下）人不算得太老吧。可是……（很悠长地嘘出一口气。她不忍再看了，她慢慢又踱到中桌前，一片一片由药瓶数出来，脸上带着微笑，声音和态度仿佛自己是个失了父母的小女孩子，一个人在墙角落的小天井里，用几个小糖球自己哄着自己，极甜蜜地而又极凄楚地怜惜着自己）一片，两片，三片，四片，五片，六片，七片，八片，九片，十片。（她紧紧地握着那十片东西，剩下的空瓶当啷一声丢在痰盂里。她把胳膊平放桌面，长长伸出去，望着前面，微微点着头，哀伤地）这——么——年——青，这——么——美，这——么——（眼泪悄然流下来。她振起精神，立起来，拿起茶杯，背过脸，一口，两口，把药很爽快地咽下去）

［这时阳光渐渐射过来，照在什物狼藉的地板上。天空非常明亮，外面打地基的小工们早聚集在一起，迎着阳光由远处“哼哼唷，哼哼唷”地又以整齐严肃的步伐迈到楼前。木夯一排一排地砸在土里，沉重的石硪落下，发出闷塞的回声，随着深沉的“哼哼唷，哼哼唷”的呼声是做工的人们战士似的那样整齐的脚步。他们还没有开始“叫号”。

陈白露：（扔下杯子，凝听外面的木夯声，她挺起胸走到窗前，拉开帘幕，阳光照着她的脸。她望着外面，低声地）“太阳升起来了，黑暗留在后面。（她吸进一口凉气，打了个寒战，她回转头来）但是太阳不是我们的，我们要睡了。”（她忽然关上灯又把窗帘都拉拢，屋内陡然暗下来，只帘幕缝隙间透出一两道阳光颤动着。她捶着胸，仿佛胸际有些痛苦窒塞。她拿起沙发上那一本《日出》，躺在沙发上，正要安静地读下去——）

［很远，很远小工们隐约唱起了夯歌——唱的是《轴号》。但听不清楚歌词。

［外面方达生的声音：竹均！竹均！（声音走到门前。她慌忙放下书本，立起来，走到门前，知道是他。四面望望，立刻把桌上的账条拾起，团在手里，又拿起那本《日出》，匆促地走进左面卧室，她的脚步已经显得一点迟钝，进了门就锁好。

［外面方达生：（风声）竹均！竹均！你屋里没有人吧。竹均！竹均！我要走啦！

（没有人应）竹均，那我就进来啦。

（外面有一两声麻雀）

［方达生推门进。

方达生：（左右望）竹均！我告诉你——（忽察觉屋里很黑，他走到窗前把幕帷又拉开，阳光射满了一屋子。雀声吱吱地唱着）真奇怪，你为什么不让太阳进来。（他走到左面卧室门前）竹均，你听我一句，你这么下去，一定是一条死路，你听我一句，要你还是跟我走，不要再跟他们混，好不好？你看，（指窗外）外面是太阳，是春天。

［这时小工们渐唱渐近，他们用下面的腔调在唱着“日出啊东来呀，满天（地）大红（来吧）……”

方达生：（敲门）你听！你听（狂喜地）太阳就在外面，太阳就在他们身上。你跟我来，我们要一齐做点事，跟金八拚一拚，我们还可以——（觉得里面不肯理他）竹均，你为什么不理我？（低低敲着门）你为什么不说话？你——（他回转身，叹一口气）你太聪明，你不肯做我这样的傻事。（陡然振作起来）好了，我只好先走了，竹均，我们再见。

［里面还是不答应，他转过头去听窗外的夯歌，迎着阳光由中门昂首走出去。

［由外面射进来满屋的太阳，窗外一切都亮得耀眼。

［砸夯的工人们高亢而洪壮地合唱着《轴歌》（即“日出东来，满天大红！要想得吃饭，可得做工！”），沉重的石硪一下一下落在土里，那声音传到观众的耳里是一个大生命浩浩荡荡地向前推，向前进，洋洋溢溢地充满了宇宙。

［屋内渐渐暗淡，窗外更光明起来。

——幕徐落

沈从文《边城》（节选）

沈从文（1902—1988），湖南凤凰县人，京派小说代表作家。二十世纪三十年代，自居"乡下人"的沈从文用文学创作建构起一个与现代都市文明形成对照的"湘西世界"。沈从文笔下的"湘西"是荒蛮的原始情调和温情的乡村田园牧歌的代名词，它的神奇不仅来自奇山异水，更来自它作为未被规驯的边陲文明对生命形态的理解和主流文明有明显的差异。沈从文以审美化了的、代表着自然健康的人性和生命形态的"湘西"对异化的现代都市文明和主流文明做出了视角独特的批判，并以这种批判对五四以来有关"改造民族性"的热门问题发出了自己的声音。在中国文学中，沈从文式的有些刻意的、作为弱势文明代言人的边缘姿态是不常见的。这种以边缘的丰富性和自由性来挑战和改造主流的单一性和病态僵化的文化批判思路正是现代化思潮下的产物，迷人古朴的"湘西世界"正是现代社会中的神话，自居"乡下人"、对历史采取回望性姿态的沈从文也正是最为二十世纪三十年代和二十世纪八十年代以来讲求现代性的读者所青睐的摩登作家。

中篇小说《边城》是沈从文的代表作品，发表于一九三四年。小说描写了山城茶峒码头团总的两个儿子同爱上了摆渡老人的外孙女翠翠所造成的爱情悲剧。《边城》是沈从文表现人性美的最突出的作品，有着优美风俗和古朴人情的边城和纯真姣好的女主人公翠翠，寄寓着沈从文"美"与"爱"的美学理想。《边城》具有一种忧伤寂寞的美，"是一个带着怀旧的作品，一种带着痛惜情绪的怀旧"（汪曾祺语）。这里节选的是《边城》的第一章第一节。

由四川过湖南去，靠东有一条官路。这官路将近湘西边境到了一个地方名为"茶峒"的小山城时，有一小溪，溪边有座白色小塔，塔下住了一户单独的人家。

这人家只一个老人，一个女孩子，一只黄狗。

小溪流下去，绕山岨流，约三里便汇入茶峒的大河。人若过溪越小山走去，则只一里路就到了茶峒城边。溪流如弓背，山路如弓弦，故远近有了小小差异。小溪宽约二十丈，河床为大片石头作成。静静的水即或深到一篙不能落底，却依然清澈透明，河中游鱼来去皆可以计数。小溪既为川湘来往孔道，水常有涨落，限于财力不能搭桥，就安排了一只方头渡船。这渡船一次连人带马，约可以载二十位搭客过河，人数多时则反复来去。渡船头竖了一枝小小竹竿，挂着一个可以活动的铁环，溪岸两端水槽牵了一段废缆，有人过渡时，把铁环挂在废缆上，船上人就引手攀缘那条缆索，慢慢的牵船过对岸去。船将拢岸了，管理这渡船的，一面口中嚷着“慢点慢点”，自己霍地跃上了岸，拉着铁环，于是人货牛马全上了岸，翻过小山不见了。渡头为公家所有，故过渡人不必出钱。有人心中不安，抓了一把钱掷到船板上时，管渡船的必为一一拾起，依然塞到那人手心里去，俨然吵嘴时的认真神气：“我有了口量，三斗米，七百钱，够了。谁要这个！”

但不成，凡事求个心安理得，出气力不受酬谁好意思，不管如何还是有人把钱的。管船人却情不过，也为了心安起见，便把这些钱托人到茶峒去买茶叶和草烟，将茶峒出产的上等草烟，一扎一扎挂在自己腰带边，过渡的谁需要这东西必慷慨奉赠。有时从神气上估计那远路人对于身边草烟引起了相当的注意时，便把一小束草烟扎到那人包袱上去，一面说，“不吸这个吗，这好的，这妙的，味道蛮好，送人也合式！”茶叶则在六月里放进大缸里去，用开水泡好，给过路人解渴。

管理这渡船的，就是住在塔下的那个老人。活了七十年，从二十岁起便守在这小溪边，五十年来不知把船来去渡了若干人。年纪虽那么老了，本来应当休息了，但天不许他休息，他仿佛便不能够同这一分生活离开。他从不思索自己的职务对于本人的意义，只是静静地很忠实地在那里活下去。代替了天，使他在日头升起时，感到生活的力量，当日头落下时，又不至于思量与日头同时死去的，是那个伴在他身旁的女孩子。他唯一的朋友为一只渡船与一只黄狗，唯一的亲人便只那个女孩子。

女孩子的母亲，老船夫的独生女，十五年前同一个茶峒军人，很秘密的背着那忠厚爸爸发生了暧昧关系。有了小孩子后，这屯戍军士便想约了她一同向下游逃去。但从逃走的行为上看来，一个违悖了军人的责任，一个却必得离开孤独的父亲。经过一番考虑后，军人见她无远走勇气，自己也不便毁去作军人的名誉，就心想：一同去生既无法聚首，一同去死当无人可以阻拦，首先服了毒。女的却关心腹中的一块肉，不忍心，拿不出主张。事情业已为作渡船夫的父亲知道，父亲却不加上一个有分量的字眼儿，只作为并不听到过这事情一样，仍然把日子很平静地过下去。女儿一面怀了羞惭一面却怀了怜悯，仍守在父亲身边，待到腹中小孩生下后，却到溪边吃了许多冷水死去了。在一种近于奇迹中，这遗孤居然已长大成人，一转眼间便十三岁了。为了住处两山多篁竹，翠色逼人而来，老船夫随便为这可怜的孤雏拾取了一个近身的名字，叫作“翠翠”。

翠翠在风日里长养着，把皮肤变得黑黑的，触目为青山绿水，一对眸子清明如水晶。自然既长养她且教育她，为人天真活泼，处处俨然如一只小兽物。人又那么乖，如山头黄麂一样，从不想到残忍事情，从不发愁，从不动气。平时在渡船上遇陌生人对她有所注意时，便把光光的眼睛瞅着那陌生人，作成随时皆可举步逃入深山的神气，但明白了人无机心后，就又从从容容的在水边玩耍了。

老船夫不论晴雨，必守在船头。有人过渡时，便略弯着腰，两手缘引了竹缆，把船横渡过小溪。有时疲倦了，躺在临溪大石上睡着了，人在隔岸招手喊过渡，翠翠不让祖父起身，就跳下船去，很敏捷的替祖父把路人渡过溪，一切皆溜刷在行，从不误事。有时又和祖父黄狗一同在船上，过渡时和祖父一同动手，船将近岸边，祖父正向客人招呼：“慢点，慢点”时，那只黄狗便口衔绳子，最先一跃而上，且俨然懂得如何方为尽职似的，把船绳紧衔着拖船拢岸。

风日清和的天气，无人过渡，镇日长闲，祖父同翠翠便坐在门前大岩石上晒太阳。或把一段木头从高处向水中抛去，嗾使身边黄狗自岩石高处跃下，把木头衔回来。或翠翠与黄狗皆张着耳朵，听祖父说些城中多年以前的战争故事。或祖父同翠翠两人，各把小竹作成的竖笛，逗在嘴边吹着迎亲送女的曲子。过渡人来了，老船夫放下了竹管，独自跟到船边去，横溪渡人，在岩上的一个，见船开动时，于是锐声喊着：

“爷爷，爷爷，你听我吹，你唱！”

爷爷到溪中央便很快乐的唱起来，哑哑的声音同竹管声振荡在寂静空气里，溪中仿佛也热闹了一些。（实则歌声的来复，反而使一切更寂静一些了。）

有时过渡的是从川东过茶峒的小牛，是羊群，是新娘子的花轿，翠翠必争着作渡船夫，站在船头，懒懒的攀引缆索，让船缓缓的过去。牛羊花轿上岸后，翠翠必跟着走，站到小山头，目送这些东西走去很远了，方回转船上，把船牵靠近家的岸边。且独自低低的学小羊叫着，学母牛叫着，或采一把野花缚在头上，独自装扮新娘子。

茶峒山城只隔渡头一里路，买油买盐时，逢年过节祖父得喝一杯酒时，祖父不上城，黄狗就伴同翠翠入城里去备办东西。到了卖杂货的铺子里，有大把的粉条，大缸的白糖，有炮仗，有红蜡烛，莫不给翠翠很深的印象，回到祖父身边，总把这些东西说个半天。那里河边还有许多上行船，百十船夫忙着起卸百货。这种船只比起渡船来全大得多，有趣味得多，翠翠也不容易忘记。

钱锺书《围城》（节选）

钱锺书（1910—1998），字默存，江苏无锡人，著名学者，二十世纪四十年代的学者型讽刺小说家。抗战期间开始构思、抗战胜利后发表的长篇小说《围城》是钱锺书在创作方面的代表作，是一部以男主人公方鸿渐的恋爱、婚姻遭遇为线索，揭示当时中上层知识界众生相的讽刺杰作，对人性弱点和世态人情做了淋漓尽致的嘲讽和描绘，被誉为“新儒林外史”。小说用“城外的人想冲进去，城里的人想逃出来”的“围城”做象征意象，喻示具体的婚姻困境和一种有普遍意义的人生困境，包含着现代人对生命处境的哲理反思。

以下节选自《围城》第三章，方鸿渐与苏文纨和唐晓芙两位女性的情感纠葛在矛盾、误会中不断加深，达到了戏剧性转折点。

明天一早方鸿渐醒来，头里还有一条锯齿线的痛，舌头像进门擦鞋底的棕毯。躺到下半天才得爽朗，可以起床。写了一封信给唐小姐，只说病了，不肯提昨天的事。追想起来，对苏小姐真过意不去，她上午下午都来过电话问病。吃了晚饭，因为镇天没活动，想踏月散布，苏小姐又来电话，问他好了没有，有没有兴致去夜谈。那天是旧历四月十五，暮春早夏的月亮原是情人的月亮，不比秋冬是诗人的月色，何况月亮团圆，鸿渐恨不能去看唐小姐。苏小姐的母亲和嫂子上电影院去了，用人们都出去逛了，只剩她跟看门的在家。她见了鸿渐，说本来自己也打算看电影去的，叫鸿渐坐一会，她上去加件衣服，两人同到园里去看月。她一下来，鸿渐先闻着刚才没闻到的香味，发现她不但换了衣服，并且脸上唇上都加了修饰。苏小姐领他到六角小亭子里，两人靠栏杆坐了。他忽然省悟这情势太危险，今天不该自投罗网，后悔无及。他又谢了苏小姐一遍，苏小姐又问了他一遍昨晚的睡眠，今天的胃口，当头皎洁的月亮也经不起三遍四遍的赞美，只好都望月不作声。鸿渐偷看苏小姐的脸，光洁得像月光泼上去就会滑下来，眼睛里也闪活着月亮，嘴唇上月华洗不淡的红色变为滋润的深暗。苏小姐知道他在看自己，回脸对他微笑，鸿渐要抵抗这媚力的决心，像出水的鱼，头尾在地上拍动，可是挣扎不起。他站起来道："文纨，我要走了。"

苏小姐道："时间早呢，忙什么？还坐一会。"指着自己身旁，鸿渐刚才坐的地方。

"我要坐远一点——你太美了！这月亮会作弄我干傻事。"

苏小姐的笑声轻腻得使鸿渐心里抽痛："你就这样怕做傻子么？会下来，我不要你这样正襟危坐，又不是礼拜堂听说教。我问你这聪明人，要什么代价你才肯做傻子？"转脸向他顽皮地问。

鸿渐低头不敢看苏小姐，可是耳朵里、鼻子里，都是抵制不了的她，脑子里也浮着她这时候含笑的印象，像漩涡里的叶子在打转："我没有做傻子的勇气。"

苏小姐胜利地微笑，低声说："Embrasse-moi！"说着一壁害羞，奇怪自己竟有做傻子的勇气，可是她只敢躲在外国话里命令鸿渐吻自己。鸿渐没法推避，回脸吻她。这吻的分量很轻，范围很小，只仿佛清朝官场端茶送客时的把嘴唇抹一抹茶碗边，或者从前西洋法庭见证人宣誓时的把嘴唇碰一碰《圣经》，至多像那些信女们吻西藏活佛或罗马教皇的大脚指，一种敬而远之的亲近。吻完了，她头枕在鸿渐肩膀上，像小孩子甜睡中微微叹口气。鸿渐不敢动，好一会，苏小姐梦醒似的坐直了，笑说："月亮这怪东西，真教我们都变了傻子了。"

"并且引诱我犯了不可饶赦的罪！我不能再待了。"鸿渐这时候只怕苏小姐会提起订婚结婚，跟自己讨论将来的计划。他不知道女人在恋爱胜利快乐的时候，全想不到那些事的，要有了疑惧，才会要求男人赶快订婚结婚，爱情好有保障。

"我偏不放你走——好，让你走，明天见。"苏小姐看鸿渐脸上的表情，以为他情感冲动得利害，要失掉自主力，所以不敢留他了。鸿渐一溜烟跑出门，还以为刚才唇上的吻，轻松得很，不当作自己爱她的证据。好像接吻也等于体格检验，要有一定斤两，才算合格似的。

苏小姐目送他走了，还坐在亭子里。心里只是快活，没有一个成轮廓的念头。想着两句话："天上月圆，人间月半，"不知是旧句，还是自己这时候的灵感。今天是四月半，到八月半不知怎样。"孕妇的肚子贴在天上，"又记起曹元朗的诗，不禁一阵厌恶。听见女用人回来了，便站起来，本能地掏手帕在嘴上抹了抹，仿佛接吻会留下痕迹的。觉得剩余的今夜只像海水浴的跳板，自己站在板的极端，会一跳冲进明天的快乐里，又兴奋，又战栗。

方鸿渐回家，锁上房门，撕了五六张稿子，才写成下面的一封信：

> 文纨女士：
>
> 我没有脸再来见你，所以写这封信。从过去直到今夜的事，全是我不好。我没有借口，我无法解释。我不敢求你谅宥，我只希望你快忘记我这个软弱、没有坦白的勇气的人。因为我真心敬爱你，我愈不忍糟蹋你的友谊。这几个月来你对我的恩意，我不配受，可是我将来永远作为宝贵的回忆。祝你快乐。

惭悔得一晚没睡好，明天到银行叫专差送去。提心吊胆，只怕还有下文。十一点钟左右，一个练习生来请他听电话，说姓苏的打来的，他腿都软了，拿起听筒，预料苏小姐骂自己的话，全行的人都听见。

苏小姐的声音很柔软："鸿渐么？我刚收到你的信，还没拆呢。信里讲些什么？是好话我就看，不是好话我就不看；留着当了你面拆开来羞你。"

鸿渐吓得头颅几乎下缩齐肩，眉毛上升入发，知道苏小姐误会这是求婚的信，还要撒娇加些波折，忙说："请你快看这信，我求你。"

"这样着急！好，我就看。你等着，不要挂电话——我看了，不懂你的意思。回头你来解释罢。"

"不，苏小姐，不，我不敢见你——"不能再遮饰了，低声道："我另有——"怎么说呢？糟透了！也许同事们全在偷听——"我另外有——有个人。"说完了如释重负。

"什么？我没听清楚。"

鸿渐摇头叹气，急得说抽去了脊骨的法文道："苏小姐，咱们讲法文。我——我爱一个人，——爱一个女人另外，懂？原谅，我求你一千个原谅。"

"你——你这个浑蛋！"苏小姐用中文骂他，声音似乎微颤。鸿渐好像自己耳颊上给她这骂沉重地打一下耳光，自卫地挂上听筒，苏小姐的声音在意识里搅动不住。午时一个人到邻近小西菜馆里去饭，怕跟人谈话。忽然转念，苏小姐也许会失恋自杀，慌得什么都吃不进。忙赶回银行，写信求她原谅，请她珍重，把自己作践得一文不值，哀恳她不要留恋。发信以后，心上稍微宽些，觉得饿了，又出去吃东西。四点多钟，同事都要散，他想今天没兴致去看唐小姐了。收发处给他一封电报，他惊惶失，险以为苏小姐的死信，有谁会打电报来呢？拆开一看，“平成”发出的，好像是湖南一个地名，减少了恐慌，增加了诧异。忙讨本电报明码翻出来是：“敬聘为教捋月薪三百四十元酌送路费盼电霸国立三闾大学校长高松年。”“教捋”即“教授”的错误，“电霸”准是“电复”。从没听过三闾大学，想是个战后新开的大学，高松年也不知道是谁，更不知道他聘自己当什么系的教授。不过有国立大学不远千里来聘请，终是增添身价的事，因为战事起了只一年，国立大学教授还是薪水阶级里不可企羡的地位。问问王主任，平成确在湖南，王主任要电报看了，赞他实至名归，说点金银行是小地方，蛟龙非池中之物，还说什么三年国立大学教授就等于简任官的资格。鸿渐听得开心，想这真是转运的消息，向唐小姐求婚一定也顺利。今天太值得记念了，绝了旧葛藤，添了新机会。他晚上告诉周经理夫妇，周经理也高兴，只说平成这地方太僻远了。鸿渐说还没决定答应。周太太说，她知道他先要请苏文纨小姐那样，早结婚了，新式男女没结婚说“心呀，肉呀”的亲密，只怕甜头吃完了，结婚后反而不好。鸿渐笑她只知道个苏小姐。她道：“难道还有旁人么？”鸿渐得意头上，口快说三天告诉她确实消息。她为她死掉的女儿吃醋道：“瞧不出你这样一个人倒是你抢我夺的一块好肥肉！”鸿渐不屑计较这些粗鄙的话，回房间写如下的一封信：

晓芙：

前天所发信，想已寓目。我病全好了；你若补写信来慰问，好比病后一帖补药，还是欢迎的。我今天收到国立三闾大学电报，聘我当教授。校址好像太偏僻些，可是不失为一个机会。我请你帮我决定去不去。你下半年计划怎样？你要到昆明去复学，我也可以在昆明谋个事，假如你进上海的学校，上海就变成我唯一依恋的地方。总而言之，我魔住你，缠着你，冤鬼作祟似的附上你，不放你清静。我久想跟我——啊呀！“你”错写了“我”，可是这笔误很有道理，你想想为什么——讲句简单的话，这话在我心里已经复习了几千遍。我深恨发明不来一个新鲜飘忽的说法，只有我可以说，只有你可以听，我说过，我听过，这说法就飞了，过去现在和未来没有第二个男人好对第二个女人这样说。抱歉得很，对绝世无双的你，我只能用几千年经人滥用的话来表示我的情感。你允许我说那句话么？我真不敢冒昧，你不知道我怎样怕你生气。

明天一早鸿渐吩咐周经理汽车夫送去，下午出银行就上唐家。洋车到门口，看见苏小姐的汽车也在，既窘且怕。苏小姐汽车夫向他脱帽，说："方先生来得巧，小姐来了不多一会。"鸿渐胡扯道："我路过，不过去了，"便转个弯回家。想这是撒一个玻璃质的谎，又脆薄，又明亮，汽车夫定在暗笑。苏小姐会不会大讲坏话，破人好事？但她未必知道自己爱唐小姐，并且，这半年来的事讲出来只丢她的脸。这样自譬自慰，他又不担忧了。他明天白等了一天，唐小姐没信来。后天去看唐小姐，女用人说她不在家。到第五天还没信，他两次拜访都扑个空。鸿渐急得眠食都废，把自己的信背了十几遍，字字推敲，自觉并无开罪之处。也许她要读书，自己年龄比她大八九岁，谈恋爱就得结婚，等不了她大学毕业，她可能为这事迟疑不决。只要她答应自己，随她要什么时候结婚都可以，自己一定守节。好，再写封信去，说明天礼拜日求允面谈一次，万事都由她命令。

当夜刮大风，明天小雨接大雨，一脉相延，到下午没停过。鸿渐冒雨到唐家，小姐居然在家；她微觉女用人的态度有些异常，没去理会。一见唐小姐，便知道她今天非常矜持，毫无平时的笑容，出来时手里拿个大纸包。他勇气全漏泄了，说："我来过两次，你都不在家，礼拜一的信收到没有？"

"收到了。方先生，"——鸿渐听她恢复最初的称呼，气都不敢透——"方先生听说礼拜二也来过，为什么不进来，我那天倒在家。"

"唐小姐，"——也还她原来的称呼——"怎么知道我礼拜二来过？"

"表姐的车夫看见方先生，奇怪你过门不入，他告诉了表姐，表姐又诉我。你那天应该进来，我们在谈起你。"

"我这种人值得什么讨论！"

"我们不但讨论，并且研究你，觉得你行为很神秘。"

"我有什么神秘？"

"还不够神秘么？当然我们不知世事的女孩子，莫测高深。方先生的口才我早知道，对自己所作所为一定有很满意中听的解释。大不了，方先生只要说：'我没有借口，我无法解释，'人家准会原谅。对不对？"

"怎么？"鸿渐直跳起来，"你看见我给你表姐的信？"

"表姐给我看的，她并且把从船上到那天晚上的事全告诉我。"

唐小姐脸上添了愤恨，鸿渐不敢正眼瞧她。

“她怎样讲？”鸿渐嗫嚅说；他相信苏文纨一定加油加酱，说自己引诱她、吻她，准备据实反驳。

“你自己做的事还不知道么？”

“唐小姐，让我解释——”

“你‘有法解释’，先对我表姐去讲。”方鸿渐平日爱唐小姐聪明，这时候只希望她拙口钝腮，不要这样咄咄逼人。“表姐还告诉我几件关于方先生的事，不知道正确不正确。方先生现在住的周家，听说并不是普通的亲戚，是贵岳家，方先生以前结过婚——”鸿渐要插嘴，唐小姐不愧是律师的女儿，知道法庭上盘问见证的秘诀，不让他分辩——“我不需要解释，是不是岳家？是就好了。你在外国这几年有没有恋爱，我不知道。可是你在回国的船上，就看中一位鲍小姐，要好得寸步不离，对不对？”鸿渐低头说不出话——“鲍小姐走了，你立刻追求表姐，直到——我不用再说了。并且，据说方先生在欧洲念书，得到过美国学位——”

鸿渐顿足发恨道：“我跟你吹过我有学位没有？这是闹着玩儿的。”

“方先生人聪明，一切逢场作戏，可是我们这种笨蛋，把你开的玩笑都得认真——”唐小姐听方鸿渐嗓子哽了，心软下来，可是她这时候愈心疼，愈心恨，愈要责罚他个痛快——“方先生的过去太丰富了！我爱的人，我要能够占领他整个生命，他在碰见我以前，没有过去，留着空白等待我——”鸿渐还低头不——“我只希望方先生前途无量。”

鸿渐身心仿佛通电似的发麻，只知道唐小姐在说自己，没心思来领会她话里的意义，好比头脑里蒙上一层油纸，她的话雨点似的渗不进，可是油纸震颤着雨打的重量。他听到最后一句话，绝望地明白，抬起头来，两眼是泪，像大孩子挨了打骂，咽泪入心的脸。唐小姐鼻子忽然酸了。“你说得对。我是个骗子，我不敢再辩，以后决不来讨厌。”站起来就走。

唐小姐恨不能说：“你为什么不辩护呢？我会相信你，”可是只说：“那么再会。”她送着鸿渐，希他还有话说。外面雨下得正大，她送到门口，真想留他等雨势稍杀再走。鸿渐披上雨衣，看看唐小姐，瑟缩不敢拉手。唐小姐见他眼睛里的光亮，给那一阵泪滤干了，低眼不忍再看，机械地伸手道：“再会——”有时候，“不再坐一会么？”可以撵走人，有时候“再会”可以挽留人；唐小姐挽不住方鸿渐，所以加一句“希望你远行一路平安”。她回卧室去，适才的盛气全消灭了，疲乏懊恼。女用人来告诉道：

"方先生怪得很，站在马路那一面，雨里淋着。"她忙到窗口一望，果然鸿渐背马路在斜对面人家的篱笆外站着，风里的雨线像水鞭子正侧横斜地抽他漠无反应的身体。她看得心溶化成苦水，想一分钟他再不走，一定不顾笑话，叫用人请他回来。这一分钟好长，她等不及了，正要吩咐女用人，鸿渐忽然回过脸来，狗抖毛似的抖擞身子，像把周围的雨抖出去，开步走了。唐小姐抱歉过信表姐，气愤时说话太决绝，又担忧鸿渐失神落魄，别给汽车电车撞死了。看了几次表，过一个钟头，打电话到周家问，鸿渐还没回去，她惊惶得愈想愈怕。吃过晚饭，雨早止了，她不愿意家里人听见，溜出门到邻近糖果店借打电话，心乱性急，第一次打错了，第二次打过了只听对面铃响，好久没人来接。周经理一家三口都出门应酬去了，鸿渐在小咖啡馆里呆坐到这时候才回家，一进门用人便说苏小姐来过电话，他火气直冒，倒从麻木里苏醒过来，他正换干衣服，电话铃响，置之不理，用人跑上来接，一听便说："方少爷，苏小姐电话。"鸿渐袜子没穿好，赤了左脚，跳出房门，拿起话筒，不管用听见不听见，厉声——只可惜他淋雨受了凉，已开始塞鼻伤风，嗓子没有劲——说："咱们已经断了，断了！听见没有？一次两次来电话干吗？好不要脸！你捣得好鬼！我瞧你一辈子嫁不了人——"忽然发现对方早挂断了，险的要再打电话给苏小姐，逼她听完自己的臭骂。那女用人在楼梯转角听得有趣，赶到厨房里去报告。唐小姐听到"好不要脸"，忙挂上听筒，人都发晕，好容易制住眼泪，回家。

萧红《蹲在洋车上》

萧红（1911—1942），黑龙江呼兰人，最有才情的现代女作家之一，代表作有小说《生死场》《呼兰河传》《马伯乐》《后花园》《小城三月》等。萧红是个有自觉的文体意识的作家，她对五四以来占主流地位的小说样式有所反思，不认为“小说有一定的写法”“一定学得像巴尔扎克或契诃夫的作品那样”，而认为“有各式各样的作者，有各式各样的小说”。她打破原有的文体格局，以一种契合自身的个性和生命体验的表达方式创造出了新型的小说样式。萧红作品的语言是超常规的，以一种儿童般的散漫和天马行空，自由地出入于当下与回忆、现实与梦幻、成年与童年之间，其中所运用的和儿童式思维是反理性、反逻辑的，和原始表象思维接近，是一种返璞归真、具有很大表现魔力的艺术思维。萧红的作品也因此读上去既本能地贴近现实，又有一种天然的诗性品质和野趣，形成了一种介于小说、散文和诗的新文体。

这里选的《蹲在洋车上》是萧红的一篇短篇散文，能部分体现她的语言特色和思维特色。

看到了乡巴佬坐洋车，忽然想起一个童年的故事。

当我还是小孩的时候，祖母常常进街。我们并不住在城外，只是离市镇较偏的地方罢了！有一天，祖母又要进街，她命令我：

“叫你妈妈把斗风给我拿来！”

那时因为我过于娇惯，把舌头故意缩短一些，叫斗篷作斗风，所以祖母学着我，把风字拖得很长。

她知道我最爱惜皮球，每次进街的时候，她问我：

“你要些什么呢？”

“我要皮球。”

“你要多大的呢？”

“我要这样大的。”

我赶快把手臂拱向两面，好像张着的鹰的翅膀。大家都笑了！祖父轻动着嘴唇，好像要骂我一些什么话，因我的小小的姿式感动了他。

祖母的斗篷消失在高烟囱的背后。

等她回来的时候，什么皮球也没带给我，可是我也不追问一声：

“我的皮球呢？”

因为每次她也不带给我；下次祖母再上街的时候，我仍说是要皮球，我是说惯了，我是熟练而惯于作那种姿式。

祖母上街尽是坐马车回来，今天却不是，她睡在仿佛是小槽子里，大概是槽子装置了两个大车轮。非常轻快，雁似的从大门口飞来，一直到房门。在前面挽着的那个人，把祖母停下，我站在玻璃窗里，小小的心灵上，有无限的奇秘冲击着。我以为祖母不会从那里头走出来，我想祖母为什么要被装进槽子里呢？我渐渐惊怕起来，我完全成个呆气的孩子，把头盖顶住玻璃，想尽方法理解我所不能理解的那个从来没有见过的槽子。

很快我领会了！见祖母从口袋里拿钱给那个人，并且祖母非常兴奋，她说叫着，斗篷几乎从她的肩上脱溜下去！

“呵！今天我坐的东洋驴子回来的，那是过于安稳呀！还是头一次呢，我坐过安稳的车子！”

祖父在街上也看见过人们所呼叫的东洋驴子，妈妈也没有奇怪。只是我，仍旧头皮顶撞在玻璃窗那儿，我眼看那个驴子从大门口飘飘地不见了！我的心魂被引了去。

等我离开窗子，祖母的斗篷已是脱在炕的中央，她嘴里叨叨地讲着她街上所见的新闻。可是我没有留心听，就是给我吃什么糖果之类，我也不会留心吃，只是那样的车子太吸引我了！太捉住我小小的心灵了！

夜晚在灯光里，我们的邻居，刘三奶奶摇闪着走来，我知道又是找祖母来谈天的。所以我稳当当地占了一个位置在桌边。于是我咬起嘴唇来，仿佛大人样能了解一切话语，祖母又讲关于街上所见的新闻，我用心听，我十分费力！

“……那是可笑，真好笑呢！一切人站下瞧，可是那个乡下佬还是不知道笑自己，拉车的回头才知道乡巴佬是蹲在车子前放脚的地方，拉车的问：‘你为什么蹲在这地方？’

“他说怕拉车的过于吃力，蹲着不是比坐着强吗？比坐在那里不是轻吗？所以没敢坐下……”

邻居的三奶奶，笑得几个残齿完全摆在外面，我也笑了！祖母还说，她感到这个乡巴佬难以形容，她的态度，她用所有的一切字眼，都是引人发笑。

“后来那个乡巴佬，你说怎么样！他从车上跳下来，拉车的问他为什么跳？他说‘若是蹲着吗？那还行。坐着，我实在没有那样的钱。’拉车的说‘坐着，我不多要钱。’那个乡巴佬到底不信这话，从车上搬下他的零碎东西，走了。他走了！”

我听得懂，我觉得费力，我问祖母：

“你说的，那是什么驴子？”

她不懂我的半句话，拍了我的头一下，当时我真是不能记住那样繁复的名词。

过了几天祖母又上街，又是坐驴子回来的，我的心里渐渐羡慕那驴子，也想要坐驴子。

过了两年，六岁了！我的聪明，也许是我的年岁吧！支持着我使我愈见讨厌我那个皮球，那真是太小，而又太旧了；我不能喜欢黑脸皮球，我爱上邻家孩子手里那个大的；买皮球，好像我的志愿，一天比一天坚决起来。

向祖母说，她答：“过几天买吧，你先玩这个吧！”

又向祖父请求，他答：“这个还不是很好吗？不是没有出气吗？”

我得知他们的意思是说旧皮球还没有破，不能买新的。于是把皮球在脚下用力捣毁它，任是怎样捣毁，皮球仍是很圆，很鼓，后来到祖父面前让他替我踏破！祖父变了脸色，像是要打我，我跑开了！

从此，我每天表示不满意的样子。

终于一天晴朗的夏日，戴起小草帽来，自己出街去买皮球了！朝向母亲曾领我到过的那家铺子走去。离家不远的时候，我的心志非常光明，能够分辨方向，我知道自己是向北走。过了一会，不然了！太阳我也找不着了！一些些的招牌，依我看来都是一个样，街上的行人好像每个要撞倒我似的，就连马车也好像是旋转着。我不晓得自己走了多远，但我实在疲劳。不能再寻找那家商店；我急切地想回家，可是家也被寻觅不到。我是从哪一条路来的？究竟家是在什么方向？

我忘记一切危险，在街心停住，我没有哭，把头向天，愿看见太阳。因为平常爸爸不是拿指南针看看太阳就知道或南或北吗？我虽然看了，只见太阳在街路中央，别的什么都不能知道，我无心留意街道，跌倒了在阴沟板上面。

“小孩！小心点。”

身边的马车夫驱着车子过去，我想问他我的家在什么地方，他走过了！我昏沉极了！忙问一个路旁的人：

“你知道我的家吗？”

他好像知道我是被丢的孩子，或许那时候我的脸上有什么急慌的神色，那人跑向路的那边去，把车子拉过来，我知道他是洋车夫，他和我开玩笑一般：

“走吧！坐车回家吧！”

我坐上了车，他问我，总是玩笑一般地：

“小姑娘！家在哪里呀？”

我说：“我们离南河沿不远，我也不知道哪面是南，反正我们南边有河。”

走了一会，我的心渐渐平稳，好像被动荡的一盆水，渐渐静止下来，可是不多一会，我忽然忧愁了！抱怨自己皮球仍是没有买成！从皮球联想到祖母骗我给买皮球的故事，很快又联想到祖母讲的关于乡巴佬坐东洋车的故事。于是我想试一试，怎样可以像个乡巴佬。该怎样蹲法呢？轻轻地从座位滑下来，当我还没有蹲稳当的时节，拉车的回头来：

“你要做什么呀？”

我说：“我要蹲一蹲试试，你答应我蹲吗？”

他看我已经偎在车前放脚的那个地方，于是他向我深深地做了一个鬼脸，嘴里哼着：

“倒好哩！你这样孩子，很会淘气！”

车子跑得不很快，我忘记街上有没有人笑我。车跑到红色的大门楼，我知道到家了！我应该起来呀！应该下车呀！不，目的想给祖母一个意外的发笑，等车拉到院心，我仍蹲在那里，像耍猴人的猴样，一动不动。祖母笑着跑出来了！祖父也是笑！我怕他们不晓得我的意义，我用尖音喊：

“看我！乡巴佬蹲东洋驴子！乡巴佬蹲东洋驴子呀！”

只有妈妈大声骂着我，忽然我怕要打我，我是偷着上街。

洋车忽然放停，从上面我倒滚下来，不记得被跌伤没有。祖父猛力打了拉车的，说他欺侮小孩，说他不让小孩坐车让蹲在那里。没有给他钱，从院子把他轰出去。

所以后来，无论祖父对我怎样疼爱，心里总是生着隔膜，我不同意他打洋车夫，我问：

“你为什么打他呢？那是我自己愿意蹲着。”

祖父把眼睛斜视一下：“有钱的孩子是不受什么气的。”

现在我是廿多岁了！我的祖父死去多年了！在这样的年代中，我没发现一个有钱的人蹲在洋车上；他有钱，他不怕车夫吃力，他自己没拉过车，自己所尝到的，只是被拉着舒服滋味。假若偶尔有钱家的小孩子要蹲在车厢中玩一玩，那么孩子的祖父出来，拉洋车的便要被打。

可是我呢？现在变成个没有钱的孩子了！

张爱玲《我的天才梦》

张爱玲（1920—1995），出生于上海，二十世纪五十年代定居美国，现代文学史上重要作家，代表作有一九四四年在上海“孤岛”发表的小说集《传奇》和散文集《流言》。张爱玲的小说创作新旧杂糅、中西合璧，像被视为“小道”的中国传统小说那样立足世俗化生活，以都市男女的情感纠葛为主要写作题材，但在剖析人性、揭示人物深层心理方面又达到了相当的深度，显示出与西方现代主义思潮的深厚渊源，形成独树一帜的文体，建立起与五四以来主流风格迥然不同的讲究参差对照的美学风格。张爱玲的散文创作则和她的小说创作互容互补，延续着对世俗日常生活空间和对人性的关注。

《我的天才梦》为张爱玲早期（1939）的散文创作，张爱玲式的生命自省意识和生活体悟力已清晰显露。

我是一个古怪的女孩，从小被目为天才，除了发展我的天才外别无生存的目标。然而，当童年的狂想逐渐褪色的时候，我发现我除了天才的梦之外一无所有——所有的只是天才的乖僻缺点。世人原谅瓦格涅的疏狂，可是他们不会原谅我。

加上一点美国式的宣传，也许我会被誉为神童。我三岁时能背诵唐诗。我还记得摇摇摆摆地立在一个满清遗老的藤椅前朗吟“商女不知亡国恨，隔江犹唱后庭花”，眼看着他的泪珠滚下来。七岁时我写了第一部小说，一个家庭悲剧。遇到笔画复杂的字，我常常跑去问厨子怎样写。第二部小说是关于一个失恋自杀的女郎。我母亲批评说：如果她要自杀，她决不会从上海乘火车到西湖去自溺，可是我因为西湖诗意的背景，终于固执地保存了这一点。

我仅有的课外读物是《西游记》与少量的童话，但我的思想并不为它们所束缚。八岁那年，我尝试过一篇类似乌托邦的小说，题名《快乐村》。

快乐村人是一好战的高原民族，因征服苗人有功，蒙中国皇帝特许，免征赋税，并予自治权。所以快乐村是一个与外界隔绝的大家庭，自耕自织，保存着部落时代的活泼文化。

我特地将半打练习簿缝在一起，预期一本洋洋大作，然而不久我就对这伟大的题材失去了兴趣。现在我仍旧保存着我所绘的插画多帧，介绍这种理想社会的服务、建筑、室内装修，包括图书馆、“演武厅”、巧克力店、屋顶花园。公共餐室是荷花池里一座凉亭。我不记得那里有没有电影院与社会主义——虽然缺少这两样文明产物，他们似乎也过得很好。

九岁时，我踌躇着不知道应当选择音乐或美术作我终身的事业。看了一张描写穷困的画家的影片后，我哭了一场，决定做一个钢琴家，在富丽堂皇的音乐厅里演奏。

对于色彩、音符、字眼，我极为敏感。当我弹奏钢琴时，我想象那八个音符有不同的个性，穿戴了鲜艳的衣帽携手舞蹈。我学写文章，爱用色彩浓厚、音韵铿锵的字眼，如“珠灰”“黄昏”“婉妙”“splendour”“melancholy”，因此常犯堆砌的毛病。直到现在，我仍然爱看《聊斋志异》与俗气的巴黎时装报告，便是为了这种有吸引力的字眼。

在学校里我得到自由发展。我的自信心日益坚强，直到我十六岁时，我母亲从法国回来，将她睽隔多年的女儿研究了一下。

“我懊悔从前小心看护你的伤寒症，”她告诉我，“我宁愿看你死，不愿看你活着使你自己处处受痛苦。”

我发现我不会削苹果。经过艰苦的努力我才学会补袜子。我怕上理发店，怕见客，怕给裁缝试衣裳。许多人尝试过教我织绒线，可是没有一个成功。在一间房里住了两年，问我电铃在哪儿我还茫然。我天天乘黄包车上医院去打针，接连三个月，仍然不认识那条路。总而言之，在现实的社会里，我等于一个废物。

我母亲给我两年的时间学习适应环境。她教我煮饭；用肥皂粉洗衣；练习行路的姿势；看人的眼色；点灯后记着拉上窗帘；照镜子研究面部神态；如果没有幽默天才，千万别说笑话。

在待人接物的常识方面，我显露惊人的愚笨。我的两年计划是一个失败的试验。除了使我的思想失去均衡外，我母亲的沉痛警告没有给我任何的影响。

生活的艺术，有一部分我不是不能领略。我懂得怎么看“七月巧云”，听苏格兰兵吹 bagpipe，享受微风中的藤椅，吃盐水花生，欣赏雨夜的霓虹灯，从双层公共汽车上伸出手摘树巅的绿叶。在没有人与人交接的场合，我充满了生命的欢悦。可是我一天也不能克服这种咬啮性的小烦恼，生命是一袭华美的袍，爬满了蚤子。

王蒙《木箱深处的紫绸花服》（存目）

王蒙（1934— ），原籍河北南皮，生于北京，当代重要作家。二十世纪五十年代，王蒙即以《青春万岁》《组织部来了个年轻人》等小说而闻名。在新时期，王蒙首开国内意识流小说创作先河，创作了《夜的眼》《海的梦》《春之声》《风筝飘带》《蝴蝶》《布礼》等一系列打破时空和传统叙述方式的中短篇小说，关注人的心灵现实，对历史有理性反思；他在新时期创作的长篇小说《活动变人形》《恋爱的季节》等“季节系列”小说结合了个体内省和历史反思，对新中国成立后一代革命知识分子的命运和心路历程有所回顾。

短篇小说《木箱深处的紫绸花服》[1]，聚焦于一件紫绸花服，借一件有象征意义的衣服来寄寓历史和人生，有古典的托物咏志的巧妙和中庸调和的美学品格。

1 推荐阅读王蒙短篇小说集《木箱深处的紫绸花服》（上海文艺出版社，1984 年）。

莫言《红高粱》（存目）

莫言（1955— ），原名管谟业，山东高密人，新时期重要作家，代表作有《红高粱家族》（《红高粱家族》是由数部中篇小说合并而成的长篇小说，包括《红高粱》[1]《高粱酒》《狗道》《高粱殡》《狗皮》《奇死》等）。莫言的《红高粱家族》受二十世纪八十年代中国的“寻根文学”的创作观影响比较大，对美国的意识流小说家福克纳和拉美魔幻现实主义作家马尔克斯的创作技巧有所借鉴，所叙述的“高密东北乡”的故事带有一种“文化寻根”的意味，在其中所表现的对民族骁勇血性的理想状态的寻找和强调主体性的时代话语吻合，在叙述方式上则有意运用技巧，把对生活情景、细节的真实描述与象征寓言的因素加以结合，对“高密东北乡”、对先人的故事的想象性描绘具有民族寓言性质。《红高粱家族》中，不受控制的感性化叙事风格引人注目，其中人物心理的跳跃、流动、联想和奔涌而来的鲜明、有刺激性的感官意象形成了一复杂的感官世界，那张扬着先人旺盛生命力、自由自在的红高粱成为民族精神图腾的象征。1988 年，导演张艺谋据中篇小说《红高粱》拍摄的同名电影获柏林电影节金熊奖。

1　推荐阅读莫言《红高粱家族》（浙江文艺出版社，2017 年）。

海子诗[1]（存目）

海子（1964—1989），原名查海生，安徽省安庆市怀宁县人。海子是新诗史上最优秀的诗人之一，他以对“成就一种民族和人类结合，诗和真理合一的大诗”（海子语）诗歌理想的追求和一种殉道情怀而成为诗歌时代的象征。

1　推荐阅读《海子诗全集》（作家出版社，2009 年）。

汪曾祺《受戒》（存目）

汪曾祺（1920—1997），江苏高邮人，以其风格独特的短篇小说而被誉为“抒情的人道主义者，中国最后一个纯粹的文人，中国最后一个士大夫”。汪曾祺的小说师承京派小说家沈从文，自二十世纪四十年代开始创作，小说呈诗化、散文化特质，重视意境的营造，擅长描写为现代社会所遗失的古朴的风俗人情之美。二十世纪八十年代，汪曾祺发表了《受戒》《大淖记事》等个人风格更为成熟的代表作。在这些小说里，他以“沧桑看云”式的心态观照世界，用传统文人的眼光审美化处理个体生存和世俗生活的经验，认为“超功利的率性自然的思想是生活境界的美的极至”（汪曾祺语），这样的审美观照方式结合他那空灵、含蓄、富有暗示性和回味的小说语言，给文坛带来了对中断了的民族化叙事美学的思考和对汉文字语言的独特魅力的重新审视。

《受戒》[1]发表于一九八〇年，小说中就要受戒的小和尚明子和淳朴的乡村少女英子恋爱，背离了正统伦理观，但和当地的民风相容。借这僧俗自由相爱的故事和对当地的民俗民风的描写，作者构置了一个自然、符合人性的理想的民间世俗社会，这样“一个任何道德说教都无法规范，任何政治条律都无法约束，甚至连文明、进步这样一些抽象概念也无法涵盖的自由自在”的民间社会是作为长期压制人性的正统社会的反面而存在的。汪曾祺这样说《受戒》的写作：“我写的是美，是健康的人性。美，是什么时候都需要的。”联系作者写作的时代背景和作者的京派创作思想渊源，可以说，《受戒》中那富有人情味、风景优美的水乡世界之所以成为作者的审美乌托邦，它的理想性和审美性的获得正建立在对正统价值观的疏离上，它以它的清新、自由、超然、诗意对那刚过去的、遏制人性的时代提出了一种潜在的抗议和批判。

1　推荐阅读汪曾祺《受戒》（北京十月文艺出版社，2012 年）。

余华《两个人的历史》（存目）

余华（1960— ），浙江海盐人，大陆先锋派小说的代表作家，知名作品有长篇小说《在细雨中呼喊》《活着》《许三观卖血记》《兄弟》。余华当过牙医，爱用一种拔牙般简洁、冷漠、有效的方式叙述出人意料的形象和情节，描写小人物在混乱的年代里的生活和经历，表现人生的荒诞、命运的无常，被称为“当代文坛第一个清醒的说梦者”（莫言语）。

《两个人的历史》[1]用极简省的语言、不带情感介入的零度写作方式，叙述了两个人的一生，体现了作者对人性和命运的思考。

1 推荐阅读余华《世事如烟》（作家出版社，2012年）。

王安忆《长恨歌》（存目）

王安忆（1954— ），上海人，一个经历了新时期文学发展的不同阶段而有风格不同的作品、“被认为视野颇为开阔、能够驾驭多种生活经验和文学题材的作家”（洪子诚《中国当代文学史》）。王安忆早年在知青文学、寻根文学方面颇有建树，因《长恨歌》的发表她又被视为海派文学的传人和新海派文学的代表。

《长恨歌》[1]以上海弄堂女儿王琦瑶的悲剧一生反映了上海这座城市几十年的历史变迁，怀旧意味浓郁，以对女主人公波折重重的情感经历的叙写，对现代历史中被神话了的“上海梦”进行了一次后革命时代的想象、追踪、拼接、沉溺、消解和重构，其中可见注重文化反思和寓言性叙事的寻根文学创作观的影响。

1 推荐阅读王安忆《长恨歌》（人民文学出版社，2005 年）。

白先勇《游园惊梦》（存目）

白先勇（1937— ），广西桂林人，一九五二年移居台湾，一九六三年赴美。白先勇在台湾大学外文系求学期间曾与同系同学王文兴、欧阳子、陈若曦、李欧梵、刘绍铭等人创办《现代文学》杂志，提倡为台湾文学引入西方现代主义文学技巧。白先勇出版有短篇小说集《寂寞的十七岁》《台北人》《纽约客》《谪仙记》，长篇小说《孽子》、散文集《蓦然回首》等。白先勇的小说以善于融合西洋现代派小说技巧和中国传统文学意境著称，和他表现的“今昔之比”“灵肉之争”和“生死之谜”等主题（见欧阳子的评论专著《王谢堂前的燕子》）颇为相衬。白先勇的作品反映的台湾社会面比较广泛，“可以说为当代台湾的中上层社会塑下了多面的浮雕”（余光中语），但给人印象最深的是与他身世相契、表现自大陆赴台的官宦阶层的没落、充满历史沧桑感的作品。

短篇小说《游园惊梦》[1]是白先勇的代表作之一，收入《台北人》小说集，深层的乡愁和对传统文化的认同、叹惋，使西方的意识流小说技巧非常自然地融入了叙事。

1 推荐阅读白先勇《台北人》（广西师范大学出版社，2010 年）。

荷马史诗《伊利亚特》（节选）

《荷马史诗》是相传由公元前八世纪古希腊盲诗人荷马根据众多民间创作整理而成的古希腊英雄史诗，包括《伊利亚特》和《奥德修纪》两部作品。荷马史诗反映了公元前十一世纪到公元前九世纪的古希腊上古历史和社会情况，长期以传说的方式保留在古希腊人的记忆中，以史诗的形式为民间行吟歌手传诵。《荷马史诗》展现了从野蛮时代向文明时代迈进的英雄时代的社会制度、宇宙观和道德伦理观，保留了大量古希腊神话，它和《圣经》一起成为西方文化的两大源头性作品。

《伊利亚特》围绕特洛伊战争展开。特洛伊战争因特洛伊王子帕里斯拐走斯巴达国王的美丽妻子海伦而起，希腊各部落推举阿伽门农为首领攻打特洛伊。战争进行了十年，众神各助一方，最终，特洛伊城被“木马计”攻陷。故事开始的时候，希腊方最伟大的英雄阿基琉斯因被阿伽门农夺取了女俘并受辱而拒绝参战，在其好友被特洛伊英雄赫克托耳杀死并剥去好友向他借的盔甲之后，愤怒欲狂的他才参战，杀死了赫克托耳。以下节选自《伊利亚特》第二十二卷，描写赫克托耳之死。阿基琉斯和赫克托耳都是勇敢善战、视个人荣誉为生命中最重要事物的英雄。在这次决斗中，阿基琉斯的蛮勇、骄傲、冲动的战神形象和赫克托耳的知难而上、富有责任感的悲剧英雄形象得到了体现。这些英雄身上体现了古希腊文化对生命价值、个体价值的认识，他们的故事在口口相传中教育了古希腊人，帮助古希腊人形成以个体为本位的价值观。

地面上，迅捷的阿基琉斯继续追赶赫克托耳，毫不松懈，像一条猎狗，在山里追捕一只跳离窝巢的小鹿，紧追不舍，穿越山脊和峡谷，尽管小鹿藏身在树丛下，蜷缩着身姿，猎狗冲跑过来，嗅出他的踪迹，奋起进击——就像这样，赫克托耳怎么也摆脱不了裴琉斯捷足的儿子。

他一次又一次地冲向达耳达尼亚城门，试图迅速接近筑造坚固的城墙，希望城上的伙伴投下雨点般的枪械，把他救出绝境，但阿基琉斯一次又一次地拦住他的路头，把他逼回平原，自己则总是飞跑在靠近城堡的一边。

就像梦里的场景：两个人，一追一跑，总难捕获，后者拉不开距离，前者亦缩短不了追程；所以，尽管追者跑得很快，却总是赶不上逃者，而逃者也总难躲开追者的逼迫。

赫克托耳如何能跑脱死之精灵的追赶？——他何以能够——要不是阿波罗最后，是的，最后一次站在他的身边，给他注入力量，使他的膝腿敏捷舒快？

卓越的阿基琉斯一个劲地对着己方的军士摇头，不让他们投掷犀利的枪矛，对着赫克托耳，惟恐别人夺走光荣，使他屈居第二。

但是，当他们第四次跑到两条溪泉的边沿，父亲拿起金质的天平，放上两个表示命运的砝码，压得凡人抬不起头来的死亡，一个为阿基琉斯，另一个为赫克托耳，驯马的好手，然后提起秤杆的中端，赫克托耳的末日压垂了秤盘，朝着哀地斯的冥府——其时，福伊波斯·阿波罗离他而去。

地面上，灰眼睛女神雅典娜找到裴琉斯之子，站在他的身边，开口说道，用长了翅膀的话语："宙斯钟爱的战勇，卓著的阿基琉斯，我们的希望终于到了可以实现的时候——我们将杀掉赫克托耳，哪怕他嗜战如狂，带着巨大的光荣，回返阿开亚人的海船。现在，他已绝难逃离我们的追捕，哪怕这射手阿波罗愿意承担风险，跌滚在我们的父亲、带埃吉斯的宙斯面前。不要追了，停下来喘口气；我这就去，赶上那个人，诱说他面对面地和你拼斗。"

雅典娜言罢，阿基琉斯心里高兴，谨遵不违，收住脚步，倚着梣木杆的枪矛，杆上顶着带铜尖的枪头。

雅典娜离他而去，赶上卓越的赫克托耳，以德伊福波斯的形象，摹仿他那不知疲倦的声音，站在赫克托耳身边，用长了翅膀的话语，对他说道："亲爱的兄弟，你受苦了，被这残忍的阿基琉斯逼迫追赶，仗着他的快腿，沿着普里阿摩斯的城垣。来吧，让我们顶住他的冲击，打退他的进攻！"

听罢这番话，高大的赫克托耳，顶着闪亮的头盔，答道："德伊福波斯，在此之前，你一直是我最钟爱的兄弟，是的，在普里阿摩斯和赫卡贝生养的所有的儿子中！现在，我要告诉你，我比以前更加尊你爱你——见我有难，你敢冲出城堡，在别人藏身城内之际，冒死相助。"

听罢这话，灰眼睛女神雅典娜答道：

“事情确是这样，我的兄弟，我们的父亲和高贵的母亲曾轮番抱住我的膝盖，苦苦相求，还有我的伙伴们，求我呆在城里，我们的人一个个全部吓傻了眼。

然而，为了你的境遇，我心痛欲裂。现在，让我们直扑上去，奋力苦战，不要吝惜手中的枪矛。我们倒要看看，结果到底怎样，是阿基琉斯杀了我俩，带着血染的铠甲，回到深旷的海船，还是他自己命归地府，倒死在你的枪下！”

就这样，雅典娜的话语使他受骗上当。

其时，他俩迎面而行，咄咄逼近。

身材高大、头盔闪亮的赫克托耳首先开口嚷道：“够了，裴琉斯之子，我不打算继续奔逃，像刚才那样，一连三圈，围着普里阿摩斯宏伟的城堡，不敢和你较量。现在，我的心灵驱我面对面地和你战斗——眼下，不是你死，便是我亡！

过来吧，我们先对神起誓，让这些至高无上的旁证，监督我们的誓约。我发誓，我不会蹂躏你的尸体，尽管你很残暴，倘若宙斯让我把你拖垮，夺走你的生命。我会剥掉你光荣的铠甲，阿基琉斯，但在此之后，我将把你的遗体交还阿开亚人。发誓吧，你会以同样的方式待我。”

听罢这番话，捷足的阿基琉斯恶狠狠地盯着他，答道：“不要对我谈论什么誓约，赫克托耳，你休想得到我的宽恕！人和狮子之间不会有誓定的协约，狼和羊羔之间也不会有共同的意愿，它们永远是不共戴天的仇敌。同样，你我之间没有什么爱慕可言，也不会有什么誓证协约——在二者中的一人倒地，用热血喂饱战神，从盾牌后砍杀的阿瑞斯的肠胃之前！来吧，拿出你的每一分勇力，在这死难临头的时候，证明你还是个枪手，一位凶猛的战勇！你已无处逃生；帕拉丝·雅典娜即刻便会把你断送，用我的枪矛。现在，我要你彻底偿报我的伙伴们的悲愁，所有被你杀死的壮勇，被你那狂暴的枪头！”

言罢，他持平落影森长的枪矛，奋臂投掷，但光荣的赫克托耳双眼紧盯着他的举动，见他出手，蹲身躲避；铜枪飞过他的肩头，扎落在泥地上。帕拉丝·雅典娜拔出枪矛，交还阿基琉斯；兵士的牧者赫克托耳对此一无所知。

其时，赫克托耳对着裴琉斯豪勇的儿子喊道：“你打歪了，瞧！所以，神一样的阿基琉斯，你并不曾从宙斯那里得知我的命运，你只是在凭空臆造！你想凭着小聪明，用骗人的话语把我耍弄，使我见怕于你，消泄我的勇力，泯熄战斗的激情！你不能把枪矛扎入我的肩背——我不会转身逃跑；你可以把它捅入我的胸膛——倘若神祇给你这个机会——在我向你冲扑的当口！现在，我要你躲避我的铜枪，但愿它从头至尾，连失带杆，扎进你的躯身！这场战争将要轻松许多，对于我们，如果你死了，你，特洛伊人最大的灾祸。”

言罢，他持平落影森长的枪矛，奋臂投掷，击中裴琉斯之子的盾牌，打在正中，却不曾扎入，被挡弹出老远。赫克托耳心中愤怒，恼恨奋臂投出的快枪，落得一无所获的结果。他木然而立，神情沮丧，手中再无梣木杆的枪矛。他放开喉咙，呼唤满面苍白的德伊福波斯，要取一杆粗长的枪矛，但后者已不在他的身旁。其时，赫克托耳悟出了事情的真相，叹道："完了，全完了！神们终于把我召上了死的途程。我以为壮士德伊福波斯近在身旁，其实他却呆在城里——雅典娜的哄骗蒙住了我的眼睛。现在，可恨的死亡已距我不远，实是近在眼前；逃生已成绝望。看来，很久以前，今日的结局便是他们喜闻乐见的趣事，宙斯和他发箭远方的儿子，虽然在此之前，他们常常赶来帮忙。现在，我已必死无疑。但是，我不能窝窝囊囊地死去，不做一番挣扎；不，我要打出个壮伟的局面，使后人都能听诵我的英豪！”

言罢，他抽出跨边的利剑，宽厚、沉重，鼓起全身的勇力，直奔扑击，像一只搏击长空的雄鹰，穿出浓黑的乌云，对着平原俯冲，逮住一只嫩小无助的羊羔或嗦嗦发抖的野兔——赫克托耳奋勇出击，挥舞着利剑，而阿基琉斯亦迎面扑来，心中腾烧着粗野的狂烈，胸前挡着一面盾牌，盾面绚丽，铸工精湛，摇动闪亮的盔盖，顶着四支硬角，漂亮的冠饰，摇摇晃晃，纯金做就，赫法伊斯托斯的手艺，嵌显在冠角的边旁。

怀着杀死卓越的赫克托耳的凶念，阿基琉斯右手挥舞枪矛，枪尖射出熠熠的寒光，像一颗明星，穿行在繁星点缀的夜空，赫斯裴耳，黑夜之星，天空中最亮的星座。他用眼扫瞄赫克托耳魁伟的身躯，寻找最好的攻击部位，但见他全身铠甲包裹，那副璀璨的铜甲，杀死强壮的帕特罗克洛斯后剥抢到手的战礼——尽管如此，他还是找到一个露点，锁骨分接脖子和肩膀的部位，裸露的咽喉，人体中死之最捷达的通径。对着这个部位，卓越的阿基琉斯捅出枪矛，在对手挟着狂烈，向他扑来之际，枪尖穿透松软的脖子，然而，粗重的梣木杆枪矛，挑着铜尖，却不曾切断气管，所以，他还能勉强张嘴应对。

赫克托耳瘫倒泥尘，卓越的阿基琉斯高声炫耀，对着他的躯体："毫无疑问，赫克托耳，你以为，杀了帕特罗克洛斯之后，你仍可平安无事，因为你不用怕我，我还远离你们战斗的地点——你这个笨蛋！你忘了，有一个，一个远比他强健的复仇者，等在后面，深旷的海船边——此人便是我，阿基琉斯，我已毁散了你的勇力！狗和秃鹫会撕毁你的皮肉，脏污你的躯体；和你相比，帕特罗克洛斯将收受阿开亚人厚重的葬仪！"

听罢这番话，头盔闪亮的赫克托耳用虚弱的声音说道："求求你，求求你看在你的生命、你的膝盖和你双亲的份上，不要让狗群撕食我的躯体，在这阿开亚人的海船边！你可收取大量的青铜和黄金，从我们丰盈的库藏中，大堆的赎礼，我父亲和高贵的母亲会塞送到你的手里。把我的遗体交还我的家人吧——人已死了，也好让特洛伊男人和他们的妻子为我举行火焚的礼仪。"

捷足的阿基琉斯恶狠狠地盯着他，答道："不要再哀求了，你这条恶狗——说什么看在我的膝盖和双亲的份上！我真想挟着激情和狂烈，就此割下你的皮肉，生吞暴咽——你给我带来了多少苦痛！谁也休想阻止狗群扑食你的尸躯，哪怕给我送来十倍、二十倍的赎礼，哪怕答应给我更多的东西，哪怕达耳达诺斯之子普里阿摩斯愿意给我和你等重的黄金——不！一切都已无济于事；生你养你的母亲，那位高贵的夫人，不会有把你放上尸床，为你举哀的机会；狗和兀鸟会把你连皮带肉，吃得干干净净！"

赫克托耳，吐着微弱的气息，在闪亮的头盔下说道："我了解你的为人，知道命运将如何把我处置。我知道说服不了你，因为你长着一颗铁一般冷酷的心。但是，你也得小心，当心我的诅咒给你招来神的愤恨，在将来的某一天，帕里斯和福伊波斯·阿波罗会不顾你的骠勇，把你杀死在斯卡亚门前！"

话音刚落，死的终极已蒙罩起他的躯体，心魂飘离他的四肢，坠入死神的府居，悲悼着他的命运，抛却青春的年华，刚勇的人生。

其时，虽然他已死去，卓越的阿基琉斯仍然对他嚷道："死了，你死了！至于我，我将接受我的死亡，在宙斯和列位神祇愿意把它付诸实现的任何时光！"

言罢，他从躯体里拔出铜枪，放在一边，剥下血迹斑斑的铠甲，从死者肩上。阿开亚人的儿子们跑来围在他的身边，凝视着赫克托耳的身躯，刚劲、健美的体魄，人人都用手中的利器，给尸体添裂一道新的痕伤，人们望着身边的伙伴，开口说道："瞧，现在的赫克托耳可比以前，比他用熊熊燃烧的火把放火烧船的时候松软得多！"

就这样，他们站在尸体边沿，出手捅刺，议论纷纷。

其时，捷足的战勇、卓越的阿基琉斯已剥光死者身上的一切。站在阿开亚人中间，喊出长了翅膀的话语："朋友们，阿耳吉维人的首领和统治者们！现在，既然神明已让我杀了他，这个使我们深受其害的人——此人创下的祸孽，甚于其他所有的战勇加在一起的作为——来吧，让我们逼近城墙，全副武装，弄清特洛伊人下一步的打算，是准备放弃高耸的城堡，眼见此人已躺倒在地，还是想继续呆守；虽然赫克托耳已经死亡？然而，为何同我争辩，我的心魂？海船边还躺着一个死人，无人哭祭，不曾埋葬，帕特罗克洛斯，我绝不会把他忘怀，绝对不会，只要我还活在人间，只要我的双膝还能伸屈弯转！如果说在死神的府居，亡魂会忘记死去的故人，但我却不会，即便在那个地方，我还会记着亲爱的帕特罗克洛斯。来吧，阿开亚人的儿子们，让我们高唱凯歌，回兵深旷的海船，抬着这具尸体！我们已争得辉煌的荣誉；我们已杀死赫克托耳，一个被特洛伊人，在他们的城里，尊为神一样的凡人！"

他如此一番颂耀，心中谋划着如何羞辱光荣的赫克托耳。

他捅穿死者的筋腱，在脚背后面，从脚跟到踝骨的部位，穿进牛皮切出的绳带，把双足连在一起，绑上战车，让死者贴着地面，倒悬着头颅。然后，他登上战车，把光荣的铠甲提进车身，扬鞭催马，后者撒开蹄腿，飞驰而去，不带半点勉强。

骏马扬蹄迅跑，赫克托耳身边卷起腾飞的尘末，纷乱飘散，整个头脸，曾是那样英俊潇洒的脸面，跌跌撞撞地磕碰在泥尘里——宙斯已把他交给敌人，在故乡的土地上，由他们亵渎脏损。

就这样，他的头颅席地拖行，沾满泥尘。城楼上，他的母亲绞拔出自己的头发，把闪亮的头巾扔出老远，望着亲生的儿子，竭声嚎啕。他所尊爱的父亲，喊出悲戚的长号，身边的人们无不痛哭流涕，哀悼之声响彻在全城的每一个角落。

此番呼嚎，此番悲烈，似乎高耸的特洛伊城已全部葬身烧腾的火海，从楼顶到墙垣的根沿！

普里阿摩斯发疯似的试图冲出达耳达尼亚大门，手下的人们几乎挡不住老人；他恳求所有的人们，翻滚在脏杂的污秽里，呼喊着每一个人，高声嘶叫，嚷道："我情领各位的好心，但让我出城，独自一人，前往阿开亚人的海船旁！我必须当面向他求告，向那个残忍、凶暴的汉子，而他或许会尊重我的年齿，生发怜老之情——他也有自己的父亲，和我一样年迈，裴琉斯，生下这个儿子，养成特洛伊人的灾祸。他杀了我这么多年轻力壮的儿子；他带给我的哀愁比给谁的都多。我为每一个儿子的不幸悲恸，但只有赫克托耳的阵亡使我痛不欲生；如此强烈的伤愁会把我带入哀地斯的家府！但愿他倒在我的怀里，这样，我们俩，生养他的母亲——哦，苦命的女人——便能和我一起放声悲哭，尽情哀悼！"

老王悲声诉说，泪流满面，市民们伴随他一齐哭嚎。

赫卡贝带着特洛伊妇女，领头唱起曲调凄楚的悲歌："咳，我的孩子；哦，我这不幸的女人！你去了，我将如何继续生活，带着此般悲痛！？你，我的骄傲，无论白天和黑夜，在这座城里；你，全城的栋梁，特洛伊男子和特洛伊妇女的主心骨。他们像敬神似的敬你；生前，你是他们无上的荣光！现在，我的儿，死亡和命运已把你吞夺！"

她悲声诉说，泪流满面，但赫克托耳的妻子却还不曾听到噩耗；此间无有可信之人登门，通报她的丈夫站在城门外面，拒敌迎战的讯息。其时，她置身高深的房居，在内屋里，制做一件暗红色的双层裙袍，织出绽开的花朵。她招呼房内发辫秀美的女仆，把一口大锅架上柴火，使赫克托耳离战回家，能用热水洗澡——可怜的女人，她哪里知道，远离滚烫的热水，丈夫已经死在阿基琉斯手下，被灰眼睛的雅典娜击倒。其时，她已耳闻墙边传来的哭叫和哀嚎，禁不住双腿哆嗦，梭子滑出手中，掉在地上。

她随即召呼发辫秀美的侍女，说道：

"快来，你们两个，随我前行；我要看看外边发生了什么。我已听到赫克托耳尊贵的母亲的哭声；我的双腿麻木不仁，我的心魂已跳到嗓子眼里。我知道，一件不幸的事情正降临在普里阿摩斯的儿子们的头顶！但愿这条消息永远不要传入我的耳朵；然而我却从心底里担心，强健的阿基琉斯可能会切断他的归路，把勇敢的赫克托耳，把他孤身一人，逼离城堡，赶往平原。他恐怕已彻底消散了赫克托耳鲁莽的傲气——它总是缠伴着我的夫婿——他从不待在后面，和大队聚集在一起，而是远远地冲上前去，挟着狂烈，谁都不放在眼里！"

言罢，她冲出宫居，像个发疯的女人，揣着怦怦乱跳的心脏，带着两名侍女，紧跟在她后头。

她快步来到城楼，兵勇们聚结的地方，停下脚步，站在墙边，移目探望，发现丈夫正被拖颠在城堡前面，疾驰的驭马拉着他胡奔乱跑，朝着阿开亚人深旷的海船。

安德罗玛开顿觉眼前漆黑一片，向后晕倒，喘吐出生命的魂息，闪亮的头饰被甩出老远，冠条、发兜、精工编织的束带，连同那条头巾，金色的阿芙罗底忒的礼物，相赠在她被夫婿带走的那一天——头盔闪亮的赫克托耳把她带离厄提昂的家居，给了数不清的聘礼。

其时，她丈夫的姐妹和兄弟的媳妇们围站在她的身边，把她扶起在她们中间——此刻的安德罗玛开已濒临死的边缘。

但是，当挣扎着缓过气来，生命重返她的躯体后，她放开喉咙，在特洛伊妇女中悲哭嚎啕："哦，毁了，赫克托耳；毁了，我的一切！你我生来便共有同一个命运——你，在特洛伊，普里阿摩斯的家居；我，在塞贝，林木森茂的普拉科斯山脚，厄提昂的家居；他疼我爱我，在我幼小的时候。咳，命运险恶的厄提昂，倒霉不幸的我——但愿他不曾把我养育，经受人生的锤捣。现在，你去了死神的家府，黑洞洞的大地深处，把我撇在这里，承受哭嚎的悲痛，宫居里的寡妇，守着尚是婴儿的男孩，你我的后代，一对不幸的人儿！你帮不了他，赫克托耳，因为你已死去，而他也帮不了你的忙。即使他能躲过这场悲苦的战争，阿开亚人的强攻，今后的日子也一定充满艰辛和痛苦。别人会夺走他的土地，孤儿凄惨的生活会使他难以交结同龄的朋友。他，我们的男孩，总是耷拉着脑袋，整日里泪水洗面，饥肠辘辘，找到父亲旧时的伙伴，拉着这个人的披篷，攥着那个人的衣衫，讨得一些人的怜悯——有人会给他一小杯饮料，只够沾湿他的嘴唇，却不能舒缓喉咙的焦渴；某个双亲都还活着的孩子，会把他打出宴会，一边扔着拳头，一边张嘴咒骂：'滚出去！你的父亲不在这里欢宴，和我们一起！'男孩挂着眼泪，走向他那孤寡的母亲——我的阿斯图阿纳克斯！从前，坐在父亲的腿上，你只吃骨髓和羔羊身上最肥美的肉膘。玩够以后，趁着睡眠降临的当口，他就迷迷糊糊地躺在奶妈怀里，就着松软的床铺，心满意足地入睡。现在，失去了亲爱的父亲，他会吃苦受难，他，特洛伊人称其为阿斯图阿纳克斯，'城邦的主宰'，因为只有你独身保卫着大门和延绵的墙垣。但现在，你远离双亲，躺倒在弯翘的海船边；曲蜷的爬虫，会在饿狗饱啖你的血肉后，钻食你那一丝不挂的躯体，虽然在你的房居里，叠放着做工细腻、美观华丽的衫衣，女人手制的精品。现在，我将把它们付之一炬，烧得干干净净——你再也不会穿用它们，无需用它们包裹你的躯体——让衣服化成烈火，作为特洛伊男女对你的奠祭！”

她真情悲诉，热泪横流；妇女们随声应和，举哀。

（陈中梅／译）

但丁《神曲》（节选）

但丁·阿利吉耶里（1265—1321），生于佛罗伦萨，被称为“中世纪的最后一位诗人，同时又是新时代的最初一位诗人”（恩格斯语）。《神曲》是但丁于流放期间历时十四年（1307—1321）完成的长篇诗作，分《地狱》《炼狱》《天堂》三部，共一万四千二百三十三行。作品以诗人自己为主人公，描述在他推崇的古罗马诗人维吉尔和他爱慕的女子贝娅特丽齐的分别引导下，游历地狱、炼狱和天堂三界。其中诗人与地狱、炼狱及天国中各种著名人物的对话，反映出中古文化领域的成就和一些重大的问题，使《神曲》成为中古文化的“百科全书”。《神曲》大量运用了中古文学的象征隐喻手法，例如，引领诗人地狱和炼狱的维吉尔象征着理性和哲学，而接替维吉尔、引导诗人游览天国的贝娅特丽齐则象征信仰和神学。让作为异教徒的维吉尔作为地狱、炼狱的向导，是但丁向古典文化致敬的一种方式，是推崇古希腊罗马文化的文艺复兴思想的先奏；而贝娅特丽齐被安排成最高等级的天国的向导，把信仰和神学置于理性和哲学之上，则又表明但丁还是在中古的基督教思想框架里来构筑和安排这种价值秩序的。所以，但丁被认为是中古文化的集大成者和文艺复兴的先驱，是两个时代的过渡。

以下节选自《神曲》的开首，诗歌采用中古梦幻文学的形式，叙述但丁在人生的中途误入一座幽暗的森林，在一座小山脚下，有三只猛兽拦住去路。正危急时，罗马诗人维吉尔出现，他受贝娅特丽齐的嘱托来救但丁，要引导他游历地狱和炼狱。在诗里，诗人多处运用象征手法，例如，这在人生中途进行的神秘旅行被认为象征着灵魂的进修历程，幽暗的森林被认为象征着罪恶，狼、狮、豹等三只猛兽被认为分别象征着贪欲、野心、逸乐（更细化的说法是，认为狼象征了贪婪残暴的教会，豹象征了淫荡腐败的佛罗伦萨，狮子代表了用兵意大利的英格兰国王狮心王理查）。

《神曲》中象征手法的大量运用和欧洲中世纪把象征性当作文艺创作的首要原则有关。这种象征美学既有神学意义，也有感性的审美意义，背后有信仰寻求理性支持的中世纪哲学做支撑。

森林

我走过我们人生的一半旅程，
却又步入一片幽暗的森林，
这是因为我迷失了正确的路径。
啊！这森林是多么荒野，多么险恶，多么举步维艰！
道出这景象又是多么困难！
现在想起也仍会毛骨悚然，
尽管这痛苦的煎熬不如丧命那么悲惨；
但是要谈到我在那里如何逢凶化吉而脱险，
我还要说一说我在那里对其他事物的亲眼所见。
我无法说明我是如何步入其中，
我当时是那样睡眼矇眬，
竟然抛弃正路，不知何去何从。

阳光照耀下的山丘
我随后来到一个山丘脚下，
那森林所在的山谷曾令我心惊胆怕，
这时山谷却已临近边崖；
我举目向上一望，
山脊已披上那星球射出的万道霞光，
正是那星球把行人送上大道康庄。
这时我的恐惧才稍稍平静下来，
而在我战战兢兢地度过的那一夜，
这恐惧则一直搅得我心潮澎湃。
犹如一个人吁吁气喘，
逃出大海，游到岸边，
掉过头去，凝视那巨浪冲天，
我也正是这样惊魂未定，
我转过身去，回顾那关隘似的森林，
正是这关隘从未让人从那里逃生。
随后我稍微休息一下疲惫的身体，

重新上路，攀登那荒凉的山脊，
而立得最稳的脚总是放得最低的那一只。

三头猛兽

瞧！几乎在山丘开始陡起之处，
一头身躯轻巧、矫健异常的豹子蓦地窜出，
它浑身上下，被五彩斑斓的毛皮裹住；
它在我面前不肯离去，
甚至想把我的去路拦阻，
我多次扭转身躯，想走回头路。
这时正是早晨的开始，
太阳正与众星辰冉冉升起，
从神灵的爱最初推动这些美丽的东西运转时起，
这群星就与太阳寸步不离；
这拂晓的时光，这温和的节气，
令我心中充满希冀，
对这头皮色斑斓的猛兽也望而不惧；
但是，我又看到有一头狮子向我走来，
这却不能不令我感到惊骇。
这狮子似乎要向我进攻，
它昂着头，饿得发疯，
空气也仿佛吓得索索抖动。
接着又来了一头母狼，
它瘦骨嶙峋，像是满抱种种贪婪欲望，
它曾使多少人遭受祸殃，
一见它，我就不禁心惊胆寒，
像是有一块重石压在心田，
登上山峰的希望也随之烟消云散。
犹如一个一心只图赢钱的赌徒，
时运不济，却使他一输再输，

他心中悲苦万分，不住流涕痛哭；
这猛兽也同样令我忐忑不宁，
它一步一步地向我逼近，
把我逼回到森林，那里连太阳也变得悄然无声。

维吉尔

我又陷入那低洼的地方，
这时有一个人在定睛向我张望，
他仿佛经过长久的缄默，几乎发不出声响。
我见他伫立在荒凉的山地，
便向他叫道："你是真人还是鬼魅？
不管你是什么，请可怜可怜我！"
他答道："我不是活人，但过去是，
我的父母祖籍伦巴迪，
他们俩都以曼图亚为出生地。
我出生在凯撒时代，可惜我生得太迟；
明君奥古斯都当政时，我在罗马度日，
那个时代正充斥着冒牌、伪装的神祇。
我是个诗人，我曾把一位义士歌颂，
他是安奇塞斯的儿子，只因雄伟的伊利昂城被焚，
他才逃离了特洛伊城。
但是，你又为何返回这痛苦的深渊，
为何不攀登那明媚的高山？
而这高山正是一切幸福的来由和开端。"
"那么你就是那位维吉尔，
就是那涌现出滔滔不绝的动人诗句的泉源？"
我向他答道，不禁满面羞惭。
"啊！众诗人的光荣和明灯啊！
我曾长期拜读你的诗作，
对你的无限爱戴也曾使我遍寻你的著说。

你是我的恩师，我的楷模，
我从你那里学到那优美的风格，
它使我得以声名显赫。
你瞧瞧那头猛兽，它迫使我退后，
著名的智者啊！请救我逃出它那血盆大口，
它使我的血管和脉搏都在不断颤抖。”
“倘若你想从这蛮荒的地界脱身，
你就该另寻其他路径，”
他答道，他看出我泪水涟涟；
“这头野兽曾吓得你大声呼救，
它不会让任何行人从它眼前溜走，
它要阻挡他的去路，甚而把他吞入血盆大口。
它本性就是如此凶恶，如此狠毒，
它的贪婪欲望从来不会得到满足，
它在饱餐后会感到比在饱餐前更加饥肠辘辘。”

猎犬

许多动物都与它为婚，这情况将来会更甚，
但是猎犬终会来临，
会叫它痛苦万分，丧失性命。
这猎犬食用的不是土地和钱财，
它据以为生的是：智慧、美德和仁爱，
它的诞生地在菲尔特罗与菲尔特罗之间的那片地带。
它会拯救那不幸的意大利，
圣女卡米拉、欧吕阿鲁斯、图尔努斯和尼苏斯，
猎犬会把母狼从一座座城市中赶出，
直到把它赶回阴曹地府，
原先把这畜牲放出地府的正是嫉妒。

冥界之行

因此，我为你安全着想，
我认为你最好跟随我，我来做你的向导，
我把你带出此地，前往永恒之邦。
你在那里将会听到绝望的惨叫，
将会看到远古的幽灵在受煎熬，
他们都在为要求第二次死而不断呼号；
你还会看到有些鬼魂甘愿在火中受苦，
因为他们希望有朝一日
前往与享受天国之福的灵魂为伍。
倘若你有心升上天去瞻望这些灵魂，
有一个魂灵则在这方面比我更能胜任，
届时我将离去，让你与她同行；
因为坐镇天府的那位皇帝
不愿让我进入他统治的福地，
这正是由于我生前曾违抗过他的法律。
他威震寰宇，统辖天国；
天国正是他的都城，有他那崇高的宝座：
“啊！能被提升到天国的人真是幸福难得！”
于是，我对他说：“诗人啊！我请求你，
以你不曾见识过的上帝名义，
帮我逃出这是非和受苦之地，
把我带到你方才所说的那个地方去，
让我能目睹圣彼得之门，
看一看你所说的如此悲惨的幽魂。”
于是他起步动身，我则在他身后紧跟。

（黄文捷 / 译）

卜伽丘《十日谈》（节选）

乔万尼·卜伽丘（1313—1375），意大利文艺复兴的早期代表作家，人文主义者。卜伽丘的小说《十日谈》（1348—1353）为作家赢得了“欧洲短篇小说之父”的声名，对后来欧洲小说的发展有相当影响。小说开端叙述欧洲大瘟疫时期，佛罗伦萨的七位年轻女子和三位男青年为避难躲到郊外的一座别墅中，这十位青年约定以讲故事的方式来度过这段时光，他们每人每天讲一个故事，在十天中轮流讲了一百个故事，故名《十日谈》。《十日谈》反映了当时意大利广阔的社会现实，具有浓郁的市民社会气息和世俗化倾向。十四世纪的意大利宗教力量强大，近代工商业发展迅速，一个由市民、贵族、修士等各阶层人物所构成、共享一种新型价值观的近代市民社会正在形成之中。《十日谈》反映的正是这样一个形成中的、富有活力的、具有各色人等的市民社会的景象，它的故事中的人物几乎包括了当时社会的各行各业人士：从封建贵族中的国王、王子、贵妇人到宗教界的神父、修女、修士；从学者、诗人、艺术家、穷学生到银行家、旅店老板、船主、面包师、手艺匠；从农夫、奴仆、朝圣香客到高利贷者、守财奴；从酒鬼赌徒、海盗、无赖到流浪汉、落魄战士、招摇撞骗的食客。而《十日谈》中讲故事的十位青年则是新型市民社会的理想成员：有良好修养、出身佛罗伦萨的名门和富裕市民阶层。《十日谈》的思想倾向和价值观代表的也正是新型市民社会的倾向和价值观：肯定现世生活，反对禁欲主义，赞美爱情，肯定人的才智，抨击教会的黑暗，贵族的残暴，反对等级特权制，宣扬平等价值观。

以下这个“可怜的莉莎贝达”的故事是《十日谈》中第四日由菲罗美娜讲述的当日第五个故事，这是一个市民阶层的哀婉、抒情的爱情悲剧，五个世纪后，英国的浪漫派诗人济慈曾根据这个故事，写下了著名的故事诗《伊莎蓓拉》。

第四日故事　第五

莉莎贝达的情人被她的哥哥杀死；她梦见情人形容枯槁，指点自己被埋的地方。她私下发掘出情人的尸体，把他的头颅埋在花盆内，终日守着花盆哭泣；哥哥又把她的花盆夺去，她哀恸而死。

爱莉莎讲罢故事，国王称赞了几句，就叫菲罗美娜接着讲一个。她正为那杰比诺这一时苦命的情侣叹息着，听到国王的吩咐，就这样开始道：

各位好姐姐，我所要讲的故事，其中的人物不象爱莉莎所讲的那样是王子公主，但是同样的可歌可泣。方才谈起了墨西拿，这才叫我想起这个故事来，因为这故事就发生在那里。

墨西拿城里有三个兄弟，都经商为业，父亲是圣吉米尼亚诺地方的人，传给他们一笔很大的遗产。他们有一个妹妹，叫做莉莎贝达，生得很美、也很文静，年已及笄，却还没婚配。三个兄弟的店铺中有一个年青的伙计，是比萨人，叫做罗伦佐，照料店中一切业务。他人品端正，举止温雅，莉莎贝达和他会过几面以后，竟对他有了情意；罗伦佐也觉察到这一点，就再不在别的女人身上分心，一心一意把爱情放在她身上。他们俩这样彼此爱慕着，要不多久，就暗通声气，满足了最热烈的欲望。

这一对情侣这样暗中来往，无限欢乐，可是后来疏于防范，一天晚上，莉莎贝达走进罗伦佐的卧房的时候，被她的长兄窥见，她自己却全不知情。那长兄是一个老成持重的青年，看见妹妹做出这等事来，尽管气愤，还是强自抑制、不动声色，经过一夜考虑，第二天早晨，他就去找两个兄弟，把莉莎贝达和罗伦佐的私情告诉了他们。大家商量了半天，决定暂时不要作声，只装作什么都不知道、什么都没看见，免得张扬开来，叫自己的脸上失了光彩；但等时机一到，他们就要动手洗雪这个耻辱，决不容忍，而且要做得干干净净、不落一点痕迹。

他们抱着这个打算，因此仍旧跟平时一样，和罗伦佐有说有笑。有一天，兄弟三人只说到郊外游玩，把罗伦佐也带了去。行了半天，来到一个极荒僻的地方，他们一看，觉得正是下手的机会，就乘罗伦佐不备，把他杀了，于是掘了一个坑，把他埋葬得好好的，不露一些痕迹。回到墨西拿之后，他们对外只说已派罗伦佐到外埠料理商业事务，这原是一向常有的事，所以大家都不以为奇。

谁知罗伦佐却从此一去不回，可把莉莎贝这急坏了，常去向几个哥哥追问，为什么还不见他回来，有一天，他的哥哥给她问急了，就回她道：

“你这句话是什么意思？你这样热心打听他，到底跟他有什么干系呢？如果你以后再来问起他，那么别怪我们的回答叫你听下不去。”

那个姑娘听了这话，又急又难过、又是害怕，不知道究竟出了什么事；却不敢再去追问她的哥哥，只是每天晚上可怜巴巴地反复呼唤着罗伦佐的名字，求他早日回来。她泪流满面，怪他不该在外面逗留这么久；但还是凄凄切切、痴心期待他有一天会回到她身边来。

有一夜，她比平时更加伤感，想到也许从此再也不能跟情人见面了，直哭得柔肠寸断，最后，昏昏沉沉地睡熟了。于是罗伦佐在她的睡梦中出现了，只见他形容枯槁，身上的衣服被扯个粉碎，仿佛说了这么几句话：

“唉，莉莎贝达呀，你整天里菜饭无心，只是思念我，叫唤我。流着泪儿，苦苦地埋怨我。可是别再痴心了吧，我再也不能回来和你相见了，因为就在你最后看见我的那一天，你的三个哥哥把我谋杀了。”

他接着又把他被埋的地点指点了她，叫她以后不必再呼唤他，也不必等待他了。话刚说完，他就隐灭了。莉莎贝达惊醒过来，对梦中的幻象深信不疑，因此放声大哭起来。

第二天早晨起来，她决心要到罗伦佐在梦中所说的地方，去试探这梦兆是否灵验。她不敢把这事对哥哥直说，只推说是到郊外去散心，就带着女仆，一同出发。她的私情被那个女仆全都知道，所以不用瞒得。来到郊外，她就急忙向梦中所指示的地点赶去。找到那地方之后，她们就扫开枯叶，底下露出一块松软的地面，莉莎贝达就向那里掘下去，掘不多深，果然发现情人的尸体，可怜他面目依然，还未腐烂，因此证明这梦兆决非虚妄。她这时候真是心碎肠裂，却又觉得这里不是啼哭的地方；她恨不能把尸体搬移到别处，好好安葬，无法可想，只得拿出一把小刀子把情人的头颅用力从脖子上割下来，包在一块方巾里，交给女仆拿着，又把无头的尸体重行埋好，于是一同回家，幸亏没人察觉。

回到家里，她关上了自己的房门，取出情人的头颅放声痛哭，用滚滚的珠泪洗净了那泥污的头颅；又把头颅吻了又吻，不曾漏过一点地方，总吻了一千来遍。于是她又拿来了一只雅致的大花盆。这花盆原是用来栽培墨角兰，或是罗勒的，现在她把头颅用精细的麻布包好，放在盆中，再装满泥土，上面种了几株美丽的罗勒的幼枝，却不用清水浇洒，朝夕只用自己的眼泪，或是玫瑰水、香橙水灌溉。她终日伴着这盆罗勒花，留恋不舍，因为花盆里面藏着她的罗伦佐。她这样对着花枝痴望了半天，就突然凑在花盆上哭泣起来，那滚滚的泪水把罗勒花全都淋湿了。这盆罗勒花经过殷勤的灌溉，也许同时由于人头在盆里腐化，泥土变得肥沃的缘故，长得枝叶茂盛，香气四溢。莉莎贝达终日对着这盆花呆望痴想、伤感流泪，这情形给她的邻居们看到了，不免奇怪起来，就跑去把实情告诉她的哥哥，说道："我们注意到她天天都是这个光景。"

那三个哥哥看见妹妹一天憔悴一天，那双哭肿的眼睛几乎要从眼眶里掉出来，本来就有些奇怪，现在听见邻居的这些话，少不得要责备她几句，可是责备了她一次两次，毫不生效；他们就私下把花盆移去，她找不到那花盆，逢人就问是谁拿走了她的花盆，苦苦哀求快把花盆还给她。可是任她怎样求、怎样讨，那三位哥哥只装作不知道。她日以继夜、哭个不停，终于恹恹病倒，她躺在病床上，还是不断追问她那盆罗勒到哪里去了。

她的哥哥看到这光景，大为惊奇，就决心查究盆里究竟藏着些什么东西。他们翻开泥土，发现一个用麻布裹着的人头还没十分腐烂，一看那鬈发，就认出正是罗伦佐的头颅。这使他们大起恐慌，唯恐那谋杀的罪行被人发觉。他们把那颗头颅埋葬以后，也不告知哪一个，收拾细软，离开墨西拿，躲避到那不勒斯去了。

莉莎贝达在病中只是哭泣，不断追问她的花盆，就这样哀恸以终。这就是她的恋爱和悲惨的结局。不久，这事在外面传开了，有一个人替她作了一首歌曲，直到现在大家还唱着这首歌。那歌词是：

唉，是哪一个坏蛋
偷走了我的花盆？……(1)

〖注解〗

（1）根据潘和里格英伊本上的注解，这是一首西西里民歌，全长八节，每节七行，卜伽丘所引的是这民歌的第一节的开头两句。

（方平　王科一 / 译）

拉伯雷《巨人传》（节选）

弗朗索瓦·拉伯雷（1494—1553），文艺复兴时期的人文主义重要作家，出生于法国都兰省希农城。拉伯雷的长篇小说《巨人传》是法国文艺复兴时代反封建神权统治的思想解放运动的代表作，是一本“充满巨人精神的奇书”。《巨人传》塑造了一个神话般的“巨人”家族，描写了巨人高康大及其儿子庞大固埃两代人的成长过程，通过荒诞、夸张、妙趣横生的故事，抨击了教会的权威和陈旧的经院主义教育，肯定人性和人的创造力，表达了新兴资产阶级的希望冲破旧的束缚、追求新思想和新知识、使才能和个性得到充分发展的时代愿望。拉伯雷之所以赋予父子两代主人公以“巨人”形象，是因为他们是被当作人的力量的象征来塑造的。十六世纪的新兴资产阶级意识到，要解放被束缚了的生产力，人的力量的解放是首要问题。高康大生下的时候体格超群，天性颖悟，但经院主义旧式教育却使得他糊涂痴呆。在接受新的人文主义教育后，他才成为一个身心发达、富有智慧和高尚品德的巨人。庞大固埃则比父亲幸运，一开始就受到了人文主义的教育，他和一行人等游历冒险、到世界各地寻找“神瓶”的过程，是文艺复兴时期的新人在好奇心理和创造精神的推动下探索宇宙秘密、寻找真理的写照。《巨人传》贯穿着拉伯雷作为人文主义者所追求的“使人的灵魂充满真理、知识和学问”的思想，高康大和庞大固埃等力大无穷、知识渊博、宽宏大量、热爱和平的巨人形象，体现了拉伯雷心目中的新人理想，是对文艺复兴时期新兴阶级的颂扬。

以下节选自《巨人传》第一部第七章和第十七章。第七章描写了高康大不同凡响的出生，他发出的“喝呀！喝呀！”的喊声和小说结尾“神瓶”的“喝呀”的谕示是一致的，象征着人文主义者希望畅饮知识、真理、爱情。第十七章描写了高康大被父亲送到巴黎求学，高康大尿淹巴黎、又把巴黎圣母院的大钟从钟楼上取下来作为马铃，情节荒唐滑稽，背后包含着认为“笑是人的本质”的拉伯雷对教会对社会的辛辣讽刺。

第七章　高康大的名字是怎样取的；怎样喝酒

高朗古杰这个老好人正和宾客们饮酒取乐，忽然听见他儿子出世后惊人的叫声，喊着要“喝呀！喝呀！喝呀！”他不禁说道：“高康大！”[(1)]当时在场的客人听见后，都说真的他应该就叫高康大这个名字，因为这是他出世后他父亲说的第一句话，这是遵照古希伯莱人的规矩。高朗古杰很同意这个建议，同时孩子的母亲也很喜欢。为了平息孩子的喊叫，人们给他喝了许多酒，然后把他抱到圣水缸上，按照天主教的教规行了洗礼。

接着，便吩咐要一万七千九百零十三头包提邑和泊来蒙[(2)]的奶牛，供应婴孩每天的牛奶，因为他需要的奶太多了，就是在全国也找不出一个能胜任的奶妈来，虽然有几个司各脱派[(3)]的学者说孩子的母亲每次可挤出一千四百零二大桶再加九盆的奶，足够孩子吃的了，但是大家不相信，认为这个说法是不符合哺乳能力的，在信教人的耳朵里听来也不合情理，而且还有着异端邪说的味道。

高康大就这样长到了一岁零十个月。遵照医生的提议，人们开始把他抱出来，并由约翰·戴纽[(4)]设计给他造了一辆挺好看的牛车。大家把他放在车子里，愉快地拉来拉去，样子实在好玩，因为他生来肥头大耳，单单下巴颏就差不多有十八层之多，而且又不大哭；只有一件，就是随时要拉屎，屁股特别松弛，这是天生的体质再加上出世时偶尔多喝了酒的缘故。他无缘无故是不喝酒的，只在他烦闷、急躁、生气、难过或者跺脚、啼哭、叫喊的时候，才给他酒喝，一喝之后，便立刻恢复常态、心平气和、笑逐颜开。

保姆里面曾有一个以她的信仰对我发誓说，他这样已经惯了，只要一听到罐子和瓶子的声音，就跟尝到了天堂的乐趣一样乐不可支。她们呢，看到他这个神奇的怪癖，便每天早晨在他跟前拿刀子敲酒杯、用瓶塞敲酒瓶、用盖子打酒罐，来哄他玩。他一听见这样的声音，就喜得浑身颤抖，摇头晃脑，手指乱舞，屁放得象在吹大喇叭。

〖注解〗

（1）原文系：Quegrandtuas（加上 legosier），意思是：“好大的喉咙！”

（2）包提邑是沿维也纳河西奈市的一个村镇。泊来蒙是施农区受到罗亚尔河、恩得尔河和舍尔河灌溉的一个县名。两地均以草原肥沃、牛羊旺盛出名。

（3）邓斯·司各脱：十三世纪英国哲学家，作者对他的学说一向抱嘲弄的态度。

（4）约翰·戴纽：施农地方一个很通俗的名字，也可能是作者幼年所熟悉的一个人。

第十七章　高康大怎样对巴黎人行见面礼；怎样摘取圣母院的大钟

他们一行人休息几天之后，高康大观光了市区。居民看见他，无不惊奇万分，因为巴黎人愚昧透了，绝顶地无知，而且生来愚蠢。即便是一个玩把戏的、一个游方的教士、一匹带铃铛的骡子、一个街头弹弦子的，也要比一个出色的布道师引来更多的人。

他们到处死追着高康大，逼得他只好到圣母院的钟楼上去休息。他到了那里，望见周围都是人，便大声说道：

"我看这些家伙是想叫我对他们行个见面礼、留件 proficiat[(1)] 作纪念。有理，有理。我给他们来上一壶酒，开个玩笑。"

于是他笑着解开他那华丽的裤裆，掏出他的家伙，狠狠地撒了一泡尿，一下子冲死了二十六万零四百一十八个人，女人和小孩还不算。

有几个靠了脚腿的灵活，逃脱了这泡尿，跑到大学区最高的地方[(2)]，满头大汗，又是咳嗽，又是吐，上气不接下气地咒骂起来，有的气愤不过，有的觉着好玩："这个……这个……这个……这个……这个玩笑可开大了，可'巴黎'了[(3)]！"这座城叫作巴黎，便是从这时开始的，以前它叫乐凯斯，斯特拉包[(4)]在他的全集第四卷里就曾经说过，他说，"乐凯斯"在希腊文的意思是白[(5)]，白就是指当地太太们的白腿。自从这个新名字叫开之后，当时在场的人没有一个不指着自己教区的主保圣人骂街的，巴黎人一向是又乱又杂，生性爱骂街，爱争吵，而且自高自大，约翰尼奴斯·德·巴朗柯在他的 De copiositate reverentiarum[(6)] 一书里曾表示说"巴黎人"这个名词用希腊文来解释，就是吹牛自大。

高康大办过了这一手，一眼望见钟楼里的大钟，便动手叮叮当当地摇起来。他一边摇，一边想，如果能把它们挂在他那匹马的脖子上当铃铛一定不错，因为他正打算买些勃里[(7)]的奶酪和新鲜鲞鱼让它给他父亲驮回去。于是，便把大钟拿下来带回了寓所。

正巧，圣安东尼会的养猪会长来募猪捐[(8)]来了，这个教士觉着大钟可以叫人很远就听见他，连肉缸里的油都会哆嗦，便很想偷偷地把钟带走，不过没有好意思下手，这倒不是因为怕钟烫手，而是因为有些太重[(9)]。

当然这位教士不是堡尔(10)的那一位，那一位是我的要好朋友。

整个巴黎城都骚动起来了，你们知道这里的人是最容易起哄的，连外国对法国国王的耐心都感到惊奇，眼看不安的情况一天比一天严重，却不肯用个妥当的法令来约束他们一下。但愿天主让我知道这些阴谋与分裂都是怎么造出来的，好在教区的会议上揭发！

告诉你们，那些惊慌失措和惶恐万状的老百姓聚集的地方，是在乃乐大楼(11)，这座大楼，过去是乐凯斯的统治中心，现在当然已经不是了。他们在那里提出了这个问题，并指出大钟拿掉以后的不便。经过反复讨论与争辩，结果用三段论法决定指派神学院年纪最大、声望最高的学者去见高康大，向他说明没有钟将会引起极大的不便。虽然大学里有人表示这个差使与其派一位神学家，不如叫一位有口才的雄辩家去更合适。但最后，还是选定了神学大师约诺士斯·德·卜拉克玛多(12)。

〖注解〗

（1）Proficiat 一字原来指教徒对新主教到任后赠送的礼物，此处仅泛指礼物。

（2）即圣日内维埃沃山。

（3）“巴黎”（parrys）意思是“开玩笑”，与“巴黎”（Paris）同音。

（4）斯特拉包：古希腊地理学家，约生于公元前六十年。作者此处的话是假的。

（5）罗马皇帝茹利安曾把巴黎叫作“乐凯西亚”，也是从希腊文“乐凯斯”（白）来的。斯特拉包给巴黎的名字是“鲁柯多基亚”（Loukotokia）。

（6）拉丁文：《论崇拜》，作者与作品都是本书作者杜撰的。

（7）勃里：巴黎东面古地名。

（8）圣安东尼会原来有特权放任猪只在街上乱跑，自寻食物，后来放弃养猪，条件是他们的教士定期来募猪捐，居民须布施猪油火腿。另一说是圣安东尼会的教士会医猪病，居民为答谢他们，送给猪油和火腿，后成了变相募捐。

（9）巴黎圣母院的两口大钟，一口名叫玛丽，重一万两千公斤，另一口叫雅克琳，重七千五百公斤。

（10）堡尔：巴黎东南地名，堡尔的圣安东尼会的会长是诗人安东尼·杜·塞克斯，本书作者的朋友，他在一首诗里曾自称养猪人。

（11）乃乐大楼：在塞纳河左岸，地点即现在的法兰西学院，一五三四年初版上是索尔蓬，一五四二年作者改为乃乐大楼。

（12）“卜拉克玛多”原文有“短剑”的意思。据说诗人魏仑曾将他的“纯钢剑”

（诗人马洛把它叫作卜拉克玛多）遗赠给一个叫约翰·乐·高尼的，约诺士斯这个名字可能就是从这里蜕化出来的。

（成钰亭／译）

塞万提斯《唐吉诃德》（节选）

塞万提斯（1547—1616），文艺复兴时期欧洲重要的现实主义作家，西班牙人。《唐吉诃德》原名《奇情异想的绅士唐吉诃德·台·拉·曼》，是塞万提斯的代表作。作者在序言中申明："这部书只不过是对于骑士文学的一种讽刺"，目的在于"把骑士文学地盘完全摧毁"。小说故意模拟骑士传奇的写法，描述一个穷乡绅堂吉诃德读骑士传奇入了迷，想当游侠骑士。他拼凑了一副破烂不全的盔甲，骑上一匹瘦马，又物色了邻村一个养猪女郎作为骑士效忠的贵妇。在第一次单枪匹马出游受伤后，他找了邻居桑丘·潘沙做侍从，开始他们的"游侠史"，一路闹出无数效果和目的违背、荒唐可笑的事情。小说通过唐吉诃德主仆的游侠经历，反映了十六世纪至十七世纪初西班牙的广阔的社会现实。小说中出现将近七百个社会各阶层的人物，展示了从公爵的城堡到外省的小客店、从贫穷的农村到杂乱的城镇等各种真实社会环境，对这一时期的西班牙社会有全面的展示和批判。因为采用了对骑士小说这一种文学类型的戏拟和解构，《唐吉诃德》具有一种"把严肃和滑稽，悲剧性和喜剧性，生活中的琐屑和庸俗与伟大和美丽如此水乳交融"（别林斯基语）的双重性，男主人公唐吉诃德则是一个以喜剧的形式展现的悲剧人物，正如诗人拜伦看到的那样，"《唐吉诃德》是一个令人伤感的故事，它越是令人发笑，则越使人感到难过。这位英雄是主持正义的，制伏坏人是他的惟一宗旨。正是那些美德使他发了疯"。戏拟带来的作品双重性提高了《唐吉诃德》的丰富美学内涵和表现深度，也使《唐吉诃德》被认为是文学史上的第一部现代小说。

第一章　著名贵族唐吉诃德的品性与行为

曼查有个地方，地名就不用提了，不久前住着一位贵族。他那类贵族，矛架上有一支长矛，还有一面皮盾、一匹瘦马和一只猎兔狗。锅里牛肉比羊肉多[1]，晚餐常吃凉拌肉丁，星期六吃脂油煎鸡蛋，星期五吃扁豆，星期日加一只野雏鸽，这就用去了他四分之三的收入，其余的钱买了节日穿的黑呢外套、长毛绒袜子和平底鞋，而平时，他总是得意洋洋地穿着上好的棕色粗呢衣。家里有一个四十多岁的女管家，一个不到二十岁的外甥女，还有一个能种地、能采购的小伙子，为他备马、修剪树枝。

我们的这位贵族年近五旬，体格健壮，肌肉干瘪，脸庞清瘦，每天起得很早，喜欢打猎。据说他还有一个别名，叫基哈达或克萨达（各种记载略有不同）。推论起来，应该叫吉哈纳。不过，这对我们的故事并不重要，只要我们谈起他来不失真实就行。

人家说这位贵族一年到头闲的时候居多，闲时常读骑士小说，而且读得爱不释手，津津有味，几乎忘记了习武和理财。他痴心不已，简直走火入魔，居然卖掉了许多田地去买骑士小说。他把所有能弄到的骑士小说都搬回家。不过，所有这些小说，他都觉得不如闻名遐迩的费利西亚诺·德席尔瓦写得好，此人的平铺直叙和繁冗陈述被他视为明珠，特别在读到那些殷勤话和挑逗信时更是如此。许多地方这样写道："以你无理对我有理之道理，使我自觉理亏，因此我埋怨你漂亮也有道理。"还有："高空以星星使你的神圣更加神圣，使你受之无愧地接受你受之无愧的伟大称号而受之无愧。"

这些话使得这位可怜的贵族惶惑不已。他夜不能寐，要理解这些即使亚里士多德再生也理解不了的句子，琢磨其意。他对唐贝利亚尼斯打伤了别人而自己也受伤略感不快，可以想象，即使高明的外科医生治好了病，也不免会在脸上和全身留下伤疤累累。然而，他很欣赏书的末尾说故事还没有完结，很多次，他甚至提笔续写。如果不是其它更重要的想法不断打扰他，他肯定会续写，而且会写完的。

他常常和当地的神父（一位知识渊博的人，毕业于锡古恩萨）争论，谁是最优秀的骑士，是英格兰的帕尔梅林呢，还是高卢的阿马迪斯？可是同村的理发师尼古拉斯师傅却说，谁都比不上太阳神骑士。如果有人能够与之相比，那么，只能是高卢的阿马迪斯的兄弟加劳尔。他具有各方面的条件，不是矫揉造作的骑士，而且不像他兄弟那样爱哭，论勇敢也不比他兄弟差。

总之，他沉湎于书，每天晚上通宵达旦，白天也读得天昏地转。这样，睡得少，读得多，终于思维枯竭，神经失常，满脑袋都是书上虚构的那些东西，都是想入非非的魔术、打斗、战争、挑战、负伤、献殷勤、爱情、暴风雨、胡言乱语等。他确信他在书上读到的所有那些虚构杜撰都是真的。对他来说，世界上只有那些故事才是实事。他说熙德·鲁伊·迪亚斯是一位杰出的骑士，可是与火剑骑士无法相比。火剑骑士反手一击，就把两个巨大的恶魔劈成了两半。他最推崇卡皮奥的贝尔纳多。在龙塞斯瓦列斯，贝尔纳多借助赫拉克勒斯[(2)]把地神之子安泰[(3)]举起扼死的方法，杀死了会魔法的罗尔丹。他十分称赞巨人摩根达。其他巨人都傲慢无礼，唯有他文质彬彬。不过，他最赞赏的是蒙塔尔万的雷纳尔多斯，特别是看到故事中说，他走出城堡，逢物便偷，而且还到海外偷了全身金铸的穆罕默德像的时候，更是赞叹不止。为了狠狠地踢一顿叛徒加拉隆，他情愿献出他的女管家，甚至可以再赔上他的外甥女。

实际上，他理性已尽失。他产生了一个世界上所有疯子都不曾有过的怪诞想法，自己倒认为既合适又有必要，既可以提高自己的声望，还可以报效他的国家。他要做个游侠骑士，带着他的甲胄和马走遍世界，八方征险，实施他在小说里看到的游侠骑士所做的一切，赴汤蹈火，报尽天下仇，而后流芳千古。可怜的他已经在想象靠自己双臂的力量，起码得统治特拉彼松达帝国。想到这些，他心中陶然，而且从中体验到了一种奇特的快感，于是他立即将愿望付诸行动。他首先做的就是清洗他的曾祖父留下的甲胄。甲胄长年不用，被遗忘在一个角落里，已经生锈发霉。他把甲胄洗干净，尽可能地拾掇好，可是他发现了一个大毛病，就是没有完整的头盔，只有一个简单的顶盔。不过，他可以设法补救。他用纸壳做了半个头盔接在顶盔上，看起来像个完整的头盔。为了试试头盔是否结实，是否能够抵御刀击，他拔剑扎了两下。结果，刚在一个地方扎了一下，他一星期的成果就毁坏了。看到这么容易就把它弄碎了，他颇感不快。他又做了一个头盔。为了保证头盔不会再次被毁坏，他在里面装了几根铁棍。他对自己的头盔感到满意，不愿意再做试验，就当它是个完美的头盔。

然后，他去看马。虽然那马的蹄裂好比一个雷阿尔[(4)]，毛病比戈内拉[(5)]那匹皮包骨头的马毛病还多，他还是觉得，无论亚历山大的骏马布塞法洛还是熙德的骏马巴别卡，都不能与之相比。

他用了四天时间给马起名。因为（据他自言自语），像他这样有名望、心地善良的骑士的马没有个赫赫大名就太不像话了。他要给马起个名字，让人知道，在他成为游侠之前它的声名，后来又怎么样。主人地位变，马名随之改，这也是合情合理的。得起个鼎鼎煊赫、如雷贯耳的名字，才能与他的新品第、新行当相匹配。他造了很多名字，都不行，再补充，又去掉。最后，凭记忆加想象，才选定叫罗西南多。他觉得这个名字高雅、响亮，表示在此之前，它是一匹瘦马，而今却在世界上首屈一指[(6)]。

给马起了个称心如意的名字之后，他又想给自己起个名字。这又想了八天，最后才想起叫唐吉诃德。前面谈到，这个真实故事的作者认为他肯定叫基哈达，而不是像别人说的那样叫克萨达。不过，想到勇敢的阿马迪斯不满足于叫阿马迪斯，还要把王国和家乡的名字加上，为故里增光，叫高卢的阿马迪斯，这位优秀的骑士也想把老家的名字加在自己的名字上，就叫曼查的唐吉诃德。他觉得这样既可以表明自己的籍贯，还可以为故乡带来荣耀。

洗净了甲胄，把顶盔做成了头盔，又为马和自己起了名字，他想，就差一个恋人了。没有爱情的游侠骑士就好像一棵树无叶无果，一个躯体没有灵魂。他自语道："假如我倒霉或走运，在什么地方碰到某个巨人，这对游侠骑士是常有的事，我就一下子把他打翻在地或拦腰斩断，或者最终把他战胜，降伏了他。我让他去见一个人难道不好吗？我让他进门跪倒在我漂亮的夫人面前，低声下气地说：'夫人，我是巨人卡拉库利安布罗，是马林德拉尼亚岛的领主。绝代骑士曼查的唐吉诃德以非凡的技艺将我打败了，并且命令我到您这儿来，听候您的吩咐。'"哦，一想到这段话，我们的优秀骑士多得意呀，尤其是当他找到了他可以赋予恋人芳名的对象时，他更得意了。原来，据说他爱上了附近一位漂亮的农村姑娘。他一直爱着那位姑娘，虽然他明白，那位姑娘从不知道也从未意识到这件事。她叫阿尔东萨·洛伦索。他认为，把这位姑娘作为想象中的恋人是合适的。他要为她起个名字，既不次于自己的名字，又接近公主和贵夫人的名字。她出生在托博索，那就叫"托博索的杜尔西内亚"吧。他觉得这个名字同他给自己和其他东西起的名字一样悦耳、美妙、有意义。

〖注解〗

（1）当时羊肉比牛肉贵。

（2）赫拉克勒斯是古罗马神话中的大力神。

（3）安泰一旦离开地面就失去了力量。

（4）此句为双关语。"蹄裂"的原文又是一种辅币夸尔托。一个雷阿尔等于八个夸尔托。

（5）戈内拉是意大利的滑稽家，有一匹瘦马。

（6）按照原文发音，罗西南多为“瘦马”和“第一”的合音。

（刘京胜／译）

莎士比亚《罗密欧与朱丽叶》（节选）

莎士比亚（1564—1616），英国戏剧之父，欧洲文艺复兴时期人文主义文学的集大成者，一个被称为“不属于一个时代，而属于所有的世纪”（本·琼生语）的伟大作家。莎士比亚的创作分为三个时期：早期以历史剧和喜剧成就最为突出，这一时期的莎士比亚具有以人文主义理想解决社会矛盾的信心，留下的代表作有《亨利六世》《约翰王》《理查三世》《理查二世》《亨利四世》《亨利五世》等历史剧，以及《错误的喜剧》《驯悍记》《维洛那二绅士》《爱的徒劳》《仲夏夜之梦》《威尼斯商人》《温莎的风流娘儿们》《无事生非》《皆大欢喜》《第十二夜》等以爱情、友谊、婚姻为主题的喜剧。莎士比亚在这一时期创作的悲剧《罗密欧与朱丽叶》，也洋溢着喜剧气氛。莎士比亚的创作中期以悲剧成就最为突出，这一时期，莎士比亚认识到了人文主义理想与社会矛盾之间的不可调和，思想深度和现实主义深度进一步增强，创作出了《哈姆雷特》《奥赛罗》《李尔王》《麦克白》这著名四大悲剧和取材于罗马历史题材的《雅典的泰门》《安东尼与克莉奥佩特拉》《尤利乌斯·恺撒》《科利奥兰纳斯》等历史剧。莎士比亚的创作晚期以传奇剧成就最为突出，这一时期的莎士比亚看到了人文主义理想和现实之间的距离更难弥合，但他保持人文主义信念，留下了《泰尔亲王里克里斯》《辛白林》《冬天的故事》《暴风雨》等倾向于宣扬宽恕、具有社会空想和神话气息的传奇剧。

《罗密欧与朱丽叶》是莎士比亚早期的创作，描写了一对青年因家族世仇，恋爱受到阻挠，导致二人的死亡，是一出反映人文主义者的爱情理想和现实发生矛盾冲突的悲剧。但莎士比亚此时对用人文理想解决社会矛盾还具有乐观态度，所以他安排这对青年的死亡使双方家长消泯了仇恨，让爱情战胜了门第偏见，这样的处理使《罗密欧与朱丽叶》在精神上与他早期的喜剧一致。这里节选的是《罗密欧与朱丽叶》的第二幕第二场，男女主人公在月夜的露台上倾诉爱意，莎士比亚以抒情的笔调把这一场写成了一首赞美青春和爱情的颂歌。

第二幕　第二场　同前。凯普莱特家的花园

罗密欧上。

罗密欧：没有受过伤的才会讥笑别人身上的创痕。（朱丽叶自上方窗户中出现）轻声！那边窗子里亮起来的是什么光？那就是东方，朱丽叶就是太阳！起来吧，美丽的太阳！赶走那妒忌的月亮，她因为她的女弟子比她美得多，已经气得面色惨白了。既然她这样妒忌着你，你不要忠于她吧；脱下她给你的这一身惨绿色的贞女的道服，它是只配给愚人穿的。那是我的意中人；啊！那是我的爱；唉，但愿她知道我在爱着她！她欲言又止，可是她的眼睛已经道出了她的心事。待我去回答她吧；不，我不要太卤莽，她不是对我说话。天上两颗最灿烂的星，因为有事他去，请求她的眼睛替代它们在空中闪耀。要是她的眼睛变成了天上的星，天上的星变成了她的眼睛，那便怎样呢？她脸上的光辉会掩盖了星星的明亮，正像灯光在朝阳下黯然失色一样；在天上的她的眼睛，会在太空中大放光明，使鸟儿误认为黑夜已经过去而唱出它们的歌声。瞧！她用纤手托住了脸，那姿态是多么美妙！啊，但愿我是那一只手上的手套，好让我亲一亲她脸上的香泽！

朱丽叶：唉！

罗密欧：她说话了。啊！再说下去吧，光明的天使！因为我在这夜色之中仰视着你，就像一个尘世的凡人，张大了出神的眼睛，瞻望着一个生着翅膀的天使，驾着白云缓缓地驰过了天空一样。

朱丽叶：罗密欧啊，罗密欧！为什么你偏偏是罗密欧呢？否认你的父亲，抛弃你的姓名吧；也许你不愿意这样做，那么只要你宣誓做我的爱人，我也不愿再姓凯普莱特了。

罗密欧：（旁白）我还是继续听下去呢，还是现在就对她说话？

朱丽叶：只有你的名字才是我的仇敌；你即使不姓蒙太古，仍然是这样的一个你。姓不姓蒙太古又有什么关系呢？它又不是手，又不是脚，又不是手臂，又不是脸，又不是身体上任何其他的部分。啊！换一个姓名吧！姓名本来是没有意义的；我们叫做玫瑰的这一种花，要是换了个名字，它的香味还是同样的芬芳；罗密欧要是换了别的名字，他的可爱的完美也决不会有丝毫改变。罗密欧，抛弃了你的名字吧；我愿意把我整个的心灵，赔偿你这一个身外的空名。

罗密欧：那么我就听你的话，你只要叫我做爱，我就重新受洗，重新

命名；从今以后，永远不再叫罗密欧了。

朱丽叶：你是什么人，在黑夜里躲躲闪闪地偷听人家的话？

罗密欧：我没法告诉你我叫什么名字。敬爱的神明，我痛恨我自己的名字，因为它是你的仇敌；要是把它写在纸上，我一定把这几个字撕成粉碎。

朱丽叶：我的耳朵里还没有灌进从你嘴里吐出来的一百个字，可是我认识你的声音；你不是罗密欧，蒙太古家里的人吗？

罗密欧：不是，美人，要是你不喜欢这两个名字。

朱丽叶：告诉我，你怎么会到这儿来，为什么到这儿来？花园的墙这么高，是不容易爬上来的；要是我家里的人瞧见你在这儿，他们一定不让你活命。

罗密欧：我借着爱的轻翼飞过园墙，因为砖石的墙垣是不能把爱情阻隔的；爱情的力量所能够做到的事，它都会冒险尝试，所以我不怕你家里人的干涉。

朱丽叶：要是他们瞧见了你，一定会把你杀死的。

罗密欧：唉！你的眼睛比他们二十柄刀剑还厉害；只要你用温柔的眼光看着我，他们就不能伤害我的身体。

朱丽叶：我怎么也不愿让他们瞧见你在这儿。

罗密欧：朦胧的夜色可以替我遮过他们的眼睛。只要你爱我，就让他们瞧见我吧；与其因为得不到你的爱情而在这世上捱命，还不如在仇人的刀剑下丧生。

朱丽叶：谁叫你找到这儿来的？

罗密欧：爱情怂恿我探听出这一个地方；他替我出主意，我借给他眼睛。我不会操舟驾舵，可是倘使你在辽远辽远的海滨，我也会冒着风波寻访你这颗珍宝。

朱丽叶：幸亏黑夜替我罩上了一重面幕，否则为了我刚才被你听去的话，你一定可以看见我脸上羞愧的红晕。我真想遵守礼法，否认已经说过的言语，可是这些虚文俗礼，现在只好一切置之不顾了！你爱我吗？我知道你一定会说“是的”；我也一定会相信你的话；可是也许你起的誓只是一个谎，人家说，对于恋人们的寒盟背信，天神是一笑置之的。温柔的罗密欧啊！你要是真的爱我，就请你诚意告诉我；你要是嫌我太容易降心相从，我也会堆起怒容，装出倔强的神气，拒绝你的好意，好让你向我婉转求情，否则我是无论如何不会拒绝你的。俊秀的蒙太古啊，我真的太痴心了，所以也许你会觉得我的举动有点轻浮；可是相信我，朋友，总有一天你会知道我的忠心远胜过那些善于矜持作态的人。我必须承认，倘不是你乘我不备的时候偷听去了我的真情的表白，我一定会更加矜持一点的；所以原谅我吧，是黑夜泄漏了我心底的秘密，不要把我的允诺看作无耻的轻狂。

罗密欧：姑娘，凭着这一轮皎洁的月亮，它的银光涂染着这些果树的梢端，我发誓——

朱丽叶：啊！不要指着月亮起誓，它是变化无常的，每个月都有盈亏圆缺；你要是指着它起誓，也许你的爱情也会像它一样无常。

罗密欧：那么我指着什么起誓呢？

朱丽叶：不用起誓吧；或者要是你愿意的话，就凭着你优美的自身起誓，那是我所崇拜的偶像，我一定会相信你的。

罗密欧：要是我的出自深心的爱情——

朱丽叶：好，别起誓啦。我虽然喜欢你，却不喜欢今天晚上的密约；它太仓促、太轻率、太出人意外了，正像一闪电光，等不及人家开一声口，已经消隐了下去。好人，再会吧！这一朵爱的蓓蕾，靠着夏天的暖风的吹拂，也许会在我们下次相见的时候，开出鲜艳的花来。晚安，晚安！但愿恬静的安息同样降临到你我两人的心头！

罗密欧：啊！你就这样离我而去，不给我一点满足吗？

朱丽叶：你今夜还要什么满足呢？

罗密欧：你还没有把你的爱情的忠实的盟誓跟我交换。

朱丽叶：在你没有要求以前，我已经把我的爱给了你了；可是我倒愿意重新给你。

罗密欧：你要把它收回去吗？为什么呢，爱人？

朱丽叶：为了表示我的慷慨，我要把它重新给你。可是我只愿意要我已有的东西：我的慷慨像海一样浩渺，我的爱情也像海一样深沉；我给你的越多，我自己也越是富有，因为这两者都是没有穷尽的。（乳媪在内呼唤）我听见里面有人在叫；亲爱的，再会吧！——就来了，好奶妈！——亲爱的蒙太古，愿你不要负心。再等一会儿，我就会来的。（自上方下。）

罗密欧：幸福的，幸福的夜啊！我怕我只是在晚上做了一个梦，这样美满的事不会是真实的。

朱丽叶自上方重上。

朱丽叶：亲爱的罗密欧，再说三句话，我们真的要再会了。要是你的爱情的确是光明正大，你的目的是在于婚姻，那么明天我会叫一个人到你的地方来，请你叫他带一个信给我，告诉我你愿意在什么地方、什么时候举行婚礼；我就会把我的整个命运交托给你，把你当作我的主人，跟随你到天涯海角。

乳媪：（在内）小姐！

朱丽叶：就来。——可是你要是没有诚意，那么我请求你——

乳媪：（在内）小姐！

朱丽叶：等一等，我来了。——停止你的求爱，让我一个人独自伤心吧。明天我就叫人来看你。

罗密欧：凭着我的灵魂——

朱丽叶：一千次的晚安！（自上方下。）

罗密欧：晚上没有你的光，我只有一千次的心伤！恋爱的人去赴他情人的约会，像一个放学归来的儿童；可是当他和情人分别的时候，却像上学去一般满脸懊丧。（退后。）

朱丽叶自上方重上。

朱丽叶：嘘！罗密欧！嘘！唉！我希望我会发出呼鹰的声音，招这只鹰儿回来。我不能高声说话，否则我要让我的喊声传进厄科的洞穴，让她的无形的喉咙因为反复叫喊着我的罗密欧的名字而变成嘶哑。

罗密欧：那是我的灵魂在叫喊着我的名字。恋人的声音在晚间多么清婉，听上去就像最柔和的音乐！

朱丽叶：罗密欧！

罗密欧：我的爱！

朱丽叶：明天我应该在什么时候叫人来看你？

罗密欧：就在九点钟吧。

朱丽叶：我一定不失信；挨到那个时候，该有二十年那么长久！我记不起为什么要叫你回来了。

罗密欧：让我站在这儿，等你记起了告诉我。

朱丽叶：你这样站在我的面前，我一心想着多么爱跟你在一块儿，一定永远记不起来了。

罗密欧：那么我就永远等在这儿，让你永远记不起来，忘记除了这里以外还有什么家。

朱丽叶：天快要亮了；我希望你快去；可是我就好比一个淘气的女孩子，像放松一个囚犯似的让她心爱的鸟儿暂时跳出她的掌心，又用一根丝线把它拉了回来，爱的私心使她不愿意给它自由。

罗密欧：我但愿我是你的鸟儿。

朱丽叶：好人，我也但愿这样；可是我怕你会死在我的过分的爱抚里。晚安！晚安！离别是这样甜蜜的凄清，我真要向你道晚安直到天明！（下。）

罗密欧：但愿睡眠合上你的眼睛！

但愿平静安息我的心灵！

我如今要去向神父求教，

把今宵的艳遇诉他知晓。（下。）

（朱生豪 / 译）

拜伦《恰尔德·哈洛尔德游记》（节选）

拜伦（1788—1824），英国浪漫主义诗人，出身贵族。拜伦的重要代表作有长篇叙事诗《恰尔德·哈洛尔德游记》《唐璜》等。拜伦是一个有强烈反抗精神和自我意识的诗人，他对社会的态度是“独自反抗你们全体！”他的反对者当年把拜伦称为“恶魔”，中国的鲁迅则在《摩罗诗力说》中激赏这种以拜伦为代表的“争天拒俗”“立意在反抗，旨归在动作”的“摩罗”（魔鬼之意）精神，把拜伦推为摩罗诗人之首。拜伦在作品里塑造了一批“拜伦式的英雄”，他们傲世独立，悲观阴郁，对既有的社会秩序和文明制度持激烈的批判、否定态度，个人虚无主义色彩浓重，这些打着拜伦自身叛逆印迹的个人主义英雄对后来的浪漫主义文学颇有影响。

《恰尔德·哈洛尔德游记》是诗人的重要代表作，描写了厌倦生活的英国贵族青年哈洛尔德在欧洲大陆各地旅行的见闻和思考，写于不同的时期，其中的第一、第二章是诗人的成名作，甫一发表便震动欧洲文坛，如诗人在日记中所写：“当我在清晨醒来，已经名声远扬，成了诗坛上的拿破仑。”这里的诗歌节选自《恰尔德·哈洛尔德游记》第三章，可以看到，哈洛尔德对自然的热爱和他对自由的热爱、对人世的厌憎相联，一个对世界有自己的深刻观察和判断、愤世嫉俗的孤独者形象跃然纸上。

二

又到了海上！又一次以海为家！
我欢迎你，欢迎你，吼叫的波浪！
我身下的汹涌的海潮象识主的骏马；
快把我送走，不论送往什么地方，
虽然那紧张的桅杆要象芦苇般摇晃，
虽然破裂的帆篷会在大风中乱飘，

然而我还是不得不流浪去他乡，
因为我象从岩石上掉下的一棵草，
将在海洋上漂泊，不管风暴多凶，浪头多么高。

三

在青春的黄金时代，我曾歌咏一人，
那反抗自己抑郁心灵的漂泊的叛逆；
现在来从提过去说开头的事情，
象疾风推浮云前进，让我把它说到底。
从这故事，我发现往昔思想的痕迹，
还有干了的眼泪，它们逐渐地湮灭，
但留下一条荒凉的小径；就从这里，
以沉重的脚步，踏着生命的沙土，岁月
逝去了；这生命的最后的沙土，没有一花一叶。

四

也许因年轻时欢乐和苦痛的激情，
我的心、我的琴都折断了一根弦，
它们都会发出刺耳的嘈杂声音，
现在重弹旧调，怕也难以改善；
虽然我的曲调是沉闷的，抑郁不欢，
然而为着这歌儿能够帮助我脱离
自私的悲欢梦境——那是多么可厌，
而使我陶醉于忘掉一切的境界里，
它至少对于我（也只对我）不算是无益的主题。

五

谁要是凭着经历而不是靠年岁，
熟知这悲惨世界，看透了人生，

那么他就会把一切看得无所谓；
尘世上的荣誉、野心、悲哀、斗争、爱情，
都再也不能用那尖刀刺痛他的心，
留下无声而剧烈的痛苦，在他心坎上；
他知道何以思想要到寂寞的洞穴里退隐，
而那洞穴里，却充满着活泼的幻想，
在拥挤的脑海里还留着陈旧而完好的形象。

六

为了创造并在创造中活得更活泼，
我们把种种幻想变成具体的形象，
同时照着我们幻想的生活而生活，
简而言之，就象我如今写着诗行。
我是什么？空空如也。你却不一样，
我思想之魂！我和你一起漂泊各地，
虽然不可见，却总凝视着万象，
我已经和你变成了浑然的一体，
你总是在我身边，即使在我情感枯竭之际。

七

但是我不应该想得这么热狂、杂乱，
我已经想得太阴郁，而且也太多，
我的头脑在动荡中沸腾，过分疲倦，
变成一团狂热和火焰急转着的漩涡。
从青年时代起，我的心就不受束缚，
所以我的生命之泉已经受了毒害。
已经太迟了！然而我已非故我，
虽然时间治不好的痛苦，我仍能忍耐；
虽然依旧吃得下苦果，而不责怪命运，自怨自艾。

一二

可是不久他就醒悟，知道他自己
最不适合与人们为伍，在人群中厮混；
他同人们格格不入，志趣迥异；
岂肯随声附和，虽然他的灵魂，
在年青时，曾被自己的思想所战胜；
他特立独行，怎肯把心的主权
割让给心灵所反对的那些庸人；
在孤独中感到骄傲，因为即使孤单，
人在离群索居时，别有一种生活，会被发现。

一三

起伏的山峦都象是他知心的朋友，
波涛翻腾着的大海是他的家乡；
他有力量而且也有热情去浪游，
只要那里有蔚蓝的天和明媚风光；
沙漠、森林、洞窟以及海上的白浪，
这些都是他的伴侣，都使他留恋；
它们有着共通的语言，明白流畅，
胜过他本国的典籍——他常抛开一边，
而宁肯阅读阳光写在湖面上的造化的诗篇。

三三

宛如一块裂成许多碎块的破镜，
变成许多小小的镜子，一面一面；
越是破碎，就会映出越多的人影。
会把一个人的影子化作几千；
而那忘不掉往事的心何独不然，
破碎地活着；它冰冷、憔悴而孤独，

在慢慢长夜里悲痛得不能成眠，
躯壳不死，它的愁苦总难以消除，
哪种苦痛深藏不露，因为是言语无法倾诉。

四七

它们矗立着，仿佛是孤高的心灵，
虽然憔悴，但是又决不象庸众折腰，
里面空无一人，唯有风从缝隙吹进；
只能跟浮云暗暗地交谈，这些古堡；
曾经有一天，它们是年青而骄傲，
下方进行着战争，旗帜飘扬在上空；
但如今那些战斗的，早已魄散魂销，
那些飘扬的，连灰烬也无影无踪，
留下荒凉的城垛，也永不会再遭炮火进攻。

七五

山峰、湖泊以及蓝天难道不属于我
和我的灵魂，如同我是它们的一部分？
我对它们的眷爱，在我深深的心窝，
是否真诚纯洁？叫我怎能不看轻
其他一切，假使同山水和苍穹比并？
我又怎能不抵挡那恼人的浊浪，
而抛弃这些感情，学那些庸碌之人，
换上一副麻木而世俗的冰冷心肠？
庸人的眼只注视泥坑，他们的思想怎敢发光。

八九

天地寂然，虽则并没有沉沉酣睡，
但忘了呼吸，象人在感触最深时一般；

静静地，正如人思索得如痴如醉：
天地寂然，从高远的星空灿烂，
到平静安宁的湖水和环抱的群山，
一切的一切集中于一个实在的生命，
无论是一线光、一阵风、一张叶瓣，
都不遗失，而成了存在的一部分，
各各感到了万物的创造者和卫护者的真纯。

九〇

于是深深激起宇宙无穷的感慨，
尤其在孤寂中——其实是最不寂寥；
这种感触是真理，它通过我们的存在，
又渗透而摆脱了自我；它是一种音调，
称为音乐的灵魂和源泉，使人明了
永恒的谐和；好象西塞里亚的腰带，
它复有着一种魔力，能够产生奇效，
一切东西缚上了它，就美得勾人喜爱，
它使得死之魔影也再不能对我们有所损害。

一一三

我没有爱过这人世，人世也不爱我；
它的臭恶气息，我从来也不赞美；
没有强露欢颜去奉承，不随声附和，
也未曾向它偶像崇拜的教条下跪，
因此世人无法把我当作同类；
我侧身其中，却不是他们中的一人；
要是没有屈辱自己，心灵沾上污秽，
那么我也许至今还在人海中浮沉，
在并非他们的、而算作他们的思想的尸衣下栖身。

（杨熙龄／译）

哈代《德伯家的苔丝》（节选）

托马斯·哈代（1840—1928），英国悲观主义乡土小说家、诗人、剧作家。哈代以他生长的英格兰西南部的多塞特郡一带为背景，创作了“威塞克斯小说”系列乡村题材的小说，描写在十九世纪末、二十世纪初的资本主义危机的冲击下，英国农村市镇生活中的悲剧性故事。哈代从古老宗法文明下的宿命论思想出发，再加接受古希腊悲剧的命运观念和叔本华的生命悲剧哲学观念，形成了一种宿命论的悲观世界观：他认为支配宇宙的是一种不知善恶、冷酷无情、没有知觉的“内在意志”，而支配人类命运的就是这种弥漫宇宙的“意志”。哈代作品的独特魅力和这种悲剧观念有很大关系。

《德伯家的苔丝》是哈代“威塞克斯”系列中的一部力作，作品描写了一个乡村姑娘的悲剧命运。苔丝是一个纯洁貌美的农家少女，受东家少爷所诱而失身，尽管她后来找到了自己的真爱，但她所爱的丈夫却因为她的过去而不能原谅她。为了获得爱情，苔丝最后杀死了少爷，在与丈夫短暂欢聚后，走上了绞刑台。哈代在刚发表这部小说时曾给这部小说加了个“一个纯洁女子的真实写照”的副标题，以表示对苔丝的命运的同情，却引发了和维多利亚时代道德观念的冲突。以下节选自《德伯家的苔丝》五十八章，苔丝杀死亚雷、和克莱尔短聚后，逃亡至古老的神庙，最终被捕。这里的神庙有象征意味，在石板上睡觉、在太阳升起来前被捕的苔丝有如祭台上向太阳献祭的神圣而纯洁的祭品，命运的悲剧性和不可抗拒性即显示其中。

那天的夜晚尤其阴沉，尤其宁静。半夜过后，苔丝悄悄地向他讲述了他梦游的故事，说他怎样在睡梦里抱着她，冒着两个人随时都会掉进河里淹死的危险，从佛卢姆河的桥上走过，把她放在寺庙废墟中的一个石头棺材里。直到现在苔丝告诉了他，他才知道了这件事。

“第二天你为什么不告诉我呢？”他说。“如果你告诉了我，许多误会和痛苦也许就避免了。”

“过去了的事就不要再想了吧！”她说。“除了我们的此时此刻而外，我什么都不去想。我们不要去想！又有谁知道明天会发生什么事呢？”

不过第二天显然没有悲伤痛苦。早上潮湿多雾，克莱尔昨天已经听人说过，看管房子的人只是在天晴的时候才来开窗户，所以他就把苔丝留在房间里继续睡觉，自己大胆地走出房间，把整座房子查看了一遍，屋内虽然没有食物，但是有火。于是他就利用闹雾的天气，走出屋外，到两三英里以外的一个小地方的店铺里，买了茶点、面包和黄油，还买了一个铁皮水壶和一个酒精灯，这样他们就有了不冒烟的火了。他回来时把苔丝惊醒了；于是他们就一起吃他买回来的东西，当了一顿早饭。

他们都不想到外面去，只是待在屋里；白天过去了，夜晚来临了，接着是另一天，然后又是另一天；在不知不觉中，他们差不多就这样在绝对隐蔽的地方度过了五天，看不见一个人影，也听不到一点人声，没有谁来打扰他们的平静。天气变化是他们唯一的大事，陪伴他们的也只有新林的鸟儿。他们都心照不宣，几乎一次也没有提起过婚后的任何一件事情。他们中间那段悲伤的日子似乎在天地开辟之前的混沌中消失了，现在的和过去的欢乐时光又重新连接起来，仿佛从来就没有中断似的。每当他提出离开他们躲藏的屋子到南桑普顿或者伦敦去，她总是令人奇怪地表示不愿意离开。

“一切都是这样恩爱甜蜜，我们为什么要结束它呢！”她恳求说。“要来的总是躲不掉的。”她从百叶窗的缝隙中看着外面说：“你看，屋外都是痛苦，屋内才是美满啊。”

他也向外面看去。她说得完全对：屋内是爱情、和谐、宽恕，屋外却是冷酷、无情。

“而且——而且，”她把自己的脸贴在他的脸上说；“你现在这样对待我，我担心也许不会长久。我希望永远拥有你现在这份情意。我不愿意失去它。我情愿在你瞧不起我的那一天到来的时候，我已经死了，埋掉了，那样我就永远不会知道你瞧不起我了。”

“我永远也不会瞧不起你的。”

“我也希望如此，可是一想到我这一生的遭遇，我总以为别人早晚都要瞧不起我的。……我真是一个可恶的疯子呀！可是从前，我连一只苍蝇、一条小虫都不敢伤害，看见关在笼子里的小鸟，也常常要悲伤流泪。”

他们在那座屋子里又待了一天。晚上，阴沉的天气晴朗了，因此照看房子的老太太很早就在她的茅屋里醒了。灿烂的朝阳使她精神异常爽快，于是决定立即就去把那座屋子的窗户打开，在这样好的天气里让空气流通。因此在六点钟以前，她就来到那座屋子，把楼下房间的窗户打开了，接着又上楼去开卧室的窗户；她来到克莱尔和苔丝躲藏的那个房间，就用手去转动门上的把手。就在这个时候，她认为自己听见房间里有人呼吸的声音。她脚上穿着便鞋，年纪又大，所以走到房间门口也没有弄出一点儿声音。她听见声音，就急忙退了回去。后来，她想也许是自己听错了，就又转身走到门口，轻轻地转动门上的把手。门锁已经坏了，但是有一件家具被搬过来，从里面把门挡住。老太太无法完全把门打开，只打开了一两英寸。早上太阳的光线穿过百叶窗的缝隙，照射在一对正在酣睡着的人的脸上，苔丝的嘴半张着，就像是在克莱尔的脸旁半开的一朵鲜花。照看房子的老太太看见他们睡在那儿，样子是那样纯真；她看见苔丝挂在椅子上的长袍，看见长袍旁边的丝织长袜和漂亮的小阳伞，还有苔丝没有别的可穿而穿来的其它几件衣服，被它们的华美高雅深深打动了；她最初以为他们是妓女流氓，心里十分生气，现在看来他们好像是上流社会一对私奔的情侣，于是心中的愤怒便化作了一阵怜爱。她把门关上，像来的时候那样轻轻地离开，找她的邻居商量她的奇怪发现去了。

老太太走后不到一分钟，苔丝就醒了，接着克莱尔也醒了。他们两个人都觉得出现过打扰他们的事，但是他们又说不清楚是什么事；因此他们心中产生的不安情绪也就越来越强烈了。克莱尔穿好衣服，立即从百叶窗上两三寸宽的窄缝中向外仔细观察。

“我想我们要立即离开了，”他说。“今天是一个晴天。我总觉得房子里有什么人来过。无论如何，那个老太太今天肯定是要来的。”

苔丝只好同意，于是他们收拾好房间，带上属于他们的几件物品，不声不响地离开了那座屋子。在他们走进新林的时候，苔丝回过头去，向那座屋子望了最后一眼。

“啊，幸福的屋子啊——再见吧！”她说。“我只能活上几个礼拜了。我们为什么不待在那儿呢？”

“不要说这种话，苔丝！不久我们就要完全离开这个地方了。我们要按照我们当初的路线走，一直朝北走。谁也不会想到上那儿去缉拿我们的。他们要是缉拿我们，一定是在威塞克斯各个港口寻找。等我们到了北边，我们就可以从一个港口离开。”

苔丝被说服以后，他们就按计划行事，径直朝北走。他们在那座屋子里休息了这样长的时间，现在走路也有了力气；到了中午，他们走到了恰好挡住他们去路的尖塔城梅尔彻斯特的附近。克莱尔决定下午让苔丝在一个树丛里休息，到了晚上在黑夜的掩护下赶路。克莱尔在黄昏时又像往常一样去买了食物，开始在夜晚中往前走。到了八点左右，他们就走过了上威塞克斯和中威塞克斯之间的边界。

苔丝早就习惯在乡野里走路而不管道路如何，因此她走起路来就显得轻松自如。他们必须从阻挡着他们的那座古老城市梅尔彻斯特穿过去，这样他们就可以从城里那座桥上通过挡住他们去路的大河。到了午夜时候，街道上空无一人，他们借着几盏闪烁不定的街灯走着，避开人行道，免得走路的脚步声引起回响。朦胧中出现在他们左边的那座堂皇雄伟的大教堂，现在已经从他们的眼前消失了。他们出了城，沿着收税栅路走，往前走了几英里，就进了他们要穿过的广阔平原。

先前虽然天上乌云密布，但是月亮仍然洒下散光，对他们走路多少有一些帮助。现在月亮已经落下去了，乌云似乎就笼罩在他们的头上，天黑得伸手不见五指。但是他们摸索着往前走，尽量走在草地上，免得脚步发出响声。这是容易做到的，因为在她们周围，既没有树篱，也没有任何形式的围墙。他们四周的一切都是空旷的寂静和黑夜的孤独，还有猛烈的风不停吹着。

他们就这样摸索着又往前走了两三英里，克莱尔突然感觉到，他的面前有一座巨大的建筑物，在草地上顶天而立。他们几乎撞到了它的上面。

“这是一个什么古怪地方呢？”安琪尔说。

“还在嗡嗡响呢，”她说。“你听！”

他听了听。风在那座巨大的建筑物中间吹着，发出一种嗡嗡的音调，就像是一张巨大的单弦竖琴发出的声音。除了风声，他们听出还有其它的声音。克莱尔把一双手伸着，向前走了一两步，摸到了那座建筑物垂直的表面。它似乎是整块的石头，没有接缝，也没有花边。他继续用手摸去，发现摸到的是一根巨大的方形石柱；他又伸出左手摸去，摸到附近还有一根同样的石柱。在他的头顶上，高高的空中还有一件物体，使黑暗的天空变得更加黑暗了，它好像是把两根石柱按水平方向连接起来的横梁。他们小心翼翼地从两根柱子中间和横梁底下走了进去；他们走路的沙沙声从石头的表面发出回声，但他们似乎仍然还在门外。这座建筑是没有屋顶的。苔丝感到害怕，呼吸急促起来，而安琪尔也感到莫名其妙，就说——

“这里是什么地方呢？”

他们向旁边摸去，又摸到一根和第一根石柱同样高大坚硬的方形石柱，然后又摸到一根，再摸到一根。这儿全是门框和石柱，有的石柱上面还架着石梁。

“这是一座风神庙！”克莱尔说。

下面一根石柱孤零零地矗立着；另外有些石柱都是两根竖着的石柱上面横着一根石柱；还有一些石柱躺在地上，它们的两边形成了一条通道，宽度足可以通过马车；不久他们就弄明白了，原来在这块平原的草地上竖立的石柱，一起形成了一片石林。他们两个人继续往前走，一直走进黑夜中这个由石柱组成的亭台中间。

“原来是史前神庙。”克莱尔说。

“你是说这是一座异教徒的神庙？”

“是的。比纪元前还要古老；也比德贝维尔家族还要古老！啊，我们怎么办哪，亲爱的？再往前走我们也许就可以找到一个栖身的地方了。”

但是苔丝这一次倒是真正累了，看见附近有一块长方形石板，石板的一头有石柱把风挡住，于是她就在石板上躺下来。由于白天太阳的照射，这块石板既干燥又暖和，和周围粗糙冰冷的野草相比舒服多了，那时候她的裙子和鞋子已经被野草上的露水弄湿了。

“我再也不想往前走了，安琪尔，”她把手伸给克莱尔说。“我们不能在这儿过一夜吗？”

“恐怕不行。这个地点现在虽然觉得别人看不见，但是在白天，好几英里以外都能够看见的。”

“现在我想起来了，我母亲娘家有一个人是这儿附近的一个牧羊人。在泰波塞斯你曾经说我是一个异教徒，所以我现在算是回了老家啦。”

克莱尔跪在苔丝躺着的身旁，用自己的嘴唇吻着她的嘴唇。

“亲爱的，想睡了吧？我想你正躺在一个祭坛上。”

“我非常喜欢躺在这儿，”她嘟哝着说。“这儿是这样庄严，这样僻静，头上只有一片苍天——我已经享受过巨大的幸福了。我觉得，世界上除了我们两个而外，仿佛没有其他的人了；我希望没有其他的人，不过丽莎·露除外。”

克莱尔心想，她不妨就躺在这儿休息，等到天快亮的时候再走；于是他把自己的外套脱下来盖在她的身上，在她的身旁坐下。

“安琪尔，要是我出了什么事，你能不能看在我的份上照看丽莎·露？”风声在石柱中间响着，他们听了好久，苔丝开口说。

“我会照顾她的。”

“她是那样善良，那样天真，那样纯洁。啊，安琪尔——要是你失去了我，我希望你会娶了她。啊，要是你能够娶她的话！”

“要是我失去了你，我就失去了一切！她是我的姨妹啊。”

“那是没有关系的，亲爱的。在马洛特村一带时常有跟小姨子结婚的；丽莎·露是那样温柔、甜美，而且还越长越漂亮了。啊，当我们大家都变成了鬼魂，我也乐意和她一起拥有你啊！安琪尔，你只要训练她，教导她，你就可以把她也培养得和你自己一样了！……我的优点她都有，我的坏处她一点儿也没有；如果她将来做了你的妻子，我就是死了，我们也是无法分开的了。……唉，我已经说过了。我不想再提了。”

她住了口，克莱尔听了也陷入了深思。从远处东北方向的天上，他看见石柱中间出现了一道水平的亮光。满天的乌云像一个大锅盖，正在整个地向上揭起，把姗姗来迟的黎明从大地的边上放进来，因此矗立在那儿的孤独石柱和两根石柱加一根横梁的牌坊，也露出了黑色的轮廓。

“他们就是在这儿向天神献祭吗？”她问。

“不！”他说。

“那么向谁呢？”

“我认为是向太阳献祭的。那根高高的石头柱子不就是朝着太阳的方向安放的吗，一会儿太阳就从它的后面升起来了。”

“亲爱的，这让我想起一件事来，”她说。“在我们结婚以前，你说你永远不会干涉我的信仰，你还记不记得？其实我一直明白你的思想，像你一样去思考——而不是从我自己的判断去思考，因为你怎样想。我就怎样想。现在告诉我吧，安琪尔，你认为我们死后还能见面吗？我想知道这件事。”

他吻她，免得在这种时候去回答这个问题。

“啊，安琪尔——恐怕你的意思是不能见面了！”她尽力忍着哽咽说。“我多想再和你见面啊——我想得多厉害啊，多厉害啊！怎么，安琪尔，即使像你和我这样相爱，都还不能再见面吗？”

安琪尔也像一个比他自己更伟大的人物[1]一样，在这样一个关键时候对于这样一个关键问题，不作回答，于是他们两个人又都沉默起来。过了一两分钟，苔丝的呼吸变得更加均匀了，她握着安琪尔的那只手放松了，因为她睡着了。东方的地平线上出现了一道银灰色的光带，大平原上远处的部分在那道光带的映衬下，变得更加黑暗了，也变得离他更近了。那一片苍茫的整个景色，露出了黎明到来之前的常有的特征，冷漠、含蓄、犹豫。东边的石柱和石柱上方的横梁，迎着太阳矗立着，显得黑沉沉的。在石柱的外面可以看见火焰形状的太阳石，也可以看见在石柱和太阳石之间的牺牲石。晚风很快就停止了，石头上由杯形的石窝形成的小水潭也不再颤抖了。就在这个时候，东边低地的边缘上似乎有什么东西在移动——是一个黑色的小点。那是一个人的头，正在从太阳石后面的洼地向他们走来。克莱尔后悔没有继续往前走，但是现在只好决定坐着不动。那个人影径直向他们待的那一圈石柱走来。

他听见他的后面传来声音，那是有人走路的脚步声。他转过身去，看见躺在地上的柱子后面出现了一个人影；他还看见在他附近的右边有一个，在他左边的横梁下也有一个。曙光完全照在从西边走来的那个人的脸上，克莱尔在曙光里看见他个子高大，走路像军人的步伐。他们所有的人显然是有意包围过来的。苔丝说的话应验了！克莱尔跳起来，往四周看去，想寻找一件武器，寻找一件松动的石头，或者寻找一种逃跑的方法什么的，就在这个时候，那个离他最近的人来到了他的身边。

“这是没有用的，先生，”他说，“在这个平原上我们有十六个人，这儿整个地区都已经行动起来了。”

“让她把觉睡完吧！”在他们围拢来的时候，他小声地向他们恳求说。

直到这个时候，他们才看见她睡觉的地方，因此就没有表示反对，而是站在一旁守着，一动也不动，像周围的柱子一样。他走到她睡觉的那块石头跟前，握住她那只可怜的小手；那时候她的呼吸快速而又细弱，和一个比女人还要弱小的动物的呼吸一样。天越来越亮了，所有的人都在那儿等着，他们的脸和手都仿佛镀上了一层银灰色，而他们身体的其它部分则是黑色的，石头柱子闪耀着灰绿色的光，平原仍然是一片昏暗。不久天大亮了，太阳的光线照射在苔丝没有知觉的身上，透过她的眼睑射进她的眼里，把苔丝唤醒了。

“怎么啦，安琪尔？”她醒过来说。“他们已经来抓我了吧？”

“是的，最亲爱的，”他说。“他们已经来啦。”

“他们是该来啦，”她嘟哝着说。“安琪尔，我一直感到高兴——是的，一直感到高兴！这种幸福是不能长久的，因为它太过份了。我已经享够了这种幸福；现在我不会活着等你来轻视我了！”

她站起来，抖了抖身子，就往前走，而其他的人一个也没有动。

“现在可以走了。”她从容地说。

〖注解〗

（1）一个比他自己更伟大的人物，指耶稣。据《马太福音》说，耶稣在受到审判时，拒不回答，于是被钉上了十字架。

（王忠祥　聂珍钊 / 译）

乔伊斯《尤利西斯》（节选）

詹姆斯·乔伊斯（1882—1941），爱尔兰意识流小说大师，被誉为二十世纪最伟大的小说家。《尤利西斯》是乔伊斯的意识流代表作，是世界小说史上最富于实验性与创造性的经典力作，也是最有争议、最难读懂的现代主义文本，而乔伊斯本人则宣称："我在这本书里设置了那么多迷津，它将迫使几个世纪的教授学者来争论我的原意"，"这是确保不朽的唯一途径。"

《尤利西斯》的书名和小说框架都借鉴自古希腊荷马史诗《奥德修纪》（奥德修的拉丁文名即尤利西斯），对影响西方文化的源头性经典作品《奥德修纪》采用了互文性策略，以使这部作品得到一种深广的象征意义。乔伊斯根据尤利西斯（即奥德修）自特洛伊战争结束后远涉重洋、历史经艰难险阻、最后重返家园的故事结构叙述他笔下的主人公、爱尔兰都柏林市民布卢姆在一九〇四年六月十四日这一天从早晨八时到深夜二时四十五分的生活经历，全书共十八章，每一章讲述一个小时内发生的事情，同时又和荷马史诗《奥德修纪》中的某一章对应，并借鉴《奥德修纪》的三个主人公展开故事：荷马史诗中的奥德修在海上的十年漂泊历险对应着爱尔兰市民利奥波德·布卢姆在都柏林街道巷中的一天的无所事事的漫步，奥德修在历险中、在保卫家园、击杀向他妻子求婚的侵入者时所表现出的智慧勇敢对应着布卢姆作为现代人的琐碎卑微，荷马史诗中奥德修妻子、那个忠贞的王后帕涅罗佩对应着布卢姆放荡的歌女妻子摩莉·布卢姆，奥德修的坚毅务实的儿子忒勒玛科斯对应着年轻的中学教师斯蒂芬，后者为虚无主义所主导，沉溺于对不切实际的现代哲学、文学艺术理论的冥思里，并在酗酒嫖妓打斗中寻找刺激，因打斗受伤为布卢姆所救，才和布卢姆形成了精神父子关系。在古希腊英雄史诗《奥德修纪》的故事框架和人物对比下，在这种古今平行关系的对比象征描述中，《尤利西斯》对平庸的现代爱尔兰人的描绘，对爱尔兰所面临的时代危机的揭示，成为对所有现代人的庸碌生活的象征性展示，预示了整个人类和现代生活的危机，《尤利西斯》

也在这个意义上成为西方社会精神崩溃的现代史诗。

以下节选自《尤利西斯》的第二部第四章，主人公奥利波德·布卢姆从这里开始出现，吃完早餐，出门闲逛，先买了副爱吃的腰子，这里，对当下城市生活场景和对人物行为的细节刻画、人们的闲聊和布卢姆的混乱的意识流动交织在一起，是作者笔下的人物布卢姆主观感受到的真实，布卢姆的身世、性格如何，他和妻子摩莉、和周围人的关系如何，都没有采用传统作品中的交代方式，因为乔伊斯认为，艺术作品应该消灭作者的人格，让作者退出小说，只让事实做客观的呈现。现在小说里的事实是以卑琐的形式出现的，作者用了一种“处心积虑的卑琐文体”。正是这种卑琐感，才能和荷马史诗里的崇高感形成强烈反差。

利奥波德·布卢姆先生吃起牲口和家禽的下水来，真是津津有味。他喜欢浓郁的杂碎汤、有嚼头的胗、填料后用文火焙的心、裹着面包渣儿煎的肝片和炸雌鳕卵。他尤其爱吃在烤架上烤的羊腰子。那淡淡的骚味微妙地刺激着他的味觉。

当他脚步轻盈地在厨房里转悠，把她早餐用的食品摆在盘底儿隆起来的托盘上时，脑子里想的就是腰子的事。厨房里，光和空气是冰冷的，然而户外却洋溢着夏晨的温煦，使他觉得肚子有点饿了。

煤块燃红了。

再添一片涂了黄油的面包，三片，四片，成啦。她不喜欢把盘子装得满满的。

他把视线从托盘移开，取下炉架上的开水壶，将它侧着坐在炉火上。水壶百无聊赖地蹲在那儿，噘着嘴。很快就能喝上茶了。蛮好。口渴啦。

猫儿高高地翘起尾巴，绷紧身子，绕着一条桌腿走来走去。

“喵！”

“哦，你在这儿哪。”布卢姆先生从炉火前回过头去说。

猫儿回答了一声“咪”，又绷紧身子，绕着桌腿兜圈子，一路咪咪叫着。它在我的书桌上踅行时，也是这样的。噗噜噜。替我挠挠头。噗噜噜。

布卢姆先生充满好奇地凝视着它那绵软的黑色身姿，看上去干净利落，柔滑的毛皮富于光泽，尾根部一块尾根部一块纽扣状的白斑，绿色的眼睛闪闪发光。他双手扶膝，朝它弯下身去。

“小猫咪要喝牛奶喽。”他说。

“喵！”猫儿叫了一声。

大家都说猫笨。其实，它们对我们的话理解得比我们对它们更清楚。凡是它想要理解的，它全能理解。它天性还记仇，并且残忍。奇怪的是老鼠从来不嗞嗞叫，好像蛮喜欢猫儿哩。我倒是很想知道我在它眼里究竟是个什么样子。高得像座塔吗？不，它能从我身上跳过去。

“它害怕小鸡哩，”他调侃地说，“害怕咯咯叫的小鸡。我从来没见过像小猫咪这么笨的小猫。”

“喵噢！”猫儿大声说了。

它那双贪馋的眼睛原是羞涩地阖上的，如今眨巴着，拉长声调呜呜叫着，露出乳白色牙齿。他望着它那深色眼缝贪婪地眯得越来越细，变得活像一对绿宝石。然后他到食具柜前，拿起汉隆[(1)]那家送牛奶的刚为他灌满的罐子，倒了一小碟还冒着泡的温奶，将它慢慢地搁在地板上。

“咯噜！”猫儿边叫着边跑过去舔。

它三次屈身去碰了碰才开始轻轻地舔食，口髭在微光中像钢丝般发着亮。他边注视着，边寻思：说要是把猫那撮口髭剪掉，它就再也捕不到老鼠了，不晓得会不会真是那样。这是为什么呢？兴许是由于它那口髭的尖儿在暗处发光吧。要么就是在黑暗中起着触角般的作用。

他侧耳听着它吱吱吱舔食的声音。做火腿蛋吧，可别。天气这么干旱，没有好吃的蛋。缺的是新鲜的清水。星期四嘛，巴克利那家店里这一天也不会有可口的羊腰子。用黄油煎过以后，再撒上胡椒面吧。烧着开水的当儿，不如到德鲁加茨肉铺去买副猪腰子。猫儿放慢了舔的速度，然后把碟子舔个一干二净。猫舌头为什么那么粗糙？上面净是气孔，便于舔食。有没有它可吃的东西呢？他四下里打量了一番。没有。

他穿着那双稍微吱吱响的靴子，攀上楼梯，走到过道，并在寝室门前停下来。

她也许想要点好吃的东西。早晨她喜欢吃涂了黄油的薄面包片。不过，也许偶尔要换换口味。

他在空荡荡的过道里悄声儿说：

“我到拐角去一趟，一会儿就回来。”

他听见自己说这话的声音之后，就又加上一句，

“早餐你想来点儿什么吗？”

一个半睡半醒中的声音轻轻地咕哝道：

“唔。”

不，她什么都不要。这时，他听到深深的一声热乎乎的叹息。她翻了翻身，床架上那松垮垮的黄铜环随之丁零当啷直响。叹息声轻了下来。真得让人把铜环修好。可怜啊。还是老远地从直布罗陀运来的呢。她那点西班牙语也忘得一干二净了。不知道她父亲在这张床上花了多少钱，它是老式的。啊，对，当然喽。是在总督府举办的一次拍卖会上几个回合就买下的。老特威迪在讨价还价方面可真精明哩。是啊，先生。那是在普列文[2]。我是行伍出身的，先生，而且以此为自豪。他很有头脑，竟然垄断起邮票生意来了。这可是有先见之明。

他伸手从挂钩上取下帽子。那下面挂的是绣着姓名首字的沉甸甸的大笔和从失物招领处买到的处理雨衣。邮票。背面涂着胶水的图片。军官们从中捞到好处的不在少数。当然喽。他的帽里儿上那汗碱斑斑的商标默默地告诉他，这是顶普拉斯托的高级帽子。他朝帽子衬里上绷得那圈鞣皮瞥了一眼。一张白纸片[3]十分安全地夹在那里。

他站在门口的台阶上，摸了摸后裤兜，找大门钥匙。咦，不在这儿，在我脱下来的那条裤子里。得把它拿来。土豆[4]倒是还在。衣橱总咯吱咯吱响，犯不上去打扰她。刚才她翻身的时候还睡意蒙眬呢。他悄悄地把大门带上，又拉严实一些，直到门底下的护皮轻轻地覆盖住门槛，就像柔嫩的眼皮似的。看来是关严了。横竖在我回来之前，蛮可以放心。

他躲开七十五号门牌的地窖那松散的盖板，跨到马路向阳的那边。太阳快照到乔治教堂的尖顶了。估计这天挺暖和。穿着这套黑衣服，就更觉得热了。黑色是传热的，或许反射（要么就是折射吧？）热。可是我总不能穿浅色的衣服去呀。那倒像是去野餐哩。他在洋溢着幸福的温暖中踱步，时常安详地闭上眼睑。博兰食品店的面包车正用托盘送着当天烤的面包，然而她更喜欢隔天的面包，两头烤得热热的，外壳焦而松脆，吃起来觉得像是恢复了青春。清晨，在东方的某处，天刚蒙蒙亮就出发，抢在太阳头里环行，就能赢得一天的旅程。按道理说，倘若永远这么坚持下去，就一天也不会变老。沿着异域的岸滩一路步行，来到一座城门跟前。那里有个上了年纪的岗哨，也是行伍出身，留着一副老特威迪那样的大口髭，倚着一杆长矛枪，穿过有遮篷的街道而行。一张张缠了穆斯林头巾的脸走了过去。黑洞洞的地毯店，身材高大的可怕的土耳克[5]盘腿而坐，抽着螺旋管烟斗。街上是小贩的一片叫卖声。喝那加了茴香的水，冰镇果汁。成天溜溜达达。兴许会碰上一两个强盗哩。好，碰上就碰上。太阳快落了。清真寺的阴影投射到一簇圆柱之间。手捧经卷的僧侣。树枝颤悠了一下，晚风即将袭来的信号。我走过去。金色的天空逐渐暗淡下来。一位做母亲的站在门口望着我。她用难懂的语言把孩子们喊回家去。高墙后面发出弦乐声。夜空，月亮，紫罗兰色，像摩莉的新袜带的颜色；琴弦声。听。一位少女在弹奏着一种乐器——叫什么来着？大扬琴。我走了过去。

其实，也许完全不是那么回事。在书上可以读到沿着太阳的轨道前进这套话。扉页上是一轮灿烂的旭日。他暗自感到高兴，漾出微笑。阿瑟·格里菲思[(6)]曾提过《自由人报》[(7)]社论花饰：自治的太阳从西北方向爱尔兰银行后面的小巷冉冉升起。他继续愉快地微笑着。这种说法有着犹太人的味道，自治的太阳从西北方冉冉升起。

他走近了拉里·奥罗克的酒店。隔着地窖的格子窗飘出走了气的黑啤酒味儿。

从酒店那敞着的门口冒出一股股姜麦酒、茶叶渣和糊状饼干气味。然而这是一家好酒店，刚好开在市内交通线的尽头。比方说，前边那家毛丽酒吧的地势就不行。当然喽，倘若从牲畜市场沿着北环路修起一条电车轨道通到码头，地皮价钱一下子就会飞涨。

遮篷上端露出个秃头，那是个精明而有怪癖的老头子。劝他登广告[(8)]算是白搭。可他最懂得生意经了。瞧，那准就是他。我那大胆的拉里[(9)]啊，他挽着衬衫袖子，倚着装砂糖的大木箱，望着那系了围裙的伙计用水桶和墩布在拖地。西蒙·迪达勒斯把眼角那么一吊，学他学得可像哩。你晓得我要告诉你什么吗？——哦，奥罗克先生？——你知道吗，对日本人来说，干掉那些俄国人就像是八点钟吃顿早饭那么轻而易举。[(10)]

停下来跟他说句话吧，说说葬礼什么的。——奥罗克先生，不幸的迪格纳穆多么令人伤心啊。

他转进多塞特街，朝着门道里面精神饱满地招呼道：

“奥罗克先生，你好。”

“你好。”

“天气多么好哇，先生。”

“可不是嘛。”

他们究竟是怎么赚的钱呢？从利特里姆[(11)]郡进城来的时候，他们只是些红头发伙计，在地窖里涮空瓶子，连顾客喝剩在杯中的酒也给攒起来。然后，瞧吧，转眼之间他们就兴旺起来，成为亚当·芬德莱特尔斯或丹·塔隆斯[(12)]那样的富户。竞争固然激烈，可大家都嗜酒嘛。要想穿过都柏林的市街而不遇到酒铺，那可是难上加难。节约可是办不到的。也许就在醉鬼身上打打算盘吧。下三先令的本钱，收回五先令。数目不大不碍事，这儿一先令，那儿一先令，一点一滴地攒吧。大概也接受批发商的订货吧。跟城里那些订货员勾结在一起，你向老板交了账，剩下的赚头就二一添作五，明白了吗？

每个月能在黑啤酒上赚多少呢？按十桶算，纯利打一成吧。不，还要多些，百分之十五呗。他从圣约瑟公立小学跟前走过去。小鬼们一片喧哗。窗户大敞着。清新的空气能够帮助记忆，或许还有助于欢唱。哎哔唏、嘀咿哎呋叽、喀哎啦哎哞嗯、噢噼啾、呃哎唑吐喂、哒哺哾呦[(13)]。他们是男孩子吗？是的。伊尼施土耳克，伊尼沙克，伊尼施勃芬[(14)]，在上地理课哪。是我的哩。布卢姆山[(15)]。

他在德鲁加茨的橱窗前停下步子，直勾勾地望着那一束束黑白斑驳、半熟的干香肠。每束以十五根计，该是多少根呢？数字在他的脑子里变得模糊了，没算出来。他怏怏地听任它们消失。他馋涎欲滴地望着那塞满五香碎肉的一束束发亮的腊肠，并且安详地吸着调了香料做熟的猪血所发散出来的温暾气儿。

一副腰子在柳叶花纹的盘子上渗出黏糊糊的血，这是最后的一副了。他朝柜台走去，排在邻居的女仆后面。她念着手里那片纸上的项目。也买腰子吗？她的手都皴了。是洗东西时使碱使的吧。要一磅半丹尼腊肠。他的视线落在她那结实的臀部上。她的主人姓伍兹。也不晓得他都干了些什么名堂。他老婆已经上岁数了。这是青春的血液。可不许人跟在后面。她有着一双结实的胳膊，嘭嘭地拍打搭在晾衣绳上的地毯。哎呀，她拍得可真猛，随着拍打，她那歪歪拧拧的裙子就摇来摆去。

有着一双雪貂般眼睛的猪肉铺老板，用长满了疤、像腊肠那样粉红色的指头掐下几节腊肠，折叠在一起。这肉多么新鲜啊，像是圈里养的小母牛犊。

他从那一大摞裁好的报纸上拿了一张。上面有太巴列湖畔基尼烈模范农场的照片[(16)]。它可以成为一座理想的冬季休养地。我记得那农场主名叫摩西·蒙蒂斐奥雷[(17)]。一座农舍，有围墙，吃草的牛群照得模糊不清。

他把那张纸放远一点来瞧，挺有趣。接着又凑近一点来读，标题啦，还有那模模糊糊、正吃草的牛群。报纸沙沙响着。一头白色母牛犊。牲畜市场[18]上，那些牲口每天早晨都在圈里叫着。被打上烙印的绵羊，吧嗒吧嗒地拉着屎。饲养员们脚登钉有平头钉的靴子，在褥草上踱来踱去，对准上了膘的后腿就是一巴掌，打得真响亮。他们手里拿着未剥皮的细树枝做的鞭子。他耐心地斜举着报纸，而感官和意念以及受其支配的柔和的视线却都凝聚在另外一点上：每拍打一下，歪歪扭扭的裙子就摆一下，嘭、嘭、嘭。

猪肉铺老板从那堆报纸上麻利地拿起两张，将她那上好的腊肠包起来，红脸膛咧嘴一笑。

“好啦，大姐。”他说。

她粗鲁地笑了笑，伸出肥实的手脖子，递过去一枚硬币。

“谢谢，大姐。我找您一先令三便士。您呢，要点儿什么？”

布卢姆先生赶紧指了指。要是她走得慢的话，还能追上去，跟在她那颤颤地火腿般的臀部后面走。大清早头一宗就饱了眼福。快点儿，他妈的。太阳好，就晒草。她在店外的阳光底下站了一会儿，就懒洋洋地朝右踱去。他在鼻子里长叹了一下，她们永远也不会懂人心意的。一双手都被碱弄皴了。脚趾甲上结成硬痂。破破烂烂的褐色无袖工作服，保护着她的一前一后[19]。由于被漠视，他心里感到一阵痛苦，渐渐又变成淡淡的快感。她属于另一个男人，下了班的警察在埃克尔斯街上搂抱她来着。她们喜欢大块头的[20]。上好的腊肠。求求你啦，警察先生，我在树林子里迷了路。[21]

“是三便士，您哪。”

他的手接下那又黏糊又软和的腰子，把它滑入侧兜里。接着又从裤兜里掏出三枚硬币，放在麻面橡胶盘上。钱撂下后，迅速地过了目，就一枚一枚麻利地滑进钱柜。

“谢谢，先生。请您多照顾。”

狐狸般的眼睛里闪着殷切的光，向他表示谢意。他马上就移开了视线。不，最好不要提了，下次再说吧。[22]

“再见。”他边说边走开。

“再见，先生。”

毫无踪影，已经走掉了。那又有什么关系呢？

〖注解〗

（1）离布卢姆夫妇所住的埃克尔斯街七号最近的一家以汉隆为店名的牛奶店，坐落在下多尔塞特街二十六号。

（2）普列文是保加利亚北部的城市。在俄土战争（1877 — 1878）中，俄军对土耳其人占领下的普列文进行围攻，土耳其人被迫投降。布卢姆的岳父特威迪当年曾在支援土耳其的英军中服役，以后又到西班牙南端的英国要塞直布罗陀服役。

（3）这个白纸片上印有“亨利·弗罗尔”字样，是布卢姆为了和一位叫作玛莎·克利弗德的女打字员秘密通信而用的化名。

（4）土豆是布卢姆亡母的纪念品。他总把它当作护身符，随身携带。

（5）可怕的土耳克，这里指此人长得像戏里的土耳克王。

（6）阿瑟·格里菲思（1872—1922）：爱尔兰政治家、作家，曾担任爱尔兰共和国总统，并创立了爱尔兰新芬党。

（7）《自由人报》是一七八〇年左右创办的一份爱尔兰报纸，一九三〇年停办。该报站在温和保守的立场上主张爱尔兰自治。以爱尔兰银行大楼（一八〇〇年英、爱议会合并前为爱尔兰议会大厦）后一轮太阳为其社论花饰。

（8）布卢姆以替《自由人报》拉广告为业。

（9）这里，布卢姆联想到一首爱尔兰歌谣，其主人公与这位老板同名。

（10）这一天是一九〇四年六月十六日，日俄战争已打了四个月。

（11）利特里姆是爱尔兰西北部康诺特省偏僻的郡，当地居民被看作是乡巴佬。

（12）亚当·S. 芬德莱特尔斯是个经营茶叶和酒的商人，除了总公司，还开设了十一家分公司。丹尼尔·塔隆斯是个经营食品杂货和酒的商人，一八九九至一九〇〇年任都柏林市市长。

（13）这是为了便于儿童记忆，用二十六个英文字母编成的一首歌。这里，原作中用拼音把此歌的唱腔表示出来了。

（14）伊尼施土耳克（爱尔兰语，公猪岛）、伊尼沙克（爱尔兰语，公牛岛）和伊尼施勃芬（爱尔兰语，白母牛岛）都是爱尔兰中部西岸的岛屿。

（15）布卢姆山位于都柏林市以南五十五英里处，系同名山脉的主峰。

（16）太巴列湖即加利利海的异称，位于巴勒斯坦东北部。《约书亚记》第十九章第三十五节中曾提及基尼烈城，它坐落在加利利海西南，有时也把加利利海叫作基尼烈湖。二十世纪初有些犹太企业家在此筹建犹太人聚居区。

（17）库西·蒙特斐奥雷（1784—1885），犹太裔慈善家。出身于意大利犹太商人世家，幼年随家到英国。他毕生致力于改善流浪于欧洲和中东的犹太人的处境。开办这座农场也是为了给犹太工人提供就业机会。

（18）据第十七章，布卢姆曾在牲畜市场附近住过，并于一八九三至一八九四年，在一个叫作约瑟夫·卡夫的牲畜业者手下当过雇员。

（19）原文作 scapular，也作“肩衣”解。教徒们迷信褐色肩衣是保持贞操的护身符，故以崇敬圣母为宗旨的天主教在俗组织的年轻女子，把它作为虔诚的标志穿在身上。这里把女仆穿的无袖工作服比作肩衣。

（20）在一九〇四年，身高五英尺九英寸以上的男子才能当上都柏林市的警察，超过一般市民。

（21）《求求你啦，警察先生，噢噢噢》是十九世纪九十年代蒂利姐妹在都柏林演唱的一首歌的标题，歌词作者为 E·安德鲁斯。“我在树林子里迷了路”则引自英国童话《树林里的娃娃们》。还有一首同名的民谣。

（22）布卢姆原想告诉德鲁加茨，他也是匈牙利裔犹太人，但又打消了这个念头。

（萧乾　文洁若 / 译）

卢梭《忏悔录》（节选）

让-雅克·卢梭（1712—1778），瑞士裔法国作家、启蒙思想家，法国大革命的思想先驱，代表作有《论人类不平等的起源和基础》《新爱洛伊斯》《社会契约论》《爱弥儿》《忏悔录》等。《忏悔录》是卢梭晚年撰写的自传体小说，作为一名出身底层、自学成才的平民知识分子，卢梭曾以他犀利的见解和激进的思想名满法兰西，但到晚年则更多面对来自各方的迫害和污蔑，因此他在悲愤的心境中写了这本为自己进行辩护的《忏悔录》，声称“我说的都是真话”，要“以一种没有先例的真实性来使这本回忆录成为一部无出其右的作品”。卢梭以罕见的坦诚把自己作为解剖人性的标本，使人们对人的定义有了新的认识的可能，他的坦诚也成就了他的自我救赎，使他具有了某种宗教品格，成为在后人看来“一个基督一样的人”（席勒语）。同时，《忏悔录》中流露出的对大自然的爱好、对多愁善感的心灵的描述、对虚伪的上流阶层的鄙视和对存在着淳朴的人性和自然情感的普通民众的推崇等倾向和观念，对后来的浪漫主义文学也产生了重大影响。

以下节选自《忏悔录》第一章，卢梭在说明了自己创作的动机后开始回忆自己的生平。

我现在要做一项既无先例、将来也不会有人仿效的艰巨工作。我要把一个人的真实面目赤裸裸地揭露在世人面前。这个人就是我。

只有我是这样的人。我深知自己的内心，也了解别人。我生来便和我所见到的任何人都不同；甚至于我敢自信全世界也找不到一个生来像我这样的人。虽然我不比别人好，至少和他们不一样。大自然塑造了我，然后把模子打碎了，打碎了模子究竟好不好，只有读了我这本书以后才能评定。

不管末日审判的号角什么时候吹响，我都敢拿着这本书走到至高无上的审判者面前，果敢地大声说：“请看！这就是我所做过的，这就是我所想过的，我当时就是那样的人。不论善和恶，我都同样坦率地写了出来。

我既没有隐瞒丝毫坏事，也没有增添任何好事；假如在某些地方作了一些无关紧要的修饰，那也只是用来填补我记性不好而留下的空白。其中可能把自己以为是真的东西当真的说了，但绝没有把明知是假的硬说成真的。当时我是什么样的人，我就写成什么样的人：当时我是卑鄙龌龊的，就写我的卑鄙龌龊；当时我是善良忠厚、道德高尚的，就写我的善良忠厚和道德高尚。万能的上帝啊！我的内心完全暴露出来了，和你亲自看到的完全一样，请你把那无数的众生叫到我跟前来！让他们听听我的忏悔，让他们为我的种种堕落而叹息，让他们为我的种种恶行而羞愧。然后，让他们每一个人在您的宝座前面，同样真诚地披露自己的心灵，看看有谁敢于对您说。'我比这个人好！'"

我于一七一二年生于日内瓦，父亲是公民伊萨克·卢梭，母亲是女公民苏萨娜·贝纳尔。祖父留下的财产本来就很微薄，由十五个子女平分，分到我父亲名下的那一份简直就等于零了，全家就靠他当钟表匠来糊口。我父亲在这一行里倒真是个能手。我母亲是贝纳尔牧师的女儿，家境比较富裕；她聪明美丽，我父亲得以和她结婚，很费了一番苦心。他们两人的相爱，差不多从生下来就开始了：八、九岁时候，每天傍晚他们就一起在特莱依广场上玩耍；到了十岁，已经是难舍难分的了。两人心心相印和相互同情，巩固了他们从习惯中成长起来的感情。两人秉性温柔和善感，都在等待时机在对方的心里找到同样的心情，而且宁可说，这种时机也在等待着他们。因此两个人都心照不宣，谁也不肯首先倾吐衷肠：她等着他，他等着她。命运好像在阻挠他们的热恋，结果反使他们的爱情更热烈了。这位多情的少年，由于情人到不了手，愁苦万分，形容憔悴。她劝他去旅行，好把她忘掉。他旅行去了，但是毫未收效，回来后爱情反而更热烈了。他心爱的人呢，还是那么忠诚和温柔。经过这次波折以后，他们只有终身相爱了。他们海誓山盟，上天也赞许了他们的誓约。

我的舅舅嘉伯利·贝纳尔爱上了我一个姑母，可是我的姑母提出了条件：只有他的姐姐肯嫁给她自己的哥哥，她才同意嫁给他。结果，爱情成全了一切，同一天办了两桩喜事。这样，我的舅父便也是我的姑丈，他们的孩子和我是双重的表兄弟了。过了一年，两家各自生了一个孩子，不久便因事不得不彼此分手了。

贝纳尔舅舅是一位工程师：他应聘去帝国和匈牙利，在欧仁亲王麾下供职。他后来在贝尔格莱德战役中建立了卓越的功勋。我父亲在我那唯一的哥哥出生之后，便应聘到君士坦丁堡去当了宫廷钟表师。我父亲不在家期间，我母亲的美丽、聪慧和才华给她招来了许多向她献殷勤的男人。其中表现得最热烈的要算法国公使克洛苏尔先生。他当时的感情一定是非常强烈的，因为在三十年后，他向我谈起我母亲的时候还十分动情呢。但是我母亲的品德是能够抵御这些诱惑的，因为她非常爱她的丈夫，她催他赶紧回来。他急忙放下一切就回来了。我就是父亲这次回家的不幸的果实。十个月后生下了我这个孱弱多病的孩子。我的出生使母亲付出了生命，我的出生也是我无数不幸中的第一个不幸。

我不知道父亲当时是怎样忍受这种丧偶的悲痛的，我只知道他的悲痛一直没有减轻。他觉得在我身上可以重新看到自己妻子的音容相貌，同时他又不能忘记是我害得他失去了她的。每当他拥抱我的时候，我总是在他的叹息中，在他那痉挛的紧紧拥抱中，感到他的抚爱夹杂着一种辛酸的遗恨：惟其如此，他的抚爱就更为深挚。每次他对我说："让－雅克，我们谈谈你妈妈吧"，我便跟他说："好吧，爸爸，我们又要哭一场了"。这一句话就使他流下泪来。接着他便哽咽着说："唉！你把她还给我吧！安慰安慰我，让我能够减轻失掉她的痛苦吧！你把她在我心里留下的空虚填补上吧！孩子！若不是因为你是你那死去的妈妈生的孩子，我能这样疼你吗？"母亲逝世四十年后，我父亲死在第二个妻子的怀抱里，但是嘴里却始终叫着前妻的名字，心里留着前妻的形象。

赐给我生命的就是这样两个人。上天赋予他们的种种品德中，他们遗留给我的只有一颗多情的心。但，这颗多情的心，对他们来说是幸福的源泉，对我来说却是我一生不幸的根源。

（黎星／译）

司汤达《红与黑》（节选）

司汤达（1783—1842），十九世纪法国的小说家，代表作有长篇小说《红与黑》、《吕西安·娄凡》（又名《红与白》）、《巴马修道院》以及短篇小说集《意大利遗事》。司汤达青年时代曾在拿破仑的军队里供过职，他身上兼有军人的现实行动能力和为拿破仑而激起的浪漫主义热情，因此，司汤达的小说创作有一种冷静理性地剖析和表现人的激情状态下的灵魂的特点，他喜欢像进行科学实验一样对人的心理加以观察、沉思，把人的激情状态下的行为过程、心理过程和不为人知的动机加以层层分析和揭示。把冷和热两个极端结合，司汤达小说的魅力和叙述张力由此产生，对人物行动背后的心理法则、心灵奥秘的透视也由此产生。而通过对人的内心世界的展示，时代风尚和社会现实这些外部世界也得到了相应的深入表现。

《红与黑》是司汤达的代表作，描写了富有才华和野心的平民青年于连的伴随着两次爱情经历的个人奋斗过程与最终的失败。《红与黑》的题名有很多解释，有一种看法认为，红是拿破仑军队制服的颜色，象征着青年的渴望征服世界的热情与以拿破仑为偶像的天才梦想，黑是教会教士黑袍的颜色，是拿破仑之后复辟王朝的黑暗的现实力量的象征。于连的经历，是在这样一个交织着“红与黑”、拿破仑失势后黑暗的现实碾碎了青年的自我主义梦想的特定的时代背景下发生的。小说对于连的两次爱情心理的描写非常出色，它在心理深度的挖掘上远远超出了同时代作家，开创了后世“心理小说”的先河。这里节选了《红与黑》的第九章《乡间一夜》，对于连和德·莱纳夫人的握手背后的心理动机和心理变化过程做了极细致的描述。

第二天，于连再见到德·莱纳夫人时，目光很古怪；他盯着她，仿佛面前是一个仇敌，他就要与之搏斗。这目光和昨天晚上的多么不同啊，德·莱纳夫人不知所措了：她一向待他很好，可是他好像气鼓鼓地。于是，她也不能不盯着他了。

德尔维夫人在场，于连正可少说话，更多地捉摸自己的心事。整个白天，他唯一的事情就是阅读那本有灵感的书，使自己的灵魂再一次得到锤炼，变得坚强。

他早早地放孩子们下了课，接着，德·莱纳夫人来到眼前，这又提醒他必须设法维护自己的荣誉，他下定决心，当晚无论如何要握住她的手，并且留下。

夕阳西下，决定性的时刻临近了，于连的心跳得好怪。入夜，他看出这一夜将是一个漆黑的夜，不由得心中大喜，压在胸口的一块巨石被掀掉了。天空布满大块的云，在热风中移动，预示着一场暴风雨。两个女友散步去了，很晚才回来。这一天晚上，她们俩做的事，件件都让于连觉得奇怪。她们喜欢这样的天气，对某些感觉细腻的人来说，这似乎增加了爱的欢乐。

大家终于落座，德·莱纳夫人坐在于连旁边，德尔维夫人挨着她的朋友。于连一心想着他要做的事，竟找不出话说。谈话无精打采，了无生气。

于连心想："难道我会像第一次决斗那样发抖和可怜吗？"他看不清自己的精神状态，对自己和对别人都有太多的猜疑。

这种焦虑真是要命啊，简直无论遭遇什么危险都要好受些。他多少次希望德·莱纳夫人有什么事，不能不回到房里去，离开花园！于连极力克制自己，说话的声音完全变了；很快，德·莱纳夫人的声音也发颤了，然而于连竟浑然不觉。责任向胆怯发起的战斗太令人痛苦了，除了他自己，什么也引不起他的注意。古堡的钟已经敲过九点三刻，他还是不敢有所动作。于连对自己的怯懦感到愤怒，心想："十点的钟声响过，我就要做我一整天里想在晚上做的事，否则我就回到房间里开枪打碎自己的脑袋。"

于连太激动了，几乎不能自已。终于，他头顶上的钟敲了十点，这等待和焦灼的时刻总算过去了。钟声，要命的钟声，一记记在他的脑中回荡，使得他心惊肉跳。

就在最后一记钟声余音未了之际，他伸出手，一把握住德·莱纳夫人的手，但是她立刻抽了回去。于连此时不知如何是好，重又把那只手握住。虽然他已昏了头，仍不禁吃了一惊，他握住的那只手冰也似的凉；他使劲地握着，手也战战地抖；德·莱纳夫人作了最后一次努力想把手抽回，但那只手还是留下了。

于连的心被幸福的洪流淹没了，不是他爱德·莱纳夫人，而是一次可怕的折磨终于到头了。他想他该说话了，不然德尔维夫人会有所察觉，这时他的声音变得响亮而有力。相反，德·莱纳夫人的声音却藏不住激动。她的女友以为她不舒服，建议她回房去。于连感到了危险：“假如德·莱纳夫人回客厅去，我就又陷入白天的那种可怕的境地了。这只手我握的时间还太短，还不能算是我的一次胜利。”

正当德尔维夫人再次建议回客厅时，于连用力握了一下那只手。

德·莱纳夫人已经站起来，复又坐下，有气无力地说：

“我是觉得有些不舒服，不过，外面的新鲜空气对我有好处。”

这些话确认了于连的幸福，此时此刻，他真是幸福到了极点：他口若悬河，忘掉了伪装，两个女友听着，简直觉得他是世间最可爱的男人。然而，这突如其来的雄辩仍嫌有气不足。起风了，暴风雨要来了，于连生怕德尔维夫人受不住而想一个人回客厅。那样的话，他就要和德·莱纳夫人面面相觑，单独在一起了。刚才，他是偶然地凭信一股盲目的勇气才有所行动，而现在他觉得哪怕对她说一句最简单的话也力不能及。无论她的责备多么轻微，他也会一触即溃，刚刚获得的胜利也将化为乌有。

幸运的是，这晚他的动人又夸张的议论博得了德尔维夫人的欢心，她先前常常觉得他笨拙得像一个孩子，不大讨人喜欢。至于德·莱纳夫人，手握在于连手里，倒是什么也没想，随波逐流由它去了。在当地传说大胆夏尔手植的这株大椴树下度过的这几个钟头，对她来说，是一段幸福的时光。风在椴树浓密的枝叶间低吟，稀疏的雨点滴滴答答落在最低的叶子上，她听得好开心啊。于连没有注意到一个本可以使他放心的情况：德·莱纳夫人和德尔维夫人脚旁的一只花盆被风掀倒，她不得不抽出手来，起身帮助表姐扶起花盆，可是她刚一坐下，就几乎很自然地把手伸给他，仿佛这已是他们之间的一种默契。

午夜的钟声早已响过，终须离开花园，这就是说，要分手了。陶醉于爱之幸福的德·莱纳夫人天真无知，竟没有丝毫的自责。幸福使她失眠了。于连却沉沉睡去，胆怯和骄傲在他心中交战了整整一天，弄得他筋疲力尽。

第二天早晨五点钟，他被人叫醒；他几乎已经把德·莱纳夫人忘了，她若是知道，那对她可是太残酷了。他履行了他的责任，而且是一个英雄的责任。这种感觉使他非常幸福，他把自己反锁在房间里，怀着一种全新的乐趣重温他的英雄的丰功伟绩。

午餐的铃声响了，他在阅读大军公报的时候已经把昨夜的胜利全部抛在脑后。他下楼朝餐厅走去，用一种轻佻的口吻对自己说："应该告诉这个女人我爱她。"

他满以为会遇到一双柔情缱绻的眼睛，不料看见的却是德·莱纳先生的一张严厉的脸。德·莱纳先生两个小时前从维里埃来到，他毫不掩饰对于连的不满，他居然整整一上午扔下孩子不管。当这个有权有势的人不高兴并且认为无须掩饰的时候，他的脸真是再难看不过了。

丈夫的每句刻薄的话，都像针一样刺着德·莱纳夫人的心。可是于连还沉浸在狂喜之中，还在回味刚刚在他眼前发生的持续了数小时的一件件大事，因此一开始他不能令注意力屈尊去听德·莱纳先生的那些伤人的话。最后，他相当生硬地对他说：

"我刚才不舒服。"

即使是一个远非市长先生那么爱发火的人，也会被这回答的口吻激怒。他对于连的回答，就是想立即将他赶出去。不过他忍住了，他想起了自己的座右铭：凡事匆躁。

"这个小笨蛋，"他立刻心想，"他在我家里为自己赢得了声誉，瓦勒诺先生可以把他弄去，或者他会娶爱丽莎，无论哪一种情况，他都会在内心里嘲笑我。"

德·莱纳先生的考虑固然明智，可是他的不满仍旧爆发出来，一连串的粗话渐渐激怒了于连。德·莱纳夫人的眼里涌上了泪水，就要哭出来。午饭一过，她就请求于连让她挽着胳膊去散步。她亲切地依偎着他。无论德·莱纳夫人说什么，于连都只低声应着：

"这就是有钱人啊！"

德·莱纳先生就走在他们身边，于连一看见他，火就不打一处来。他突然感觉到德·莱纳夫人紧紧地靠在他的胳膊上，这个动作使他感到厌恶，他粗暴地推开她，把胳膊抽回来。

幸亏德·莱纳先生没有看见这一新的无礼举动，可是德尔维夫人看见了。她的朋友的眼泪扑簌簌流出来了。这时，德·莱纳先生正用石块驱赶一农家女孩，那女孩抄了一条小路，正穿越果园的一角。

"于连先生，我求求您，克制一下吧；您应该想想，我们人人都有发脾气的时候。"德尔维夫人很快地说道。

于连冷冷地看了她一眼，目光中流露出极端的轻蔑。

德尔维夫人大吃一惊，如果她猜得出这目光的真正含义，她还要更吃惊呢；她本来应该看出这目光中闪烁着一种进行最残忍报复的朦胧希望。大概正是此类屈辱的时刻造就了那些罗伯斯庇尔吧。

“您的于连很粗暴，我真害怕，”德尔维夫人向她的朋友低声说。

“他有理由发火，”她的朋友回答说，“他使孩子们取得了进步，一个早上不给他们上课有什么关系；我看男人都是很无情的。”

德·莱纳夫人生平第一次感到一种欲望，要对她的丈夫报复。于连对有钱人的极端仇恨也快爆发了。幸好这时德·莱纳先生唤来园丁，跟他一起忙着用一捆捆荆棘堵住穿越果园的那条踩出来的小路。此后于连受到无微不至的体贴，可是他就是不说话。德·莱纳先生刚一离开，她俩就声称累了，一人挽了他一只胳膊。

他夹在两个女人中间，她们因内心的慌乱而双颊飞上红晕，露出窘色，而于连却脸色苍白，神情阴沉而果决，两者适成奇异的对照。他蔑视这两个女人，也蔑视一切温柔的感情。

“什么！”他心里说，“我连供我完成学业的五百法郎年金都没有！啊！我真想把他撵走！”他全神贯注于这些严肃的思想，她们俩的殷勤话只是偶尔屈尊听进几句，也觉得很不入耳，毫无意义，愚蠢，软弱，一言以蔽之，女人气。

没有话还得找话，又想让谈话生动活泼些，于是德·莱纳夫人就说到，她丈夫从维里埃回来，是因为他从一个佃户那里买了些玉米皮（在当地，人们用玉米皮填充床衬）。

“我丈夫不会回到我们这儿来了，”她说，“他要和园丁、男仆一起把全家的床衬都换过。今天上午，他把二楼的床衬都换过了玉米皮，现在他正在三楼呢。”

于连的脸色骤变，神情古怪地看了看德·莱纳夫人，立刻拉着她快走了几步，德尔维夫人让他们走开了。

“救救我的命吧，”于连对德·莱纳夫人说，“只有您能救我的命，因为您知道那个男仆恨我恨得要死。我应该向您坦白，夫人，我有一帧肖像。我把它藏在我那张床的床衬里。”

听了这话，德·莱纳夫人的脸色也惨白了。

“夫人，这个时候只有您才能进我的房间；别让人看见，在床衬最靠近窗户的那个角里摸一摸，有一个小纸盒子，黑色，很光滑。”

“那里面有一帧肖像！”德·莱纳夫人说，快要站不住了。

她的沮丧的神情被于连察觉了，他立刻趁势说道：

“我还要向您求个情，夫人，我求您别看这肖像，这是我的秘密。”

“这是个秘密，”德·莱纳夫人重复道，声音极端微弱。

尽管她在那些以财产自傲并只对金钱利益感兴趣的人中间长大，爱情却已经使她的灵魂变得宽宏大量。德·莱纳夫人被伤得好苦，却仍然表现出最单纯的忠诚，向于连提出了几个必须提出的问题，以保证顺利完成任务。

“是这样，”她边说边走，“一个小圆盒子，黑纸板的，很光滑。”

“是的，夫人，”于连答道，带着男人遇到危险时所具有的那种冷酷的神情。

她登上三楼，脸色苍白，犹如赴死一样。更为不幸的是，她觉得自己马上就要昏倒；可是她必须帮助于连啊，这又给了她力量。

“我必须拿到那个盒子，”她对自己说，一面加快了脚步。

她听见丈夫正跟男仆说话，就在于连的房间里。幸好，他们又到孩子们的房间里去了。她掀起床垫，把手伸进床衬，用力过猛，扎破了手指。本来她对这一类的小疼小痛十分敏感，现在却毫无感觉，因为她几乎同时摸到了一个光滑的纸盘子。她一把抓住，转身不见了。

她暗自庆幸没有被丈夫撞见，却立刻对这个盒子产生了恐惧，这下她真要病了。

“这么说于连在恋爱了，我这里拿着的是他爱的那个女人的肖像！”

德·莱纳夫人坐在前厅里的一张椅子上，经受着妒火的百般煎熬。她的极端无知这时倒有用了，惊奇减轻了痛苦。于连来了，不道谢，话也不说，一溜烟跑回房间，立刻点火焚烧。他脸色苍白，四肢瘫软，他夸大了刚才所遇到的危险。

“拿破仑的肖像，”他摇着头对自己说，“居然被发现藏在一个对篡位者怀有深仇大恨的人的房间里！还是被德·莱纳先生发现的，他是那么极端，又那样地被我激怒过！最不谨慎的是，我在肖像后面的白纸板上亲笔写了几行字！我的过分的钦佩之情无可怀疑！而这种仰慕之情的每一次表露都注明了日期！就在前一天还有过一次！

“我的名誉将一落千丈，毁于一旦！”于连一边对自己说，一边看着那盒子燃烧，“而我的全部财产就是荣誉呀，我就靠它生活……再说，这是怎样一种生活啊，伟大的天主！”

一个钟头以后，疲倦，他对自己的怜悯，都使他的心软下来。看见德·莱纳夫人，拿起她的手，怀着从未有过的那份真诚吻着。她幸福地脸红了，但几乎同时有怀着嫉妒的怒火推开了于连。于连早上被刺伤的自傲使他此时此刻成了一个大傻瓜。他在德·莱纳夫人身上只看见一个富家女，于是他厌恶地扔下她的手，扬长而去。他去花园，散步，沉思，他的嘴角很快露出一丝苦笑：

“我在这里散步，倒是悠闲得像一个有权支配自己的时间的人！我丢下孩子们不管。我又要听到德·莱纳先生那些让人感到屈辱的话了，而他是有理由的。”于是，他朝孩子们的房间走去，他很喜欢最小的那一个，孩子的亲近稍许平复了他的剧烈的痛苦。

“这孩子还不蔑视我，”于连想。然而，他很快自责起来，将这痛苦的缓解视为新的软弱。“这些孩子亲近我就像他们亲近昨天买来的小猎狗一样。”

（郭宏安 / 译）

普鲁斯特《追忆逝水年华》（节选）

马赛尔·普鲁斯特（1871—1922），法国意识流小说大师，代表作为七卷本《追忆逝水年华》。《追忆逝水年华》带有自传性质，它以主人公马比赛尔怀念和追忆逝去的青春年华为主线，展现了十九世纪末、二十世纪初法国上层社会的图景。普鲁斯特受柏格森的生命哲学的影响，认为时间是人在感知自身生命时感受到的自身与外物的一种关系，是和人的某一生命状态发生对应关系的，真正的时间不是物理时间、实际时间而是一种心理时间。普鲁斯特以寻找失去的时间做主题，构筑他那有着“大教堂”般宏伟结构的《追忆逝水年华》。他捕捉某些转瞬即逝的印象和感觉，通过那些印象和感觉召回回忆。在回忆里，过去的时间成为心理时间，和现在重叠、交叉，那在时间的流程中逐渐解体的自我逐渐清晰，过去的生活、过去的世界也一点点被唤醒，像印象派绘画一样被描摹。普鲁斯特式的回忆是以“自由联想”的方式实现的，只有在那汇聚着感觉、印象、感想、分析的绵延不绝的意识溪流里，外部现实才有存在的价值，才被认识。《追忆逝水年华》通过对内心世界的探索来发现外部世界、从意识洪流中认识外部现实的独特回忆式写作方式，使《追忆逝水年华》成为现代小说告别传统小说、彻底“向内转”的标志性界碑。

以下节选自《追忆逝水年华》第一卷《在斯万家那边》的《贡布雷》第一章，以“我”的味蕾对浸泡了茶水的“小玛德莱娜”小点心的感受而唤回对过去的记忆。那“小玛德莱娜”小点心是过去的时间、过去的生活躲藏隐匿的所在，它浓缩了过去和那些已经消逝的事物，当“我”尝到茶水浸泡到“小玛德莱娜”小点心的味道的一瞬间，通感的大门打开了，“过去”在“现在”中显现，失去的时间将在回忆中变成永恒。

往事也一样。我们想方设法追忆，总是枉费心机，绞尽脑汁都无济于事。它藏在脑海之外，非智力所能及；它隐蔽在某件我们意想不到的物体之中（藏匿在那件物体所给予我们的感觉之中），而那件东西我们在死亡之前能否遇到，则全凭偶然，说不定我们到死都碰不到。

这已经是很多很多年前的事了，除了同我上床睡觉有关的一些情节和环境外，贡布雷的其他往事对我来说早已化为乌有。可是有一年冬天，我回到家里，母亲见我冷成那样，便劝我喝点茶暖暖身子。而我平时是不喝茶的，所以我先说不喝，后来不知怎么又改变了主意。母亲着人拿来一块点心，是那种又矮又胖名叫“小玛德莱娜”的点心，看来像是用扇贝壳那样的点心模子做的。那天天色阴沉，而且第二天也不见得会晴朗，我的心情很压抑，无意中舀了一勺茶送到嘴边。起先我已掰了一块“小玛德莱娜”放进茶水准备泡软后食用。带着点心渣的那一勺茶碰到我的上颚，顿时使我浑身一震，我注意到我身上发生了非同小可的变化。一种舒坦的快感传遍全身，我感到超尘脱俗，却不知出自何因。我只觉得人生一世，荣辱得失都清淡如水，背时遭劫亦无甚大碍，所谓人生短促，不过是一时幻觉；那情形好比恋爱发生的作用，它以一种可贵的精神充实了我。也许，这感觉并非来自外界，它本来就是我自己。我不再感到平庸、猥琐、凡俗。这股强烈的快感是从哪里涌出来的？我感到它同茶水和点心的滋味有关，但它又远远超出滋味，肯定同味觉的性质不一样。那么，它从何而来？又意味着什么？哪里才能领受到它？我喝第二口时感觉比第一口要淡薄，第三口比第二口更微乎其微。该到此为止了，饮茶的功效看来每况愈下。显然我所追求的真实并不在于茶水之中，而在于我的内心。茶味唤醒了我心中的真实，但并不认识它，所以只能泛泛地重复几次，而且其力道一次比一次减弱。我无法说清这种感觉究竟证明什么，但是我只求能够让它再次出现，原封不动地供我受用，使我最终彻悟。我放下茶杯，转向我的内心。只有我的心才能发现事实真相。可是如何寻找？我毫无把握，总觉得心力不逮；这颗心既是探索者，又是它应该探索的场地，而它使尽全身解数都将无济于事。探索吗？又不仅仅是探索：还得创造。这颗心灵面临着某些还不存在的东西，只有它才能使这些东西成为现实，并把它们引进光明中来。

我又回过头来苦思冥想：那种陌生的情境究竟是什么？它那样令人心醉，又那样实实在在，然而却没有任何合乎逻辑的证据，只有明白无误的感受，其他感受同它相比都失去了明显的迹象。我要设法让它再现风姿，我通过思索又追忆喝第一口茶时的感觉。我又体会到同样的感觉，但没有进一步领悟它的真相。我要思想再作努力，召回逝去的感受。为了不让要捕捉的感受在折返时受到破坏，我排除了一切障碍，一切与此无关的杂念。我闭目塞听，不让自己的感官受附近声音的影响而分散注意。可是我的思想却枉费力气，毫无收获。我于是强迫它暂作我本来不许它作的松弛，逼它想点别的事情，让它在做最后一次拼搏前休养生息。尔后，我先给它腾出场地，再把第一口茶的滋味送到它的跟前。这时我感到内心深处有什么东西在颤抖，而且有所活动，像是要浮上来，好似有人从深深的海底打捞起什么东西，我不知道那是什么，只觉得它在慢慢升起；我感到它遇到阻力，我听到它浮升时一路发出汩汩的声响。

不用说，在我的内心深处搏动着的，一定是形象，一定是视觉的回忆，它同味觉联系在一起，试图随味觉而来到我的面前。只是它太遥远、太模糊，我勉强才看到一点不阴不阳的反光，其中混杂着一股杂色斑驳、捉摸不定的漩涡；但是我无法分辨它的形状，我无法像询问唯一能作出解释的知情人那样，求它阐明它的同龄伙伴、亲密朋友——味觉——所表示的含义，我无法请它告诉我这一感觉同哪种特殊场合有关，与从前的哪一个时期相连。

这渺茫的回忆，这由同样的瞬间的吸引力从遥遥远方来到我的内心深处，触动、震撼和撩拨起来的往昔的瞬间，最终能不能浮升到我清醒的意识的表面？我不知道。现在我什么感觉都没有了，它不再往上升，也许又沉下去了；谁知道它还会不会再从混沌的黑暗中飘浮起来？我得十次、八次地再作努力，我得俯身寻问。懦怯总是让我们知难而退，避开丰功伟业的建树，如今它又劝我半途而废，劝我喝茶时干脆只想想今天的烦恼，只想想不难消受的明天的期望。

然而，回忆却突然出现了：那点心的滋味就是我在贡布雷时某一个星期天早晨吃到过的“小玛德莱娜”的滋味（因为那天我在做弥撒前没有出门），我到莱奥妮姨妈的房内去请安，她把一块“小玛德莱娜”放到不知是茶叶泡的还是椴花泡的茶水中去浸过之后送给我吃。见到那种点心，我还想不起这件往事，等我尝到味道，往事才浮上心头；也许因为那种点心我常在点心盘中见过，并没有拿来尝尝，它们的形象早已与贡布雷的日日夜夜脱离，倒是与眼下的日子更关系密切；也许因为贡布雷的往事被抛却在记忆之外太久，已经陈迹依稀，影消形散；凡形状，一旦消退或者一旦黯然，便失去足以与意识会合的扩张能力，连扇贝形的小点心也不例外，虽然它的模样丰满肥腴、令人垂涎，虽然点心的四周还有那么规整、那么一丝不苟的皱褶。但是气味和滋味却会在形销之后长期存在，即使人亡物毁，久远的往事了无陈迹，唯独气味和滋味虽说更脆弱却更有生命力；虽说更虚幻却更经久不散，更忠贞不贰，它们仍然对依稀往事寄托着回忆、期待和希望，它们以几乎无从辨认的蛛丝马迹，坚强不屈地支撑起整座回忆的巨厦。

虽然我当时并不知道——得等到以后才发现——为什么那件往事竟使我那么高兴，但是我一旦品出那点心的滋味同我的姨妈给我吃过的点心的滋味一样，她住过的那幢面临大街的灰楼便像舞台布景一样呈现在我的眼前，而且同另一幢面对花园的小楼贴在一起，那小楼是专为我的父母盖的，位于灰楼的后面（在这以前，我历历在目的只有父母的小楼）；随着灰楼而来的是城里的景象，从早到晚每时每刻的情状，午饭前他们让我去玩的那个广场，我奔走过的街巷以及晴天我们散步经过的地方。就像日本人爱玩的那种游戏一样：他们抓一把起先没有明显区别的碎纸片，扔进一只盛满清水的大碗里，碎纸片着水之后便伸展开来，出现不同的轮廓，泛起不同的颜色，千姿百态，变成花，变成楼阁，变成人物，而且人物都五官可辨，须眉毕现；同样，那时我们家花园里的各色鲜花，还有斯万先生家花园里的姹紫嫣红，还有维福纳河塘里飘浮的睡莲，还有善良的村民和他们的小屋，还有教堂，还有贡布雷的一切和市镇周围的景物，全都显出形迹，并且逼真而实在，大街小巷和花园都从我的茶杯中浮现。

（李恒基 / 译）

波德莱尔《恶之花》（节选）

波德莱尔（1821—1867），法国象征派诗歌先驱，现代派文学的鼻祖，被现代诗人艾略特称为“现代所有国家中诗人的楷模”。诗集《恶之花》是波德莱尔的代表作，是一部表现现代都市社会的病态、“发掘恶中之美”的现代诗集，被称为颓废派的《圣经》，象征主义诗歌的冠冕。《恶之花》中的《应和》被称为“象征派的宪章”，也作为一种创作原则渗透在诗人自身诗歌创作之中。这首诗提出了通感理论，认为世界是一个象征的森林，万物都存在一种应和关系，人的内心世界和外在客观世界、人的感官之间是彼此感应相通的。诗人之所以可以化腐朽为神奇，“发掘恶中之美”，是因为诗人有不同于常人的感知力，能把隐藏在感官世界后面的、事物内部的应和关系揭示出来，把丑和恶的对象转化成永恒的、美的艺术。

应和

自然是座庙宇，那里活的柱子
有时说出了模模糊糊的话音；
人从那里过，穿越象征的森林，
森林用熟识的目光将他注视。

如同悠长的回声遥遥地汇合
在一个混沌深邃的统一体中
广大浩漫好像黑夜连着光明——
芳香、颜色和声音在相互应和。

有的芳香新鲜若儿童的肌肤，
柔和如双簧管，青翠如绿草场，

——别的则朽腐、浓郁，涵盖了万物，

像无极无限的东西四散飞扬，
如同龙涎香、麝香、安息香、乳香
那样歌唱精神与感觉的激昂。

头发

哦，浓密的头发直滚到脖子上！
哦，发卷，哦，充满慵懒的香气！
销魂！为了今晚使阴暗的卧房
让沉睡在头发中的回忆往上，
我把它像手帕般在空中摇曳。

懒洋洋的亚洲，火辣辣的非洲，
一个世界，遥远，消失，几乎死亡，
这芳香的森林在你深处居留！
像别人的精神在音乐上飘游，
爱人！我的精神在香气中荡漾。

我将去那边，树和人精力旺盛，
都在赤日炎炎中长久地痴迷；
粗大的发辫，请做载我的浪峰！
乌木色的海，你容纳眩目的梦，
那里有风帆、桨手、桅樯和彩旗；

喧闹的港口，在那里我的灵魂
大口地痛饮芳香、色彩和音响；
船只在黄金和闪光绸中行进，
张开它们巨大的手臂来亲吻
那颤动着炎热的晴空的荣光。

我要将我那酷爱陶醉的脑袋，
埋进这海套着海的黑色大洋，
我微妙的精神，有船摇的抚爱，
将再度找到你，哦丰饶的倦怠！
香气袭人之闲散的无尽摇荡！

蓝色的头发，黑夜张起的穹庐
你为我让天空变得浑圆深广，
在你那头发的岸边绒毛细细，
我狂热地陶醉于混合的香气，
它们发自椰子油、柏油和麝香。

长久！永远！你的头发又密又稠，
我的手把红蓝宝石、珍珠播种，
为了让你永不拒绝我的欲求！
你可是令我神游的一块绿洲？
让我大口地吮吸回忆之酒的瓶？

忧郁之四

当低垂的天空如大盖般压住
被长久的厌倦折磨着的精神；
当环抱着的天际向我们射出
比夜还要愁惨的黑色的黎明；

当大地变成一间潮湿的牢房，
在那里啊，希望如蝙蝠般飞去，
冲着墙壁鼓动着胆怯的翅膀，
又把脑袋向朽坏的屋顶撞击；

当密麻麻的雨丝向四面伸展，

模仿着大牢里的铁栅的形状，
一大群无言的蜘蛛污秽不堪，
爬过来在我们的头脑里结网，

几口大钟一下子疯狂地跳起，
朝着空中迸发出可怕的尖叫，
就仿佛是一群游魂无家可依，
突然发出一阵阵执拗的哀号。

——送葬的长列，无鼓声也无音乐，
在我的灵魂里缓缓行进，希望
被打败，在哭泣，而暴虐的焦灼
在我低垂的头顶把黑棋插上。

血泉

有时我觉得我的血奔流如注，
像一口泉以哭泣的节奏喷出。
我清楚地听见它哗哗地流淌，
却总摸不着创口在什么地方。
它穿越城市，就像在角斗场里，
所到之处把街道变成了岛子，
它解除了每一种造物的干渴，
把大自然处处都染成了红色。
我经常请求使人陶醉的美酒，
让使我衰弱的恐怖有日沉睡，
可酒却是眼更明亮、耳更敏锐！
我在爱情中寻求睡眠而忘忧，
但爱情于我不过是针毡一领，
铺来让我这些残忍的姑娘狂欢。

（郭宏安／译）

兰波《地狱一季》（节选）

兰波（1854—1891），法国早期象征诗歌的代表人物，超现实主义诗歌的先驱。兰波认为诗人应是“通灵者”，应通过感觉的“错位”去探求神秘的“未知”。兰波追求诗歌语言的极度张力，提出了“语言炼金术”的主张，他把波德莱尔在《应和》中提出的通感论进一步延伸，寻找语言字母和形象、声音、和人的不同官能感受之间的对应关系，以挖掘出语言的新的表现潜力，开创出一种在潜意识层面探索更为自由的诗风。

狂想（二）

语言的炼金术

它是只属于我的，我的这段疯狂的历史。

很久以来，我自诩占有了一切可能的风景，面对现代的名画名诗歌感到浅薄可笑。

我喜欢俚俗的绘画，门楣上的装饰，杂技团的布景，招牌上的标记，民间彩色画，不时髦的文学作品，教堂的拉丁文题铭，没有文字的色情画册，老太太们喜欢的小说、童话、儿童读物、古老的歌剧、天真的小调、稚朴的节奏。

我梦想着十字军远征，无迹可寻的探险旅行，没有文献记载的共和国，被窒息的宗教战争，风俗革命，种族和陆地的变迁；我相信一切迷人的奇迹。

我发明了母音的颜色！A，黑色；E，白色；I，红色；O，蓝色；U，绿色。我确定了每个子音的形态和动作，迟早有一天，我会用天然的节奏，来创造一种可被一切官能接受的诗歌语言。而其中的奥秘，只有我自己知道。

这首先是一种刻苦的研究。我描写寂静，黑夜；记录不能言传的事物，我把眩晕的感觉记录下来。

（葛雷 梁栋 / 译）

元音

A 黑、E 白、I 红、U 绿、O 蓝：元音们，
有一天我要泄露你们隐秘的起源：
A，苍蝇身上的毛茸茸的黑背心，
围着恶臭嗡嗡旋转，阴暗的海湾；

E，雾气和帐幕的纯真，冰川的傲峰，
白的帝王，繁星似的小白花在微颤；
I，殷红的吐出的血，美丽的朱唇边
在怒火中或忏悔的醉态中的笑容；

U，碧海的周期和神秘的振幅，
布满牲畜的牧场的和平，那炼金术
刻在勤奋的额上皱纹中的和平；

O，至上的号角，充满奇异刺耳的音波，
天体和天使们穿越其间的静默：
噢，奥美加，她明亮的紫色的眼睛！

（飞白 / 译）

托马斯·曼《威尼斯之死》（节选）

托马斯·曼(1875—1955),二十世纪德国的现实主义作家和人道主义者，代表作有长篇小说《布登勃洛克一家》《王爷殿下》《魔山》《约瑟和他的兄弟们》《绿蒂在魏玛》《浮士德博士》《大骗子菲利克斯·克鲁尔的自白》以中短篇小说《特里斯坦》《托尼奥·克勒格尔》《威尼斯之死》《马里奥与魔术师》等。托马斯·曼的小说创作继承了欧洲古典作家的优良传统，精英气息浓厚。托马斯·曼始终关心有关精神与政治的对立、艺术与生活的对立这样的主题，并创作了不少艺术家题材的作品，《特里斯坦》《托尼奥·克勒格尔》《威尼斯之死》等三篇小说即是他早期杰出的关于艺术与艺术家的小说。

《威尼斯之死》写于一九一二年，讲一位身体衰老、精神陷入困境的名作家阿申巴赫在威尼斯度假时，邂逅波兰贵族美少年塔齐奥，少年那古希腊式的美令作家沉醉，他经常用爱慕的眼光远远注视着这美。此时威尼斯瘟疫流行，政府隐瞒疫情，阿申巴赫虽了解到真相，但对少年关心心切，不肯远离，最终死在威尼斯的海滩上。这篇小说写得严谨、唯美、有象征意味，少年以他形体的美使作家迷狂，激起作家灵性的追求，少年那古希腊式的美和欧洲古典文化的美有对应关系，而威尼斯的瘟疫则和欧洲在现实中的堕落有对应关系，作家最终的死亡是死于他内心对艺术美的追寻和沉迷，死于对古典美的极度崇仰，也是死于外界现实的粗暴干扰。以下节选自《威尼斯之死》第三章，描写的是阿申巴赫认识塔齐奥第二天的情形。

第二天天气看来并不怎么好。陆地上吹来阵阵微风。在阴云密布的铅灰色的天空下，海洋显得风平浪静，没精打采，好像已萎缩了似的。地平线上是阴沉沉、黑压压的一片。岸边的海水差不多已经退尽，露出了一排狭长的沙滩。当阿申巴赫开窗凭眺时，他似乎闻到咸水湖湖水腐臭的气息。

他感到很不自在。这时他已打算离开这儿了。几年前也有那么一次：

当他在这里度过几星期明朗的春日后，也是这种天气使他萌起回乡之念，他感到住在这儿实在太闷气，因而像一个逃犯似的非离开威尼斯不可。当时那种像害热病一般的不愉快的心情，太阳穴上隐隐的胀痛，眼睑沉甸甸的感觉，现在不是又在侵袭着他吗？再次换一个环境，那可太麻烦了；但如果风向不变，他也不想再呆下去。为稳当起见，他暂时不把行李全部打开。九时左右，他在休息室与餐厅之间供早膳的餐室里吃早饭。

餐室里肃静无哗，这是大饭店里所特有的气派。服务员们踮起脚尖来来去去。除了茶具碰撞时轻微的叮当声和低低的耳语声外，什么都听不见。在斜对着房门和阿申巴赫隔开两张桌子的一个角落里，他看到这几位波兰姑娘和她们的女教师。她们直挺挺地坐在那儿，睡眼惺忪，灰黄色的头发刚刚梳平，穿着僵硬的蓝色亚麻布上衣，衣领和袖子又白又小。她们把一碟果酱递来递去，早饭差不多已吃完了。可那个男孩子还没有来。

阿申巴赫微笑起来。嗨，你这个爱享福的小鬼！他想。比起你的姊姊们来，你似乎有任意睡大觉的特权！他突然兴致勃发，信口背诵起一首诗：

你的装饰时时变花样；
一会儿洗热水浴，
一会儿又往床上躺。

他从容不迫地吃早饭。门房脱下了花边帽走进餐室。他从他手中接过一叠刚到的邮件，于是抽起烟来，拆开几封信读着。因此，当那个睡大觉的孩子进来时，他还在餐室里，而别人也还在等着这个迟到的人呢。

他穿过玻璃门进来，悄悄地斜穿过餐厅走到姊妹们坐着的桌子旁。他的步态——无论上身的姿势、膝部的摆动或穿着白皮鞋的那只脚举步的姿态——异常优美、轻巧，显得既洒脱又傲慢；他走进餐室时两次回头上顾下盼，这种稚气的羞赧又平添他的几分妩媚。他笑盈盈地坐下，轻声地、含糊不清地说了些什么话。这时他侧过身子正好朝向欣赏着他的阿申巴赫，因而对方看得特别清楚。这时，阿申巴赫又一次对于人们容貌上那种真正的、天神般的美感到惊讶，甚至惊异不止。今天，孩子身上穿着一件薄薄的蓝白条子的棉布海员上装，胸口扎着一个红丝带的衣结，脖子周围翻出一条普通的白色竖领。这种衣领就其质地来说并不能算特别高雅，但上面却衬托出一个如花如玉，俊美无比的脑袋。这是爱神的头颅，有帕罗斯岛大理石淡黄色的光华。他的眉毛细密而端庄，一头鬈发浓密而柔顺地一直长到鬓角和耳际。

妙啊，妙！阿申巴赫用专家那种冷静的鉴赏眼光想着，像艺术家对某种杰作有时想掩饰自己欣喜若狂、忍俊不禁的心情时那样。他又接下去思忖：要不是大海和海滩在等着我，只要你在这儿待多久，我也想在这儿待多久！然而他还是在饭店服务员的众目睽睽之下穿过客厅，走下台阶，经过木板小路，一直来到海滩上专为旅客休憩的那块地方。一个赤脚老头儿陪他到一间供他租用的小屋里，他穿着一条麻布裤和一件水手上装，戴着草帽，是这儿的浴室老板。阿申巴赫要他把桌子和安乐椅摆到沙滩里搭起的木板平台上，于是随手提起一只靠背椅，把它一直带到海滨蜡黄色的沙坪上，让自己舒舒服服地坐着休息。

海滩的景色像往常一样给他以欢娱之感。他极目眺望，心旷神怡，陶醉在大自然的怀抱里。这时灰蓝色的浅海上已是闹盈盈的，孩子们在涉水，有人在游泳，还有些人穿着花花绿绿的衣裳，两只手臂交叉着搁在头底下，躺在沙滩上；再有一些人则在没有龙骨的小船上划着桨，船身漆成蓝色或红色，船翻身时就哈哈大笑。海滩上伸展着一排排的凉屋，人们坐在凉屋的平台上就好像坐在阳台上一样；人们在凉屋面前有的喧嚷嬉笑，有的伸开四肢懒洋洋地躺着，他们互相访问，谈笑风生。还有一些人在讲究地理晨妆，半裸着身子，尽情享受海滨上自由自在的乐趣。在前面近海处湿而坚实的沙滩上，有些人穿着白色的浴衣或宽松松的、鲜艳夺目的衬衫，安闲地溜达着。右边，孩子们搭起一座层层叠叠的沙丘，周围插满了各个国家的彩色小旗。卖贝壳、糕饼、水果的小贩蹲在地上，把货物摊在一旁。左面有一排小屋，小屋斜对着别的屋子和海洋，在一侧与沙滩隔开；在其中一间小屋前面，有一家俄国人搭起了帐篷：这里有几个长着胡子、露出一排阔牙的男人，一些娇懒的女人，还有一位波罗的海的小姐，她坐在一副画架面前，描绘着大海的风光，嘴里不住发出绝望的惊叹声。此外还有两个丑陋而温厚的孩子，一个缠头布的、奴颜婢膝的老年女佣。他们住在那里自得其乐，不知疲倦地喊着不服管束、跳跳蹦蹦的孩子们，说几句意大利话跟那个幽默的、卖糖食的老头儿不住打趣，有时一家人相互亲着面颊。他们家庭生活的细节落在旁人眼里，也显得满不在乎。

阿申巴赫想，我还是留着不走吧。哪里比得上这儿呢？他双手叉着放在衣兜里，两眼出神地看着一望无际的大海。他的眼神渐渐散乱迷茫，在一片单调、广漠、烟雾蒙蒙的空间里显得模糊不清。他爱大海有根深的根源:艺术家繁重的工作迫使他追求恬静，希望能摆脱各种恼人的、眼花缭乱的景象，使自己的心灵能达到质朴纯净和海阔天空的境界；他还热烈地向往着逍遥、超脱与永恒，向往着清净无为，这些都和他所肩负的任务恰恰相反，都是不许可的，但正因为如此，对他却是一个诱惑。他所孜孜以求的是出类拔萃、因而渴望着尽善尽美，但清净无为难道不是尽善尽美的一种形式吗？他正在想入非非的当儿，突然从岸边掠过一个人影；当他从无垠的远方收住视线定神看时，原来是那个俊美的少年从左面沿沙滩向他走来了。他光着脚准备涉水，裤脚一直卷到膝盖处，露出了细长的小腿。他慢慢地跨着步，但脚步非常轻巧自负，仿佛习惯于不穿鞋子跑路似的。这时他朝着一排横屋望去。当他看到那家俄国人在屋里悠闲地过着日子时，他顿时怒容满面，现出极度轻蔑的神色。他额上阴沉沉的，嘴角向上翘起，嘴唇恨恨地歪向一方，连腮帮儿也变了形；眉头紧皱得似乎连眼睛也陷下去，眼锋射向下面，显出无比愤怒和憎恶的模样。他瞧着地面，又恶狠狠地向后一瞥，然后使劲地耸了耸肩膀表示不屑一顾，就把他的冤家们扔在后面。

一种微妙的感觉或某种近乎敬畏和羞愧的惶惑不安的心情，促使阿申巴赫转过脸去，装做什么也没有看到，因为他只是偶然而严肃地观察到这幅激情流露的景象，他不愿趁机把这一感受取过来加以利用。尽管如此，他又高兴，又激动，也就是说，他的情绪很好。孩子流露的是一种幼稚的狂热情绪，对听天由命、得过且过的生活态度表示不满，而对神圣的、无法表达的超然瓮境，则赋予了人情味。这个孩子本来只是造物者一件赏心悦目的艺术珍品，现在却博得人们更深的同情；同时，这个刚发育的少年秀外慧中，不同凡俗，使人们能够对他刮目相看，把他看成是早熟的。

这时响起了那孩子清脆而不太洪亮的嗓音，招呼着远处正在搭沙丘玩的伙伴们。阿申巴赫依然转过头去漫不经心地听着。伙伴们回答他，好几次喊着他的名字或爱称；阿申巴赫不无好奇地谛听着，可是除了悠扬悦耳的两个音节外——声音有些像“阿德吉奥”，但喊“阿德吉乌”的次数似乎更多些，发“乌”的尾音时音调有些拖长——却什么也听不清。他爱听这种清越的声音，认为这种和谐的音调十分美妙，于是反复默念了几遍，又回头踌躇满志地去看他的书信和文件。

他把旅行用的书写夹放在膝盖上，拿起自来水笔开始处理各种信札。但不一刻，他又觉得不去领略这番景象实在可惜，同时也认为因处理这些无谓的信件而错过机会也不值得——这毕竟是他心目中最值得欣赏的场面啊。他把纸笔扔在一边，又回头眺望海洋。不一会，他为堆沙丘的少年们的谈话声所吸引，于是把头转向右面（他的头本来舒坦地枕在椅子背上），张大眼睛又去找漂亮的阿德吉奥，看他究竟忙些什么。

阿申巴赫一眼就看到了他。他胸口的红丝带结准不会认错，他正和别的孩子们忙着在沙丘潮润的小沟上用宽木板搭起一座桥，他发号施令、摇头晃脑地在指挥这项工作。跟他一起玩着的约莫有十个伙伴，男孩子、女孩子都有，年龄跟他差不多，有的还要小些。他们用波兰话、法国话嘁嘁喳喳地交谈着，有的还讲巴尔干半岛国家的方言。但在他们的谈话中，他的名字被提到的次数最多。他显然是他们所需要、所追求、所仰慕的人物。看来，其中有一个身体结实的男孩——像他一样也是波兰人，名字叫起来有些像亚斯胡——特别是他的心腹和好友，他长着一头亮油油的黑发，穿着一件用皮带束紧的粗布衣。堆沙丘的工作告一段落，他们俩就搂着腰沿海滩散步；这当儿，叫亚斯胡的那个小伙子竟吻了漂亮的阿德吉奥一下！

阿申巴赫真想伸出一根指头吓唬他一下。“不过我要奉劝你，克里多布卢斯，”他微笑着想，“还是到外国去旅行一年吧！你至少要花这么长的时间才能复原。”他从一个草莓小贩那儿买了一些大的、熟透了的饱吃一顿充当早点。虽然阳光无法透过空中重重的雾气照射下来，但天气已很炎热。他感到懒洋洋的，整个心灵融化在令人沉醉的大海的宁静气氛中。对于听起来有些像“阿德吉奥”的这个名字究竟如何拼法，我们这位认真的诗人在猜测和推敲方面煞费苦心地花了一番功夫。凭着他对波兰文的某些记忆，他终于确定应当是“塔齐奥”，它是“塔德乌斯”的简称，喊时听来就像“塔齐乌”了。

塔齐奥在洗澡。阿申巴赫有片刻时间没有看到他。接着在远处海面上，他看到了他的脑袋，他的胳膊；他的胳膊像一柄船桨那样在击水。这时从岸边到远处的海水似乎很浅。可是家里人已担心起他来，小屋里已经传出了女人们唤他的声音，她们连声喊他的名字，“塔齐乌！”“塔齐乌！”这声音几乎像集会时的口号声那样，在沙滩上到处回荡。它带着柔绵的和音，尾音的“乌”字余音袅袅，听起来有一种甜润、狂放之感。他回过身去逆着海浪划游，激起了一阵泡沫，在水面上雄赳赳地高昂着头，看去生气勃勃，纯洁而又庄严；他一绺绺的鬈发湿漉漉地淌着水，像大自然怀抱中脱颖而出的、从天上飞下或海底钻出的天使那样娇美可爱。在这幅景象面前，人们仿佛置身于神话般的境界里，换句话说，他像远古时代人类起源或天神降生时那种传奇般的人物。阿申巴赫闭起眼睛细听着自己心灵深处默默地唱着的赞歌，这时他又认为这里是个好地方，还想再多留一会儿。

过了些时，塔齐奥洗好了澡在沙滩上休息。他裹着一条白色的浴巾，浴巾一直披到右面的肩胛下，脑袋枕在光裸着的胳臂上；即使阿申巴赫不去留神看他而只是翻着书本默读，他也念念不忘那边有一个孩子躺着，只要他向右稍稍转过头去，就能看到这个奇妙的形象。他坐在这里，仿佛是为了保护这个正在休息的人儿似的；尽管他忙着做自己的事，但对右面离他不远的这个娇贵人物，他总是一心一意地守着。他的心激荡着慈父般的深情，只有像他那样把整个心灵都奉献给美的创造事业的人，才会对美艳的人物流露出这种感人的真情。

午后，他离开海滩回到饭店，然后乘电梯进房。他呆在房里，对着镜子照了好多时候，端详着自己花白的头发和清癯憔悴的面容。这时他想起了自己的名望，想起了街上有那么多的人认识他，尊敬地注视着他——这都是因为他的文章确切中肯，笔调优美生动。他的脑际浮现出他所能想起的、凭他的天才创造出的种种成绩，甚至想起了自己高贵的头衔。然后他下楼到餐厅吃午饭，在一张小桌子上用膳。在他吃完了饭乘电梯上楼时，一群也吃过早点的青年人一哄而上，把他拥入电梯间内，塔齐奥也走了进来。他正好站在阿申巴赫身边，距离从来没有这样近过，因而这回阿申巴赫看到的不只是一个轮廓，而是线条分明地看清了整个的人。有人在跟孩子谈话，他回答时微笑着、笑起来美得无法形容，接着就在二楼跨步走出电梯间，身子朝后，眼睛向下瞧着地面。“美会使人怕羞，”阿申巴赫想，同时一个劲儿思忖着这究竟是什么原因。不过他也注意到，塔齐奥的牙齿长得并不好，有些参差不齐，白里带青，缺乏健康的珐琅质，显示出贫血患者牙齿上常见的那种脆而透明的特色。“他弱不禁风，病恹恹的，”阿申巴赫想，“他也许活不到老。”他不去理会为什么他在这么想着时，反而有一种心安理得之感。

（钱鸿嘉 / 译）

里尔克诗三则

里尔克（1875—1926），奥地利的德语诗人，代表诗集有《图象集》《祈祷书》《新诗集》《杜伊诺哀歌》《献给奥尔甫斯的十四行诗》等。里尔克在成熟时期的诗歌受到罗丹雕塑、法国象征主义诗歌和存在主义哲学的影响，善于把他所敏锐地感受和深入地思考的一切凝聚为精致而又独特的意象，从而把纯诗和哲学深思结合到一起。

沉重的时刻

此刻，有谁在世上的某处哭，
无缘无故地在世上哭，
哭我。

此刻，有谁在夜里的某处笑，
无缘无故地在夜里笑，
笑我。

此刻，有谁在世上的某处走，
无缘无故地在世上走，
走向我。

此刻，有谁在世上的某处死
无缘无故地在世上死，
望着我。

（冯至／译）

豹

——在巴黎动物园

它的目光被那走不完的铁栏
缠得这般疲倦，什么也不能收留。
它好像只有千条的铁栏杆，
千条的铁栏后便没有宇宙。

强韧的脚步迈着柔软的步容，
步容在这极小的圈中旋转，
仿佛力之舞围绕着一个中心，
在中心一个伟大的意志昏眩。

只有时眼帘无声地撩起。——
于是有一幅图像侵入，
通过四肢紧张的静寂——
在心中化为乌有。

（冯至／译）

夜间的人们

夜不是为着所有的人。
夜把你和你的邻居分开，
你不会不顾黑夜而将他找寻。
假若在夜间你让灯火把房间照亮
面对面看着人们，
你准会想：哪一个是？

脸上洒落的灯影
使人们可怕地变得畸形，

倘若他们曾经在夜间相聚，
你便看见一个动荡的世界
整个聚到了一起。

在他们的被灯光照得发黄的额上，
被放逐了所有的思想。
他们眼光里闪出酒意，
胳臂上悬垂的沉重的手势，
使他们在谈话时
能够了解彼此。
虽然他们同时说道：我，我，
那意思却是：任何一人。

（陈敬容 / 译）

卡夫卡《饥饿艺术家》

卡夫卡（1883—1924），奥地利德语小说家，表现主义文学的代表人物，主要作品有长篇小说《审判》《城堡》《美国》和中短篇小说《变形记》《判决》《饥饿艺术家》《万里长城建造时》《致科学院的报告》《地洞》等。卡夫卡的小说创作有一种抽象化倾向，小说里的环境往往是没有具体时代背景和地理空间的，人物是没有具体个性的，语言则是冷漠、客观、没有感情色彩的，卡夫卡用这样的表达方式来进行对人类社会和人性的本质揭示，以获得一种具有永恒性、普遍性的象征意义。但当他用看似最为现实、逻辑严密的语言来描绘非现实主义的内容时，一种令人震惊的、既逼真又陌生的噩梦效果产生了，而这个噩梦般的、异化的世界是卡夫卡用艺术的眼睛看到的，反映了他的心灵真实。卡夫卡的这种表现手法，对后来的存在主义文学、荒诞派戏剧有很大启示和影响。

写于一九二二年的《饥饿艺术家》是卡夫卡的短篇小说名作，小说中的艺术家为了生存，为了使自己的艺术达到“最高境界”，竟把绝路作为出路，以绝食表演作为谋生手段、以绝食作为艺术，并为这种艺术的不被理解而感到孤独。骨瘦如柴的饥饿艺术家是人性异化、精神展品化和艺术异化的象征，也是现代人痛苦悲哀现状的写照。

饥饿表演近几十年来明显地被冷落了。早些时候，大家饶有兴致地自发举办这类大型表演，收入也还不错。可是今天，这些都已毫无可能。那时的情形同现在相比确实大相径庭。当时，全城的人都在为饥饿表演忙忙碌碌，观众与日俱增，人人都渴望每天至少观看一次饥饿艺术家的表演。临近表演后期，不少人买了长期票，天天坐在小铁笼子跟前，就是晚上，观众也络绎不绝。为了看得不失效果，人们举着火把。天气晴朗的时候，大家就把笼子挪到露天，这样做是为了孩子，他们对饥饿艺术家有着特殊的兴趣。大人们看主要是图个消遣、赶赶时髦，可孩子们却截然不同，他们看到这位身穿黑色紧身服、脸色苍白、瘦骨嶙峋的饥饿艺术家时神情紧张，目瞪口呆，为了壮胆，他们互相把手拉得紧紧的。饥饿艺术家甚至连椅子都不屑一顾，只是一屁股坐在乱铺在笼子里的干草上。他时而有礼貌地向大家点头打个招呼，时而用力微笑着回答大家的问题。他还时不时把胳膊伸出栅栏，让人摸摸瞧瞧，以感觉到他是多么干瘦。随后又深深陷入沉思，任何人对他都变得不复存在，连笼子里那对他至关重要的钟表（笼子里唯一的东西）发出的响声也充耳不闻，只是那双几乎闭着的眼睛愣神地看着前方，偶尔呷一口小玻璃杯里的水润一润嘴唇。

除了熙熙攘攘、川流不息的观众外，还有被大伙推举出来的固定的监督人员守在那儿。奇怪的是，这些看守一般都是屠夫，他们总是三人一班，日夜盯着饥饿艺术家，防止他用什么秘密手段偷吃东西。其实，这不过是安慰大伙的一种形式而已，因为行家都晓得，饥饿艺术家在饥饿表演期间是绝对不吃东西的，即使有人强迫他吃，他也会无动于衷。他的艺术的荣誉不允许他这么做。当然，不是每个看守都能理解这一点。有些值夜班的看守就很马虎，他们坐在远离饥饿艺术家的某个角落里埋头玩牌，故意给他一个进食的机会，他们总认为，饥饿艺术家绝对有妙招搞点存货填填肚子。碰到这样的看守，饥饿艺术家真是苦不堪言，这帮人使他情绪低落，给他的饥饿表演带来很多困难。有时，他不顾虚弱，尽量在他们做看守时大声唱歌，以便向这帮人表明，他们的怀疑对自己是多么的不公道。但这无济于事。这些看守更是佩服他人灵艺高，竟在唱歌时也能吃东西。所以，饥饿艺术家特别喜欢那些“秉公执法”的看守人员，他们靠近铁栅坐在一起，嫌大厅灯光太暗而举起演出经理提供的手电筒把自己照得通明。刺眼的光线对他毫无影响，反正他根本睡不成觉，但是无论什么光线，也不管什么时候，就是大厅里人山人海，喧闹嘈杂，打个盹儿他总是做得到的。他非常乐意彻夜不眠和这样的看守共度通宵，喜欢同他们逗乐取笑，给他们讲述自己的流浪生活，然后再悉听他们的奇闻趣事。所有这些，都是为了使看守们保持清醒，让他们始终看清，他的笼子里压根儿就没有吃的东西，他在挨饿，不论哪个看守都没有这个本事。而最令他兴奋的是早晨自己掏腰包，请看守们美餐一顿让人送来的早饭。这些壮汉子们在艰难地熬了一个通宵之后个个像饿狼扑食，胃口大开。然而，有些人却认为请客吃饭有贿赂之嫌疑，这纯属无稽之谈，当别人问到他们是否愿意兢兢业业值一夜班而拒吃早餐时，这些人却溜之大吉了，可要让他们消除疑心并不容易。

诸如此类种种猜疑，饥饿艺术家似乎也难于摆脱。任何一位看守也做不到夜以继日、丝毫不间断地守在饥饿艺术家身边，因此无人亲眼目睹过，他是否确实持续不断地挨饿。只有饥饿艺术家自己心里最清楚，只有他才算得上是对自己的饥饿表演最为满意的观众。但是由于另一种原因，他又从未满意过。或许他干瘦如柴的躯体根本就不是由于饥饿所造成的，而是对自己不满所致，以致于有些人出自于对他的同情而不来观看饥饿表演，因为这些人不忍心看他那被折磨的样子。其实他自己明白，饥饿表演极为简单，是世上最容易做的事，这一点恐怕连行家也不清楚。对此，饥饿艺术家直言不讳，但人们死活就是不信。善意的说法还好，说他谦虚，可大部分人认为他自吹自擂，更有甚者说他是个骗子手，他当然觉得挨饿是件轻松的事，因为他懂得如何能使挨饿变得轻松，而他竟然厚颜无耻，不肯百分之百地道出实情。所有这一切，饥饿艺术家都得忍受着。天长日久他也习以为常，然而内心深处的不快总搅得他不得安宁。每当一轮饥饿表演结束时，饥饿艺术家没有一次是自愿离开笼子的，这一点，人们一定要为他作证。演出经理规定每轮表演最高期限为四十天，期限过后，他绝不让饥饿艺术家再继续挨饿，即使在世界大城市里也是如此。经理这样做不无道理，因为根据以往经验，全城人的兴趣会通过四十天里越来越火的广告充分被激发出来，而四十天后，观众就会感到疲倦，看表演的人数随之锐减。在这一点上城市和乡村当然有些小小的区别，可是四十天最高期限已经成了一条通用的规律。在第四十天，笼子的门被打开，笼子四周插满鲜花，半圆形露天剧场里人海如潮，观众兴高采烈，军乐队奏着乐曲。两个医生走进笼子为饥饿艺术家作必要的检测，检测结果通过高音喇叭传遍剧场。随后，两位女士走上前来，她们乐滋滋的，庆幸自己能被选中去搀扶饥饿艺术家离开笼子走下前面的台阶。台阶前的小桌子上早已摆好了精心准备好的病号饭。在这种时刻，饥饿艺术家总是加以拒绝，虽然他还是自愿地把自己皮包骨头的手臂递向前来帮忙的女士，但是他不愿站立起来。为什么刚到四十天就停止表演呢？他本来能长期地、无休止地饿下去，为什么恰恰要在他表演最紧要的关头停下来呢？他还没有真正精彩地表演过一回哩！他还能继续饿下去，他不仅能成为空前最伟大的饥饿艺术家（他或许已经是了），而且还要超越自我，达到不可思议的境界，因为他感到自己的饥饿表演能力永无止境。可是人们为什么要夺走他继续挨饿的荣誉呢？为什么这些对他佩服得五体投地的人多一点耐心都没有呢？他都能坚持继续饥饿表演，为什么这些人连耐心当观众都做不到呢？唉，他也累了，本该坐在干草上好好歇一会儿，可现在他得立起他那又高又细的身躯去吃饭。他一想到吃就感到恶心，只是想到女士在自己旁边才把要说的话咽了下去，他抬头看了看表面上和蔼其实残忍的两位女士的眼睛，摇了摇耷在他无力的脖子上那过于沉重的脑袋。紧接着，老一套又来了。演出经理登场，他像哑巴一样，一句话也不说（其实是音乐声吵得他没法讲话），双手举到饥饿艺术家的头上，好像在邀请老天爷下凡，参观他那坐在蓬乱干草上的作品——这位颇值怜悯的殉道士。说实在的，饥饿艺术家确实是个殉道士，只是在另外一层意义上罢了。经理双手卡住饥饿艺术家的细腰，有些过分小心翼翼，他的动作神情使人联想到，他手中不是一个活人，而是一件极易破碎的物品。这时经理或许暗中轻轻碰了一下饥饿艺术家，以致于他的双脚和上身左右摇摆不停。紧接着经理把他交给了两位脸色早已吓得苍白的女士，饥饿艺术家任其摆布，他脑袋耷拉在胸前，好像它是不听使唤地滚到那里，然后又莫名其妙地一动不动。他的身体已经掏空，双腿出于自卫本能紧紧和膝盖贴在一起，双脚却擦着地面，似乎那不是真正的地面，它们好像正在寻找真正的可以着落的地方。他全部的、其实已经很轻的身体重量倾斜在其中一个女士身上。她喘着粗气，左顾右盼，寻求援助，她真没想到，这件光荣的差事竟会是这样，她先是尽量伸长脖子，这样自己的花容月貌起码可以免遭“灾难”，可是她却没有办到。而她的那位幸运些的伙伴只是颤颤悠悠，高高地扯着饥饿艺术家的手——其实只是一把骨头——往前走，一点忙也不帮，气得这位倒楣姑娘在大庭广众的起哄声中哇地一声大哭起来，早已侍候在一旁的仆人不得不把她替换下来。随后开始吃饭，经理先给处于昏厥状态、半醒半睡的饥饿艺术家喂了几勺汤水，顺便说了几句逗乐的话，以便分散众人观察饥饿艺术家身体状况的注意力。接着，他提议为观众干杯，据说此举是由饥饿艺术家给经理耳语出的点子，乐队憋足了劲演奏。随后大家各自散去，没有人对眼前发生的一切不感到满意，只有一个人例外，那就是饥饿艺术家自己，他总是不满。

就这样，表演、休息；休息、表演，他过了一年又一年，表面上光彩照人，受人尊敬，而实际上阴郁的心情经常缠绕着他。由于得不到任何人的真正理解，他的情绪变得越来越坏。人们该怎样安慰他呢？他还有什么渴求呢？如果同情他的某个好心人告诉他，他的悲哀可能是饥饿所致，那么他就会勃然大怒（特别是在饥饿表演进行了一段时间以后），像一只凶猛的野兽吓人地摇晃着栅栏。但对于这种状况，演出经理自有一套他喜欢采用的惩罚手段。他当众为饥饿艺术家辩解并且表明，饥饿艺术家的行为可以原谅，因为这种由于饥饿引起的反常的易怒心态是正常人根本无法理解的。接着他就开始大讲饥饿艺术家自己的需要加以解释的观点，说他实际能够挨饿的时间比他现在做的饥饿表演的时间要长得多，经理大为赞赏他的执著追求、良好心愿以及伟大的自我克制精神，这些当然也包括在饥饿艺术家的说法之中。而随后，他又拿出一叠照片（照片也用于出售），轻而易举就把艺术家的说法驳倒。因为从照片上人们可以看到，饥饿艺术家在第四十天的时候躺在床上虚弱不堪，奄奄一息。这些虽是老生常谈，却又不断使饥饿艺术家难以忍受。他气愤的是这种歪曲事实的做法，明摆着是提前结束饥饿表演的结果，人们却要把它说成是不得不停止表演的原因。同愚昧抗争，同这个愚昧的世界抗争是徒劳的。他总是虔诚地、如饥似渴地抓着栅栏认真地听经理说的每一句话，但当经理展示照片时，他每次都放开栅栏，唉声叹气地坐回草堆。于是，受到抚慰的观众又重新围过来看他表演。

数年之后，每当这一场面的见证人回忆起这一幕时，连他们自己都弄不明白这是怎么一回事，因为这期间发生了那个被提及的事变。这变化来的极其突然，它或许有更复杂的原因，但有谁去深究呢？无论如何，这个曾受大家喜欢的饥饿艺术家有一天发现自己被那些热闹上瘾的观众忘却了，他们纷纷涌向其它演出场所。演出经理领着他又一次跋涉了半个欧洲，他们想看看，是否能在某个地方重新找回逝去的狂热和兴趣，然而他们一无所获。好像人们私下达成了某种默契，到处都笼罩着厌恶饥饿表演的气氛。当然，这种情绪绝非一朝一日形成的，只怪当时人们过分陶醉于胜利的喜悦之中，没有引起足够的重视，也未加防范，而现在采取对策为时已晚。尽管肯定有一天，饥饿表演定会再次红火起来，但这对于活着的人毫无慰藉。眼下，饥饿艺术家该去做什么呢？成千上万观众曾为之欢呼的饥饿艺术家如今去集市上的简陋戏台上演出未免太惨了些，改做其它行当吧，他不仅年纪太大，而更主要的是他对饥饿表演有着如痴如狂的追求。最终，他告别了经理——这位人生旅途上无与伦比的伙伴，受聘于一家庞大的马戏团。为了避免再受刺激，他甚至连合同条件都没瞥上一眼。

马戏团确实很大，数不清的人、动物、器械随处可见，他们需要不断更新和补充，不论什么人才，任何时候都能在马戏团派上用场，当然饥饿表演者也不例外，只要条件不苛刻。另外，他之所以受聘当属特殊情况，这不单单是聘用一个艺术家本身，而更重要的是他当年的赫赫大名。其实，饥饿表演的技艺根本不会随着年龄的增长而黯然失色，单凭这一点，人们起码不能说，一个老得不中用的、再也不能站在技艺巅峰表演的饥饿艺术家想躲到马戏团某个安静的位置上去混日子。恰恰相反，饥饿艺术家向人保证，他的饥饿艺术不减当年，这是绝对可信的。他甚至还宣称，只要人们准许他按自己的想法行事（人们马上答应了他的这一要求），他要真正地震撼世界，达到前所未有的轰动效应。饥饿艺术家一激动起来，早把当今形势忘得一干二净，他的话只引起懂行的人付之一笑。

然而，饥饿艺术家到底还是没有忘记着眼于现实。人们把他和笼子没有作为精彩节目放在马戏团的中心地段，而是安插在一个交通路口，他也认为这是理所当然的事。笼子四周挂满了标语，那些花花绿绿的大字在告诉人们那里可以看到什么东西。若是观众在其它演出休息的时候涌向兽场的话，总要从饥饿艺术家跟前走过并在那儿停留片刻。假如不是道窄人挤，后面的人又能够理解前面的观众为什么不急着去看野兽而停留下来，人们或许能在他面前多呆一会儿，慢慢欣赏他的表演。这就是饥饿艺术家看到观众马上要向他走来时不住颤抖的原因。他以人们观看自己为生活目的，自然盼望这种时刻。起初，他急不可待地盼着演出休息，眼看一群群观众朝自己蜂拥而来，他激动得欣喜若狂，可是他很快就看出，观众的本意是去看野兽，每次如此，几乎无一例外，就是最固执的、故意自欺欺人的人也不得不承认这一事实。但是不管怎么说，看着远处的观众朝自己走来是令他最为高兴的事，人们涌过来时，持续不断的呼喊声和叫骂声乱成一片，一些人慢悠悠地看他表演，不是出于对他的理解（这些人使饥饿艺术家甚感痛苦），而是故意和后面催他们的人过不去，而另一些人则是心急火燎地想去兽场。大批人过后，剩下的是一些姗姗来迟者，没人催赶他们，只要他们有兴趣，满可以在他面前多呆一会，但是这些人大步流星，目不斜视，直奔兽场。不过，饥饿艺术家偶尔也能碰到幸运的时刻。有时父亲领着孩子来到他面前，父亲一边指，一边详细地讲述这是怎么一回事，他讲到过去的年代，说他曾经看过类似的表演，但那时盛况空前。可是孩子们无论在学校还是在生活中都没有经历过这些事情，所以，他们始终不能理解大人的话，这也难怪，他们怎么能懂得什么叫饥饿呢？但是，从他们那探究性闪闪发光的眼睛里流露出一种崭新的、属于未来的、更为仁慈的东西。饥饿艺术家有时悄然思忖，假如自己的表演场地离兽场稍远一点，或许情况会好起来，而现在离兽场这么近，人们很容易选择去看野兽，更不用说兽场散发的臭味、动物夜间的闹腾、给野兽送生肉时人走动的响声以及投食时动物的狂嘶乱叫搅得他不得安宁，使他长期忧郁消沉。但是，他又没有胆量向马戏团的头头们去说。他还得感谢那些野兽们，没有它们，哪能引来那么多观众？况且众人当中还能找到某位真的是冲着他而来的呢。如果他要提醒人们注意自己的存在，那么人们马上就会联想到，他——确切地说——只不过是通往兽场的一个障碍，谁知道人家会把他塞到哪个角落。

当然只是一个小小的障碍，而且会越变越小。人们在当今时代还要为一个饥饿艺术家耗神费力，这简直是个怪事，可是人们对奇怪现象已习以为常，而正是这种习惯宣判了他的命运。他想使出最大能力做好饥饿表演，他也确实这么做了，然而这一切都挽救不了他的命运。观众个个如匆匆过客飞快地从他面前掠过。去试试给人讲饥饿艺术吧！但是谁对饥饿艺术没有亲身感受，就根本不可能心领神会。漂亮的彩色大字已经被弄脏，变得模糊不清，它们被撕了下来，没有想到换上新的。用于计算饥饿表演天数的小牌子上的数字当初每天都有新的记录，现在却无人问津，数字多日不变，因为数周之后，连记录员自己都对这项单调的工作感到厌腻。虽然饥饿艺术家不停地做饥饿表演，这是他过去梦寐以求的事，也是他曾经夸过的海口，现在，他可以任意独行其事了，但是，没有人为他记录表演天数，没有人，甚至连他本人也搞不清楚自己的成果究竟达到了何种程度，他的心情变得沉重起来。假如某个时候来了一个游手好闲的家伙，用那个旧数字逗笑取乐，说这是骗人的鬼把戏，那么，他的话才真正是最愚蠢的、能编制冷漠和恶意的谎言。因为，饥饿艺术家诚实地劳动，他没有欺骗别人，倒是这个世界骗取了他的工钱。

又过了许多日子，表演告终了。有一天，那只笼子引起了一位看管人的注意，他问仆人们，为什么把一个好端端的笼子闲置不用，里边的谷草已经发霉变味，对此无人知晓，直到其中一位看见了记数的小牌子，他才猛然想起饥饿艺术家。人们用棍子拨开腐草，在里边找到了他。“你还一直不吃东西？”看管人问道，“你究竟什么时候才算完呢？”“诸位，请多多原谅。”饥饿艺术家有气无力地低声细语，只有看管人才能听清他说的话，因为他把耳朵贴在栅栏上，“当然，当然。”看管人一边点头，一边把手指向额头，以此来暗示其他人，说明饥饿艺术家的身体状况非常危险，“我们当然会原谅你。”“我一直在想着，你们能赞赏我的饥饿表演，”

饥饿艺术家说。

“我们确实也挺赞赏的，”看管人热情地说。“可是你们不应该赞赏，”饥饿艺术家说。“那么我们就不赞赏，”看管人说，“为什么我们不应该赞赏呢？”“因为我只能忍饥挨饿，我也没有其他办法。”饥饿艺术家说。“你们瞧，太怪了不是，”看管人说，“你为什么没有其他办法呢？”“因为我，”饥饿艺术家说着，小脑袋微微抬起，嘴唇像要吻看管人似的，直贴在他的耳根，生怕露掉一个字，“因为我找不到适合我胃口的食物。假如我找到这样的食物，请相信我，我不会招人参观，惹人显眼，并像你，像大伙一样，吃得饱饱的。”这是饥饿艺术家最后的几句话，然而，从他那瞳孔已经放大的眼睛里还流露出一种不再是自豪，而是坚定的信念：他还要继续饿下去。

“好了，大伙整整吧！”看管人说。饥饿艺术家连同腐草一起被埋掉了。笼子里放进了一只年轻的美洲豹子。即使是感觉最迟钝的人，看到这只野兽在闲置长久的笼子里活蹦乱跳时，他也会觉得这是一种舒服的休息。这只豹子什么也不缺，可口的食物看守人员无须长时间考虑就会送来。失去自由对它似乎都无所谓，这个高贵的躯体应有尽有，不仅带着利爪，而且连自由好像也带在身边，自由似乎就藏在它利齿的某个地方。它生命的欢乐总是同它大口里发出的强烈吼叫而一起到来。观众从它的欢乐中很难享受到轻松，可是他们克制住自己，挤在笼子周围，丝毫不肯离去。

（贾一诚 / 译）

普希金诗一则

普希金（1799—1837），俄国诗人、作家，俄国民族文学和语言的创始人。普希金在诗歌、小说、戏剧、童话等文学各领域均有涉足，代表作有诗体小说《叶甫盖尼·奥涅金》，中篇小说《上尉的女儿》，短篇小说集《别尔金小说集》，戏剧《鲍里斯·戈杜诺夫》，童话诗《渔夫和金鱼的故事》，长诗《青铜骑士》《高加索俘虏》，以及《致大海》《自由颂》等抒情诗。普希金对后来的俄国文学影响重大，例如他在创作中所塑造的叶甫盖尼·奥涅金这样属于贵族知识分子阶层的“多余人”形象和驿站长这样属于被侮辱阶层的“小人物”形象成了有高度概括意义的典型，因为这两种形象最能代表彼得一世改革以来，一个接受了西方先进思想的俄国和一个还采取着专制、野蛮的社会制度的俄国之间的奇特反差。普希金以他对俄国社会、文化的深刻理解、洞察和他的非凡创造力，被认为是“一切开端的开端”（高尔基语），被认为“只有从普希金起，才有了俄罗斯文学，因为在他的诗歌里跳动着俄罗斯生活的命脉”（别林斯基语）。

《纪念碑》是普希金的著名抒情诗之一，为他逝世前半年所写，可以算作他一生诗歌创作的总结和遗嘱。

纪念碑

我给自己建起了一座非手造的纪念碑，
人民走向那里的小径永远不会荒芜，
它将自己坚定不屈的头颅高高昂起，
高过亚历山大的石柱。

不，我绝不会死去，心活在神圣的竖琴中，
它将比我的骨灰活得更久，永不消亡，

只要在这个月照的世界上还有一个诗人，
我的名声就会传扬。

整个伟大的俄罗斯都会听到我的传闻，
各种各样的语言都会呼唤我的姓名，
无论骄傲的斯拉夫人的子孙，还是芬兰人、
山野的通古斯人、卡尔梅克人。

我将长时期地受到人民的尊敬和爱戴：
因为我用竖琴唤起了人民善良的感情，
因为我歌颂过自由，在我的残酷的时代，
我还曾为死者呼吁同情。

啊，我的缪斯，你要听从上天的吩咐，
既不怕受人欺侮，也不希求什么桂冠，
什么诽谤，什么赞扬，一概视若粪土，
也不必理睬那些笨蛋。

（陈守成 / 译）

屠格涅夫《初恋》（节选）

屠格涅夫（1818—1883），俄国批判现实主义小说家，代表作有《猎人笔记》《罗亭》《贵族之家》《前夜》《父与子》《烟》《处女地》《阿霞》《初恋》《春潮》《散文诗集》等。屠格涅夫的小说反映批判了俄国的社会现实，语言纯净优美，有独特的抒情风格。他擅长自然风景和人物心理的细腻描写，擅长塑造少女形象，长年的侨居生涯（最后死于巴黎）和他身上的贵族自由主义思想和悲观主义思想，使他的作品有一种挥之不去的淡淡忧伤。

《初恋》是屠格涅夫的中篇小说名作，带有自传色彩。小说描写一位少年在一次随父母去别墅消夏时，爱上了邻居一位少女，后来他发现有一个情敌，这情敌竟是他的父亲。《初恋》对少年的心理刻画细致入微，流露出对逝去的青春的伤感怅惘。以下节选自《初恋》的第二、二十一、二十二节。

二

我有一个习惯：每当傍晚时分，我就带着一支猎枪在我们的花园里转悠，守候着乌鸦。我从来就痛恨这些鬼鬼祟祟的、又贪婪又狡猾的鸟类。在上述的那一天，我又到花园里去了，走遍了所有的小径，却一无所获（乌鸦认出了我，老远就断断续续地呱呱叫起来），我偶然走近了那道把我们的花园跟附属于右边小厢房的那个狭长的园子隔开的低矮的栅栏。我埋头走着。突然间我听到一阵说话声；我隔着栅栏一眼望去，不禁愣住了……一片令人纳闷的景象呈现在我的面前。

离我约有几步路远的草地上，在那翠绿的木莓丛中站着一个亭亭玉立、婀娜多姿的高个儿少女，她穿着一件带条子的粉红色衣服，头上包着一块白头巾；有四个年轻人紧紧地围住了她，她拿了一些灰色的小花朵轮流地打他们的前额，我叫不出这些花的名称，但是孩子们都非常熟悉它们：这些小花朵的形状像一只只小袋子，它们打在坚硬的东西上，就会啪的一声碎裂的。

那几个年轻人都那么乐于把他们的前额迎上去——这个少女的动作（我只看见她的侧面）是那么迷人，带着命令的意味，含有亲切、嘲弄，但又十分可爱的成分，我又惊又喜，险些儿叫了起来，我觉得只要这些美丽的指头也来揍我的前额，我愿意立刻放弃人世间的一切。我的枪掉到草地上了。我忘却了一切，目不转睛地望着那苗条的身材、那颈脖和美丽的双手、那白头巾下面有点儿蓬乱的淡黄色头发、那双半张半闭的聪慧的眼睛和睫毛，以及睫毛下面那娇嫩的脸颊……

“年轻人啊，年轻人，”忽然我身旁有人说起话来，“难道可以这样凝望陌生的小姐吗？”

我不禁全身一震，发呆了……有个黑头发剪得短短的男人站在栅栏那边，离我很近，他以嘲讽的目光望着我。这当儿那位少女向我转过脸来……我在一张活泼的、神采焕发的脸上看见了一双灰色的大眼睛——整个面孔忽然颤动了一下，笑了起来，洁白牙齿闪闪发光，两条眉毛挺有趣地往上一扬……我满脸通红，从地上拾起了猎枪，在一阵响亮的，但无恶意的哄笑声中逃回到自己的屋里，我扑倒在床上，用双手捂住了脸。我的心跳得那么厉害；我觉得害臊，但又很快乐：从来没有这样激动过。

休息一会儿之后，我梳理了头发，把衣服整理了一下，就下楼喝茶去了。那个年轻少女的形象在我眼前掠过，我的心不再狂跳了，但不知怎么的却令人愉快地揪紧着。

“你怎么啦？”父亲突然问我。“打着乌鸦了吗？”

我本想把一切都告诉他，但话到嘴边就缩住了，我只暗自笑了笑。上床睡觉时，我自己也不知道为什么用一只脚支撑着，转体两三回，然后抹上发油，就躺下了——整整一夜睡得像死人一般。天亮前我醒了一会儿，稍微抬起了头，兴高采烈地望了望四周，又睡着了。

二十一

我父亲每天骑着马出去。他有一匹棕灰色带斑纹的英国良种马，脖子又长又细，腿也很长，它不知疲劳，生性凶猛。大家管它叫爱列克特里克。

除了父亲，谁也无法骑它。有一次父亲情绪很好地来到我跟前，他好久没有这样高兴过，他准备骑马出去，已经戴上了马刺。我请求他带我一起去。

“那我们最好玩跳背游戏，”父亲回答我说，“否则你骑着自己那匹德国马，是跟不上我的。”

“我会跟上的，我也把马刺戴上。”

“嗯，那也好。”

我们出发了。我骑着一匹黑色长毛矮种马，四腿粗壮有力，跑得相当快。诚然，当爱列克特里克快速奔驰的时候，它就不得不拼命地赶了。可我毕竟没有落在后面。我没有见过像我父亲那样的骑手；他骑在马上显得那么英俊、那么潇洒、那么灵活，甚至连他的坐骑似乎也有这种感觉，并且还以他为荣呢。我们跑过了所有的林荫道，来到了一片少女地，还跳过了几道栅栏（开头我不敢跳过去，可是父亲瞧不起胆小的人，于是我不再害怕了），两次涉过莫斯科河，我还以我们要回家了，何况父亲说我的马累了，可他忽然掉转马头离开了我，折向克里米亚浅滩那边，并且沿着河岸疾驰而去。我在后面拼命地追赶他。当跑到了一个堆得很高的旧木料堆跟前时，他倏地从爱列克特里克的鞍子上跳了下来，叫我也下马，他把自己的马缰绳交给了我，要我在木料旁边等他，而他自己却拐进一条小巷不见了。我牵着两匹马，沿着河岸走来走去，嘴里骂着爱列克特里克。它一边走，一边不时地摇晃脑袋，抖动着身子，喷着鼻息，尖声嘶叫：等到我站住了，它就用蹄子轮流地刨土，还咬那匹德国马的脖子，刺耳地嘶鸣着，总之，它处处显示自己是一匹被惯坏了的 pursang[(1)]。父亲还没有回来。河面上冒出一股令人难受的潮气；天空中悄悄地下起了蒙蒙细雨，在那些我感到非常厌恶的、笨重的灰木料上面出现了许多小黑点（我在那些木料旁边走来走去，好多次了）。我烦躁不安，可是父亲还没有回来。一个芬兰族岗警，浑身也是灰扑扑的、头上戴着一顶样子像瓦罐似的很大的旧高筒军帽，手持一根长柄戟（我心想：莫斯科河河岸上为什么要设岗！），走到我身边来了，他把那张老太婆似的、满是皱纹的脸朝着我，低声说道：

“少爷，您牵着两匹马在这儿干什么？让我来替您牵着吧。”

我没有答理他；他向我讨烟抽。为了摆脱他的纠缠（再说，我也等得不耐烦了），我朝父亲行进的方向走了几步；后来我穿过那条小巷，走到尽头，在拐角上转了一个弯，就站住了。我父亲背对着我站在街上一座小木屋的一扇打开的窗子跟前，离我约莫有四十步远，他把胸部靠在窗台上。

在那座小房子里坐着一个穿黑色连衫裙的女人，半个身子给窗帘遮住了。她正在跟父亲谈话，这个女人就是齐娜依达。

我愣住了。说真的，这件事我怎么也没有料到。我第一步就打算逃开。“父亲会回过头来的，”我心想，“那我就糟了……”可是一种古怪的情感，一种比好奇心更强烈，甚至比妒忌、比恐惧强烈的情感，阻止了我。我开始观察着，聚精会神地细听着。父亲好像坚持着什么主张。齐娜依达不同意。她那张脸现在还历历在目。这是一张忧郁、严肃、俏丽的脸，脸上流露出无法用笔墨形容的忠贞不渝、悲伤、爱恋，以及某种失望的神情，我简直找不出别的字眼来描绘了。她说的都是些单音节的字，她没有抬起眼来，只是莞尔微笑——顺从地、固执地微笑着。单凭这一微笑，我就认出了我那从前的齐娜依达。父亲耸了耸肩，整了整头上的帽子——这些动作一直是他表示极不耐烦的特征……接着我听到了这句话：“Vous devez ous séparer decette…”[(2)] 齐娜依达挺直了身子，伸出了一条胳膊……忽然在我的眼前发生了一件令人不可思议的事：父亲忽然举起那条他用来拍掉自己常礼服下摆上灰尘的短皮鞭，接着我听到了他在她那裸露到臂肘的胳膊上猛地一抽的鞭打声。我勉强地忍住了。没有喊叫起来，可是齐娜依达全身一震，默默地瞥了一下我的父亲，慢慢地把自己那条胳膊举到了唇边，吻了一下胳膊上那条发红的鞭痕。父亲把那条短皮鞭扔在一边，急忙跑上台阶，冲进木屋里去了……齐娜依达转过身去，张开两臂，把头向后一仰，也从窗口走开了……

我惊呆了，连气都喘不过来，心里怀着困惑莫解的恐惧跑回去了。我穿过了小巷（差点儿把爱列克特里克放走了）返回到河岸上。我什么都弄不清楚。我知道我那一向冷静沉着的父亲有时也会大发脾气，但是我毕竟怎么也无法理解我所看到的这一情景……可我这时还感觉到，不管我活多久，要我忘记齐娜依达的这一动作、她的目光和微笑是永远也不可能了。她的形象，这个新的、突然呈现在我的眼前的形象，永远铭刻在我心上了。我茫然望着河面、眼泪不知不觉地涌了出来。“她挨打啦，”我心想，“挨打啦……挨打啦……”

“喂，你怎么啦，把马给我牵来！”在我身后响起了父亲的声音。

我机械地把缰绳交给了他。他一纵身就骑上了爱列克特里克……这匹冻僵了的马举起了前蹄，向前跳了一个俄丈半……可是父亲很快就制服了它；他用马刺刺了一下它的腹部，拿拳头揍了一下它的脖子……“哎哟！

短皮鞭没有了。”他嘟哝了一句。

我记起了刚才这条短皮鞭的刺耳的抽打声，不禁哆嗦了一下。

“您把它放在哪儿去了？”过了一会儿，我问父亲。

父亲没有回答我，他策马往前疾驰而去。我赶了上去。我一定要看看他的脸色。

“我不在，你觉得无聊吧？”这句话从他的牙缝里迸了出来。

“有点儿。你把自己的短皮鞭失落在哪儿了？”我又问他。

父亲倏地瞥了我一眼。

“我没有失落，”他低声说，“我把它扔了。”

他沉思起来了，低下了头……这当儿我第一次，几乎也是最后一次看他到那严肃面孔能够流露出多少温柔和怜惜之情。

他又疾驰而去，我再也追不上他了。我比他迟了一刻钟才回到家里。

“这就是爱情嘛，”夜里我坐在已经开始摆上笔记本和书籍的写字台前面，又自言自语地说道，“这就是热烈的爱情。一般说来，遭到不管什么人的鞭打……或是最亲爱的人的鞭打，怎么能不气愤，怎么能忍受得了呢！但看来是可能的，假如你产生了爱情……可我呢，我就想象着……”

最近一个月来，我老练得多了，我觉得我那蕴涵着各种激动情绪和痛苦的爱情同另一种我所不知道的，几乎无法想象到的，而且像一张我竭力想在朦胧中看清楚，但却未能如愿以偿的美丽而威严的陌生面孔那样使我害怕的东西比起来，我发现我的爱情竟然如此渺小，如此幼稚，如此可怜！

当天夜里我做了个奇怪而又可怕的恶梦。我梦见自己走进一间低矮而昏暗的屋子……父亲手里拿一条短皮鞭站在那里，还不时地跺着脚；齐娜依达紧挨着角落——一条发红的鞭痕不是在她的胳膊上，而是在她的额头上……浑身鲜血淋淋的别洛夫佐罗夫在他们俩背后站了起来，他张开着苍白的嘴唇，愤怒地威吓着父亲。

两个月后我上大学了。又过了半年我的父亲在彼得堡（因中风）去世，他跟母亲和我刚搬到那儿，在他去世前几天，他收到了一封从莫斯科寄来的信，这封信使他异常激动……他向母亲去请求过什么，据说，他——我的父亲——甚至哭了！他在中风那天早晨，还用法语给我写信，只是刚起头：“我的孩子，”他在信上给我写道，“对女人的爱情，对这种幸福，对这种有害的东西你要存有戒心……”他去世以后，母亲寄了一笔数目相当可观的钱到莫斯科去。

二十二

四年过去了。我刚从大学毕业，还不大知道我应该做什么，从何着手，应该从事哪一种工作。眼下我还闲着，无事可干。有一天傍晚，天气很好，我在剧院里遇见了马依达诺夫。他已经结婚了，有了差事，可我看不出他身上有什么变化。他还是那样莫名其妙地一会儿兴高采烈，一会儿又那么出乎意外地沮丧起来。

"您可知道，"他对我说，"顺便告诉你一下，多尔斯基太太在这儿。"

"哪个多尔斯基太太？"

"难道您忘了吗？就是以前那位公爵小姐扎谢金娜，我们都热恋过她，您也不例外。您可记得涅斯库奇内公园附近的那座别墅吗？"

"她嫁给了多尔斯基？"

"对呀。"

"她在这儿吧吗？在剧院里？"

"不，她在彼提堡，几天前她才到这儿，打算出国去。"

"她的丈夫是个什么样的人？"我问道。

"一个非常好的年轻人，很有钱。是我在莫斯科时候的同事。您可知道，自从发生了那场风波以后……这一切您一定知道得很清楚（马依达诺夫意味深长地笑了笑）……她好不容易为自己物色到了一个丈夫；总算有了归宿……不过凭她的聪明才智，一切都是能办到的。您上她那儿去走走吧，她见到您一定会很高兴的。她比以前更漂亮了。"

马依达诺夫给了我齐娜依达的地址。她住在迪米尤思旅馆。旧日的回忆在我心头涌了起来……我决定第二天去拜访我从前的"恋人"。可是碰上了一些事情，耽搁了一星期，又耽搁了一星期，后来我终于到迪米尤思旅馆去了，我在打听多尔斯基太太的时候，这才知道她四天前几乎是突然因难产而去世了。

我心里仿佛有个东西撞击了一下。我本来能够见到她，但没有见到她，往后我永远也见不到她了——这个念头，这个令人痛苦的念头狠狠地、令人无法反驳地责备着我，深深地刺痛了我的心。"她死了！"我呆呆地望着看门人，又说了一遍，就慢腾腾地走出旅馆，来到街上，自己也不知道往哪儿走。一切往事都一下子浮现在我的眼前了。原来那年轻的、热情奔放的、光辉灿烂的生命就这样结束了！原来这就是她急切而不安地努力追求的目标吗？我这样想着，我想象着那可爱的面容、那双眼睛、那头鬈发如今都安放在埋葬在黑暗而潮湿的地底下的一具狭窄的棺木里了。——就在这儿，离现在还活着的我不远，也许离我父亲也只有几步路……我想着这一切，我全神贯注地想象着，而同时

从那生疏冷漠的嘴里我得了她死亡的噩耗，
我也生疏冷漠地听着这一消息……

这些诗句在我心灵里响了起来。啊，青春啊！青春！你什么都不关心，仿佛你拥有宇宙间的一切宝藏，甚至忧愁也使你感到安慰，甚至悲伤对你也很适用，你自信而又果断，你说：看哪，只有我才活着！你的日子一天天流逝着，消失得不留一丝痕迹，数量之多无法计算。你身上的一切宛如阳光下的蜡和雪一般……慢慢在溶化，或许你的魅力的全部奥秘不在于你能做一切，而在于你能够认为一切我都能做到：——正是在于你白白地浪费了精力，你不善于把精力用在其它方面；——也正是在于我们每个人都认真地以为自己是个浪费者，认真地以为自己有权利说："啊，要是我不白白地浪费了时间，那我什么都能做得到！"

就拿我来说吧……当我仅仅用叹息声和凄凉的心情好不容易地送走我那昙花一现的初恋的幻影时，我指望过什么吗？我期待过什么吗？我预见过什么辉煌的前程吗？

我所希望的一切有多少实现了呢？现在，当黄昏的阴影已经开始笼罩我的生命的时候，对于我来说还有什么比那飞快地消逝的晨雨春雷的回忆更新鲜、更珍贵的呢？

可是我何必诽谤自己呢。当时，在那不知忧虑的青年时代，对那向我呼吁的悲伤的声音，对那从坟墓里传来的庄严的声音，我并不是充耳不闻、无动于衷的。我记得，在我得悉齐娜依达噩耗那天之后，又过了几天，我在一种不可克制的感情冲动下自愿去吊唁跟我们同住在一所宅子里的一个贫苦的老妇人。她身上盖着破烂儿，躺在坚硬的木板上，头下枕着一只布袋，死得很困难，也很痛苦。她一辈子为每天的生活而痛苦地挣扎着。她既不知道欢乐，也没有尝过幸福的甜味——由此看来，她怎么会不乐于一死，不乐于解脱和安息呢？然而当这个老妇人的衰老的身体还在硬撑着，她那

有一只冰冷的手压在上面的胸脯还在痛苦地起伏着，她还没有丧失掉最后一丝力气的时候，——她还一直在划十字，还在不断地低声说，“上帝啊，宽恕我的罪孽吧……”她眼睛里那害怕死亡的恐惧表情只是随着意识的最后几朵火花的熄灭而消失的……我记得就在这儿，在那贫苦的老妇人的床边，我替齐娜依达担忧起来，我要为她、为父亲、也为我自己而祈祷了。

〖注解〗

（1）法语，纯种血马。

（2）法语，你必须分开。

（苍松／译）

陀思妥耶夫斯基《罪与罚》（节选）

陀思妥耶夫斯基（1821—1881），俄国小说家，被称为“残酷的天才”，代表作有《罪与罚》《卡拉马佐夫兄弟》《白痴》《群魔》《穷人》《被欺凌与被侮辱的》《死屋手记》等，他的作品以对心理剖析的深度而成为传统的现实主义创作和现代主义创作之间的桥梁。陀思妥耶夫斯基本人的思想深刻、矛盾、分裂，他的小说擅长表现人的痛苦分裂的精神世界和复杂激烈的心理斗争，而这种心灵的分裂和斗争来自外部世界的压力，是对尖锐的社会矛盾的反映。陀思妥耶夫斯基的小说常常把人物置于悲剧性的或苦难的环境中，情节紧张曲折，对人的内心世界、对人性的拷问程度令人震撼，用鲁迅的评价就是：陀思妥耶夫斯基“不但剥去了表面的洁白，拷问出藏在底下的罪恶，而且还要拷问出藏在那罪恶之下的真正的洁白来。而且还不肯爽利的处死，竭力要放它们活得长久。而这陀思妥夫斯基，则仿佛就在和罪人一同苦恼，和拷问官一同高兴着似的”。

《罪与罚》是陀思妥耶夫斯基的代表作，描写贫穷的法科大学生拉斯科利尼科夫受超人哲学思想影响，杀死了在他看来对社会有害无益的放高利贷的老太婆，之后内心一直处于痛苦矛盾之中。他在遇到醉汉之女、卖淫的圣女索妮娅之后，受到宗教思想的感化，向警方自首、被流放，索妮娅追随而至，他们在承受苦难的时候获取了精神的新生。以下节选自己《罪与罚》第一部第六章，描写拉斯科利尼科夫在作案前的心理活动。

第一部　第六章（节选）

军官又哈哈大笑起来。拉斯科利尼科夫却不由得战栗了一下。这多么奇怪！

“对不起，我要向你提一个严肃的问题，”大学生激动起来。“当然，刚才我是开玩笑，不过你看：一方面是个毫无用处、毫无价值、愚蠢凶恶而且有病的老太婆，谁也不需要她，恰恰相反，她对大家都有害，她自己也不知道，她为什么活着，而且要不了多久，老太婆自己就会死掉。你明白我的意思吗？明白吗？”

“嗯，我明白，”军官凝神注视着情绪激动的大学生，回答说。

“你听我说下去。另一方面，一些年轻的新生力量，由于得不到帮助，以致陷入绝境，这样的人成千上万，到处都是！千百件好事和创举，可以用注定要让修道院白白拿去的、老太婆的那些钱来兴办，并使之得到改善！成千上万的人也许能走上正路；几十个家庭也许会免于贫困、离散、死亡、堕落，不至给送进性病医院，——而这一切都可以用她的钱来办。杀死她，拿走她的钱，为的是日后用这些钱献身于为全人类服务、为大众谋福利的事业：做千万件好事，能不能赎一桩微不足道的小罪，使罪行得到赦免，你认为呢？牺牲一个人的性命，成千上万人就可以得救，不至受苦受难，不至妻离子散。一个人的死换来百人的生——这不就是数学吗！再说，以公共利益来衡量，这个害肺病的、愚蠢凶恶的老太婆的生命又有什么意义呢？不过像只虱子，或者蟑螂罢了，而且还不如它们呢，因为老太婆活着是有害的。她吸别人的血，她吃人：前两天她还满怀仇恨地咬了莉扎薇塔的手指头：差点儿给咬断了！”

“当然啦，她不配活着，”军官说，“不过，要知道，这是天意。”

“唉，老兄，要知道，天意也可以改正，可以引导，不然就会陷入偏见。不然的话，那就连一个伟人也不会有了。大家都说：‘责任，良心’，我绝不反对责任和良心，不过，我们是怎样理解责任和良心呢？别忙，我再向你提一个问题。你听着！”

“不，你先别忙；我向你提个问题。你听着！”

“好，提吧！”

“嗯，现在你大发议论，夸夸其谈，可是请你告诉我：你会亲自去杀死这个老太婆吗，还是不会呢？”

“当然不会！我是为了正义……但这不是我的事……”

“可照我看，既然你自己下不了决心，那么这就谈不上什么正义！走，咱们再去打盘台球吧！”

拉斯科利尼科夫心情异常激动。当然，这些话全都是最普通和最常听到的，他已经听到过不止一次了，只不过是用另外的形式表达出来，谈的也是另外一些话题，都是青年的议论和想法。但为什么恰恰是现在，他自己头脑里刚刚产生了……完全一模一样的想法，他就恰好听到了这样的谈话和这样的想法？而且为什么恰巧是在这个时候，他从老太婆那儿出来，刚刚产生了这个想法，恰好就听到了关于这个老太婆的谈话？……他总觉得，这种巧合是很奇怪的。在事情的继续发展中，小饭馆里这场毫无意义的谈话竟对他产生了极不寻常的影响：仿佛这儿真的有什么定数和上天的指示似的……

从干草广场回来以后，他急忙坐到沙发上，一动不动地坐了整整一个小时。这时天已经黑了；他没有蜡烛，而且根本就没产生点蜡烛的想法。他始终想不起来：那时候他是不是想过什么？最后，他感觉到不久前发作过的热病又发作了，在打冷战，于是怀着喜悦的心情想，可以在沙发上躺下了。不久强烈的睡意袭来，像铅一般沉重，压到了他的身上。

他睡的时间异常久，而且没有做梦。第二天早晨十点钟走进屋里来的娜斯塔西娅好不容易才叫醒了他。她给他送来了茶和面包。茶又是喝过后兑了水，冲淡了的，而且又是盛在她自己的茶壶里。

"瞧你睡得这么熟！"她气呼呼地叫嚷，"他老是睡！"

他努力欠起身来。他头痛；他本来已经站起来了，在他这间小屋里转了个身，又一头倒到沙发上。

"又睡！"娜斯塔西娅大声喊，"你病了，还是怎么的？"

他什么也没回答。

"要喝茶吗？"

"以后再喝，"他又合上眼，翻身对着墙壁，努力说了这么一句。娜斯塔西娅在他旁边站了一会儿。

"也许真的病了，"她说，于是转身走了。

下午两点她又进来了，端来了汤。他还像不久前那样躺着。茶放在那儿，没有动过。娜斯塔西娅甚至见怪了，恼怒地推他。

"干吗老是睡！"她厌恶地瞅着他，高声叫喊。他欠起身，坐起来，可是什么也没对她说，眼睛看着地下。

"是不是病了？"娜斯塔西娅问，又没得到回答。

"你哪怕出去走走也好哇，"她沉默了一会儿，说，"哪怕去吹吹风也好。要吃点儿东西吗？"

"以后再吃，"他有气无力地说，"你走吧！"说着挥了挥手。

她又站了一会儿，同情地瞅了瞅他，就出去了。

过了几分钟，他抬起眼来，好长时间看着茶和汤。然后拿起面包，拿起汤匙，开始喝汤。

他吃了不多一点儿，没有胃口，只吃了三、四汤匙，仿佛是不知不觉吃进去的。头痛稍减轻了些。吃过午饭，他又伸直身子躺到沙发上，可是已经睡不着了，而是脸朝下埋在枕头里，一动不动地趴在沙发上。各种各样的幻想，出现在他的头脑里，都是一些稀奇古怪的幻想：他最经常梦想的是，他在非洲的某个地方，在埃及，在一片绿洲上。商队在休息，骆驼都安安静静地躺着；四周棕榈环绕；大家正在用餐。他却一直在喝水，径直从小溪里舀水喝，小溪就在身旁潺潺地流着。那么凉爽，不可思议、奇妙无比、清凉的淡蓝色溪水流过五彩斑斓的石头，流过那么干净、金光闪闪的细沙……突然他清清楚楚听到了当当的钟声。他战栗了一下，清醒过来，微微抬起头朝窗子望了望，揣测现在是什么时候，突然他完全清醒了，一下子跳起来，就像是有人把他从沙发上揪了下来。他踮着脚尖走到门前，轻轻地把门打开一条缝，侧耳倾听楼下的动静。他的心在狂跳，跳得可怕。但楼梯上静悄悄的，好像大家都已经睡了……他觉得奇怪和不可思议：他竟能从昨天起就这么迷迷糊糊一直睡到现在，还什么都没做，什么也没准备好……而这时候大概已经打过六点了……睡意和昏昏沉沉的感觉已经消失，代替它们突然控制了他的，是一阵异常狂热、又有些惊慌失措的忙乱。不过要准备的事情并不多。他集中注意力，尽量把一切都考虑到，什么也不要忘记；而心一直在狂跳，跳得这么厉害，连呼吸都感到困难了。第一，得做个环扣，把它缝到大衣上，——这只要一分钟就够了。他伸手到枕头底下摸了摸，从胡乱塞在枕头下的几件内衣中摸到一件已经破旧不堪、没洗过的衬衫。他从这件破衬衫上撕下一条一俄寸宽、八俄寸长的破布，再把这条破布对折起来，从身上脱下那件宽大、结实、用一种厚布做成的夏季大衣（他的唯一一件外衣），动手把布条的两端缝在大衣里子的左腋下面。缝的时候，他两手发抖，但是尽力克制住，缝上以后，他又把大衣穿上，从外面什么也看不出来。针和线他早就准备好了，用纸包着，放在小桌子上。至于那个环扣，这是他自己很巧妙的发明：环扣是用来挂斧头的。拿着斧头在街上走当然不行。如果把斧头藏在大衣底下，还是得用手扶着它，那就会让人看出来。现在有了环扣，只要把斧头挂进环扣里，斧头就会一路上稳稳地挂在里面，挂在腋下。把一只手伸进大衣侧面的衣袋里，就能扶着斧柄，以免它晃来晃去；因为大衣很宽大，真像条口袋，所以从外面看不出他隔着衣袋用手扶着什么东西。这个环扣也是他在两星期前就想好了的。

缝好了环扣，他把几只手指伸进他的“土耳其式”沙发与地板之间的窄缝里，在靠左边的角落上摸索了一阵，掏出早已准备好、藏在那里的那件抵押品。不过这根本不是什么抵押品，只不过是一块刨光的小木板，大小和厚薄很像个银烟盒。这块小木板是他一次出去散步时，在一个院子里偶然拾到的，那院子的厢房里不知有个什么作坊。后来他又给这块小木板加上了一片光滑的薄铁片，——大概是从什么东西上拆下来的破铁片，——也是那时候从街上拾来的。他把小木板和铁片叠放在一起，铁片比木板小些，他用线十字交叉把它们牢牢捆在一起；然后用一张干净的白纸把它们整整齐齐、十分考究地包上，再扎起来，扎得很不容易解开。这是为了在老太婆解结的时候分散她的注意力，这样就可以利用这一短暂的时间了。加上铁片，是为了增加重量，让老太婆至少在头一分钟不至猜到，这“玩意儿”是木头的。这一切都暂时藏在他的沙发底下。他刚把抵押品拿出来，突然院子里什么地方有人大声喊：

“早就过六点了！”

“早就过了！我的天哪！”

他冲到门口，侧耳谛听，一把抓起帽子，像只猫一样，小心翼翼，悄无声息地走下一共有十三级的楼梯。现在他必须去做的是一件最重要的事情——从厨房里偷一把斧头。干这件事得用斧头，这是他早已决定了的。他还有一把花园里修枝用的折刀；但是他不能指望用折刀去干这件事，尤其不能指望自己会有那么大的力气，因此最后决定要用斧头。顺便指出，在这件事情上，他已经做出的一切最终决定都有一个特点。这些决定都有这么一个特性：决定越是已经最终确定下来，在他看来就越觉得它们荒谬，不合理。尽管他一直在进行痛苦的内心斗争，但是在这段时间里，他却始终不能确信自己的计划是可以实现的。

即使他的确已经把一切，直到最后一个细节，都详细研究过，而且作出了最后决定，再也没有任何怀疑了，——可现在似乎他还是会像放弃一件荒谬、骇人听闻、不可能实现的事情一样，放弃这一计划。而实际上尚未解决的难题和疑问还多得不计其数。至于上哪儿去弄斧头，这件不足道的小事却丝毫也不让他担心，因为这再容易不过了。是这么回事：娜斯塔西娅经常不在家，特别是晚上，她要么去邻居家串门，要么上小铺里去买东西，厨房门却总是敞着。就是为此，女房东常跟她吵架。那么到时候只要悄悄溜进厨房，拿了斧头，然后，过了一个钟头(等一切都已经办完以后)，再溜进去，放还原处就行了。不过还是有些疑问：就假定说，过一个钟头他就回来，把斧头放回去吧，可是万一娜斯塔西娅突然回来了呢。当然啦，得从门旁走过去，等她再出去。可是万一这时候她发现斧头不见了，动手寻找，大声嚷嚷起来呢，——那可就要引起怀疑，或者至少也是件会引起猜疑的事。

不过这还都是些他没开始考虑、也没时间考虑的小事。他考虑的是主要问题，至于那些小事，留待以后，等他自己对一切都已深信不疑的时候再说。但要对一切深信不疑，这似乎是根本不可能实现的。至少他自己觉得是这样。例如，他无论如何也不能设想，有朝一日他会结束考虑，站起来，真的上那里去……就连不久前他作的那次试探（也就是为了最后察看那个地方而作的访问），他也只不过是去试探一下而已，而远不是当真的，而是这样："让我"，他这样对自己说，"让我去试试看吧，干吗只是幻想呢！"——可是他立刻感到受不了了，十分痛恨自己，唾弃这一切，并逃之夭夭。然而，以道德观点来看，是否允许做这样的事，就这方面的问题所做的一切分析却已经结束了：诡辩犹如剃刀一般锋利，论据丝毫不容反驳，他自己已经没有有意识的反对意见了。但是尽管如此，他还是简直不相信自己，并执拗地、盲目地试探着从各方面寻找反驳的理由，仿佛有人强迫他、诱使他去这么做。最后一天来得这么突然，一切好像一下子都决定了，这一天几乎完全是在机械地影响他：仿佛有人拉住他的手，无法抗拒地、盲目地、以一种超自然的力量不容反对地拉着他跟随着自己。就好像他衣服的一角让车轮轧住，连他也给拖到火车底下去了。

最初，——不过，已经是很久以前了，——有一个问题使他很感兴趣：为什么几乎一切罪行都这么容易被发觉和败露，而且几乎所有罪犯都会留下如此明显的痕迹？他逐渐得出各种各样很有意思的结论，照他看，最主要的原因与其说在于掩盖罪行，实际上是不可能的，不如说在于犯罪者本人；罪犯本人，而且几乎是每一个罪犯，在犯罪的那一瞬间都会意志衰退，丧失理智，恰恰相反，正是在最需要理智和谨慎的那一瞬间，幼稚和罕见的轻率却偏偏取代了意志和理智。根据他的这一信念，可以得出结论：这种一时糊涂和意志衰退犹如疾病一般控制着人，渐渐发展，到犯罪的不久前达到顶点；在犯罪的那一瞬间以及此后若干时间内，仍然保持这种状态不变，至于这会持续多久，就要看各人的情况了；以后也会像各种疾病一样消失。问题是：是疾病产生犯罪呢，还是犯罪本身，由于它的特殊性质，总是伴随着某种类似疾病的现象？他尚未感觉到自己能解决这个问题。

得出这样的结论以后，他断定，他本人，在他这件事情上，不可能发生这一类病态心理变化，在实行这一经过深思熟虑的计划时，他绝不会失去理智和意志，而这仅仅是因为，他所筹划的——“不是犯罪”……使他得以做出最终决定的整个过程，我们就略而不谈了吧；就是不谈这些，我们也已经扯得太远了……我们只补充一点，这件事情中那些实际的、纯粹技术性的困难，在他的头脑里只起最次要的作用。“只要对这些困难保持清醒的头脑和意志，到时候，到必须了解一切细节，了解事情的一切微妙之处的时候，一切困难都会克服的……”但事情并未开始。他一直完全不相信自己的最后决定，而当时候到了，却一切都不是那么一回事，不知怎的似乎那么突然，甚至几乎是出乎意料。

他还没下完楼梯，一个最微不足道的意外情况就使他束手无策，不知所措了。他走到和往常一样总是敞着的、女房东的厨房门前，小心翼翼地往厨房里瞟了一眼，想事先看清：娜斯塔西娅不在的时候，女房东本人是不是在那儿？如果她不在厨房里，那么她的房门是不是关好了？以免他进去拿斧头的时候，她从自己屋里朝外张望，恰好看见。但是当他突然看到，这一次娜斯塔西娅不但在家，在厨房里，而且还在干活，正从篮子里拿出几件内衣，分别晾到绳子上去，这时他感到多么惊讶！她一看到他，立刻停住不晾衣服了，回过头来望着他，一直到他走了过去。他转眼望着别处，走了过去，装作什么也没看见。但事情已经完了，因为没有斧子！他受到了一次可怕的打击。

“我凭什么，”走到大门口的时候，他想，“我凭什么断定这个时候她一定不在家？为什么，为什么，为什么我想当然做出这样的判断？”他仿佛吃了一次败仗，甚至感到自尊心受了伤害。由于愤怒，他想嘲笑自己……他心中隐隐升起一股兽性的怒火。

在大门口他犹豫不决地站住了。他不愿为了做做样子，就这样到街上去散步；回家去吧——他就更不愿意了。“而且失去了一个多好的机会啊！”他含糊不清地说，无目的地站在大门口，正对着管院子的人那间阴暗的小屋，小屋的门也在敞着。突然他战栗了一下。离他两步远的管院子的人的小屋里，一条长凳底下，靠右边有个什么东西亮闪闪的，闯入他的眼帘……

他向四面张望了一下，一个人也没有。他踮着脚尖走到管院子的人住房门前，下了两级台阶，用微弱的声音喊了一声管院子的。“果然，不在家！不过，就在附近什么地方，就在院子里，因为房门大敞着。”他飞速奔向斧头（这是一把斧头），从长凳子底下把放在两块劈柴之间的斧头拖了出来；他没出屋，就在那儿把斧头挂到环扣上，双手插进衣袋，然后走出管院子的人的小屋；谁也没有发觉！“理智不管用，魔鬼来帮忙！”他古怪地冷笑着想。这一机会使他受到极大的鼓舞。

他在路上慢慢地走着，神情庄重，不慌不忙，以免引起怀疑。他很少看过路的行人，甚至竭力完全不看他们的脸，尽可能不惹人注意。这时他想起了他那顶帽子。“我的天哪！前天我就有钱了，可是没能换一顶制帽！”他从心里咒骂自己。

他偶然往一家小铺里望了一眼，看到壁上的挂钟已经七点过十分了。得赶快走，可同时又得绕个弯儿：从另一边绕到那幢房子那儿去……

从前他偶然想象这一切的时候，有时他想，他会很害怕。但现在他并不十分害怕，甚至完全不觉得害怕。此时此刻，他感兴趣的甚至是一些不相干的想法，不过感兴趣的时间都不久。路过尤苏波夫花园的时候，他想起建造高大喷泉的计划，甚至对此很感兴趣，他还想到，这些喷泉会使所有广场上的空气都变得十分清新。渐渐地他产生了这样的信念：如果把夏季花园扩大到马尔索广场，甚至和米哈依洛夫宫周围的花园连成一片，那么对于城市将是一件十分美好、极其有益的好事。这时他突然对这样一种现象发生了兴趣：为什么恰恰是在所有大城市里，人们并不是由于需要，但不知为什么却特别喜欢住在城市里那些既无花园，又无喷泉，又脏又臭，堆满各种垃圾的地区？这时他想起自己在干草广场上散步的情况，霎时间清醒起来。“胡思乱想，”他想，“不，最好什么也别想！”

“大概那些给押赴刑场的人就是像这样恋恋不舍地想着路上碰到的一切东西吧，”这个想法在他脑子里忽然一闪，不过仅仅是一闪而过，就像闪电一样；他自己赶快熄灭了这个想法的火花……不过，已经不远了，瞧，就是这幢房子，就是这道大门。不知什么地方钟当地一声响。“怎么，莫非已经七点半了吗？不可能，大概这钟快了！”

他运气不错，进大门又很顺利。不仅如此，甚至好像老天帮忙似的，就在这一瞬间，刚刚有一辆装干草的大车在他前面驶进了大门，他从门口进去的这段时间，大车完全遮住了他，大车刚从大门驶进院子，一眨眼的工夫，他就从右边溜了进去。可以听到，大车的另一边有好几个人的声音在叫喊、争吵，可是谁也没有发觉他，迎面也没遇到任何人。冲着这个正方形大院子的许多窗户这时候全都敞着，不过他没抬头——没有力气抬头。去老太婆那儿的楼梯离得不远，一进大门往右拐就是。他已经到了楼梯上……

他松了口气，用一只手按住怦怦狂跳不已的心，马上摸了摸那把斧头，又一次把它扶正，然后小心翼翼、悄悄地上楼，不时侧耳倾听。不过那时候楼梯上也阒无一人；所有房门都关着；没遇到任何人。不错，二楼一套空房子的房门大敞着，有几个油漆工在里面干活，不过他们也没看他。他站了一会儿，想了想，然后继续往上走。“当然啦，最好这儿根本没有这些人，不过……上面还有两层楼呢。”

啊，这就是四楼了，这就是房门，这就是对面那套房子；那套房子是空着的。三楼上，老太婆住房底下的那套房子，根据一切迹象来看，也是空着的：用小钉钉在门上的名片取下来了——搬走了！……他感到呼吸困难。有一瞬间一个想法在他脑子里一闪而过：“是不是回去呢？”可是他没有回答自己的问题，却侧耳倾听老太婆住房里的动静：死一般的寂静。随后他又仔细听听楼梯底下有没有动静，很用心地听了很久……然后，最后一次朝四下里望了望，悄悄走到门前，让自己心情平静下来，再一次摸摸挂在环扣上的斧头。“我脸色是不是发白……白得很厉害吗？”他不由得想，“我是不是显得特别激动不安？她很多疑……是不是再等一等……等心不跳了？……”

但心跳没有停止。恰恰相反，好像故意为难似的，跳得越来越厉害，越来越厉害……他忍不住了，慢慢把手伸向门铃，拉了拉铃。过了半分钟，又拉了拉门铃，拉得更响一些。

没有反应。可别胡乱拉铃，而且他这样做也不合适。老太婆当然在家，不过她疑心重重，而且就只有她独自一个人。他多少有点儿了解她的习惯……于是又一次把耳朵紧贴在门上。是他的听觉如此敏锐呢（一般说这是难以设想的），还是当真可以听清里面的声音，不过他突然听到了仿佛是手摸到门锁把手上的小心翼翼的轻微响声，还听到了仿佛是衣服碰到门上的窸窸窣窣的响声。有人不动声色地站在门锁前，也像他在外面这样，躲在里面侧耳谛听，而且好像也把耳朵贴到了门上……

他故意稍动了动，稍微提高声音含糊不清地说了句什么，以免让人看出他在躲躲藏藏；然后又第三次拉了拉门铃，不过拉得很轻，大模大样地，让人听不出有任何急不可耐的情绪。后来回想起这一切，清晰地、鲜明地回忆起这一切时，这一分钟已永远铭刻在他的心中；他不能理解，他打哪儿来的这么多花招，何况他的头脑这时已失去思考能力，连自己的身躯他也几乎感觉不到了……稍过了一会儿，听到了开门钩的响声。

（非琴／译）

爱伦·坡《黑猫》

爱伦·坡（1809—1849），美国诗人、小说家、批评家，恐怖小说、科幻小说、侦探小说的开创者，是美国早期作家中唯一一个能在欧洲文坛获得声誉，并影响了欧美的现代主义文学艺术的发展的作家。爱伦·坡创作中的关于神秘、怪诞、恐怖、死亡、梦幻、人格分裂、自我本质丧失描写对后来的现代作家很有启示和影响，他的作品中的神秘性、暗示性、对病态美的迷恋等成了象征主义诗人波德莱尔、马拉美的灵感来源，他的“为艺术而艺术”的观念受到王尔德等唯美主义作家的推崇，他对罪恶、焦虑、分裂人格的关注使陀思妥耶夫斯基受到吸引并化入创作主题中，他对荒诞情境的描写使卡夫卡赞美他的非凡的想象力，他对死亡的迷恋、对人类现状的悲观主义还吸引了乔伊斯等大批现代主义作家。

《黑猫》是爱伦·坡的短篇小说名作。《黑猫》中的“我”本是一个善良的人，由于酗酒，人格产生分裂，虐杀了妻子和黑猫，以后出现的一系列的恐怖事件、神秘现象都是由“我”的那个邪恶的自我诱发的，外在的恐怖与内在的恐怖完美地融合到一起。

我从小就以心地善良、温顺出名。我心肠软得出奇，竟成为儿时玩伴的笑柄。我特别喜欢动物，于是父母百般纵容，买给我各种各样的小动物。我大半时间都泡在同这些小动物玩上面，每当我喂食和抚弄它们的时候，就感到无比高兴。我长大了，这个癖性也随之而发展，一直到我成人，这点还是我的主要乐趣。

我很早就结了婚，幸喜妻子跟我意气相投，所以只要有机会物色到中意的宠物总不放过。我们养了小鸟、金鱼、良种狗、小兔子，一只小猴和一只猫。

这只猫个头特大，非常好看，浑身乌黑，而且伶俐绝顶。我妻子生来迷信，她一说到这猫的灵性，往往就要扯上古老传说，认为凡是黑猫都是巫婆转世的。这猫名叫普路托，原是我心爱的玩伴。我亲自喂养它，我在屋里走到哪儿，它就跟到哪儿。

我和猫的交情就这样维持了好几年。在这几年里，说来惭愧，由于我喝酒上了瘾，脾气秉性都彻底变坏了。我一天比一天喜怒无常，动不动发脾气，我竟任性恶言秽语地辱骂起妻子来。最后，还对她拳打脚踢。我饲养的那些小动物当然也不能幸免我的坏脾气。我不仅不照顾它们，还虐待它们。那些兔子，那只小猴，甚至还有那只狗，出于亲热，或是碰巧跑到我身边来，我总是肆无忌惮地糟蹋它们。只有对待普路托，我还有所怜惜，未忍下手。不料我的病情日益严重——你想世上哪有比酗酒更厉害的病啊——这时普路托老了，脾气也倔了，于是我索性把普路托也当作出气筒了。

有一天晚上，我在城里一个常去的酒吧喝得酩酊大醉，那猫见我凶相毕露吓坏了，不由在我手上轻轻咬了一口，留下牙印。我顿时像恶魔附身，怒不可遏。原来那个善良的灵魂一下飞出了我的躯壳，酒性大发，变成凶神恶煞，浑身不知哪来的一股狠劲儿，我从背心口袋里掏出一把小刀，攥住那畜牲的喉咙，居心不良地把它的眼珠剜了出来！

睡了一夜，宿醉方醒。第二天早上醒来，神智恢复得差不多了，便立即对自己犯下如此罪孽悔惧莫及，但这也仅仅是一种淡薄而模糊的感觉而已。我的灵魂还是毫无触动，依然狂饮滥喝。这时那猫伤势渐渐好转，被剜掉的那只眼窝十分可怕。它照常在屋里走动，只是一见我走近，就吓得拼命逃走。我毕竟天良未泯，最初看见过去如此热爱我的猫现在竟这样嫌恶我，不免有点伤心。但很快，这股伤心之情变成恼怒了。到后来，那股恼怒上升到邪念，终于害得我一发不可收拾。

一天早晨，我心狠手辣，用跟套索勒住猫脖子，把它吊在树枝上，把猫吊死了。就在我干下这伤天害理勾当的当天晚上，我在睡梦中忽听得喊叫失火，马上惊醒。床上的帐子已经着了火。整栋屋子都烧着了。我们夫妇和一个佣人好不容易才在这场火灾中逃出性命。这场火灾烧得真彻底，我的一切财物统统化为乌有，从此以后，我索性万念俱灰了。

失火的第二天，我去凭吊这堆废墟。有一道尚未倒塌正巧在屋子中间的墙，墙根前密密麻麻聚集了一堆人，看来有不少人非常仔细和专心地在查看这堵墙，只听得大家连声喊着“奇怪”，以及诸如此类的话，我感到好奇，就走近一看，但见白壁上赫然现出一个浅浮雕，原来是只偌大的猫。这猫刻得惟妙惟肖，一丝不差，猫脖子还有一根绞索。

我一看到这个怪物，简直以为自己活见鬼了，不由惊恐万分。但转念一想终于放了心。我记得，这猫明明吊在宅边花园里。火警一起，花园里就挤满了人，准是哪一个把猫从树上放下来，从开着的窗口扔进我的卧室，他这样做可能是打算唤醒我。另外几堵墙倒下来，正巧把被我残害而送命的猫压在新刷的泥灰壁上，壁间的石灰加上烈火和尸骸发出的氨气，三者起了某种作用，墙上才会出现我刚看到的浮雕像。

这一令人惊心动魄的事实，即使不能自圆其说，于理说来倒也稀松平常，但无疑在我心灵深处留下了一个深深的阴影。好长时间我都摆脱不了幻象的纠缠，那时我心里有一种说不出的感觉，我开始后悔害死这猫，因此就在经常出入的下等场所中，到处物色一只外貌多少相似的黑猫做填补。

有一天晚上，我醉醺醺地坐在一个下等酒寮里，忽然间就注意到一只盛放金酒或朗姆酒的大酒桶，桶上有个黑糊糊的东西。我刚才一直目不转睛地盯着大酒桶好一会儿，奇怪的是竟然没有及早看出上面那东西。我走近它，用手摸摸，原来是只黑猫，长得偌大，个头跟普路托完全一样，除了一处之外，其他处处都极相像。普路托全身没有一根白毛，而这只猫几乎整个胸前都长满一片白斑，只是模糊不清而已。

我刚摸着它，它就立即跳了起来，咕噜咕噜直叫，身子在我手上蹭着，表示着自己的受宠若惊。我当场向店主要求买下，谁知店主一点都不晓得这猫的来历，而且也从没见到过，所以也没有开价。

我继续撸着这猫，正准备动身回家，这猫却做出要跟我走的样子，我就让它跟着，一面走一面弯下身子去摸摸它。这猫一到我家马上很乖，立即博得我妻子的欢心。

至于我嘛，不久就对这猫厌恶起来了。

这出乎我的意料，我也不知道到底怎么回事，它对我如此眷恋，我却莫名其妙地很讨厌它。渐渐地，这些情绪竟变为深恶痛绝了。我尽量避开这猫，正因心里感到羞愧，再加上回想起以前犯下的残暴罪行，我才不敢动手欺凌它。我有好几个星期一直没有去打它，也没粗暴地虐待它，但是久而久之，我就渐渐地对这猫说不出有多厌恶了，一见到它那副丑相，我就像躲避瘟疫一样，悄悄溜之大吉。

不消说，使我更加痛恨这畜生的原因，就是我把它带回家的第二天早晨，看到它竟同普路托一个样儿，眼珠也被剜掉一个。可是，我妻子见此情形，反而格外喜欢它。我妻子是个富有同情心的人，我原先身上也具有这种出色的美德，它曾使我感到无比纯正的乐趣。

尽管我对这猫这般嫌恶，它对我却越来越亲热。它跟我寸步不离，这鼓拧劲儿很难理解。只要我一坐下，它就会蹲在我椅子脚边，或是跳到我膝上，在我身上撒娇，实在讨厌。我一站起来走路，它就缠在我脚边，差点把我绊倒，不然，就用又长又尖的爪子钩住我的衣服，顺势爬上我胸口，我虽然恨不得一拳把它揍死，可我还是不敢动手，一是因为我想起自己以前犯下的罪过，而主要的原因还在于——我对这畜牲害怕极了。

这层害怕倒不是生怕皮肉受苦，可是要想说个清楚倒也不容易。我简直羞于承认——唉，即使如今身在死牢，我还是羞于启齿，这猫引起的恐惧竟由于可以想象到的纯粹幻觉而更加厉害了。

我妻子不止一次要我留神看这片白毛的斑记，我说过，这只怪猫跟我杀掉的那只猫，惟一明显的区别就是这片斑记。最初，这块斑记大虽大，却是很模糊的，可是逐渐逐渐地，不知不觉中竟明显了，终于现出一个一清二楚的轮廓来。好久以来我的理智一直不肯承认，竭力把这当成幻觉，可这时的斑记竟成了一幅画面，我一提起这画面的名称就不由浑身发毛。正因如此，我对这怪物特别厌恶和惧怕，要是我有胆量的话，早把它干掉了。这画面，竟然是一个绞刑台！

这是多么可悲，多么可怕的刑具啊！这是恐怖的刑具，正法的刑具！这是令人赎罪的刑具，送人死命的刑具呀！

这时我真落到要多倒霉有多倒霉的地步了。我行若无事地杀害了一只没有理性的畜牲，可它的同类，一只没有理性的畜牲竟对我——一个按照上帝形象创造出来的人，带来那么多不堪忍受的灾祸！上帝呀！无论白天，还是黑夜，我再无宁日了！白天里，这畜牲不让我有片刻的安宁；到了黑夜，我时时刻刻都被噩梦缠绕，每次惊醒总能见这东西在我脸上喷着热气，我心头永远压着这东西的千钧棒，丝毫也摆脱不了这个梦魇！

我身受这般痛苦的煎熬，心里仅剩的一点良知也丧失了，邪念竟成了我惟一的内心活动，转来转去都是极为卑鄙龌龊的邪恶念头。我脾气本来就喜怒无常，如今发展到痛恨一切事，痛恨一切人了。我盲目地放任自己，动不动就火冒三丈，甚至无法控制。哎呀！经常遭殃、逆来顺受的就数我那善良的妻子了。

由于家里穷，我们只好住在一栋老房子里。有一天，为了点家务事，她陪着我到这栋老房子的地窖里去。这猫也跟着我走下那陡峭的梯阶，差点儿害得我摔了个倒栽葱，气得我直发疯。我抡起斧头，盛怒中忘了自己对这猫还怀有幼稚的恐惧，对准这猫一斧砍下去。要是当时真砍下去，不消说，这猫当场就完蛋了。谁知，我妻子伸出手来一把攥住我，我正在火头上，给她这一拦，格外暴跳如雷，趁势挣脱胳膊，对准她脑壳就砍了一斧，可怜她哼也没哼一声就当场送了命。

干完了这件伤天害理的杀人勾当，我就索性细细盘算藏匿尸首的事了。我知道无论白天还是黑夜，要把尸首搬出去，难免会撞见左邻右舍，我心里暗自盘算着毁尸计划。一会儿想把尸首剁成小块烧掉，来个毁尸灭迹；一会儿想着将尸体扔到院中的井里；还打算把尸首当作货物装箱，雇个脚夫把它搬出去；最后，我忽然想出一条自认为是安全之策，我要把尸首砌进地窖的墙里……传说，中世纪的僧侣就是这样把殉道者砌进墙里的。

这个地窖派这个用处真是再合适不过了，墙壁结构很松，新近刚用粗灰泥全部刷新过，因为地窖里潮湿，灰泥至今还没有干燥，而且有堵墙因为有个假壁炉而矗出一块，已经填没了，做得跟地窖别的部分一模一样。我可以不费吹灰之力便把这地方的墙砖挖开，将尸首塞进去，再照旧把墙完全砌上，这样包管什么人都看不出破绽来。

这个主意果然不错。我用了一根铁撬，一下子就撬掉砖墙，再仔仔细细地把尸首贴着里边的夹墙放好，让它撑着不掉下来，然后没费半点事就把墙照原样砌上。我弄来了石灰，黄沙和乱发，做好一切准备，就配调了一种与旧灰泥颜色相似的新灰泥，小心翼翼地把它涂抹在新砌的砖墙上。等我完了事，看到一切顺当才放了心。这堵墙居然一点都看不出动过土的痕迹，地上落下的垃圾也仔仔细细地收拾干净了，然后我得意洋洋地朝四下看看，这才感觉满意。

接下来我就要寻找替我招来那灾难的祸根。不料我刚才大发雷霆的时候，那个鬼精灵见势不妙就溜了，眼下当着我这股火性，自然不敢露脸，这只讨厌的畜牲终于不在了。我心头的那块石头终于放下了，心中涌起一股无法言喻的兴奋来。到了夜里，这猫还没露脸，于是，自从这猫来我家以后第一次太太平平地睡了个安稳觉。尽管我杀了人，但我还是在恐惧中睡着了。

过了第二天，又过了第三天，这只折磨人的猫还没回来。我才重新像个自由人那样呼吸，这只鬼猫吓得从屋里逃走了，一去不回了！尽管我犯下滔天大罪，但心里竟没有丝毫不安……警署来调查过几次，我三言两语就把他们搪塞过去了，甚至还来抄过一次家，可当然查不出半点线索来，我就此认为前途安然无忧了。

到了我杀妻的第四天，不料屋里突然闯来了一帮警察，又动手严密地搜查了一番。不过，我自恃藏尸地点隐蔽，料到他们绝不会查到，因此心中坦然。那些警察命我陪同他们搜查，他们将每一个角落都搜遍。在搜到第四遍之后，终于走下地窖。我泰然自若，毫不动容。我在地窖里从这头走到那头，胸前抱着双臂，悠闲地走来走去。警察见查不出线索，似乎决定要撤走的样子。

我心花怒放，乐不可支。为了表示得意，我恨不得开口说话，哪怕说一句也好，似乎只有这样才能证明我的清白。待他们走上梯阶，我终于开口道："诸位先生，承蒙你们洗脱了我的嫌疑，非常感谢。顺便说一句，这屋子结构很牢固。"

我一时头脑发昏，随心所欲地信口胡说，简直连自己都不知道说了些什么。

"这栋屋子可以说结构好得不得了，这几堵墙……诸位先生，这就走了吗？"说到这里，我居然莫名其妙地拿起手里的一根棒，用劲敲着竖放我爱妻遗骸的那堵砖墙。

哎吆，求主保佑，把我从恶魔虎口中拯救出来吧！我敲墙的回响余音未寂，就听得墓塚里发出一个声音！好像是哭声，最初瓮声瓮气、断断续续，像个小孩在抽泣，随即一下变成连续不断的高声长啸，声音异常，惨绝人寰……这是一声哀号——一声悲鸣，半似恐怖，半似得意，只有堕入地狱受罪的冤魂才会如此惨叫。

我当时的反应一定荒唐可笑，我昏头昏脑，踉踉跄跄地走到那堵墙边，梯阶上那些警察大惊失色，呆若木鸡。过了一会儿，就见十来条粗壮的胳膊忙着拆墙，那堵墙整个倒下来，那具尸体已经腐烂不堪，凝满血块，赫然直立在大家眼前，那只可怕的畜牲就坐在尸体的头部，张开血盆大口，独眼里冒着火。

一定是它捣的鬼，诱使我杀了妻子，如今又用唤声报了警，把我送到刽子手的手里！原来，我把这怪物砌进墓墙里去了！

（陈良廷／译）

福克纳《喧哗与骚动》（节选）

福克纳（1897—1962），美国意识流小说家，美国南方文学的代表作家，代表作有长篇小说《喧哗与骚动》《我弥留之际》《八月之光》《押沙龙！押沙龙！》等。福克纳以美国南方自己家族所生存和开发的地方为原型，创作了一系列表现自南北战争至二战之间美国南方社会生活的约克纳帕塔法世系小说，在这个被称作约克纳帕塔法世系的庞大神话王国里，表达他对整个人类、种族、历史、环境、伦理、遗传、进化等重大问题的观点，使他的作品成为“整个人类的缩影”。作为虚构的约克纳帕塔法的创作王国的主人，福克纳说：“我可以像上帝一样，把这些人调来调去，不受空间的限制，也不受时间的限制。”可以自由地出入于约克纳帕塔法的过去、现在和未来，可以自由地随意调度生存于约克纳帕塔法里的人物，是福克纳作为作家的自由，也是他采取了意识流这种自由跳跃的创作手法的结果。

《喧哗与骚动》是福克纳、也是意识流文学的一部重要作品。小说以杰弗逊镇破落贵族庄园主康普生一家的生活为主线，描写存在于他们之间的混乱思想，沉沦的道德和必然没落的命运。小说共分四个部分，前三部分采用康普生家族三个兄弟的内心独白的方式，从不同的角度揭示康普生家族的没落趋势。第一部分写康普生的幼子班吉，他是个白痴，整日沉溺于梦幻和呓语之中。他生活不能自理，也不会说话，只凭嗅觉分辨周围的事物，在他的头脑里，几十年间的事情像一团乱麻似的搅在一起，汇成各种混杂的印象之“流”。第二部分写大儿子昆丁，他有很好的文化修养，是日益没落的南方文化的继承者。昆丁多愁善感，对妹妹凯蒂怀有奇特的感情，在欲望的两难抉择里，在对精神性超越的追求中，他走上了毁灭肉体的自杀道路。第三部分写二儿子杰生，这是个自私贪婪、对亲人冷酷无情的市侩，他代表了“新南方”的思想，也象征着康普生家族的没落和代之而起的南方资产阶级。最后一部分是作者直接叙述。作者通过黑人女仆迪尔西的眼光，再一次概括地介绍了康普生家庭三十年间的变故及其走向没落衰亡的全过程。以下节选自第二部分里昆丁部分的独白，标题之所以是“一九—〇年二月六日”，因为这是昆丁投水自尽的那一天。昆丁是哈佛大学学生，这部分的语言是一种有历史反思意识的知识分子的语言。

第二部分　一九一〇年二月六日（一）（昆丁部分）

窗框的影子显现在窗帘上，时间是七点到八点之间，我又回到时间里来了，听见表在嘀嗒嘀嗒地响。这表是爷爷留下来的，父亲给我的时候，他说，昆丁，这只表是一切希望与欲望的陵墓，我现在把它交给你，你靠了它，很容易掌握证明所有人类经验都是谬误的 reducto absurdum[(1)]，这些人类的所有经验对你祖父或曾祖父不见得有用，对你个人也未必有用。我把表给你，不是要让你记住时间，而是让你可以偶尔忘掉时间，不把心力全部用在征服时间上面。因为时间反正是征服不了的，他说。甚至根本没有人跟时间较量过。这个战场不过向人显示了他自己的愚蠢与失望，而胜利，也仅仅是哲人与傻子的一种幻想而已。

支靠在放硬领的纸盒上的，我躺在床上倾听它的嘀嗒声。实际上应该说是表的声音传进我的耳朵里来。我想不见得有谁有意去听钟表的嘀嗒声的。没有这样做的必要。你可以很久很久都不察觉嘀嗒声，随着在下一秒钟里你又听到了那声音，使你感到虽然你方才没有听见，时间却在不间断地、永恒地、越来越有气无力地行进。就像父亲所说的那样：在长长的、孤独的光线里，你可以看见耶稣在彳亍地前进。还有那位好圣徒弗兰西斯[(2)]，他称死亡为他的“小妹妹”，其实他并没有妹妹。

透过墙壁，我听到施里夫[(3)]那张床的弹簧的格吱格吱声，接着听到他趿着拖鞋走路的沙沙声。我起床，走到梳妆台前，伸手在台面上摸索，摸到了表，把它翻过来面朝下，然后回到床上。可是窗框的影子依然映在窗帘上，我差不多能根据影子移动的情形，说出现在是几点几分，因此我只得转过身让背对着影子，可是我感到自己像最早的动物似的，脑袋后面是长着眼睛的，当影子在我头顶上蠕动使我痒痒的时候，我总有这样的感觉。自己养成的这样一些懒惰的习惯，以后总会使你感到后悔。这是父亲说的。他还说过：基督不是在十字架上被钉死的，他是被那些小齿轮轻轻的喀嚓喀嚓声折磨死的。耶稣也没有妹妹。

一等我知道我看不见影子了，我又开始琢磨现在是什么时候了。父亲说过，经常猜测一片人为的刻度盘上几根机械指针的位置，这是心智有毛病的症象。父亲说，这就像出汗一样，也是一种排泄。我当时说也许是吧。心里却是怀疑的。心里一直是怀疑的。

如果今天是阴天，我倒可以瞧着窗子，回想对于懒惰的习性，父亲又是怎么说的。我想，如果天气一直好下去，对他们在新伦敦[(4)]的人来说倒是不错的。天气有什么理由要变呢？这是女人做新娘的好月份，那声音响彻在[(5)]她径直从镜子里跑了出来，从被围堵在一个角落里的香气中跑了出来。玫瑰包玫瑰。杰生·李奇蒙·康普生先生暨夫人为小女举行婚礼[(6)]。玫瑰。不是像山茱萸和马利芨那种贞洁的花木。我说，我犯了乱伦罪了[(7)]，父亲，我说。玫瑰。狡猾而又安详。如果你在哈佛念了一年，却没有见到过划船比赛，那就应该要求退还学费。让杰生去念大学。让杰生上哈佛去念一年书吧。

施里夫站在门口，在穿硬领，他的眼镜上泛出了玫瑰色的光泽，好像是在洗脸时把他那红红的脸色染到眼镜上去了。“你今天早上打算旷课吗？”

“这么晚了吗？”

他瞧瞧自己的表：“还有两分钟就要打铃了。”

“我不知道已经这么晚了。”他还在瞧他的表，他的嘴在嗫动。“我得快些了。再旷一次课我可不行了。上星期系主任对我说——”他把表放回到口袋里。我也就不再开口了。

“你最好还是赶快穿上裤子，跑着去，”他说完，便走出去了。

我从床上爬起来，在房间里走动着，透过墙壁听他的声音。他走进起坐室，朝门口走去。

“你还没有穿好？”

“还没有。你先走吧。我会赶来的。”

他走出去了。门关上了。走廊里传来他那越来越微弱的脚步声。这时我又能听到表的嘀嗒声了。我不再走来走去，而是来到窗前，拉开窗帘，看人们急匆匆地朝小教堂[(8)]奔去，总是那些人，挣扎着把手穿进逐渐胀大的外套袖管，总是那些同样的书和飘飞的翻领向前涌去，仿佛是洪水泛滥中漂浮的破瓦碎砖，这里面还有斯波特[(9)]。他把施里夫叫作我的丈夫。啊，别理他，施里夫说，要是他光会追逐那些骚娘们，那跟我们又有什么相干。在南方，人们认为自己是童男子是桩丢脸的事。小青年也好，大男人也好。

他们抓瞎吹。童贞不童贞，这对女人来说关系倒不大，这是父亲说的[10]。他说，童贞这个观念是男人而不是女人设想出来的。父亲说，这就跟死亡一样，仅仅是一种别人都有份的事儿，我就说了，光是相信它也是没什么意思的，他就说，世界上一切事情之所以可悲也正在于此，还不仅是童贞的问题，于是我就说，失去贞燥的为什么不能是我，而只能是她呢，于是他说，事情之所以可悲也正在于此；所有的事情，连改变它们一下都是不值得的，而施里夫说[11]。他不就是光会追逐那些小骚娘们吗；我就说，你自己有妹妹没有？你有没有？你有没有？

斯波特在人群中间，就像是满街飞舞的枯叶中的一只乌龟。他的领子竖起在耳朵旁。他和往常一样迈着不慌不忙的步子。他是南卡罗来纳州人，是个四年级生。他爱在俱乐部里吹牛，说他第一从不跑着去小教堂，第二上教堂没有一次是准时的，第三四年来他没少去一次教堂，第四是不论上教堂还是上第一节课，他身上都是不穿衬衫，脚上不穿袜子的。到十点钟光景，他一定会上汤普生咖啡馆去要两杯咖啡，坐下来，从口袋里掏出袜子，脱掉皮鞋，一面等咖啡凉一面穿袜子。到中午，你就可以看到他和大伙儿一样，是穿着衬衫和袜子的了。别人都小跑着经过他的身边，他却一点也不加快步子。过了片刻，四方院子里一个人影也没有了。

一只麻雀斜掠过阳光，停在窗台上，歪着脑袋看我。它的眼睛圆圆的，很亮。它起先用一只眼睛瞧我，接着头一扭，又用另一只眼睛来看。它的脖子一抽一抽，比人的脉搏跳动得还快。大钟开始打点了。麻雀不再转动脑袋换眼睛来看，而是一直用同一只眼睛盯着我，直到钟声不再鸣响，仿佛它也在听似的。接着它倏地离开窗台，飞走了。

过了一会儿，那最后一声的颤音才停息下来。袅袅余音在空中回荡了很久，与其说是你听到的还不如说是感觉出来的。就像在落日斜斜的光线中耶稣和圣法兰西斯谈论他的妹妹时曾经响过而现在还在响的所有钟声一样。因为如果仅仅是下地狱？如果事情仅仅如此。事情就到此为止。如果事情到这里就自行结束。地狱里，除了她和我，再也没有别人。如果我们真的干出件非常可怕的事就能让人们逃之夭夭，光剩下我们俩在地狱里。我犯了乱伦罪我说父亲啊是我干的不是达尔顿·艾密司当他把枪放达尔顿·艾密司。达尔顿·艾密司。达尔顿·艾密司。当他把枪放在我手里时我并没有。我之所以没有是因为他会下地狱的她也会去我也会去的。达尔顿·艾密司。达尔顿·艾密司。达尔顿·艾密司。如果我们能干出件非常可怕的事于是父亲说那也是很可悲的，人们是做不出这样可怕的事来的他们根本做不出什么极端可怕的事来的今天认为是可怕的事到明天他们甚至都记不起来了于是我说，你可以逃避一切于是他说，啊你能吗。于是我就会低下头去看到我那副淙淙作响的骨骼，深深的河水像风儿一样吹拂着、像是一层用风构成的屋顶，很久以后人们甚至都无法在荒凉、无瑕的沙地上把骨头分辨出来了。一直到那一天他说起来吧[12]。但是只有铁熨斗才会浮起来。问题还不在你明白了没有什么能够帮助你——宗教啦、自尊心啦，别的等等——问题是你明白你并不需要任何帮助。达尔顿·艾密司。达尔顿·文密司。达尔顿·艾密司。但愿我是他的母亲摊手摊脚地躺着一面笑着一面抬起身子，用我的手拉住他的父亲，我观察着，看着他还未变成生命便死去。她一时站在门口[13]。

我来到梳妆台前拿起那只表面朝下的表。我把玻璃蒙子往台角上一磕，用手把碎玻璃渣接住，把它们放在烟灰缸里，把表针拧下来也扔进了烟灰缸[14]。表还在嘀嗒嘀嗒地走。我把表翻过来，空白表面后面那些小齿轮还在卡嗒卡嗒地转，不知道发生了什么变化。耶稣在加利利海海面上行走[15]，华盛顿从来不说谎[16]。父亲从圣路易博览会给杰生买回来过一只表链上挂的小玩意儿，那是一副小观剧镜，你眯起一只眼睛往里瞧，可以看见一座摩天楼，一架细如蛛丝的游戏转轮，还有针尖大的尼亚加拉瀑布。表面上有一滩红迹。我一看到它，我的大拇指才开始觉得刺痛。我放下表，走进施里夫的房间，在伤口上抹了点碘酒。我用毛巾把表壳内缘的玻璃碎屑清了出来。

我取出两套换洗的内衣裤，又拿了袜子、衬衫、硬领和领带，放进皮箱。除了一套新西服、一套旧西服、两双皮鞋、两顶帽子还有我那些书以外，我把我所有的东西都装进了箱子。我把书搬到起坐室，把它们摞在桌子上，这里面有我从家里带来的书也有父亲说从前人们根据一个人的藏书来判断他是不是上等人；今天，人们根据他借了哪些书不还来判断接着我锁上箱子，在上面写上地址[17]。这时响起了报刻的钟声。我停下手里的活儿侧耳倾听，直到钟声消失。

我洗了个澡，刮了胡子。水使我的手指又有些刺痛，因此我重新涂了些碘酒，我穿上那套新西服，把表放进衣袋，把另外那套西服、袖钮等杂物以及剃刀、牙刷等等放进我的手提包。我用一张纸把皮箱钥匙包上，放进一只信封，外面写上父亲的地址。我写了两张简短的字条，把它们分别封进信封。

阴影还没有完全从门前的台阶上消失。我在门里边停住脚步，观察着阴影的移动。它以几乎察觉不出的速度移动着，一点点爬进门口，把阴影逼回到门里边来。只不过等我听到时她已经在奔跑了[18]。在镜子里只见她一溜烟地跑了过去，我简直莫名其妙。跑得真快，她的裙裾卷住在手臂上，她像一朵花似的飞出镜子，她那长长的百纱打着旋曳在后百泛山了白光她的鞋跟咯嗒嗒地发出清脆的响声一只手紧紧地把新娘礼服攥在胸前，一溜烟地跑出了镜子玫瑰玫瑰的香味那声音响彻在伊甸园的上空。接着她跑下门廊我就再也听不见她的鞋跟响然后在月光底下她像是一朵云彩，那团面纱泛出的白光在草地上飘过，一直朝吼叫声跑去。她狂奔，衣服都拖在后面，她攥紧她的新婚礼服，一直朝吼叫声跑去、在那儿，T.P. 在露水里大声说沙示水真好喝班吉却在木箱下大声吼叫。父亲在他流汗的胸前穿了一副 V 字形的银护胸[19]。

施里夫说[20]，“怎么，你还没有……你这是去参加婚礼呢还是去守灵？”

“我刚才起不来，”我说。

“你穿得这么整齐当然来不及了。这是怎么回事？你以为今天是星期天吗？”

“我想，不见得因为我穿了一次新衣服，警察就会把我逮起来吧。”我说。

“你说到哪儿去了，我指的是老在学校广场上溜达的那些学生[21]。你是不是也变得自高自大，都不愿去上课了？”

“我先得去吃点东西。”门口台阶上的阴影已经不见了。我走到阳光下，又找到自己的影子了，我赶在我影子的紧前头，走下一级级台阶。报半小时的钟声打响了。接着钟声不再响了，在空中消失了。

“执事”[22]也不在邮局小我在两个信封上都贴了邮票，把给我父亲的那封扔进邮箱，给施里夫的那封揣进衣服里面的口袋，这时候我想起我上一次是在哪儿见到执事的了。那是在阵亡将士纪念日[23]，他穿了一套 C·A·R[24] 的制服，走在游行队伍里。如果你有耐心在任何一个街角多等些时候，你总会见到他出现在这个或那个游行队伍里。再前一次是在哥伦布或是加里波蒂或是某某人诞辰的那一天。他走在“清道夫”的行列里，戴着一顶烟囱似的大礼帽，拿着一面两英寸长的意大利国旗，抽着一支雪茄。在他周围都是一把把竖起的扫帚和铲子。不过，最后的一次游行肯定是穿着C·A·R制服的那次，因为施里夫当时说：

“嘿，瞧那老黑鬼，瞧你爷爷当初是怎样虐待黑奴的。”

“是啊，”我说，“因此他现在才可以一天接连一天地游行啦。要不是我爷爷，他还得像白人那样苦苦干活呢。”

我在哪儿都没有见到他。不过，即使是一个正正经经干活的黑人，也从来不会在你想找他的时候找到他的，更不要说是一个揩国家油吃闲饭的黑人了。一辆电车开了过来。我乘车进城。来到“派克饭店”，吃了一顿丰盛的早饭。就在我吃饭时我听到钟敲响了。不过我想一个人至少得过一个钟点才会搞不清楚现在是几点钟，人类进入机械计时的进程比历史本身还要长呢。吃完早饭，我买了一支雪茄。柜台上的姑娘说五角钱一支的那种最好，我就买了支五角的，我点着了烟来到街上。我停住脚步，一连吸了几口烟，接着我把烟拿在手里，继续向街角走去。我经过一家珠宝钟表店，可是我及时地把脸转了开去，到了街角，两个擦皮鞋的跟我纠缠不清，一边一个，叽叽喳喳，像乌鸦一样，我把雪茄给了其中的一个，给了另一个一只五分的镍币。他们就放过了我。拿到雪茄的那个要把它卖给另外的那个，想要那个镍币。

天上有一只时钟，高高的在太阳那儿。我想到了不知怎么的当你不愿意做某件事时，你的身体却会乘你不备，哄骗你去做。我能觉出我后脖颈上肌肉在牵动，接着我又听到那只表在我口袋里发出的嘀嗒声了，片刻之后，我把所有的声音都排除掉，只剩下我口袋里那只表的嘀嗒声。我转过身来往回走，来到那个橱窗前。钟表店老板伏在橱窗里一张桌子上修表。他的头有些秃了。他一只眼睛上戴着一个放大镜——那是嵌在他眼眶里的一只金属筒。我走进店堂。

店里充满了各种各样的嘀嗒声，就像九月草地里的一片蛐蛐儿的鸣叫声，我能分辨出他脑袋后面墙上挂着的一只大钟的声音。他抬起头来，他那只眼睛显得又大又模糊，简直要从镜片里冲出来。我把我的表拿出来递给他。

“我把我的表弄坏了。”

他把表在手里翻了个个儿。“敢情。你准是把它踩了一脚。”

“是的，老板。我把它从梳妆台上碰落在地上，在黑暗里又一脚踩了上去。不过它倒还在走。”

他撬开表背后的盖子，眯起眼睛朝里面看。“像是没什么大毛病。不过不彻底检查不敢说到底怎么样，我下午好好给你看看。”

“我待会儿再拿来修吧；”我说。“能不能请你告诉我橱窗里那些表中有没有走得准的？”

他把我的表放在手掌上，抬起头来用他那只模糊的、简直要冲出来的眼睛瞅着我。

“我和一位老兄打了个赌，”我说，“可是我今天早上忘了带眼镜。”

“那好吧，”他说。他放下表，从凳子上欠起半个身子越过栏杆朝橱窗里看去。接着又抬起头来看看墙上。“现在是二十分——”

“别告诉我，”我说，“对不起，老板。只要告诉我有没有准的就行了。”

他又抬起头来瞅瞅我。他坐回到凳子上，把放大镜推到脑门上。放大镜在他眼睛四周印上了一个红圈，推上去后，他的脸显得光秃秃的。“你们今天搞什么庆祝活动？”他说，“划船比赛不是要到下星期才举行吗？”

“不是为划船的事。只不过是一个私人的庆祝活动。生日。有准的没有？”

“没有。它们都还没有校正过，没有对过时间呢。如果你想买一块的话——”

“不，老板。我不需要表。我们起坐室里有一只钟。等我需要时我再把这只表修一修吧。”我把手伸了出去。

“现在放在这儿得了。”

“我以后再来吧。”他把表递给了我。我把它放进口袋。现在，我没法透过一片纷乱的嘀嗒声听见它的声音了。“太麻烦你了。我希望没有糟蹋你大多的时间。”

“没有关系。你什么时候想拿来就什么时候拿来好了。我说，等咱们哈佛赢了划船比赛以后再庆祝不是更好吗。”

“是的，老板。恐怕还是等一等的好。”

我走出去，带上门，把嘀嗒声关在屋里。我回过头朝橱窗里看看。他正越过栏杆在观察我。橱窗里有十几只表，没有一只时间是相同的，每一只都和我那只没有指针的表一样，以为只有自己准，别的都靠不住。每一只表都和别的不一样。我可以听到我那只表在口袋里发出嘀嗒声，虽然谁也看不到它，虽然它已经不能再说明时间了，不过谁又能说明时间呢？

因此我对自己说就按那一只钟的时间吧。园为父亲说过，钟表杀死时间。他说，只要那些小齿轮在卡嗒卡嗒地转，时间便是死的；只有钟表停下来时，时间才会活过来。两只指针水平向地张开着，微微形成一个角度[25]，就像一只迎风侧飞的海鸥。我一肚子都是几年来郁积的苦水，就像黑鬼们所说的月牙儿里盛满了水一样。钟表店老板又在干活了，他伛身在工作台上，放大镜的圆筒深深地嵌在他的脸上。他的头发打中间分开梳一中间那条纹路直通光秃的头顶，那地方像一片十二月排干了水的沼泽地。

〖注解〗

（1）拉丁语，正确的拼法应为 reductito ad absurdum，意为归谬法。

（2）指弗兰西斯·德·阿昔斯（Francis di Assisi，1182—1226）：意大利僧侣，他著有《咏日》，里面把“死亡”称为“小妹妹”。

（3）昆丁在哈佛大学的同学，与昆丁台往一套宿舍，是加拿大人。

（4）美国康涅狄格州滨海一小城，哈佛大学与别的大学的学生的划船比赛在该处举行。

（5）昆丁在这里联想起妹妹凯蒂结婚那天（一九一〇年四月二十五日）的情景。“那声音响彻在”是英国诗人约翰·开波尔（John Keble，1792—1866）的诗歌《神圣的婚礼》中的半行，全句为：“那声音响彻在伊甸园的上空，人世间最早的一次婚礼。”

（6）昆丁想起了他父亲寄来的宣布即将为凯蒂举行婚礼的请柬。

（7）昆丁想起在妹妹与推销员达尔顿·艾密司有了苟且关系后，他自己去向父亲“承认”犯了乱伦罪（其实没有）的情形。

（8）哈佛大学原来是为培养牧师而设立的学府，至二十世纪初，宗教气氛仍然十分浓厚，学生每天上课前均需去小教堂作一简短的礼拜仪式。

（9）昆丁的同学。昆丁看见了他，想起了有一次与他吵架的事。

（10）昆丁想起他向父亲“承认”自己有罪那次，父亲跟他说的话。

（11）又回想到与斯波特吵架那一幕，现在是施里夫在劝昆丁不要为斯波特的自我夸耀生气。

（12）据《圣经·约翰福音》第十一章第四十二节，耶稣曾使死人复活。昆丁在这里先想到妹妹凯蒂与达尔顿·艾密司发生不正常的关系，又想到他去与艾密司打架，艾密司把枪交给他让他开枪，他不敢开。接着又想起自己去向父亲“承认”犯了乱伦罪。最后又想到自杀，并想到自杀后自己的骨头沉在河底的情形。

（13）昆丁脑子里浮现出凯蒂失身那天站在厨房门口的形象。

（14）昆丁对时间特别敏感，但不想感觉到时间的存在，所以把表砸了。

（15）见《圣经·马太福音》第十四章第二十五节。

（16）美国民间流传关于乔治·华盛顿小时候的故事，说他从不说谎，宁愿受父亲责罚也要向父亲承认是自己砍了家里的樱桃树。

（17）昆丁准备自杀。他把东西装进箱子，以便让别人以后带给他的家人。

（18）昆丁脑子里浮现出凯蒂结婚那天的情景。班吉本能地感觉到凯蒂即将离开他，便在门外木箱下大声吼叫起来。挚爱班吉的凯蒂听到后不顾一切地朝班吉奔去安慰他。

（19）意思是：穿着大礼服与白硬衬衣的父亲也气喘吁吁地跟着跑到了班吉眼前。

（20）回到“现在”，施里夫从小教堂回来了。

（21）指波士顿，哈佛大学在离波士顿三英里的坎布里奇。

（22）一个老黑人，他经常替哈佛学生办些杂事。昆丁在宿舍里留下的衣物是打算送给他的。

（23）阵亡将士纪念日，时间原为五月三十日，一九七一年以后，为保证美国联邦雇员都能享有这一休息日，许多州将它改在五月的最后一个星期一。

（24）C·A·R：“共和国大军”，内战时期对北军的称呼。

（25）昆丁大概是在选择他自杀的时间。他选中的那只钟“两只指针水平向地张开着”，也就是说，是指在两点四十九分或九点十七分上。

（李文俊/译）

马尔克斯《百年孤独》（节选）

马尔克斯（1927—2014），哥伦比亚小说家，拉美魔幻现实主义的代表作家，马尔克斯的代表作有长篇小说《百年孤独》《家长的没落》《一桩事先张扬的谋杀案》《霍乱时期的爱情》。马尔克斯的创作以哥伦比亚及拉丁美洲生活内容为主要题材，用“变现实为幻想而又不失其真”的魔幻现实主义创作手法，反映拉美的社会历史、畸形的社会状态和人民的苦难生活。

马尔克斯的代表作《百年孤独》是拉美魔幻现实主义里程碑式的作品，它以作者虚构的马孔多镇为背景，描写了布恩蒂亚家族七代人充满神奇色彩的坎坷命运，描绘了哥伦比亚小镇马孔多从沼泽中兴建、发展至最后被旋风卷走而消亡的一百多年的图景。马尔克斯把马孔多作为哥伦比亚乃至整个拉美的缩影，从布恩迪亚家族和马孔多小镇的百年经历反映了拉美近百年的历史演变和社会现实。《百年孤独》中有很多真幻难分的神奇故事，这种“汇集了不可思议的奇迹和最纯粹的现实生活”的“魔幻现实”是植根于拉美这块神奇的土地的，马尔克斯曾指出：“在我的小说里，没有任何一件事不是建立在现实的基础上的。”原始的自然环境、神奇的印地安人土著文化传统以及“不曾有过片刻的安宁”的社会历史现实是小说中现实与幻想完美结合的基础，加上作者有意识地采用西方现代主义文学的表现手法，拉美特有的光怪陆离的“神奇现实”被叙述得跌宕生姿。这部小说之所以名为“百年孤独”是饶有深意的，马尔克斯认为拉美人民的孤独及其“历史上遭受的难以名状的暴力和痛苦是延续了数百年之久的不公正以及难以数计的苦楚的结果”。所以他以这样的书名来表达对拉美民族命运的关注和思考。以下节选自《百年孤独》的开头，开首第一句话“多年以后，奥雷连诺上校站在行刑队面前，准会想起父亲带他去参观冰块的那个遥远的下午”就容纳了过去、现在、未来三个时间空间，从而把读者吸引到马孔多的初期。

多年以后，奥雷连诺上校站在行刑队面前，准会想起父亲带他去参观冰块的那个遥远的下午。当时，马孔多是个二十户人家的村庄，一座座土房都盖在河岸上，河水清澈，沿着遍布石头的河床流去，河里的石头光滑、洁白，活像史前的巨蛋。这块天地还是新开辟的，许多东西都叫不出名字，不得不用手指指点点。每年三月，衣衫褴褛的吉卜赛人都要在村边搭起帐篷，在笛鼓的喧嚣声中，向马孔多的居民介绍科学家的最新发明。他们首先带来的是磁铁。一个身躯高大的吉卜赛人，自称梅尔加德斯，满脸络腮胡子，手指瘦得像鸟的爪子，向观众出色地表演了他所谓的马其顿炼金术士创造的世界第八奇迹。他手里拿着两大块磁铁，从一座农舍走到另一座农舍，大家都惊异地看见，铁锅、铁盆、铁钳、铁炉都从原地倒下，木板上的钉子和螺丝嘎吱嘎吱地拼命想挣脱出来，甚至那些早就丢失的东西也从找过多次的地方兀然出现，乱七八糟地跟在梅尔加德斯的魔铁后面。“东西也是有生命的，”吉卜赛人用刺耳的声调说，“只消唤起它们的灵性。”霍·阿·布恩蒂亚狂热的想象力经常超过大自然的创造力，甚至越过奇迹和魔力的限度，他认为这种暂时无用的科学发明可以用来开采地下的金子。

梅尔加德斯是个诚实的人，他告诫说：“磁铁干这个却不行。”可是霍·阿·布恩蒂亚当时还不相信吉卜赛人的诚实，因此用自己的一匹骡子和两只山羊换下了两块磁铁。这些家畜是他的妻子打算用来振兴破败的家业的，她试图阻止他，但是枉费工夫。“咱们很快就会有足够的金子，用来铺家里的地都有余啦。”——丈夫回答她。在好几个月里，霍·阿·布恩蒂亚都顽强地努力履行自己的诺言。他带着两块磁铁，大声地不断念着梅尔加德斯教他的咒语，勘察了周围整个地区的一寸寸土地，甚至河床。但他掘出的唯一的东西，是十五世纪的一件铠甲，它的各部分都已锈得连在一起，用手一敲，铠甲里面就发出空洞的回声，仿佛一只塞满石子的大葫芦。

三月间，吉卜赛人又来了。现在他们带来的是一架望远镜和一只大小似鼓的放大镜，说是阿姆斯特丹犹太人的最新发明。他们把望远镜安在帐篷门口，而让一个吉卜赛女人站在村子尽头。花五个里亚尔，任何人都可从望远镜里看见那个仿佛近在咫尺的吉卜赛女人。“科学缩短了距离。”梅尔加德斯说。“在短时期内，人们足不出户，就可看到世界上任何地方发生的事儿。”在一个炎热的晌午，吉卜赛人用放大镜作了一次惊人的表演：他们在街道中间放了一堆干草，借太阳光的焦点让干草燃了起来。磁铁的试验失败之后，霍·阿·布恩蒂亚还不甘心，马上又产生了利用这个发明作为作战武器的念头。梅尔加德斯又想劝阻他，但他终于同意用两块磁铁和三枚殖民地时期的金币交换放大镜。乌苏娜伤心得流了泪。这些钱是从一盒金币拿出来的，那盒金币由她父亲一生节衣缩食积攒下来，她一直把它埋藏在自个儿床下，想在适当的时刻使用。霍·阿·布恩蒂亚无心抚慰妻子，他以科学家的忘我精神，甚至冒着生命危险，一头扎进了作战试验。他想证明用放大镜对付敌军的效力，就力阳光的焦点射到自己身上，因此受到灼伤，伤处溃烂，很久都没痊愈。这种危险的发明把他的妻子吓坏了，但他不顾妻子的反对，有一次甚至准备点燃自己的房子。霍·阿·布恩蒂亚待在自己的房间里总是一连几个小时，计算新式武器的战略威力，甚至编写了一份使用这种武器的《指南》，阐述异常清楚，论据确凿有力。他把这份《指南》连同许多试验说明和几幅图解，请一个信使送给政府；这个信使翻过山岭，涉过茫茫苍苍的沼地，游过汹涌澎湃的河流，冒着死于野兽和疫病的危阶，终于到了一条驿道。当时前往首都尽管是不大可能的，霍·阿·布恩蒂亚还是答应，只要政府一声令下，他就去向军事长官们实际表演他的发明，甚至亲自训练他们掌握太阳战的复杂技术。他等待答复等了几年。最后等得厌烦了，他就为这新的失败埋怨梅尔加德斯，于是吉卜赛人令人信服地证明了自己的诚实：他归还了金币，换回了放大镜，并且给了霍·阿·布恩蒂亚几幅葡萄牙航海图和各种航海仪器。梅尔加德斯亲手记下了修道士赫尔曼著作的简要说明，把记录留给霍·阿·布恩蒂亚，让他知道如何使用观象仪、罗盘和六分仪。在雨季的漫长月份里，霍·阿·布恩蒂亚部把自己关在宅子深处的小房间里，不让别人打扰他的试验。他完全抛弃了家务，整夜整夜呆在院子里观察星星的运行；为了找到子午线的确定方法，他差点儿中了暑。他完全掌握了自己的仪器以后，就设想出了空间的概念，今后，他不走出自己的房间，就能在陌生的海洋上航行，考察荒无人烟的土地，并且跟珍禽异兽打上交道了。正是从这个时候起，他养成了自言自语的习惯，在屋子里踱来踱去，对谁也不答理，而乌苏娜和孩子们却在菜园里忙得喘不过气来，照料香蕉和海芋、木薯和山药、南瓜和茄子。可是不久，霍·阿·布恩蒂亚紧张的工作突然停辍，他陷入一种神魄颠倒的状态。好几天，他仿佛中了魔，总是低声地嘟囔什么，并为自己反复斟酌的各种假设感到吃惊，自己都不相信。最后，在十二月里的一个星期、吃午饭的时候，他忽然一下子摆脱了恼人的疑虑。孩子们至死都记得，由于长期熬夜和冥思苦想而变得精疲力竭的父亲，如何洋洋得意地向他们宣布自己的发现：

“地球是圆的，像橙子。”

乌苏娜失去了耐心，“如果你想发癫，你就自个儿发吧！”她嚷叫起来，“别给孩子们的脑瓜里灌输吉卜赛人的胡思乱想。”霍·阿·布恩蒂亚一动不动，妻子气得把观象仪摔到地上，也没有吓倒他。他另做了一个观象仪，并且把村里的一些男人召到自己的小房间里，根据在场的人谁也不明白的理论，向他们证明说，如果一直往东航行，就能回到出发的地点。马孔多的人以为霍·阿·布恩蒂亚疯了，可是梅尔加德斯回来之后，马上消除了大家的疑虑。他大声地赞扬霍·阿·布恩蒂亚的智慧：光靠现象仪的探测就证实了一种理论，这种理论虽是马孔多的居民至今还不知道的，但实际上早就证实了；梅尔加德斯为了表示钦佩，赠给霍·阿·布恩蒂亚一套东西——炼金试验室设备，这对全村的未来将会产生深远的影响。

这时，梅尔加德斯很快就衰老了。这个吉卜赛人第一次来到村里的时候，仿佛跟霍·阿·布思蒂亚同样年岁。可他当时仍有非凡的力气，揪庄马耳朵就能把马拉倒，现在他却好像被一些顽固的疾病折磨坏了。确实，他衰老的原因是他在世界各地不断流浪时得过各种罕见的疾病，帮助霍·阿·布恩蒂亚装备试验室的时候，他说死神到处都紧紧地跟着他，可是死神仍然没有最终决定要他的命。从人类遇到的各种瘟疫和灾难中，他幸存下来了。他在波斯患过癞病，在马来亚群岛患过坏血病，在亚历山大患过麻风病，在日本患过脚气病，在马达加斯加患过淋巴腺鼠疫，在西西里碰到过地震，在麦哲伦海峡遇到过牺牲惨重的轮船失事。这个不寻常的人说他知道纳斯特拉马斯的秘诀。此人面貌阴沉，落落寡欢，戴着一顶大帽子，宽宽的黑色帽沿宛如乌鸦张开的翅膀，而他身上的丝绒坎肩却布满了多年的绿霉。然而，尽管他无比聪明和神秘莫测，他终归是有血有肉的人，摆脱不了人世间日常生活的烦恼和忧虑。他抱怨年老多病，苦于微不足道的经济困难，早就没有笑容，因为坏血病已使他的牙齿掉光了。霍·阿·布恩蒂亚认为，正是那个闷热的晌午，梅尔加德斯把自己的秘密告诉他的时候，他们的伟大友谊才开了头。吉卜赛人的神奇故事使得孩子们感到惊讶。当时不过五岁的奥雷连诺一辈子都记得，梅尔加德斯坐在明晃晃的窗子跟前，身体的轮廓十分清晰；他那风琴一般低沉的声音透进了最暗的幻想的角落，而他的两鬓却流着汗水，仿佛暑热熔化了的脂肪。奥雷连诺的哥哥霍·阿卡蒂奥，将把这个惊人的形象当作留下的回忆传给他所有的后代。至于乌苏娜，恰恰相反，吉卜赛人的来访给她留下了最不愉快的印象，因为她跨进房间的时候，正巧梅尔加德斯不小心打碎了一瓶升汞。

“这是魔鬼的气味，”她说。

“根本不是，”梅尔加德斯纠正她。“别人证明魔鬼只有硫磺味，这儿不过是一点点升汞。”

接着，他用同样教诲的口吻大谈特谈朱砂的特性。乌苏娜对他的话没有任何兴趣，就带着孩子祈祷去了。后来，这种刺鼻的气味经常使她想起梅尔加德斯。

除了许多铁锅、漏斗、曲颈瓶、筛子和过滤器，简陋的试验室里还有普通熔铁炉、长颈玻璃烧瓶、点金石仿制品以及三臂蒸馏器；此种蒸馏器是犹太女人马利姬曾经用过的，现由吉卜赛人自己按照最新说明制成。此外，梅尔加德斯还留下了七种与六个星球有关的金属样品、摩西和索西莫斯的倍金方案、炼金术笔记和图解，谁能识别这些笔记和图解，谁就能够制作点金石。霍·阿·布恩蒂亚认为倍金方案比较简单，就入迷了。他一连几个星期缠住乌苏娜，央求她从密藏的小盒子里掏出旧金币来，让金子成倍地增加，水银能够分成多少份，金子就能增加多少倍。像往常一样，乌苏娜没有拗过丈夫的固执要求。于是，霍·阿·布恩蒂亚把三十枚金币丢到铁锅里，拿它们跟雌黄、铜屑、水银和铅一起熔化。然后又把这一切倒在蓖麻油锅里，在烈火上熬了一阵。直到最后熬成一锅恶臭的浓浆，不像加倍的金子，倒像普通的焦糖。经过多次拼命的、冒阶的试验：蒸馏啦，跟七种天体金属一起熔炼啦，加进黑梅斯水银和塞浦路斯硫酸盐啦，在猪油里重新熬煮啦（因为没有萝卜油），乌苏娜的宝贵遗产变成了一大块焦糊的渣滓，粘在锅底了。

吉卜赛人回来的时候，乌苏娜唆使全村的人反对他们，可是好奇战胜了恐惧，因为吉卜赛人奏着各式各样的乐器，闹嚷嚷地经过街头，他们的宣传员说是要展出纳希安兹人最奇的发明。大家都到吉卜赛人的帐篷去，花一分钱，就可看到返老还童的梅尔加德斯——身体康健，没有皱纹，满口漂亮的新牙。有些人还记得他坏血病毁掉的牙床、凹陷的面颊、皱巴巴的嘴唇，一见吉卜赛人神通广大的最新证明，都惊得发抖。接着，梅尔加从嘴里取出一副完好的牙齿，刹那间又变成往日那个老朽的人，并且拿这副牙齿给观众看了一看，然后又把它装上牙床，微微一笑，似乎重新恢复了青春，这时大家的惊愕却变成了狂欢。甚至霍·阿·布恩蒂亚本人也认为，梅尔加德的知识到了不大可能达到的极限，可是当吉卜赛人单独向他说明假牙的构造时，他的心也就轻快了，高兴得放声大笑。霍·阿·布恩蒂亚觉得这一切既简单又奇妙，第二天他就完全失去了对炼金术的兴趣，陷入了沮丧状态，不再按时进餐，从早到晚在屋子里踱来踱去。“世界上正在发生不可思议的事，”他向乌苏娜唠叨。“咱们旁边，就在河流对岸，已有许多各式各样神奇的机器，可咱们仍在这儿像蠢驴一样过日子。”马孔多建立时就了解他的人都感到惊讶，在梅尔加德斯的影响下，他的变化多大啊！

从前，霍·阿·布恩蒂亚好像一个年轻的族长，经常告诉大家如何播种，如何教养孩子，如何饲养家畜；他跟大伙儿一起劳动，为全村造福。布恩蒂亚家的房子是村里最好的，其他的人都力求像他一样建筑自己的住所。他的房子有一个敞亮的小客厅、摆了一盆盆鲜花的阳台餐室和两间卧室，院子里栽了一棵挺大的栗树，房后是一座细心照料的菜园，还有一个畜栏，猪、鸡和山羊在栏里和睦相处。他家里禁养斗鸡，全村也都禁养斗鸡。

乌苏娜像丈夫一样勤劳。她是一个严肃、活跃和矮小的女人，意志坚强，大概一辈子都没唱过歌，每天从黎明到深夜，四处都有她的踪影，到处都能听到她那浆过的荷兰亚麻布裙子轻微的沙沙声。多亏她勤于照料，夯实的泥土地面、未曾粉刷的土墙、粗糙的自制木器，经常都是干干净净的，而保存衣服的旧箱子还散发出紫苏轻淡的芳香。

霍·阿·布恩蒂亚是村里最有事业心的人，他指挥建筑的房屋，每家的主人到河边去取水都同样方便；他合理设计的街道，每座住房白天最热的时刻都能得到同样的阳光。建村之后过了几年，马孔多已经成了一个最整洁的村子，这是跟全村三百个居民过去住过的其他一切村庄都不同的。这是一个真正幸福的村子；在这村子里，谁也没有超过三十岁，也还没有死过一个人。

建村的时候，霍·阿·布恩蒂亚开始制作套索和鸟笼。很快，他自己和村中其他的人家都养了金驾、金丝雀、蜂虎和知更鸟。许多各式各样的鸟儿不断地嘁嘁喳喳，乌苏娜生怕自己震得发聋，只好用蜂蜡把耳朵塞上。梅尔加德斯一伙人第一次来到马孔多出售玻璃球头痛药时，村民们根本就不明白这些吉卜赛人如何能够找到这个小小的村子，因为这个村子是隐没在辽阔的沼泽地带的；吉卜赛人说，他们来到这儿是由于听到了鸟的叫声。

可是，霍·阿·布恩蒂亚为社会造福的精神很快消失，他迷上了磁铁和天文探索，幻想采到金子和发现世界的奇迹。精力充沛、衣着整洁的霍·阿·布恩蒂亚逐渐变成一个外表疏懒、衣冠不整的人，甚至满脸胡髭，乌苏娜费了大劲才用一把锋利的菜刀把他的胡髭剃掉。村里的许多人都认为，霍·阿·布恩蒂亚中了邪。不过，他把一个袋子搭在肩上，带着铁锹和锄头，要求别人去帮助他开辟一条道路，以便把马孔多和那些伟大发明连接起来的时候，甚至坚信他发了疯的人也扔下自己的家庭与活计，跟随他去冒险。

霍·阿·布恩蒂亚压根儿不了解周围地区的地理状况。他只知道，东边耸立着难以攀登的山岭，山岭后面是古城列奥阿察，据他的祖父——奥雷连诺·布恩蒂亚第一说，从前有个弗兰西斯·德拉克爵士，曾在那儿开炮轰击鳄鱼消遣；他叫人在轰死的鳄鱼肚里填进干草，补缀好了就送去献给伊丽莎白女王。年轻的时候，霍·阿·布恩蒂亚和其他的人一起，带着妻子、孩子、家畜和各种生活用具，翻过这个山岭，希望到海边去，可是游荡了两年又两个月，就放弃了自己的打算；为了不走回头路，才建立了马孔乡村。因此，往东的路是他不感兴趣的——那只能重复往日的遭遇，南边是一个个永远杂草丛生的泥潭和一大片沼泽地带——据吉卜赛人证明，那是一个无边无涯的世界。西边呢，沼泽变成了辽阔的水域，那儿栖息着鲸鱼状的生物：这类生物，皮肤细嫩，头和躯干都像女了，宽大、迷人的胸脯常常毁掉航海的人。据吉卜赛人说，他们到达驿道经过的陆地之前，航行了几乎半年。霍·阿·布恩蒂亚认为，跟文明世界接触，只能往北前进。于是，他让那些跟他一起建立马孔多村的人带上铁锹、锄头和狩猎武器，把自己的定向仪具和地图放进背囊，就去从事鲁莽的冒险了。

最初几天，他们没有遇到特殊的困难。他们顺着遍布石头的河岸下去，到了几年前发现古代铠甲的地方，并且沿着野橙子树之间的小径进入一片树林。到第一个周末，他们侥幸打死了一只牡鹿，拿它烤熟，可是决定只吃一半，把剩下的储备起来。他们采取这个预防措施，是想延缓金刚鹦鹉充饥的时间；这种鹦鹉的肉是蓝色的，有强烈的麝香味儿。在随后的十几天中，他们根本没有见到阳光。脚下的土地变得潮湿、松软起来，好像火山灰似的，杂草越来越密，飞禽的啼鸣和猴子的尖叫越来越远——四周仿佛变得惨淡凄凉了。这个潮湿和寂寥的境地犹如“原罪”以前的蛮荒世界；在这儿，他们的鞋子陷进了油气腾腾的深坑，他们的大砍刀乱劈着血红色的百合花和金黄色的蝾螈，远古的回忆使他们受到压抑。整整一个星期，他们几乎没有说话，像梦游人一样在昏暗、悲凉的境地里行进，照明的只有萤火虫闪烁的微光，难闻的血腥气味使他们的肺部感到很不舒服。回头的路是没有的，因为他们开辟的小径一下子就不见了，几乎就在他们眼前长出了新的野草。“不要紧，”霍·阿·布恩蒂亚说。“主要是不迷失方向。”他不断地盯住罗盘的指针，继续领着大伙儿往看不见的北方前进，终于走出了魔区。他们周围是没有星光的黑夜，但是黑暗里充满了新鲜空气，经过长途跋涉，他们已经疲惫不堪，于是悬起吊床，两星期中第一次安静地睡了个大觉。醒来的时候，太阳已经升得很高，他们因此惊得发呆。在宁静的晨光里，就在他们前面，矗立着一艘西班牙大帆船，船体是白色、腐朽的，周围长满了羊齿植物和棕榈。帆船微微往右倾斜，在兰花装饰的索具之间，桅杆还很完整，垂着肮脏的船帆碎片，船身有一层石化贝壳和青苔形成的光滑的外壳，牢牢地陷入了坚实的土壤。看样子，整个船身处于孤寂的地方，被人忘却了，没有遭到时光的侵蚀，也没有受到飞禽的骚扰，探险队员们小心地察看了帆船内部，里面除了一大簇花卉，没有任何东西。

帆船的发现证明大海就在近旁，破坏了霍·阿·布恩蒂亚的战斗精神。他认为这是狡诈的命运在捉弄他：他千辛万苦寻找大海的时候，没有找到它；他不想找它的时候，现在却发现了它——它像一个不可克服的障碍横在他的路上。多年以后，奥雷连诺上校也来到这个地区的时候（那时这儿已经开辟了驿道），他在帆船失事的地方只能看见一片罂粟花中间烧糊的船骨。那时他者相信，这整个故事并不是他父亲虚构的，于是向自己提出个问题：帆船怎会深入陆地这么远呢？可是，再经过四天的路程，在离帆船十二公里的地方，霍·阿·布恩蒂亚看见大海的时候，并没有想到这类问题。在大海面前，他的一切幻想都破灭了；大海翻着泡沫，混浊不堪，灰茫茫一片，不值得他和伙伴们去冒险和牺牲。

“真他妈的！”霍·阿·布恩蒂亚叫道。“马孔多四面八方都给海水围住啦！”

探险回来以后，霍·阿·布恩蒂亚绘了一幅地图：由于这张主观想出的地图，人们长时期里都以为马孔多是在一个半岛上面，他是恼怒地画出这张地图的，故意夸大跟外界往来的困难，仿佛想惩罚自己轻率地选择了这个建村的地点，“咱们再也去下了任何地方啦，”他向乌苏娜叫苦，“咱们会在这儿活活地烂掉，享受不到科学的好处了。”在自己的小试验室里，他把这种想法反刍似的咀嚼了几个月，决定把马孔多迁到更合适的地方去，可是妻子立即警告他，破坏了他那荒唐的计划。村里的男人已经开始准备搬家，乌苏娜却像蚂蚁一样悄悄地活动，一鼓作气唆使村中的妇女反对男人的轻举妄动。霍·阿·布恩蒂亚说不清楚，不知什么时候，由于什么对立的力量，他的计划遭到一大堆借口和托词的阻挠，终于变成没有结果的幻想。有一天早晨乌苏娜发现，他一面低声叨咕搬家的计划，一面把自己的试验用具装进箱子，她只在旁边装傻地观察他，甚至有点儿怜悯他。她让他把事儿子完，在他钉上箱子，拿蘸了墨水的刷子在箱子上写好自己的缩写姓名时，她一句也没责备他，尽管她已明白（凭他含糊的咕噜），他知道村里的男人并不支持他的想法。只当霍·阿·布恩蒂亚开始卸下房门时，乌苏娜才大胆地向他要干什么，他有点难过地回答说："既然谁也不想走，咱们就单独走吧。"乌苏娜没有发慌。

"不，咱们不走，"他说。"咱们要留在这儿. 因为咱们在这儿生了个儿子。"

"可是，咱们还没有一个人死在这儿，"霍·阿·布恩蒂亚反驳说，"一个人如果没有亲属埋在这儿，他就不是这个地方的人。"

乌苏娜温和而坚决地说：

"为了咱们留在这儿，如果要我死，我就死。"

霍·阿·布恩蒂亚并不相信妻子那么坚定，他试图字自己的幻想迷住她，答应带她去看一个美妙的世界；那儿，只要在地里喷上神奇的药水，植物就会按照人的愿望长出果实；那儿，可以贱价买到各种治病的药物。可是他的幻想并没有打动她。

"不要成天想入非非，最好关心关心孩子吧，"她回答。"你瞧，他们像小狗儿似的被扔在一边，没有人管。"

霍·阿·布恩蒂亚一字一句体会妻子的话，他望了望窗外，看见两个赤足的孩子正在烈日炎炎的菜园里；他觉得，他们仅在这一瞬间才开始存在，仿佛是乌苏娜的咒语呼唤出来的。这时，一种神秘而重要的东西在他心中兀然出现，使他完全脱离了现实，浮游在往事的回忆里。当乌苏娜打扫屋子、决心一辈子也不离开这儿时，霍·阿·布恩蒂亚继续全神贯注地望着两个孩子，终于望得两眼湿润，他就用手背擦了擦眼睛，无可奈何地发出一声深沉的叹息。

"好啦，"他说，"叫他们来帮我搬出箱子里的东西吧。"

大儿子霍·网卡蒂奥满了十四岁，长着方方的脑袋和蓬松的头发，性情像他父亲一样执拗。他虽有父亲那样的体力，可能长得像父亲一般魁伟，但他显然缺乏父亲那样的想象力。他是在马孔多建村之前翻山越岭的艰难途程中诞生的。父母确信孩子没有任何牲畜的特征，都感谢上帝。奥雷连诺是在马孔多出生的第一个人，三月间该满六岁了。这孩子性情孤僻、沉默寡言。他在母亲肚子里就哭哭啼啼，是睁着眼睛出世的。人家给他割掉脐带的时候，他把脑袋扭来扭去，仿佛探察屋里的东西，并且好奇地瞅着周围的人，一点儿山不害怕。随后，对于走到跟前来瞧他的人，他就不感兴趣了，而把自己的注意力集中在棕榈叶铺盖的房顶上；在倾盆大雨下，房顶每分钟都有塌下的危险。乌苏娜记得后来还看见过孩子的这种紧张的神情。有一天，三岁的小孩儿奥雷连诺走进厨房，她正巧把一锅煮沸的汤从炉灶拿到桌上。孩子犹豫不决地站在门槛边，惊惶地说："马上就要摔下啦。"汤锅是稳稳地放在桌子中央的，可是孩子刚说出这句话，它仿佛受到内力推动似的，开始制止不住地移到桌边，然后掉到地上摔得粉碎。不安的乌苏娜把这桩事情告诉丈夫，可他把这种事情说成是自然现象。经常都是这样：霍·阿·布恩蒂亚不关心孩子的生活，一方面是因为他认为童年是智力不成熟的时期，另一方面是因为他一头扎进了荒唐的研究。

但是，从他招呼孩子们帮他取出箱子里的试验仪器的那天下午起，他就把他最好的时间用在他们身上了。在僻静的小室墙壁上，难于置信的地图和稀奇古怪的图表越来越多；在这间小室里，他教孩子们读书、写字和计算：同时，不仅依靠自己掌握的知识，而且广泛利用自己无限的想象力，向孩子们介绍世界上的奇迹。孩子们由此知道，非洲南端有一种聪明、温和的人，他们的消遣就是坐着静思，而爱琴海是可以步行过去的，从一个岛屿跳上另一个岛屿，一直可以到达萨洛尼卡港。这些荒诞不经的夜谈深深地印在孩子们的脑海里，多年以后，政府军的军官命令行刑队开枪之前的片刻间，奥雷连诺上校重新忆起了那个暖和的三月的下午，当时他的父亲听到远处吉卜赛人的笛鼓声，就中断了物理课，两眼一动不动，举着手愣住了；这些吉卜赛人再一次来到村里，将向村民介绍孟菲斯学者们惊人的最新发明。

这是另一批吉卜赛人。男男女女都挺年轻，只说本族话，是一群皮肤油亮、双手灵巧的漂亮人物。他们载歌载舞，兴高采烈，闹嚷嚷地经过街头，带来了各样东西：会唱意大利抒情歌曲的彩色鹦鹉；随着鼓声一次至少能下一百只金蛋的母鸡；能够猜出人意的猴子；既能缝钮扣、又能退烧的多用机器；能够使人忘却辛酸往事的器械，能够帮助消磨时间的膏药，此外还有其他许多巧妙非凡的发明，以致霍·阿·布恩蒂亚打算发明一种记忆机器，好把这一切全都记住。瞬息间，村子里的面貌就完全改观，人群熙攘，闹闹喧喧，马孔多的居民在自己的街道上也迷失了方向。

霍·何·布恩蒂亚像疯子一样东窜西窜，到处寻找梅尔加德斯，希望从他那儿了解这种神奇梦景的许多秘密。他手里牵着两个孩子，生怕他们在拥挤的人群中丢失，不时碰见镶着金牙的江湖艺人或者六条胳膊的魔术师。人群中发出屎尿和檀香混合的味儿，叫他喘不上气。他向吉卜赛人打听梅尔加德斯，可是他们不懂他的语言。最后，他到了梅尔加德斯往常搭帐篷的地方。此刻，那儿坐着一个脸色阴郁的亚美尼亚吉卜赛人，正在用西班牙语叫卖一种隐身糖浆，当这吉卜赛人刚刚一下子喝完一杯琥珀色的无名饮料时，霍·阿·布恩蒂亚挤过一群看得出神的观众，向吉卜赛人提出了自己的问题。吉卜赛人用奇异的眼光瞅了瞅他，立刻变成一滩恶臭的、冒烟的沥青，他的答话还在沥青上发出回声："梅尔加德斯死啦。"霍·阿·布恩蒂亚听到这个消息，不胜惊愕，呆若木鸡，试图控制自己的悲伤，直到观众被其他的把戏吸引过去，亚美尼亚吉卜赛人变成的一滩沥青挥发殆尽。然后，另一个吉卜赛人证实，梅尔加德斯在新加坡海滩上患疟疾死了，尸体抛入了爪哇附近的大海。孩子们对这个消息并无兴趣，就拉着父亲去看写在一个帐这招牌上的孟菲斯学者的新发明，如果相信它所写的，这个帐篷从前属于所罗门王。孩子们纠缠不休，霍·阿·布恩蒂亚只得付了三十里亚尔，带着他们走进帐篷，那儿有个剃光了脑袋的巨人，浑身是毛，鼻孔里穿了个铜环，脚踩上拴了条沉重的铁链，守着一只海盗用的箱子，巨人揭开盖子，箱子里就冒出一股刺骨的寒气。箱子坠只有一大块透明的东西，这玩意儿中间有无数白色的细针，傍晚的霞光照到这些细针，细针上面就现出了许多五颜六色的星星。

霍·阿·布恩蒂亚感到大惑不解，但他知道孩子们等着他立即解释，便大胆地嘟囔说：

"这是世界上最大的钻石。"

"不，"吉卜赛巨人纠正他。"这是冰块。"

莫名其妙的霍·阿·布恩蒂亚向这块东西伸过手去，可是巨人推开了他的手。"再交五个里亚尔才能摸，"巨人说。霍·阿·布恩蒂亚付了五个里亚尔，把手掌放在冰块上呆了几分钟；接触这个神秘的东西，他的心里充满了恐惧和喜悦，他不知道如何向孩子们解释这种不太寻常的感觉，又付了十个里亚尔，想让他们自个儿试一试，大儿子霍·阿卡蒂奥拒绝去摸。相反地，奥雷连诺却大胆地弯下腰去，将手放在冰上，可是立即缩回手来。“这东西热得烫手！”他吓得叫了一声。父亲没去理会他。这时，他对这个显然的奇迹欣喜若狂，竟忘了自己那些幻想的失败，也忘了葬身鱼腹的梅尔加德斯。霍·阿·布恩蒂亚又付了五个里亚尔，就像出庭作证的人把手放在《圣经》上一样，庄严地将手放在冰块上，说道：

“这是我们这个时代最伟大的发明。”

（高长荣／译）

泰戈尔《河边台阶的诉说》

泰戈尔（1861—1941），印度诗人、作家，代表作有诗集《吉檀迦利》《新月集》《飞鸟集》《园丁集》《故事诗集》，短篇小说《素芭》《摩诃摩耶》《太阳与乌云》，长篇小说《沉船》《戈拉》等。泰戈尔的诗歌受印度古典文学、西方诗歌和孟加拉民间抒情诗歌的影响，多为不押韵、不雕琢的自由诗和散文诗；他的小说受西方小说的影响，多反映殖民统治下的社会现实，把抒情与叙事结合，富有诗意，内中又渗透着印度哲理和宗教情怀。

《河边台阶的诉说》从恒河河边石阶的拟人视角出发，讲述了恒河边一个有印度宗教气息的爱情故事。小说清新优美，结合了传奇性的情节和真实性的细节描绘，结尾含蓄有回味。那固定缄默的石阶和水一样流动迷离的爱情构成了一种对比和张力，使得故事如同恒河边的一个轻柔的、不能实现的梦，恒河里的一朵奔腾不息、浮起又消失的浪花。

如果把发生的事情都印在石头上，那么，你就可以在我的每一个台阶上读到许多昔日的故事。你如果想听过去的故事，那就请你坐到我的台阶上来；只要你侧耳细听这潺潺的流水，你就可以听到过去无数动人的故事。

我现在还记得从前发生的一个故事。那天也像今天这样。

只剩下三四天就该到阿斯温月了[(1)]。

清晨，凉爽而清新的和风，为刚刚苏醒的机体带来了新的生机。娇嫩的树叶在轻轻地拂动。

恒河涨满了水。只有四个台阶露出水面。河水和陆地仿佛结下了亲密的友谊。在芒果林下边的河滩上，生长着一片海芋，恒河的水已经漫到了那里。在河湾处有三堆破旧的砖头，已被水包围。系在岸边合欢树上的渔船，随着早晨的潮水漂浮、动荡——充满青春活力的顽皮的潮水，在嬉戏，在击打着渔船的两舷，犹如揪住小船的鼻子，开着甜蜜的玩笑。

秋日的晨光照耀着涨满水的恒河，它的颜色犹如纯金和强巴花一样橙黄。太阳的这种光色，我还从来没有见过。阳光还映照着浅滩和芦苇荡。现在，芦花刚刚绽蕾，还没有全部开放。

船夫们念颂着“罗摩、罗摩”，解缆开船了。小船扬起小小的风帆，迎着阳光起航，就好像鸟儿在阳光下欢快地展翅飞向蓝天。可以把这些小船比作鸟类；它们犹如天鹅一样在水中遨游，但是翅膀却在空中欢快地翱翔。

婆达恰尔久先生，总是按时提着铜罐来洗澡，有几个姑娘也到河边来汲水。

这是一个不久前发生的故事。你们可能觉得很久了，但是我却觉得这是前几天才发生的事。长期来，我总是在静静地注视着我的日月怎样驾驭着恒河的激流戏闹而去，所以我就感觉不到时间过得太漫长。我那白天的光明和夜晚的阴影，每天都投落在恒河上，而且每天又都从恒河上消逝，什么地方都没有留下它们的影像。因此，尽管看上去我像个老人，我的心却永远年轻。在我多年来的记忆上虽然覆盖上了一层水草，但它的光辉并没有消亡。偶尔漂来一根折断的水草，沾在我的心上，然后又被波涛卷去。所以我不能说，我这里一无所有。在恒河的波涛触不到的地方，在我的一些缝隙里，长满了蔓藤水草，它们是我过去年代的见证人；它们温柔地保护着过去的年代，使它永远碧绿、优美，永远年轻。恒河一天天从我身边一个台阶一个台阶地退下，而我也一个台阶一个台阶地变得衰老了。

丘克罗波尔迪家里的那位老太太，洗过澡，披着纳玛波丽[(2)]，捻着串珠，颤抖着正在赶回家去。那时候她的姥姥还在幼年。我记得，她喜欢每天到河边来玩耍，把一片芦荟的叶子抛向恒河，让它随着流水漂去；在我的右手附近，有一个漩涡，那片芦荟叶子漂到那里，就不停地打起转来，小姑娘放下水罐，站在那儿瞧着它。过了一些日子，我看到那个小姑娘已经长大，并且带着她自己的女儿来汲水；而她的女儿又长成了大人；当她的女儿们在顽皮地互相泼水的时候，她就制止她们，并且教育她们应当互相尊重。每当我看到这一切，我就想起了那漂浮的一叶芦荟之舟，并且感到很有趣味。

我认为，我要讲述的这个故事，不会再次发生。每当我在讲述一个故事的时候，另一个故事就会顺流漂来。一个故事发生了，然后又逝去，我无法把它们挽留住。只有一个故事，宛如跌入漩涡的那一片芦荟扁舟，在我的记忆里不停地旋转。这样的一个故事之舟，今天又载着它的负荷，转回到我的身边来了，而且眼看着就要沉没。它就像一片芦叶那样渺小，上面除了载有两朵盛开的小花，再也没有什么了。假如那位心肠慈善的小姑娘看见它在沉没，就一定会长长叹息一声，随即返回家去。

你们看，在寺庙旁边。那是公沙伊家的牛圈，它的外边围绕着栅栏。那里有一棵合欢树。在这棵树下，每周开放一天集市。那时候，公沙伊的一家还没有住在这里。现在他们家祈祷室所在的那个地方，当时只有一个用棕榈树叶搭成的棚子。

现在这里的这棵无花果树已把它的手臂伸进了我的细胞里；它的根部犹如细长坚硬的手指一样，把我那颗破碎的石心拢在一起。那时候它还只是一棵小小的树苗。但是它很快地抬起了缀满娇嫩绿叶的树冠。每当太阳升起来的时候，它那枝叶的阴影就在我的身上整天地戏耍；它那新生的须根，就像婴儿的手指一样，在抚摸着我的胸脯。要是有人摘掉它的一片叶子，我也会感到心疼的。

当时虽然我的年岁已经不小，但是看上去我还相当笔直。今天我的脊柱已经折断，就像圣贤阿什达瓦克罗(3)一样，弯腰驼背了；在许多地方，出现了如同皱纹似的深深的裂缝；在我的腹部的洞穴里，世界上的青蛙都可以栖息、冬眠，但是当时我并不是这副模样。在我的左手附近也没有这两堆碎砖头。在那里的一个洞穴，栖息过一只燕子。每当早晨一醒来，它就舞动着那鱼尾似的双尾，鸣叫着向天空飞去。这时候我就知道，库苏姆该到河边来了。

我现在讲述的这个姑娘，她的同伴们都叫她库苏姆。我觉得库苏姆就是她的名字。当库苏姆纤细的身影映在水中的时候，我就十分希望能把这身影留住，把这身影刻在我的石阶上；这样的身影简直就是一种美景。每当她踏步在我的石阶上，她那四只脚镯就叮当作声，这时候我身边的水草好像也在翩翩起舞。库苏姆并不喜欢过多地玩耍、聊天或戏闹，然而令人惊疑的是，她的女伴并不比别的姑娘少。没有她，顽皮的姑娘们就会感到寂寞。有人管她叫古稀，有人管她叫库什，也有人管她叫拉古稀，而她的妈妈叫她库什米。我常常看见库苏姆坐在河边。她的心仿佛与这河水结下了某种特殊的缘分。她十分热爱这河水。

但是后来我再也没有看到库苏姆。普崩和绍尔诺时常来到河边哭泣。我听说，她们的古稀—库什—拉古稀被接到婆家去了。我还听说，她所去的那个地方没有恒河。那里的人们、房舍、道路、河边的台阶，对她来说都是陌生的，而她就像一株荷花，被人们移植到陆地上了。

我渐渐忘却了库苏姆。一年过去了，到河边台阶上来的姑娘们，已不再更多地谈论库苏姆。一天黄昏，一双久已为我熟悉的脚仿佛突然踏上了我的身躯。我似乎觉得，这是库苏姆的脚。的确是呀，但是我已经听不到脚镯的响声，她的那双脚也没有奏出乐曲。长期来，我总是同时感觉到库苏姆双脚的触摸和她那脚镯的响声——可是，今天却突然听不到她那脚镯的声音。因此，在这黄昏时刻，河水好像在呜咽，风在拂弄着芒果树的枝叶，悲悲楚楚，凄凄切切。

库苏姆成了寡妇。我听说，她的丈夫在外地工作；她和丈夫在一起只生活了一两天，尔后她就再也没有见到她的丈夫。她从一封信里得知，她的丈夫死了，她当时才只八岁。库苏姆擦去头上的朱砂发缝线，摘掉首饰，又回到了恒河边上的家乡。但是，她在这里再也没有见到她的女友。普崩、绍尔诺、奥莫拉都已经出嫁。只有绍罗特还在，但是我听说阿格拉哈扬月她也要结婚。现在只剩下库苏姆一个人了。她把头伏在两个膝盖上，在我的台阶上默默地坐着。我仿佛感到，河里的波涛都一起举出手来，向她呼叫，“古稀—库什—拉古稀！”

库苏姆一天比一天显得更加俊美和充满青春活力，就像雨季开始的时候恒河一天比一天显得更加丰满一样。但是，她那淡素的服装，忧郁的面容和悠闲的表情，给她的青春罩上了一层阴影，使得一般的人看不见她那充满青春的美。仿佛没有人发现库苏姆已经长大，就连我也没有注意。库苏姆在我的心目中永远是个小姑娘。她的脚镯确实没有了，但是每当她行走的时候，我就好像听到了她那脚镯声。就这样，一晃十年过去了，村里人似乎谁也没有发觉她长大了。

那一年的帕德拉月的最后一天，就像你们所看到的今天一样。那一天的早晨，你们的曾祖母们起来后，看到了就像今天这样的温柔的阳光。于是她们披上头巾，提着水罐，经过洒满晨光的草地，经过高低不平的村中土路，谈笑风生地来到我的身旁。那时候，她们怎么也不会想到你们将来会降生。这正如你们也无法想到，你们的祖母们从前也曾经有过娱乐玩耍的日月一样；那时节也和今天一样，到处充满着生机。在她们年轻的心里，也有欢乐和忧伤，有时也会心潮起伏，翻滚激荡。可是在今天这个秋季，她们已经不在了，她们的悲欢已经消逝。像今天这样欢乐的阳光、明媚的秋日美景，她们当然也是想象不到的。

那一天早晨，北风第一次习习地吹来，缀满花朵的槐树将一朵朵花儿抛撒到我的身上。在我的石阶上，凝聚了一串串露珠。就在那天早晨，不知从什么地方来了一位年轻的苦行者。他皮肤白皙，身材细高，容貌俊美；他就在我对面的那座湿婆庙里住了下来。苦行者到来的消息，传遍了全村。姑娘们放下水罐，来到庙里，向这位圣贤致敬。

来的人一天天多起来。这位苦行者仪表堂堂，待人彬彬有礼；他看见孩子，就把他们抱在怀里；母亲们来了，他就询问她们的家务。他在很短的时间内，就赢得了妇女们的尊敬。男人们也经常来他这里。他有时候诵读《薄伽梵书》，有时候宣讲《薄伽梵歌》，有时候坐在庙里，探讨各种经典。有人到他这里来请教，有人来求符咒，有人来探求治病的药方。姑娘们来到河边台阶上，常常议论说："哎呀，他有多美呀！简直就像湿婆大仙亲自下凡，来到了这座庙里。"

每天清晨，在太阳升起之前，苦行者站在恒河的水中，面向启明星，用缓慢深沉的语调进行晨祷。每当这时候，我就听不到河水的絮语。每天听着他那晨祷的声音，恒河东岸的天边就升起红日，殷红的霞光映着朵朵彩云，黑暗就像含苞待放的花蕾的一对外皮，慢慢地绽开，向四面退去；而那鲜花般的红色霞光，一点儿一点儿地染红了天池。我觉得，这个伟大人物立在恒河水中，凝望着东方，在念颂着一种伟大的咒语。随着这咒语的每一个字的涌出，那黑夜巫婆的妖术也就跟着失灵，月亮、星辰就会西坠，太阳就在东方冉冉升起，世界的舞台也就发生了变化。他简直是一位具有魔力的人物！沐浴之后，苦行者拖着他那高高的、犹如祭祀火焰般的、熠熠闪光的、圣洁的身躯，从水里走出来，水珠从他的头发上滴落下来。在晨光照耀下，他的全身都在闪烁着光辉。

就这样，几个月过去了。在杰特拉月，有一天发生了日食；这一天很多人都来到恒河里进行沐浴。合欢树下开设了大集。人们借此机会来这里，也想看一看这位苦行者。从库苏姆家所住的那个村子也来了很多姑娘。

早晨，苦行者坐在我的台阶上，在诵读圣典。一个姑娘看见他后，忽然拍着另一个姑娘的肩膀说："喂，他就是我们村里库苏姆的丈夫。"

这个姑娘用两只手指把面纱微微拉开一道缝，看了一下说：

"我的天哪！真是他呀！他是我们村里查杜久家里的少爷。"

第三个姑娘没有更多地卖弄自己的面纱，她说："可不是嘛，前额、鼻子、眼睛，一点不差！"

第四个姑娘甚至都没有看他一眼，就一边叹息着把水罐灌满水，一边说道：“哎，他不是死了吗？难道他还会复活？库苏姆怎么这样苦命呀！”

当时有的说：“他没有这么长的胡子！”

有的说：“他没有这么瘦呀！”

有的说：“仿佛他也没有这么高。”

就这样，她们没有得出一致的看法，也不可能得出一致的看法。

村里的人都看见了这个苦行者，只有库苏姆没有看见他。因为到这里来的人太多，所以库苏姆就没有到我这里来。一天黄昏，她看到月亮升起来，大概想起了我们旧日的友情。

当时河边台阶上一个人也没有。只有蟋蟀在蛐蛐地叫着。庙里的钟锣刚刚敲过，它那最后一声的余波，宛如幽灵，在河对岸的阴暗的树林中回荡，并且渐渐减弱。月光皎洁。潮水呜咽。库苏姆坐在那里，把自己的身影洒在我的身上。微风习习，草木寂寂。在库苏姆的面前，是洒满月光的宽阔的恒河；在库苏姆的背后，在周围的灌木丛中，在花草树木上，在庙宇的阴影里，在残垣断壁上，在池塘的岸边，在棕榈树的林中，黑暗用衣襟遮住自己的头和身，静静地坐着。蝙蝠在七叶树的枝杈上轻轻摇荡。猫头鹰在庙的尖顶上哭泣。从人们的住宅附近，偶尔传来豺狼的几声嗥叫，然后又万籁俱寂。

苦行者从庙里慢慢地走出来。他来到河边，走下几个台阶，看见一个女子单独地坐在那里，于是就想转身离去。就在这时候，库苏姆突然抬起头来，向后望去。

纱丽从她头上滑落下来。她抬起头来，月光照在她的脸上，就像一朵仰首盛开的鲜花映着月光一样。在这一瞬间，两个人的目光相遇了。他们仿佛是在互相辨认，好像他们前生彼此相识。

猫头鹰叫着从头上掠过。库苏姆听到这叫声感到恐惧，但她竭力克制自己。她用纱丽一端蒙住头，站起来，向苦行者行了触脚礼。

苦行者向她祝福，并问道：“你叫什么名字？”

库苏姆回答说：“我叫库苏姆。”

那一夜，他们再也没有说什么。库苏姆的家离这里不远，她慢慢地向自己的家里走去。那一夜，苦行者在我的台阶上坐了很久。最后，从东方升起的月亮已经西坠，苦行者的背影落到他自己的面前，这时候他才站起来，走进庙里。

从第二天起，我就看到，库苏姆每天都来向这位苦行者行触脚礼。每当他宣讲经典的时候，库苏姆就立在一旁聆听着。苦行者做完晨祷，就把库苏姆叫来，给他讲解有关宗教方面的问题。我不知道她是否全能听懂，但她却聚精会神地坐在那里默默静听。苦行者对她有什么吩咐，她都准确无误地去完成。每天她都到庙里来做事——在敬神方面坚持不懈。

她采集鲜花供神，从恒河里汲水来洗涮庙堂。

她坐在我的台阶上，思考着苦行者给她讲述的一切。她的视野仿佛在慢慢地扩展，她的心胸也开阔了。她开始看到了前所未见的东西，开始听到了前所未闻的事情。笼罩在她沉静的脸上的一层忧郁的阴影已经消逝。每天早晨，当她满怀虔敬的心情，向这位苦行者行触脚礼的时候，她就像奉献在神仙面前的一朵被露水洗涤过的鲜花。她的全身都在焕发着一种优美的欢乐之光。

在冬季即将过去的时候，冷风还在劲吹；一天傍晚，忽然从南方吹来了一股春风，天际中的寒意完全消失。在过了很多天之后，村里又响起了竹笛，还可以听到歌声。船夫们驾船顺流而下，他们停下桨，唱起了黑天的赞歌。鸟儿在树枝间跳来跳去，突然欢快地互相呼叫起来。春天就这样降临了。

一接触春风，我这颗石头心也好像一点一点焕发了青春；我的内心充满了这种新的青春激情。仿佛我的蔓藤也开满了花朵。在这段时间，我再没有看到库苏姆。她没有再来庙里，也没到河边来，也没看到她在苦行者的身边。

我不知道出了什么事。过了一些日子，一天傍晚，库苏姆又在我的台阶上和苦行者见面了。

库苏姆低着头，说道：“师尊，是您叫我来的吗？”

“是的，我怎么见不到你？现在你怎么这样不热心敬神？”

库苏姆沉默不语。

“请把你的心事告诉我。”

库苏姆把脸微微偏过去，说道：“师尊，我是个有罪的人，所以我才不敢再像以前那样热心敬神。”

苦行者用十分柔和的语调说：“库苏姆，我知道，你的心里很不平静。”

库苏姆感到十分惊奇。她大概在想：“我真没料到，苦行者会知道我的心事。”她两眼噙着泪水，用纱丽遮住脸，坐在苦行者的脚下痛哭起来。

苦行者离开她一些，说道：“把你的不安都告诉我，我会指给你一条走向安静的路。”

库苏姆用坚定而虔敬的声调述说着，但是有时停顿，有时哽咽。她说：“您既然吩咐，那我就告诉您。不过，我可能说不太清楚，但是我感到，您心里会明白这一切的。师尊，有一个人，我敬重他，崇拜他，如同神灵，我的心里充满了这种崇敬的欢乐。可是一天夜里，我做了一个梦：仿佛梦见他是我心灵的主人。他坐在一个薄古尔树林里，用左手拉着我的右手，向我倾诉爱情。我当时并没感到这是不可能的，也不觉得惊奇。我醒了之后，梦境却深深地印在我的脑子里。第二天，当我看见他的时候，就觉得他已不像以前那个样子。我的心幕上经常出现那次梦境。由于恐惧，我就远远地避开他，可是那个梦境却总是缠着我。从此我的心就再也不得宁静——我的一切都变得暗淡无光。”

当库苏姆一边擦着眼泪，一边讲述这些话的时候，我觉察到，苦行者使劲用他的右脚踩着我的石阶。

库苏姆的话讲完后，苦行者说道：“你应当告诉我，你梦见的那个人是谁。”

库苏姆双手合十地回答道：“这我不能说。”

苦行者说：“为了你的幸福我才问你。他是谁，你要明确地告诉我。”

库苏姆用力擦着自己那双温柔的小手，然后双手合十地问道：“一定要说出他是谁吗？”

苦行者回答道：“是的，一定要告诉我。”

库苏姆立即说道：“尊师，他就是你呀。”

她自己的话传到她自己的耳朵里，她就失去了知觉，倒在我那坚硬的怀里。苦行者犹如一尊石像，呆呆地站在那儿。

库苏姆恢复知觉后，就坐起来，这时苦行者慢悠悠地说：“我吩咐你的一切，你都做了；我还要吩咐你一件事，你也应当做到。我今天就要离开这里，我们不应当再见面了。你应当把我忘记。告诉我，你能做到吗？”库苏姆站起来，望着苦行者的脸，用缓慢的语调说：“师尊，我能做到。”

苦行者说：“那么，我走了。”

库苏姆什么也没说，向他深深地鞠了一躬，抓起他脚上的尘土放在自己的头上。苦行者走了。

库苏姆说：“他吩咐我把他忘记。”说完，她就慢慢地走进恒河的水里。

从小她就生活在这河岸上，在这休息的时候，如果不是这河水伸出手来，把她拉入自己的怀抱，那么还有谁来拉她呢？月亮已经下山，夜一片漆黑。我听到了河水在絮语，可是我一句也听不懂。风在黑暗中呼呼地刮着；为了不让人们看见任何东西，它仿佛想要一口气吹灭天上的星辰似的。

经常在我的怀里玩耍的库苏姆，今天结束了玩耍，离开我的怀抱走了。她到哪里去了，我无法知道。

1884年4月

〖注解〗

（1）阿斯温月；印历的七月，跨公历九、十月，为三十天。

（2）纳玛波丽：一种印有神仙名字的上衣。

（3）阿什达瓦克罗：意为“八道弯”，古代印度传说中的圣贤，迦霍尔之子。当他母亲苏贾达怀着他的时候，他就指出了他父亲错诵了吠陀经，父亲一气之下，诅咒他生下有八道弯。因此，他生来脊柱就有八道弯。

（董友忱/译）

川端康成《雪国》（节选）

川端康成（1899—1972），一个擅长把现代创作手法和日本传统美学意境结合以展现日本美的小说家，代表作有《雪国》《古都》《千鹤》《伊豆的舞女》《山之音》《睡美人》等。

《雪国》是使川端康成获得诺贝尔文学奖的作品之一，写的是一个自由撰稿的舞蹈研究家岛村三次从东京到雪国和年轻艺妓驹子交往的故事。《雪国》从动笔到最后出版单行本共花了十五年时间，它没有严密的结构和曲折的情节，继承的是日本传统古典文学中惯用的并列式结构，又采用西方现代意识流技巧，用回忆、联想、插叙、倒叙等手段推动情节、剖析人物深层心理，内容表述上有跳跃性。这里节选的是《雪国》开首的篇章，岛村坐在前往雪国的火车上眺望夜景，由于车内亮灯，车窗玻璃变成了暮景之镜，窗外的苍茫暮色和车内的姑娘——驹子的妹妹叶子的美丽面影重合到一起，前者成为后者的背景。有着双重幻影的暮景之镜成为把岛村诱入超现实的联想世界的跳板。这面暮景之镜不仅起到了激发联想、跳跃时空的作用，更重要的，它还起到了主题象征作用，说明美只有靠转瞬即逝的感觉才能把握到，美要经过主观的“心”镜的反映和创造，是作者的佛禅虚幻思想的一种流露。

穿过县界长长的隧道，便是雪国。夜空下一片白茫茫。火车在信号所前停了下来。

一位姑娘从对面座位上站起身子，把岛村座位前的玻璃窗打开。一股冷空气卷袭进来。姑娘将身子探出窗外，仿佛向远方呼唤似的喊道：

“站长先生，站长先生！”

一个把围巾缠到鼻子上、帽耳耷拉在耳朵边的男子，手拎提灯，踏着雪缓步走了过来。

岛村心想：已经这么冷了吗？他向窗外望去，只见铁路人员当作临时宿舍的木板房，星星点点地散落在山脚下，给人一种冷寂的感觉。那边的白雪，早已被黑暗吞噬了。

“站长先生，是我。您好啊！”

“哟，这不是叶子姑娘吗！回家呀？又是大冷天了。”

“听说我弟弟到这里来工作，我要谢谢您的照顾。”

“在这种地方，早晚会寂寞得难受的。年纪轻轻，怪可怜的！”

“他还是个孩子，请站长先生常指点他，拜托您了。”

“行啊。他干得很带劲，往后会忙起来的。去年也下了大雪，常常闹雪崩，火车一抛锚，村里人就忙着给旅客送水送饭。”

“站长先生好像穿得很多，我弟弟来信说，他还没穿西服背心呢。”

“我都穿四件啦！小伙子们遇上大冷天就一个劲儿地喝酒，现在一个个都得了感冒，东歪西倒地躺在那儿啦。”站长向宿舍那边晃了晃手上的提灯。

“我弟弟也喝酒了吗？”

“这倒没有。”

“站长先生这就回家了？”

“我受了伤，每天都去看医生。”

“啊，这可太糟糕了。”

和服上罩着外套的站长，在大冷天里，仿佛想赶快结束闲谈似的转过身来说：“好吧，路上请多保重。”

“站长先生，我弟弟还没出来吗？”叶子用目光在雪地上搜索，“请您多多照顾我弟弟，拜托啦。”

她的话声优美而又近乎悲戚。那嘹亮的声音久久地在雪夜里回荡。

火车开动了，她还没把上身从窗口缩回来。一直等火车追上走在铁路边上的站长，她又喊道：

“站长先生，请您告诉我弟弟，叫他下次休假时回家一趟！”

“行啊！”站长大声答应。

叶子关上车窗，用双手捂住冻红了的脸颊。

这是县界的山，山下备有三辆扫雪车，供下雪天使用。隧道南北，架设了电力控制的雪崩报警线，部署了五千名扫雪工和二千名消防队的青年队员。

这个叶子姑娘的弟弟，从今冬起就在这个将要被大雪覆盖的铁路信号所工作。岛村知道这一情况以后，对她越发感兴趣了。

但是，这里说的“姑娘”，只是岛村这么认为罢了。她身边那个男人究竟是她的什么人，岛村自然不晓得。两人的举动很像夫妻，男的显然有病。陪伴病人，无形中就容易忽略男女间的界限，侍候得越殷勤，看起来就越像夫妻。一个女人像慈母般地照拂比自己岁数大的男子，老远看去，免不了会被人看作是夫妻。

岛村是把她一个人单独来看的，凭她那种举止就推断她可能是个姑娘。也许是因为他用过分好奇的目光盯住这个姑娘，所以增添了自己不少的感伤。

已经是三个钟头以前的事了。岛村感到百无聊赖，发呆地凝望着不停活动的左手的食指。因为只有这个手指，才能使他清楚地感到就要去会见的那个女人。奇怪的是，越是急于想把她清楚地回忆起来，印象就越模糊。在这扑朔迷离的记忆中，也只有这手指所留下的几许感触，把他带到远方的女人身边。他想着想着，不由地把手指送到鼻子边闻了闻。当他无意识地用这个手指在窗玻璃上划道时，不知怎的，上面竟清晰地映出一只女人的眼睛。他大吃一惊，几乎喊出声来。大概是他的心飞向了远方的缘故。他定神看时，什么也没有。映在玻璃窗上的，是对座那个女人的形象。外面昏暗下来，车厢里的灯亮了。这样，窗玻璃就成了一面镜子。然而，由于放了暖气，玻璃上蒙了一层水蒸气，在他用手指揩亮玻璃之前，那面镜子其实并不存在。

玻璃上只映出姑娘一只眼睛，她反而显得更加美了。

岛村把脸贴近车窗，装出一副带着旅愁观赏黄昏景色的模样，用手掌揩了揩窗玻璃。

姑娘上身微倾，全神贯注地俯视着躺在面前的男人。她那小心翼翼的动作，一眨也不眨的严肃目光，都表现出她的真挚感情。男人头靠窗边躺着，把弯着的腿搁在姑娘身边。这是三等车厢。他们的座位不是在岛村的正对面，而是在斜对面。所以在窗玻璃上只映出侧身躺着的那个男人的半边脸。

姑娘正好坐在斜对面，岛村本是可以直接看到她的，可是他们刚上车时，她那种迷人的美，使他感到吃惊，不由得垂下了目光。就在这一瞬间，岛村看见那个男人蜡黄的手紧紧攥住姑娘的手，也就不好意思再向对面望去了。

镜中的男人，只有望着姑娘胸脯的时候，脸上才显得安详而平静。瘦弱的身体，尽管很衰弱，却带着一种安乐的和谐气氛。男人把围巾枕在头下，绕过鼻子，严严实实地盖住了嘴巴，然后再往上包住脸颊。这像是一种保护脸部的方法。但围巾有时会松落下来，有时又会盖住鼻子。就在男人眼睛要动而未动的瞬间，姑娘就用温柔的动作，把围巾重新围好。两人天真地重复着同样的动作，使岛村看着都有些焦灼。另外，裹着男人双脚的外套下摆，不时松开耷拉下来。姑娘也马上发现了这一点，给他重新裹好。这一切都显得非常自然。那种姿态几乎使人认为他俩就这样忘记了所谓距离，走向了漫无边际的远方。正因为这样，岛村看见这种悲愁，没有觉得辛酸，就像是在梦中看见了幻影一样。大概这些都是在虚幻的镜中幻化出来的缘故。

黄昏的景色在镜后移动着。也就是说，镜面映现的虚像与镜后的实物好像电影里的叠影一样在晃动。出场人物和背景没有任何联系。而且人物是一种透明的幻象，景物则是在夜霭中的朦胧暗流，两者消融在一起，描绘出一个超脱人世的象征的世界。特别是当山野里的灯火映照在姑娘的脸上时，那种无法形容的美，使岛村的心都几乎为之颤动。

在遥远的山巅上空，还淡淡地残留着晚霞的余晖。透过车窗玻璃看见的景物轮廓，退到远方，却没有消逝，但已经黯然失色了。尽管火车继续往前奔驰，在他看来，山野那平凡的姿态越是显得更加平凡了。由于什么东西都不十分惹他注目，他内心反而好像隐隐地存在着一股巨大的感情激流。这自然是由于镜中浮现出姑娘的脸的缘故。只有身影映在窗玻璃上的部分，遮住了窗外的暮景，然而，景色却在姑娘的轮廓周围不断地移动，使人觉得姑娘的脸也像是透明的。是不是真的透明呢？这是一种错觉。因为从姑娘面影后面不停地掠过的暮景，仿佛是从她脸的前面流过。定睛一看，却又扑朔迷离。车厢里也不太明亮。窗玻璃上的映像不像真的镜子那样清晰了。反光没有了。这使岛村看入了神，他渐渐地忘却了镜子的存在，只觉得姑娘好像漂浮在流逝的暮景之中。

这当儿，姑娘的脸上闪现着灯光。镜中映像的清晰度并没有减弱窗外的灯火。灯火也没有把映像抹去。灯火就这样从她的脸上闪过，但并没有把她的脸照亮。这是一束从远方投来的寒光，模模糊糊地照亮了她眼睛的周围。她的眼睛同灯火重叠的那一瞬间，就像在夕阳的余晖里飞舞的妖艳而美丽的夜光虫。

叶子自然没留意别人这样观察她。她的心全用在病人身上，就是把脸转向岛村那边，她也不会看见自己映在窗玻璃上的身影，更不会去注意那个眺望着窗外的男人。

岛村长时间地偷看叶子，却没有想到这样做会对她有什么不礼貌，他大概是被镜中暮景那种虚幻的力量吸引住了。也许岛村在看到她呼唤站长时表现出有点过分严肃，从那时候起就对她产生了一种不寻常的兴趣。

火车通过信号所时，窗外已经黑沉沉的了。在窗玻璃上流动的景色一消失，镜子也就完全失去了吸引力，尽管叶子那张美丽的脸依然映在窗上，而且表情还是那么温柔，但岛村在她身上却发现她对别人似乎特别冷漠，他也就不想去揩拭那面变得模糊不清的镜子了。

约莫过了半小时，没想到叶子他们也和岛村在同一个车站下了车，这使他觉得好像还会发生什么同自己有关的事似的，所以他把头转了过去。从站台上迎面扑来一阵寒气，他立即对自己在火车上那种非礼行为感到羞愧，就头也不回地从火车头前面走了过去。

男人攥住叶子的肩膀，正要越过路轨的时候，站务员从对面扬手加以制止。

转眼间从黑暗中出现一列长长的货车，挡住了他俩的身影。

前来招徕顾客的客栈掌柜，穿上一身严严实实的冬装，包住两只耳朵，登着长筒胶靴，活像火场上的消防队员。一个女子站在候车室窗旁，眺望着路轨那边，她披着蓝色斗篷，蒙上了头巾。

由于车上带下来的暖气尚未完全从岛村身上消散，岛村还没有感受到外面的真正寒冷。他是第一次遇上这雪国的冬天，一上来就被当地人的打扮吓住了。

“真冷得要穿这身衣服吗？”

“嗯，已经完全是过冬的装束了。雪后放晴的头一晚特别冷。今天晚上可能降到零下哩。”

“已经到零下了么？”

岛村望着屋檐前招人喜欢的冰柱，同客栈掌柜一起上了汽车。在雪天夜色的笼罩下，家家户户低矮的屋顶显得越发低矮，仿佛整个村子都静悄悄地沉浸在无底的深渊之中。

“难怪啰，手无论触到什么东西，都觉得特别的冷啊。”

“去年最冷是零下二十多度哩。”

“雪呢？”

“雪嘛，平时七八尺厚，下大了恐怕有一丈二三尺吧。”

“大雪还在后头罗？”

“是啊，是在后头呢。这场雪是前几天下的，只有尺把厚，已经融化得差不多了。”

“能融化掉吗？”

“说不定什么时候还会再来一场大的呢。”

已经是十二月上旬了。

岛村感冒总不见好，这会儿让冷空气从不通气的鼻孔一下子冲到了脑门心，清鼻涕簌簌地流个不停，好像把脏东西都给冲了出来。

“老师傅家的姑娘还在吗？”

“嗯，还在，还在。在车站上您没看见？披着深蓝色斗篷的就是。”

“就是她？……回头可以请她来吗？”

“今天晚上？”

“是今天晚上。”

“说是老师傅的少爷坐末班车回来，她接车去了。”

在暮景镜中看到叶子照拂的那个病人，原来就是岛村来会晤的这个女子的师傅的儿子。

一了解到这点，岛村感到仿佛有什么东西掠过自己的心头。但他对这种奇妙的因缘，并不觉得怎么奇怪，倒是对自己不觉得奇怪而感到奇怪。

岛村不知怎的，内心深处仿佛感到：凭着指头的感触而记住的女人，与眼睛里灯火闪映的女人，她们之间会有什么联系，可能会发生什么事情。这大概是还没有从暮景的镜中清醒过来的缘故吧。他无端地喃喃自语：那些暮景的流逝，难道就是时光流逝的象征吗？

（叶渭渠／译）